ВИКТОРИЯ ТОКАРЕВА

ПЕРЕЛОМ

аст

ИЗДАТЕЛЬСТВО

МОСКВА

2000

ББК 84 (2Рос-Рус)
Т51

Серийное оформление Н.В. Пашковой

Токарева В.С.
Т51   Перелом: Повесть и рассказы. — М.: ООО «Фирма «Издательство АСТ», 2000. — 480 с.

ISBN 5-237-01356-2

Если в сердце нет любви, человек мертв. Живым он только
притворяется. Такова своеобразная точка отсчета для всего
творчества Виктории Токаревой, лучшей, тончайшей
исследовательницы этого прекрасного чувства. Любовь в
произведениях писательницы не всегда бывает нежной – в ней есть
место и для боли, и для непонимания. Но в повседневной,
будничной суете любовь – луч света, а счастье, даже недолгое, –
единственное, ради чего стоит жить...

Виктория Токарева – признанный мастер современной русской
литературы. Каждая из ее книг неизменно пользуется огромной
популярностью, а фильмы, поставленные по сценариям
писательницы – «Джентльмены удачи», «Шла собака по роялю» и
многие другие, – входят в «золотой фонд» нашего кино.

В этот том включены как совсем новые произведения Токаревой,
так и те, что уже давно полюбились читателям.

Новая русская классика

Рассказы в сборнике по большей части старые, проверенные временем. Они действительно стали классикой тогда еще советской литературы. Эти истории писались в то время, когда общественное официально котировалось выше личного, когда переживания были другими. Когда говорилось, что «единственное, что нам мешает, — это уверенность в завтрашнем дне».

То время изошло, истончилось. Его нет, как уверенности в завтрашнем дне.

Пришли иные герои — неподпольные миллионеры и их телохранители. Они уже описываются. Эти персонажи повсюду, они стали такими же массовыми, как инженеры семидесятых годов.

Интересно, что персонажи Токаревой, меняющиеся в соответствии с временем, внутри не меняются вовсе. У них те же обиды. Та же грусть и надежда на лучшее. Эти чувства — цель описания.

...«Не жалейте о нас, ведь и мы никого б не жалели». Это неправда. Это гордыня. И поэт, создавший эти строки, был горд. И защищался. За этими строчками все кричит: «Жалейте нас, сострадайте... Плачьте с нами, не отпускайте... Держите нас своей жалостью...»

Жалость к себе, своей жизни, своим близким, случайно встреченным людям не оставляет героев Токаревой — это как бы фундамент их отношения к миру.

                                                    Вадим Березин

РАССКАЗЫ

Перелом

Татьяна Нечаева, тренер по фигурному катанию, сломала ногу. Как это получилось: она бежала за десятилетней дочерью, чтобы взять ее из гостей... Но начнем сначала. Сначала она поругалась с мужем. Муж завел любовницу. Ему — сорок пять, ей — восемнадцать. Но не в возрасте дело. Дело в том, что... Однако придется начать совсем с начала, с ее восемнадцати лет.

Таня занимается фигурным катанием у лучшего тренера страны. Тренер, с немецкой фамилией Бах, был настроен скептически. У Тани не хватало росту. Фигура на троечку: талия коротковата, шея коротковата, нет гибких линий. Этакий крепко сбитый ящичек, с детским мальчишечьим лицом и большими круглыми глазами. Глаза — темнокарие, почти черные, как переспелые вишни. И челочка над глазами. И желание победить. Вот это желание победить оказалось больше, чем все линии, вместе взятые.

Тренер называл Таню про себя «летающий ящик». Но именно в этот летающий ящик безумно влюбился Миша Полянский, фигурист первого разряда. Они стали кататься вместе, образовали пару. Никогда не расставались: на льду по десять часов, все время в обнимку. Потом эти объятия переходили в те.

Миша — красив, как лилия, изысканный блондин. У него немного женственная красота. Когда он скользил по льду, как в полусне, покачиваясь, как лилия в воде, — это было завораживающее зрелище. И больше ничего не надо: ни скорости, ни оборотов, ни прыжков.

У Татьяны — наоборот: скорость, обороты и прыжки. Она несла активное начало. Это была сильная пара.

Таня была молода и ликующе счастлива. Она даже как будто немножко выросла, так она тянулась к Мише во всех отношениях, во всех смыслах. Она крутилась в воздухе, как веретено. И в этом кружении были не видны недостатки ее линий.

Таню и Мишу послали на соревнования в другую страну. Победа светила им прямо в лицо, надо было только добежать до победы, доскользить на коньках в своих черно-белых костюмах. Но... Миша влюбился в фигуристку из города Приштина. Черт знает, где этот город... В какой-то социалистической стране. Фигуристка была высокая и обтекаемая, как русалка. И волосы — прямые и белые, как у русалки. Они были даже похожи друг на друга, как брат и сестра. И влюбились с первого взгляда. Таня поймала этот его взгляд. У Миши глаза стали расширяться, как от ужаса, как будто он увидел свою смерть.

Дальше все пошло прахом — и соревнования, и жизнь. Таня тогда впервые упала в обморок. А потом эти предобморочные состояния стали повторяться. Она почти привыкла к резко подступающей слабости. Ее как будто куда-то тянуло и утягивало. Таня поняла: она не выдержит. Она потеряет все: и форму, и спорт, и жизнь в конце концов. Надо что-то делать.

Клин вышибают клином. Любовь вышибают другой любовью.

Таня пристально огляделась вокруг и вытащила из своего окружения Димку Боброва — длинного, смешного, как кукла Петрушка. Димка был простоват, и это отражалось на танце. Танец его тоже был простоват. Он как бы все умел, но в его движении не было наполнения. Одни голые скольжения и пируэты.

Фигурное катание — это мастерство плюс личность. Мастерство у Димки было, а личности — нет.

Татьяна стала думать: что из него тянуть. Внешне он был похож на куклу Петрушку с прямыми волосами, торчащим носом, мелкими круглыми глазами. Значит, Петрушку и тянуть. Фольклор. Эксцентрика. Характерный танец. Для такого танца требуется такое супермастерство, чтобы его не было заметно вообще. Чтобы не видны были швы тренировок. Как будто танец рождается из воздуха, по мановению палочки. Из воздуха, а не из пота.

Таня предложила свою концепцию тренеру. Тренер поразился: летающий ящик оказался с золотыми мозгами. И пошло-поехало...

Татьяна продолжала падать в обмороки, но от усталости. Зато крепко спала.

Димка Бобров оказался хорошим материалом. Податливым. Его можно было вести за собой в любую сторону. Он шел, потел, как козел, но в обмороки не падал. И даже, кажется, не уставал. Петрушка — деревянная кукла. А дерево — оно дерево и есть.

Главная цель Татьяны — перетанцевать Мишу с русалкой. Завоевать первое место в мире и этим отомстить.

Татьяна так тренировала тело, кидала его, гнула, крутила, что просто невозможно было представить себе, что у человека такие возможности. Она УМЕЛА хотеть. А это второй талант.

На следующее первенство Таня и Миша Полянский приехали уже из разных городов. Когда Таня увидела их вместе — Мишу и русалку, ей показалось, что весь этот год они не вылезали из кровати: глаза с поволокой, ходят как во сне, его рука постоянно на ее жопе. Танцуют кое-как. Казалось, думают только об одном: хорошо бы трахнуться, прямо на льду, не ждать, когда все кончится. У них была своя цель — любовь. Тогда зачем приезжать на первенство мира по фигурному катанию? И сидели бы в Приштине.

Татьяна победила. Они заняли с Димкой первое место. Стали чемпионы мира этого года. На нее надели красную ленту. Зал рукоплескал. Как сияли ее глаза, из них просто летели звезды. А Димка Бобров, несчастный Петрушка, стоял рядом и потел от радости. От него пахло молодым козлом.

Татьяна поискала глазами Мишу, но не нашла. Должно быть, они не пришли на закрытие. Остались в номере, чтобы потрахаться лишний раз.

У них — свои ценности, а у Тани — свои. Об их ценностях никто не знает, а Тане рукоплещет весь стадион.

***

Таня и Димка вернулись с победой и поженились на радостях. Детей не рожали, чтобы не выходить из формы. Фигурное катание — искусство молодых.

О Мише Полянском она больше ничего не слышала. Он ушел в профессиональный балет на льду и в соревнованиях не появлялся. Она ничего не знала о его жизни. Да и зачем?

В тридцать пять Таня родила дочь и перешла на тренерскую работу.

Димка несколько лет болтался без дела, сидел дома и смотрел телевизор. Потом купил абонемент в бассейн и стал плавать.

Татьяна должна была работать, зарабатывать, растить дочь. А Димка — только ходил в бассейн. Потом возвращался и ложился спать. А вечером смотрел телевизор.

Татьяна снова, как когда-то, сосредоточилась: куда направить Димкину энергию. И нашла. Она порекомендовала его Баху.

Тренер Бах старел, ему нужны были помощники для разминки. Димка для этой работы — просто создан. Разминка — как гаммы для пианиста. На гаммы Димка годился. А на следующем, основном этапе, подключался великий Бах.

Димка стал работать и тут же завел себе любовницу. Татьяна поняла это потому, что он стал воровать ее цветы. У Татьяны в доме все время были цветы: дарили ученики и поклонники, а после соревнований — просто море цветов. Ставили даже в туалет, погружали в воду сливного бачка. Не хватало ваз и ведер.

Стали пропадать цветы. Потом стал пропадать сам Димка, говорил, что пошел в библиотеку. Какая библиотека, он и книг-то не читал никогда. Только в школе.

Таня не ревновала Димку, ей было все равно. Она только удивлялась, что кто-то соглашается вдыхать его козлиный пот. Она не ревновала, но отвратительно было пребывать во лжи. Ей казалось, что она провалилась в выгребную яму с говном и говно у самого лица. Еще немного, и она начнет его хлебать.

Разразился грандиозный скандал. Татьяна забрала дочь и уехала на дачу. Был конец апреля — неделя детских каникул. Все сошлось — и скандал, и каникулы.

В данную минуту времени, о которой пойдет речь, Татьяна бежала по скользкой дороге дачного поселка. Дочь Саша была в гостях, надо было ее забрать, чтобы не возвращалась одна в потемках.

Саша была беленькая, большеглазая, очень пластичная. Занималась теннисом. Татьяна не хотела делать из нее фигуристку. Профессия должна быть на сорок лет как минимум. А не на десять, как у нее с Димкой. Вообще спорт должен быть не профессией, а хобби. Что касается тенниса, он пригодится всегда. При любой профессии.

Дочь, ее здоровье, становление личности — все было на Татьяне. Димка участвовал только в процессе зачатия. И это все.

Татьяна бежала по дороге, задыхаясь от злости. Мысленно выговаривала Димке: «Мало я тебя, козла, тянула всю жизнь, родила дочь, чуть не умерла...»

Роды были ужасные. На горле до сих пор вмятина, как след от пули. В трахею вставляли трубку, чтобы воздух проходил. Лучше не вспоминать, не погружаться в этот мрак.

В пять лет Саша чуть не умерла на ровном месте. Грязно сделали операцию аппендицита. И опять все на Татьяне, находить новых врачей, собирать консилиум, бегать, сходить с ума. Она победила и в этот раз.

Димкиных родственников лечила, хоронила. И вот благодарность...

Мише Полянскому она прощала другую любовь. Миша был создан для обожания. А этот — козел — туда же... Куда конь с копытом, туда и рак с клешней.

Но почему, почему у Татьяны такая участь? Она — верна, ее предают. Может быть, в ней что-то не хватает? Красоты, женственности? Может, она не умеет трахаться? Хотя чего там уметь, тоже мне высшая математика... Надо просто любить это занятие. Древняя профессия — та область, в которой любители превосходят профессионалов. Вот стать чемпионом мира, получить лавровый венок — это попробуй... Хотят все, а получается у одного. У нее получилось. Значит, она — леди удачи. Тогда почему бежит и плачет в ночи? Почему задыхается от обиды...

Татьяна поскользнулась и грохнулась. Она умела балансировать, у нее были тренированные мускулы и связки. Она бы устояла, если бы не была такой жесткой, стремительной, напряженной от злости.

Попробовала встать, не получилось. Стопа была ватная. «Сломала, — поняла Татьяна. — Плохо». Эти слова «сломала» и «плохо» прозвучали в ней как бы изнутри. Организм сказал. Видимо, именно так люди общаются с гуманоидами: вслух не произнесено, но все понятно.

Татьяна села на снег. Осознала: надвигается другая жизнь. Нога — это профессия. Профессия — занятость и деньги. Надеяться не на кого. Димки практически нет. Да она и не привыкла рассчитывать на других. Всю жизнь только на себя. Но вот она сломалась. Что теперь? Леди удачи хренова. Удача отвернулась и ушла в другую сторону, равно как и Димка.

В конце улицы появилась Саша. Она шла домой, не дождавшись мамы, и помпон подрагивал на ее шапке. Приблизилась. С удивлением посмотрела на мать.

— Ты чего сидишь?

— Я ногу сломала, — спокойно сказала Татьяна. — Иди домой и позвони в «скорую помощь». Дверь не заперта. Позвони 01.

— 01 — это пожар, — поправила Саша тихим голосом.

— Тогда 02.

— 02 — это милиция.

— Значит, 03, — сообразила Татьяна. — Позвони 03. Саша смотрела в землю. Скрывала лицо.

— А потом позвони папе, пусть он приедет и тебя заберет. Поняла?

Саша молчала. Она тихо плакала.

— Не плачь. Мне совсем не больно. И это скоро пройдет.

Саша заплакала громче.

— Ты уже большая и умная девочка, — ласково сказала Татьяна. — Иди и делай, что я сказала.

— Я не могу тебя бросить... Как я уйду, а ты останешься. Я с тобой постою...

— Тогда кто позовет «скорую помощь»? Мы не можем сидеть здесь всю ночь? Да? Иди...

Саша кивнула и пошла, наклонив голову. Татьяна посмотрела в ее удаляющуюся спину и заплакала от любви и жалости. Наверняка Саша получила стресс и теперь на всю жизнь запомнит: ночь, луна, сидящая на снегу мама, которая не может встать и пойти вместе с ней. Но Саша — ее дочь. Она умела собраться и действовать в нужную минуту.

«Скорая помощь» приехала довольно быстро, раньше Димки. Это была перевозка не из Москвы, а из Подольска, поскольку дачное место относилось к Подольску.

Татьяну отвезли, можно сказать, в другой город.

Молчаливый сосредоточенный хирург производил хорошее впечатление. Он без лишних слов поставил стопу на место и наложил гипс. Предложил остаться в больнице на три дня, пока не спадет отек.

— Вы спортом занимались? — спросил врач. Видимо, заметил каменные мускулы и жилы, как веревки.

— Занималась, — сдержанно ответила Татьяна.

Врач ее не узнал. Правильнее сказать: не застал. Татьяна стала чемпионкой 25 лет назад, а врачу — примерно тридцать. В год ее триумфа ему было пять лет.

В жизнь входило новое поколение, у которого — своя музыка и свои чемпионы мира. «Пришли другие времена, взошли другие времена». Откуда это... Хотя какая разница.

Татьяну положили в палату, где лежали старухи с переломом шейки бедра. Выходил из строя самый крупный, генеральный сустав, который крепит туловище к ногам. У старых людей кости хрупкие, легко ломаются и плохо срастаются. А иногда не срастаются вообще, и тогда впереди — неподвижность до конца дней.

Старухи узнали бывшую чемпионку мира. Татьяна мало изменилась за двадцать пять лет: тот же сбитый ящичек и челочка над большими круглыми глазами. Только затравленное лицо и жилистые ноги.

Старуха возле окна преподнесла Татьяне подарок: банку с широким горлом и крышкой.

— А зачем? — не поняла Татьяна.

— Какать, — объяснила старуха. — Оправишься. Крышкой закроешь...

— Как же это возможно? — удивилась Татьяна. — Я не попаду.

— Жизнь заставит, попадешь, — ласково объяснила старуха.

«Жизнь заставит»... В свои семьдесят пять лет она хорошо выучила этот урок. На ее поколение пришлась война, бедность, тяжелый рабский труд — она работала в прачечной. Последние десять лет — перестройка и уже не бедность, а нищета. А месяц назад ее сбил велосипедист. Впереди — неподвижность и все, что с этим связано. И надо к этому привыкать. Но старуха думала не о том, как плохо, а о том, как хорошо. Велосипедист мог ее убить, и она сейчас лежала бы в сырой земле и ее ели черви. А она тем не менее лежит на этом свете, в окошко светит солнышко, а рядом — бывшая чемпионка мира. Пусть бывшая, но ведь была...

— У моего деверя рак нашли, — поведала старуха. — Ему в больнице сказали: операция — десять миллионов. Он решил: поедет домой, вырастит поросенка до десяти пудов и продаст. И тогда у него будут деньги.

— А сколько времени надо растить свинью? — спросила Татьяна.

— Год.

— Так он за год умрет.

— Что ж поделаешь... — вздохнула старуха. — На все воля Божия.

Легче жить, когда за все отвечает Бог. Даже не отвечает — велит. Это ЕГО воля. Он ТАК решил: отнять у Татьяны профессию, а Димке дать новое чувство. Почему такая несправедливость — у нее отобрать, а ему дать... А может быть, справедливость. Татьяна всегда была сильной. Она подчинила мужа. Задавила. А он от этого устал. Он хотел свободы, хотел САМ быть сильным. С этой новой, восемнадцатилетней, — он сильный, как отец, и всемогущий, как Господь Бог. Вот кем он захотел стать: папой и Богом, а не козлом вонючим, куклой деревянной.

Каждая монета имеет две стороны. Одна сторона Татьяны — умение хотеть и фанатизм в достижении цели. Другая — давление и подчинение. Она тяжелая, как чугунная плита. А Димке этого НЕ НАДО. Ему бы сидеть, расслабившись, перед телевизором, потом плыть в хлорированных водах бассейна и погружать свою плоть в цветущую нежную молодость. А не в жилистое тело рабочей лошади.

Но что же делать? Она — такая, как есть, и другой быть не может. Пусть чугунная плита, но зато ответственный человек. За всех отвечает, за близких и дальних. За первенство мира. Она и сейчас — лучший тренер. Все ее ученики занимают призовые места. Она — рабочая лошадь.

А Димка — наездник. Сел на шею и едет. Почему? Потому что она везет. В этом дело. Она везет — он едет и при этом ее не замечает. Просто едет и едет.

Татьяна лежала с приподнятой ногой. Мысли наплывали, как тучи.

Вспомнилось, как заболела Димкина мать, никто не мог поставить диагноз, пока за это не взялась Татьяна.

Диагноз-приговор был объявлен, но операцию сделали вовремя и мать прожила еще двадцать лет. Татьяна подарила ей двадцать лет.

А когда мать умерла, Татьяна пробила престижное кладбище в центре города. В могилу вкопали колумбарий из восьми урн.

Димка спросил:

— А зачем так много?

— Вовсе не много, — возразила Татьяна. — Твои родители, мои родители — уже четверо. И нас трое.

— Дура, — откомментировал Димка.

Эти мысли казались ему кощунственными. А человек должен думать о смерти, потому что жизнь и смерть — это ОДНО. Как сутки: день и ночь.

И пока день — она пашет борозду. А Димка едет и покусывает травинку...

— Что же делать? — вслух подумала Татьяна и обернула лицо к старухе.

— Ты про что? — не поняла старуха.

— Про все.

— А что ты можешь делать? Ничего не можешь, — спокойно и беззлобно сказала старуха.

Ну что ж... Так даже лучше. Лежи себе и жди, что будет. От тебя ничего не зависит. На все воля Божия.

Значит, на пьедестал чемпионата мира ее тоже поставила чужая воля. И Мишу Полянского отобрала. Теперь Димку — отбирает. И ногу отбирает. За что? За то, что влезла на пьедестал выше всех? Постояла — и хватит. Бог много дал, много взял. Мог бы дать и забыть. Но не забыл, спохватился...

Возле противоположной стены на кровати сидела женщина и терла колено по часовой стрелке. Она делала это часами, не отрываясь. Боролась за колено. Разрабатывала. Значит, не надеялась на волю Божию, а включала и свою волю.

Через четыре дня лечащий врач сделал повторный снимок. Он довольно долго рассматривал его, потом сказал:

— Можно переделать, а можно так оставить.

— Не поняла, — отозвалась Татьяна. — Что переделать?

— Есть небольшое смещение. Но организм сам все откорректирует. Организм умнее ножа.

Значит, надо положиться на волю Божию. На ум организма.

— А вы сами как считаете? — уточнила Татьяна. — Не вмешиваться?

— Я бы не стал...

Татьяна вернулась домой. Нужно было два месяца просидеть в гипсе. Она не представляла себе: как это возможно — два месяца неподвижности. Но человеческий организм оказался невероятно умной машиной. В мозг как будто заложили дискету с новой программой, и Татьяна зажила по новой программе. Не испытывала никакого драматизма.

Добиралась на костылях до телефона, усаживалась в кресло. Она звонила, ей звонили, телефон, казалось, раскалялся докрасна. За два месяца провернула кучу дел: перевела Сашу из одной школы в другую, достала спонсоров для летних соревнований. Страна в экономическом кризисе, но это дело страны. А дело Татьяны Нечаевой — не выпускать из рук фигурное катание, спорт-искусство. Дети должны кататься и соревноваться. И так будет.

Татьяна дозвонилась нужным людям, выбила новое помещение для спортивного комплекса. Вернее, не помещение, а землю. Хорошая земля в центре города. Звонила в банки. Банкиры — ребята молодые, умные, жадные. Но деньги дали. Как отказать Татьяне Нечаевой. И не захочешь, а дашь...

Димка помогал: готовил еду, мыл посуду, ходил в магазин. Но в положенные часы исчезал исправно. Он хорошо относился к своей жене, но и к себе тоже хорошо относился и не хотел лишать себя радости, более того — счастья.

Через два месяца гипс сняли. Татьяна вышла на работу. Работа тренера — слово и показ. Она должна объяснить и показать.

Татьяна привычно скользила по льду. Высокие конькобежные ботинки фиксировали сустав. Какое счастье от движения, от скольжения. От того, что тело тебе послушно. Однако после рабочего дня нога синела, как грозовая туча, и отекала.

По ночам Татьяна долго не могла заснуть. В место перелома как будто насыпали горячий песок.

Димка сочувствовал. Смотрел встревоженными глазами, но из дома убегал. В нем прекрасно уживались привязанность к семье и к любовнице. И это логично. Каждая привносила свое, и для гармонии ему были нужны обе. На одной ехал, а с другой чувствовал. Ехал и чувствовал. Что еще надо...

Татьяна долго не хотела идти к врачу, надеялась на ум организма. Но организм не справлялся. Значит, была какая-то ошибка.

В конце концов Татьяна пошла к врачу, не к подольскому, а к московскому.

Московский врач осмотрел ногу, потом поставил рентгеновский снимок на светящийся экран.

— Вилка разъехалась, — сказал он.

— А что это такое? — не поняла Татьяна.

Перелом со смещением. Надо было сразу делать операцию, скрепить болтом. А сейчас уже поздно. Время упущено.

Слова «операция» и «болт» пугали. Но оказывается, операция и болт — это не самое плохое. Самое плохое то, что время упущено.

— Что же делать? — тихо спросила Татьяна.

— Надо лечь в диспансер, пройти курс реабилитации. Это займет шесть недель. У вас есть шесть недель?

— Найду, — отозвалась Татьяна.

Да, она найдет время и сделает все, чтобы поставить себя на ноги. Она умеет ходить и умеет дойти до конца.

Она сделает все, что зависит от нее. Но не все зависит от нее. Судьба не любит, когда ОЧЕНЬ хотят.

Когда слишком настаивают. Тогда она сопротивляется. У судьбы — свой характер. А у Татьяны — свой. Значит, кто кого...

День в диспансере был расписан по секундам.

Утром массаж, потом магнит, спортивный зал, бассейн, уколы, иголки, процедуры — для того, для этого, для суставов, для сосудов... Татьяна выматывалась, как на тренировках. Смысл жизни сводился к одному: никуда не опоздать, ничего не пропустить. Молодые методистки сбегались посмотреть, как Татьяна работает на спортивных снарядах. Им, методисткам, надоели больные — неповоротливые тетки и дядьки, сырые и неспортивные, как мешки с мукой.

Бассейн — небольшой. В нем могли плавать одновременно три человека, и расписание составляли так, чтобы больше трех не было.

Одновременно с Татьяной плавали еще двое: Партийный и студент. Партийный был крупный, с красивыми густыми волосами. Татьяне такие не нравились. Она их, Партийных, за людей не держала. Ей нравились хрупкие лилии, как Миша Полянский. Татьяна — сильная, и ее тянуло к своей противоположности.

Партийный зависал в воде, ухватившись за поручень, и делал круговые упражнения ногой. У него была болезнь тазобедренного сустава. Оказывается, и такое бывает. Раз в год он ложился в больницу и активно противостоял своей болезни. Потом выходил из больницы и так же активно делал деньги. Не зарабатывал, а именно делал.

— Вы раньше где работали? — поинтересовалась Татьяна.

— Номенклатура, — коротко отвечал Партийный.

— А теперь?

— В коммерческой структуре.

— Значит, эту песню не задушишь, не убьешь...

Партийный неопределенно посмеивался, сверкая крепкими зубами, и казался здоровым и качественным, как белый гриб.

— Это вы хотели видеть нас дураками. А мы не дураки...

«Вы» — значит интеллигенция. А «Мы» — партийная элита. Интеллигенция всегда находится в оппозиции к власти, тем более к ТОЙ, партийной власти. Но сейчас, глядя на его сильные плечи, блестящие от воды, Татьяна вдруг подумала, что не туда смотрела всю жизнь. Надо было смотреть не на спортсменов, влюбленных в себя, а на этих вот, хозяев жизни. С такими ногу не сломаешь...

Партийный часто рассказывал про свою собаку по имени Дуня. Собака так любила хозяина, что выучилась петь и говорить. Говорила она только одно слово — ма-ма. А пела под музыку. Без слов. Выла, короче.

Татьяна заметила, что Партийный смотрит в самые ее зрачки тревожащим взглядом. Казалось, что он говорит одно, а думает другое. Рассказывает о своей собаке, а видит себя и Таню в постели.

Студент командовал: наперегонки!

Все трое отходили к стенке бассейна и по свистку — у студента был свисток — плыли к противоположному концу. Три пары рук мелькали, как мельничные крылья, брызги летели во все стороны. Но еще никто и никогда не выигрывал у Татьяны. Она первая касалась рукой кафельной стены.

Студент неизменно радовался чужой победе. Он был веселый и красивый, но слишком худой. Он упал с дельтапланом с шестиметровой высоты, раздробил позвонок. После операции стал ходить, но не прямо, а заваливаясь назад, неестественно выгнув спину.

Татьяна не задавала лишних вопросов, а сам студент о своей болезни не распространялся. Казалось, он о ней не помнил. И только худоба намекала о чем-то непоправимом.

Рядом с ним Татьяне всякий раз было стыдно за себя. Подумаешь, вилка разошлась на полсантиметра. У людей не такое, и то ничего... Хотя почему «ничего». Студенту еще как «чего».

На субботу и воскресенье Татьяна уезжала домой. Во время ее отсутствия пол посыпали порошком от тараканов. Когда Татьяна возвращалась в свою палату, погибшие тараканы плотным слоем лежали на полу, как махровый ковер. Татьяна ступала прямо по ним, тараканы хрустели и щелкали под ногами.

Больница находилась на государственном обеспечении, а это значит — прямая, грубая бедность. Телевизор в холле старый, таких уже не выпускали. Стулья с продранной обивкой. Врачи — хорошие, но от них ничего не зависело. Сюда в основном попадали из других больниц. Приходилось реабилитировать то, что испорчено другими.

Преимущество Татьяны состояло в том, что у нее была палата на одного человека с телефоном и телевизором.

Она каждый день звонила домой, проверяла, что и как, и даже делала с Сашей уроки по телефону.

Димка неизменно оказывался дома. Значит, не бросал Сашу, не менял на любовницу. Это хорошо. Бывает, мужчина устремляется на зов страсти, как дикий лось, сметая все, что по дороге. И детей в том числе. Димка не такой. А может, ТА не такая.

После обеда заходила звонить Наташа-челнок с порванными связками. Связки ей порвали в Варшаве. Она грузила в такси свои узлы, потом вышла из-за машины и угодила под другую. Ее отвезли в больницу.

Врач-поляк определил, что кости целы, а связки порваны.

— Русская Наташа? — спросил лысый врач.

— Любите русских Наташ? — игриво поинтересовалась Наташа.

Она была рада, что целы кости. Она еще не знала, что кости — это проще, чем связки.

— Не-на-ви-жу! — раздельно произнес врач.

Наташа оторопела. Она поняла, что ненависть относится не к женщинам, а к понятию «русский». Ненависть была не шуточной, а серьезной и осознанной. За что? За Катынь? За 50 лет социализма? А она тут при чем?

— Будете подавать судебный иск? — официально спросил врач.

— На кого? — не поняла Наташа.

— На того, кто вас сбил.

— Нет, нет, — торопливо отказалась Наташа.

Она хотела поскорее отделаться от врача с его ненавистью.

— Отправьте меня в Москву, и все.

Наташа хотела домой, и как можно скорее. Дома ей сшили связки. Врач попался уникальный, наподобие собаки

Дуни. Дуня умела делать все, что полагается собаке, плюс петь и говорить. Так и врач. Он сделал все возможное и невозможное, но сустав продолжал выезжать в сторону. Предстояла повторная операция.

Наташа приходила на костылях, садилась на кровать и решала по телефону свои челночные дела: почем продать колготки, почем косметику, сколько платить продавцу, сколько отдавать рэкетирам.

Наташа рассказывала Татьяне, что на милицию сейчас рассчитывать нельзя. Только на бандитов. Они гораздо справедливее. У бандитов есть своя мораль, а у милиции — никакой.

Татьяна слушала и понимала, что бандиты стали равноправной прослойкой общества. Более того — престижной. У них сосредоточены самые большие деньги. У них самые красивые девушки.

Новые хозяева жизни. Правда, их отстреливают рано или поздно. Пожил хозяином и поймал ртом пулю. Или грудью. Но чаще лбом. Бандиты стреляют в голову. Такая у них привычка.

Основная тема Наташи — неподанный иск. Оказывается, она могла получить огромную денежную компенсацию за физический ущерб. Она не знала этого закона. Утрата денег мучила ее, не давала жить. Она так трудно их зарабатывает. А тут взяла и отдала сама. Подарила, можно сказать.

— Представляешь? — Наташа простирала руки к самому лицу Татьяны. — Взяла и подарила этой польской сволочи...

У нее навертывались на глаза злые слезы.

— Брось, — отвечала Татьяна. — Что упало, то
пропало.

Наташа тяжело дышала ноздрями, мысленно возвра-
щаясь в ту точку своей жизни, когда она сказала «нет, нет».
Она хотела вернуться в ту роковую точку и все переиграть
на «да, да»...

У Татьяны тоже была такая точка. У каждого человека
есть такая роковая точка, когда жизнь могла пойти по другому пути.

Можно смириться, а можно бунтовать. Но какой смысл
в бунте?

Татьяна вспомнила старуху из подольской больницы и
сказала:

— Радуйся, что тебя не убило насмерть.

Наташа вдруг задумалась и проговорила:

— Это да...

Смирение гасит душевное воспаление.

Наташа вспомнила рыло наезжающей машины. Ее пере-
дернуло и тут же переключило на другую жизненную волну.

— Заходи вечером, — пригласила Наташа. — Вы-
пьем, в карты поиграем. А то ты все одна...

Наташа была таборным человеком, любила кучковать-
ся. С самой собой ей было скучно, и она не понимала, как
можно лежать в одноместной палате.

Татьяна воспринимала одиночество как свободу, а Наташа — как наказание.

В столовой Татьяна, как правило, сидела с ученым-фи-
зиком. У него была смешная фамилия: Картошко.

Они вместе ели и вместе ходили гулять.

Картошко лежал в больнице потому, что у него умерла мама. Он лечился от тоски. Крутил велотренажер, плавал в бассейне, делал специальную гимнастику, выгонял тоску физическим трудом.

Семьи у него не было. Вернее, так: она была, но осталась в Израиле. Картошко поначалу тоже уехал, но потом вернулся обратно к своей работе и к своей маме. А мама умерла. И работа накрылась медным тазом. Наука не финансировалась государством.

Татьяна и Картошко выходили за территорию больницы, шли по городу. И им казалось, что они здоровые, свободные люди. Идут себе, беседуют о том о сем.

Картошко рассказывал, что в эмиграции он работал шофером у мерзкой бабы из Кишинева, вульгарной барышницы. В Москве он не сказал бы с ней и двух слов. Они бы просто не встретились в Москве. А там приходилось терпеть из-за денег. Картошко мучительно остро переживал потерю статуса. Для него смысл жизни — наука и мама. А в Израиле — ни того, ни другого. А теперь и здесь — ни того, ни другого. В Израиль он не вернется, потому что никогда не сможет выучить этот искусственный язык. А без языка человек теряет восемьдесят процентов своей индивидуальности. Тогда что же остается?

— А вы еврей? — спросила Татьяна.

— Наполовину. У меня русский отец.

— Это хорошо или плохо?

— Что именно? — не понял Картошко.

— Быть половиной. Как вы себя ощущаете?

— Как русей. Русский еврей. Я, например, люблю только русские песни. Иудейскую музыку не понимаю.

Она мне ничего не дает. Я не могу жить без русского языка и русской культуры. А привязанность к матери — это восток.

— Вы хотите сказать, что русские меньше любят своих матерей?

— Я хочу сказать, что в московских богадельнях вы никогда не встретите еврейских старух. Евреи не сдают своих матерей. И своих детей. Ни при каких условиях. Восток не бросает старых. Он бережет корни и ветки.

— Может быть, дело не в национальности, а в нищете?

Картошко шел молча. Потом сказал:

— Если бы я точно знал, что существует загробная жизнь, я ушел бы за мамой. Но я боюсь, что я ее там не встречу. Просто провалюсь в черный мешок.

Татьяна посмотрела на него и вдруг увидела, что Картошко чем-то неуловимо похож на постаревшего Мишу Полянского. Это был Миша в состоянии дождя. Он хотел выйти из дождя, но ему не удавалось. Вывести его могли только работа и другой человек. Мужчины бывают еще более одинокими, чем женщины.

Однажды зашли в часовую мастерскую. У Картошко остановились часы. Часовщик склонился над часами. Татьяна отошла к стене и села на стул. Картошко ждал и оборачивался, смотрел на нее. Татьяна отметила: ему необходимо оборачиваться и видеть, что его ждут. Татьяне стало его хорошо жаль. Бывает, когда плохо жаль, через презрение. А ее жалость просачивалась через уважение и понимание.

Когда вышли из мастерской, Татьяна спросила:

— Как вы можете верить или не верить в загробную жизнь? Вы же ученый. Вы должны знать.

— Должны, но не знаем. Мы многое можем объяснить с научной точки зрения. Но в конце концов упираемся во что-то, чего объяснить нельзя. Эйнштейн в конце жизни верил в Бога.

— А он мог бы его открыть? Теоретически обосновать?

— Кого? — не понял Картошко.

— Бога.

— Это Бог мог открыть Эйнштейна, и никогда наоборот. Человеку дано только верить.

Неожиданно хлынул сильный майский дождь.

— Я скорпион, — сказала Татьяна. — Я люблю воду.

Вокруг бежали, суетились, прятались. А они шли себе — медленно и с удовольствием. И почему-то стало легко и беспечно, как в молодости, и даже раньше, в детстве, когда все живы и вечны, и никто не умирал.

В девять часов вечера Картошко неизменно заходил смотреть программу «Время».

Палата узкая, сесть не на что. Татьяна поджимала ноги. Картошко присаживался на краешек постели. Спина оставалась без опоры, долго не просидишь. Он стал приносить с собой свою подушку, кидал ее к стене и вдвигал себя глубоко и удобно. Они существовали с Татьяной под прямым углом. Татьяна — вдоль кровати, Картошко — поперек. Грызли соленые орешки. Смотрели телевизор. Обменивались впечатлениями.

Однажды был вечерний обход. Дежурный врач строго оглядел их композицию под прямым углом и так же строго скомандовал:

— А ну расходитесь...

— Как везде, — отозвалась Татьяна. — Один умирает, другой рождается. Свято место пусто не бывает.

— Бывает, — серьезно сказал Миша. Посмотрел на Татьяну.

Она испугалась, что он сделает ей предложение. Но Миша поднялся.

— Вы куда?

— Я боюсь еще одной депрессии. Я должен окрепнуть. Во мне должно сформироваться состояние покоя.

Миша ушел, как сбежал.

От вина у Татьяны кружилась голова. По стене напротив полз таракан, уцелевший от порошка. Он еле волочил ноги, но полз.

«Как я», — подумала Татьяна.

В соседней палате лежали две Гали: большая и маленькая. Обе пьющие. Галя-маленькая умирала от рака. К суставам эта болезнь отношения не имела, но Галя когда-то работала в диспансере, и главный врач взял ее из сострадания. Здесь она получала препараты, снимающие боль.

Галя-маленькая много спала и лежала лицом к стене. Но когда оживлялась, неизменно хотела выпить.

Галя-большая ходила на двух костылях. У нее не работали колени. Рентген показывал, что хрящи спаялись и ничего сделать нельзя. Но Галя-большая была уверена, что если дать ей наркоз, а потом силой согнуть и силой разогнуть, то можно поправить ситуацию. Это не бред. Есть такая методика: силой сломать спаявшийся конгломерат. Но врачи не решались.

Татьяне стало смешно. Как будто они старшие школьники в пионерском лагере.

— Мы телевизор смотрим, — объяснила Татьяна.

— Ничего, ничего... — Дежурный врач сделал в воздухе зачеркивающее движение.

Картошко взял свою подушку и послушно пошел прочь.

Врач проводил глазами подушку. Потом выразительно посмотрел на Татьяну. Значит, принял ее за прелюбодейку. Это хорошо. Хуже, если бы такое ему не приходило в голову. Много хуже.

Татьяна заснула с хорошим настроением. В крайнем случае можно зачеркнуть двадцать пять лет с Димкой и начать сначала. Выйти замуж за Картошко. Уйти с тренерской работы. Сделать из Картошки хозяина жизни. Варить ему супчики, как мама...

По телевизору пела певица — тоже не молодая, но пела хорошо.

Как когда-то Татьяна хотела перетанцевать Мишу Полянского, так сейчас она хотела перетанцевать свою судьбу. Ее судьба называлась «посттравматический артроз».

— Что такое артроз? — спросила Татьяна у своего лечащего врача.

Врач — немолодая, высокая женщина, производила впечатление фронтового хирурга. Хотя откуда фронт? Война кончилась пятьдесят лет назад. Другое дело: болезнь всегда фронт, и врач всегда на передовой.

— Артроз — это отложение солей, — ответила врач.

— А откуда соли?

— При переломе организм посылает в место аварии много солей, для формирования костной ткани. Лишняя соль откладывается.

Татьяна догадалась: если соль лишняя, ее надо выгонять. Чистить организм. Как? Пить воду. И не есть. Только овощи и фрукты. А хорошо бы и без них.

Татьяна перестала ходить в столовую. Покупала минеральную воду и пила по два литра в день.

Первые три дня было тяжело. Хотелось есть. А потом уже не хотелось. Тело стало легким. Глаза горели фантастическим блеском борьбы. Есть такие характеры, которые расцветают только в борьбе. Татьяна вся устремилась в борьбу с лишней солью, которая как ржавчина оседала на костях.

Картошко стал голодать вместе с Татьяной. Проявил солидарность. Они гуляли по вечерам, держась за руку, как блокадные дети.

В теле растекалась легкость, она тянула их вверх. И казалось, что если они подпрыгнут, то не опустятся на землю, а будут парить, как в парном катании, скользя над землей.

— Вас Миша зовут? — спросила Татьяна.

— Да. Михаил Евгеньевич. А что?

— Ничего. Так.

Они стали искать аналоги имени в другом языке: Мишель, Мигель, Майкл, Михай, Микола, Микеле...

Потом стали искать аналоги имени Татьяна, и оказалось, что аналогов нет. Чисто русское имя. На другом языке могут только изменить ударение, если захотят.

Миша никогда не говорил о своей семье. А ведь она была. В Израиле остались жена и дочь. Жену можно разлюбить. Но дочь... Должно быть, это был ребенок жены от первого брака. Миша женился на женщине с ребенком.

— У вас приемная дочь? — проверила Татьяна.

— А вы, случайно, не ведьма?

— Случайно, нет.

— А откуда вы все знаете?

— От голода.

Голод промывает каналы, открывает ясновидение.

Через две недели врач заметила заострившийся нос и голубую бледность своей пациентки Нечаевой.

Татьяна созналась, или, как говорят на воровском языке: раскололась.

— Вы протянете ноги, а я из-за вас в тюрьму, — испугалась врач.

Это шло в комплексе: Татьяна — в свой семейный склеп, а врач-фронтовичка в тюрьму.

Татьяне назначили капельницу. Оказывается, из голода выходить гораздо сложнее, чем входить в него.

Миша Картошко выздоровел от депрессии. Метод голодания оказался эффективным методом, потому что встряхнул нервную систему. Голод действительно съел тоску.

Перед выпиской Миша зашел к Татьяне с бутылкой испанского вина. Вино было со смолой. Во рту отдавало лесом

— Вы меня вылечили. Но мне не хочется домой, — сознался Миша.

— Оставайтесь.

— На это место завтра кладут другого. Здесь конве

Галя-большая была преувеличенно вежливой. Это — вежливость инвалида, зависимого человека. Иногда она уставала от вежливости и становилась хамкой. Увидев Татьяну впервые, Галя искренне удивилась:

— А ты что тут делаешь?

Гале казалось, что чемпионы, даже бывшие, — это особые люди и ног не ломают. Потом сообразила, что чемпионы — богатые люди.

— Есть выпить? — деловито спросила Галя-большая.

— Откуда? — удивилась Татьяна.

— От верблюда. Возле метро продают. Сбегай купи.

Был вечер. Татьяне обмотали ногу спиртовым компрессом, и выходить на улицу было нельзя.

— Я не могу, — сказала Татьяна.

— Ты зажралась! — объявила Галя-большая. — Не понимаешь наших страданий. Сходи!

— Сходи! — подхватила со своего места Галя-маленькая. — Хочешь, я пойду с тобой?

Она вскочила с кровати — растрепанная, худенькая. Рубашка сползла с плеча, обнажилась грудь, и Татьяна увидела рак. Это была шишка величиной с картофелину, обтянутая нежной розовой кожей.

— Я пойду с тобой, а ты меня подержи. Хорошо?

Истовое желание перехлестывало возможности.

Татьяна вышла из палаты. Возле двери стоял солдат Рома — безумно молодой, почти подросток.

Татьяна не понимала, зачем здесь нужна охрана, но охрана была.

— Рома, будь добр, сбегай за бутылкой, — попросила Татьяна.

— Не имею права. Я при исполнении, — отказался Рома.

Татьяна протянула деньги.

— Купи две бутылки. Одну мне, другую себе. Сдача твоя.

Рома быстро сообразил и исчез. Как ветром сдуло. И так же быстро появился. Ноги у него были длинные, сердце восемнадцатилетнее. Вся операция заняла десять минут. Не больше.

Татьяна с бутылкой вошла к Галям. Она ожидала, что Гали обрадуются, но обе отреагировали по-деловому. Подставили чашки.

Татьяна понимала, что она нарушает больничные правила. Но правила годятся не каждому. У этих Галь нет другой радости, кроме водки. И не будет. А радость нужна. Татьяна наливала, держа бутылку вертикально, чтобы жидкость падала скорее.

Когда чашки были наполнены, Галя-большая подставила чайник для заварки, приказала:

— Лей сюда!

Татьяна налила в чайник.

— Бутылку выбрось! — руководила Галя-большая.

— Хорошо, — согласилась Татьяна.

— А себе? — встревожилась Галя-маленькая.

— Я не пью.

— Нет. Мы так не согласны.

Они хотели праздника, а не попойки.

Татьяна принесла из своей палаты свою чашку. Ей плеснули из чайника.

— Будем, — сказала Галя-большая.

— Будем, — поддержала Галя-маленькая.

И они тут же начали пить — жадно, как будто жаждали. «Бедные люди... — подумала Татьяна. — Живьем горят в аду...»

Считается, что ад — ТАМ, на том свете. А там ничего нет скорее всего. Все здесь, на земле. Они втроем сидят в аду и пьют водку.

Перед выпиской Татьяне сделали контрольный снимок. Ей казалось, что шесть недель нечеловеческих усилий могут сдвинуть горы, не то что кости. Но кости остались равнодушны к усилиям. Как срослись, так и стояли.

— Что же теперь делать? — Татьяна беспомощно посмотрела на врача.

Врач медлила с ответом. У врачей развита солидарность, и они друг друга не закладывают. Каждый человек может ошибиться, но ошибка художника оборачивается плохой картиной, а ошибка врача — испорченной жизнью.

Татьяна ждала.

— Надо было сразу делать операцию, — сказала врач. — А сейчас время упущено.

— И что теперь?

— Болезненность и тугоподвижность.

— Хромота? — расшифровала Татьяна.

— Не только. Когда из строя выходит сустав, за ним следует другой. Меняется нагрузка на позвоночник. В организме все взаимосвязано.

Татьяна вдруг вспомнила, как в детстве они дразнили хромого соседа: «Рупь, пять, где взять, надо заработать»... Ритм дразнилки имитировал ритм хромой походки.

***

Татьяна вернулась в палату и позвонила подольскому врачу. Спросила, не здороваясь:

— Вы видели, что у меня вилка разошлась?

— Видел, — ответил врач, как будто ждал звонка.

— Я подам на вас в суд. Вы ответите.

— Я отвечу, что у нас нет медицинского оборудования. Знаете, где мы заказываем болты-стяжки? На заводе. После такой операции у вас был бы остеомиелит.

— Что это? — хмуро спросила Татьяна.

— Инфекция. Гной. Сустав бы спаялся, и привет. А так вы хотя бы ходите.

— А почему нет болтов? — не поняла Татьяна.

— Ничего нет. Экономика рухнула. А медицина — часть экономики. Все взаимосвязано...

Теперь понятно. Страна стояла 70 лет и рухнула, как гнилое строение. Поднялся столб пыли. Татьяна — одна из пылинок. Пылинка перестройки.

— А что делать? — растерялась Татьяна.

— Ничего не делать, — просто сказал врач. — У каждого человека что-то болит. У одних печень, у других мочевой пузырь, а у вас нога.

Судьба стояла в стороне и улыбалась нагло.

Судьба была похожа на кишиневскую барышницу с накрашенным ртом. Зубы — розовые от помады, как в крови.

Вечером Татьяна купила три бутылки водки и пошла к Галям.

Выпили и закусили. Жизнь просветлела. Гали запели песню «Куда бежишь, тропинка милая...».

Татьяна задумалась: немец никогда не скажет «тропинка милая»... Ему это просто в голову не придет. А русский скажет.

Гали пели хорошо, на два голоса, будто отрепетировали. В какой-то момент показалось, что все образуется и уже начало образовываться: ее кости сдвигаются, она слышит нежный скрип... Колени Гали-большой работают, хотя и с трудом. А рак с тихим шорохом покидает Галю-маленькую и уводит с собой колонну метастазов...

«Ах ты, печаль моя безмерная, кому пожалуюсь пойду...» — вдохновенно пели-орали Гали. Они устали от безнадежности, отдались музыке и словам.

В палату заглянула медсестра, сделала замечание.

Татьяна вышла на улицу.

По небу бежали быстрые перистые облака, но казалось, что это едет Луна, подпрыгивая на ухабах.

В больничном дворе появился человек.

«Миша» — сказало внутри. Она пошла ему навстречу. Обнялись молча. Стояли, держа друг друга. Потом Татьяна подняла лицо, стали целоваться. Водка обнажила и обострила все чувства. Стояли долго, не могли оторваться друг от друга. Набирали воздух и снова смешивали губы и дыхание.

Мимо них прошел дежурный врач. Узнал Татьяну. Обернулся. Покачал головой, дескать: так я и думал.

— Поедем ко мне, — сказал Миша бездыханным голосом. — Я не могу быть один в пустом доме. Я опять схожу с ума. Поедем...

— На вечер или на ночь? — усмехнулась Татьяна.

— Навсегда.

— Ты делаешь мне предложение?

— Считай как хочешь. Только будь рядом.

— Я не поеду, — отказалась Татьяна. — Я не могу спать не дома.

— А больница что, дом?

— Временно, да.

— Тогда я у тебя останусь.

Они пошли в палату мимо Ромы. Рома и ухом не повел. Сторож, называется... Хотя он охранял имущество, а не нравственность.

Войдя в палату, Татьяна повернула ключ. Они остались вдвоем, отрезанные от всего мира.

Артроз ничему не мешал. Татьяна как будто провалилась в двадцать пять лет назад. Она так же остро чувствовала, как двадцать пять лет назад. Этот Миша был лучше того, он не тащил за собой груза предательства, был чист, талантлив и одинок.

Татьяна как будто вошла в серебряную воду. Святая вода — это вода с серебром. Значит, в святую воду.

Потом, когда они смогли говорить, Татьяна сказала:

— Как хорошо, что я сломала ногу...

— У меня ЭТОГО так давно не было... — отозвался Миша.

В дверь постучали хамски-требовательно.

«Дежурный», — догадалась Татьяна. Она мягко, как кошка, спрыгнула с кровати, открыла окно.

Миша подхватил свои вещи и вышел в три приема: шаг на табуретку, с табуретки на подоконник, с подоконника — на землю. Это был первый этаж.

— Сейчас, — бесстрастным академическим голосом отозвалась Татьяна.

Миша стоял на земле — голый, как в первый день творения. Снизу вверх смотрел на Татьяну.

— А вот этого у меня не было никогда, — сообщил
он, имея в виду эвакуацию через окно.

— Пожилые люди, а как школьники...

— Я пойду домой.

— А ничего? — обеспокоенно спросила Татьяна,
имея в виду пустой дом и призрак мамы.

— Теперь ничего. Теперь я буду ждать...

Миша замёрз и заметно дрожал, то ли от холода, то ли
от волнения.

В дверь нетерпеливо стучали.

Татьяна повернула ключ. Перед ней стояла Галя-
большая.

— У тебя есть пожрать? — громко и пьяно потребовала Галя. Ей надоели инвалидность и вежливость.

На другой день Татьяна вернулась домой. За ней приехал Димка. Выносил вещи. Врачи и медсёстры смотрели
в окошко. На погляд всё выглядело гармонично: слаженная
пара экс-чемпионов. Ещё немного, и затанцуют.

Дома ждала Саша.

— Ты скучала по мне? — спросила Татьяна.

— Средне. Папа водил меня в цирк и в кафе.

Такой ответ устраивал Татьяну. Она не хотела, чтобы
дочь страдала и перемогалась в её отсутствие.

Димка ходил по дому с сочувствующим лицом, и то
хорошо. Лучше, чем ничего. Но сочувствие в данной ситуации — это ничего. Кости от сочувствия не сдвигаются.

Тренер Бах прислал лучшую спортивную массажистку.
Её звали Люда. Люда, милая, неяркая, как ромашка, мастерски управлялась с ногой.

— Кто вас научил делать массаж? — спросила Татьяна.

— Мой муж.

— Он массажист?

— Он — особый массажист. У него руки сильные, как у обезьяны. Он вообще как Тулуз Лотрек.

— Художник? — уточнила Татьяна.

— Урод, — поправила Люда. — Развитое туловище на непомерно коротких ногах.

— А почему вы за него вышли? — вырвалось у Татьяны.

— Все так спрашивают.

— И что вы отвечаете?

— Я его люблю. Никто не верит.

— А нормального нельзя любить?

— Он нормальный. Просто не такой, как все.

— Вы стесняетесь с ним на людях?

— А какая мне разница, что подумают люди, которых я даже не знаю... Мне с ним хорошо. Он для меня все. И учитель, и отец, и сын, и любовник. А на остальных мне наплевать.

«Детдомовская», — догадалась Татьяна. Но спрашивать не стала. Задумалась: она всю жизнь старалась привлечь к себе внимание, добиться восхищения всей планеты. А оказывается, на это можно наплевать.

— А кости ваш муж может сдвинуть? — с надеждой спросила Татьяна.

— Нет. Здесь нужен заговор. У меня есть подруга, которая заговаривает по телефону.

— Тоже урод?

— Нет.

— А почему по телефону?

— Нужно, чтобы никого не было рядом. Чужое биополе мешает.

— Разве слова могут сдвинуть кости? — засомневалась Татьяна.

— Слово — это первооснова всего. Помните в Библии: сначала было слово...

Значит, слово — впереди Бога? А кто же его произнес?

Татьяна позвонила Людиной подруге в полдень, когда никого не было в доме. Тихий женский голос спрашивал, задавал вопросы типа: «Что вы сейчас чувствуете? А сейчас? Так-так... Это хорошо...»

Потом голос пропал. Шло таинство заговора. Невидимая женщина, сосредоточившись и прикрыв глаза, призывала небо сдвинуть кости хоть на чуть-чуть, на миллиметр. Этого бы хватило для начала.

И Татьяна снова прикрывала глаза и мысленно сдвигала свои кости. А потом слышала тихий вопрос:

— Ну как? Вы что-нибудь чувствуете?

— Чувствую. Как будто мурашки в ноге.

— Правильно, — отвечала тихая женщина. — Так и должно быть.

Через месяц Татьяне сделали рентген. Все оставалось по-прежнему. Чуда не случилось. Слово не помогло.

Реабилитация, голодание, заговоры — все мимо. Судьбу не перетанцевать.

Татьяна вдруг расслабилась и успокоилась.

Вспомнилась подольская старуха: могло быть и хуже. Да. Она могла сломать позвоночник и всю оставшуюся

жизнь провести в инвалидной коляске с парализованным
низом. Такие больные называются «спинальники». Они
живут и не чуют половины своего тела.

А она — на своих ногах. В сущности, счастье. Самый
мелкий сустав разъехался на 0,7 сантиметра. Ну и что? У
каждого человека к сорока пяти годам что-то ломается: у одних
здоровье, у других любовь, у третьих то и другое. Мало ли
чего не бывает в жизни... Надо перестать думать о своем
суставе. Сломать доминанту в мозгу. Жить дальше. Полюбить
свою ущербную ногу, как Люда полюбила Тулуз Лотрека.

Судьба победила, но Татьяне плевать на судьбу. Она
устала от бесплодной борьбы, и если бунтовать дальше —
сойдешь с ума. Взбесишься. И тоже без толку. Будешь
хромая и сумасшедшая.

Татьяна впервые за много месяцев уснула спокойно. Ей
приснился Миша Картошко. Он протягивал к ней руки и звал:

— Прыгай...

А она стояла на подоконнике и боялась.

Из сна ее вытащил телефонный звонок. И проснувшись, Татьяна знала, что звонит Миша.

Она сняла трубку и спросила:

— Который час?

— Восемь, — сказал Миша. — Возьми ручку и запиши телефон.

Миша продиктовал телефон. Татьяна записала на
листочке.

— Спросишь Веру, — руководил Миша.

— Какую Веру?

— Это совместная медицинская фирма. Тебя отправят
в Израиль и сделают операцию. Там медицина двадцать
первого века.

Внутри что-то сказало: «сделают». Произнесено не было, но понятно и так.

— Спасибо, — тускло отозвалась Татьяна.

— Ты не рада?

— Рада, — мрачно ответила Татьяна.

Ей не хотелось опять затевать «корриду», выходить против быка. Но судьба помогает и дает тогда, когда ты от нее уже ничего не ждешь. Вот когда тебе становится все равно, она говорит: «На!»

Для того чтобы чего-то добиться, надо не особенно хотеть. Быть почти равнодушной. Тогда все получишь.

— Я забыл тебя спросить... — спохватился Миша.

— Ты забыл спросить: пойду ли я за тебя замуж?

— Пойдешь? — Миша замолчал, как провалился.

— Запросто.

— На самом деле? — не поверил Миша.

— А что здесь особенного? Ты свободный, талантливый, с жилплощадью.

— Я старый, больной и одинокий.

— Я тоже больная и одинокая.

— Значит, мы пара...

Миша помолчал, потом сказал:

— Как хорошо, что ты сломала ногу. Иначе я не встретил бы тебя...

— Иначе я не встретила бы тебя...

Они молчали, но это было наполненное молчание. Чем? Всем: острой надеждой и сомнением. Страстью на пять минут и вечной страстью. Молчание — диалог.

В комнату вошла Саша. Что-то спросила. Потом вошел Димка, что-то не мог найти. Какой может быть диалог при посторонних.

Свои в данную минуту выступали как посторонние.

***

Через две недели Татьяна уезжала в Израиль. Ее должен был принять госпиталь в Хайфе. Предстояла операция: реконструкция стопы. За все заплатил спорткомитет.

Провожал Димка.

— Что тебе привезти? — спросила Татьяна.

— Себя, — серьезно сказал Димка. — Больше ничего.

Татьяна посмотрела на мужа: он, конечно, козел. Но это ЕЕ козел. Она так много в него вложила. Он помог ей перетанцевать Мишу Полянского, и они продолжают вместе кружить по жизни, как по ледяному полю. У них общее поле. Димка бегает, как козел на длинном поводке, но колышек вбит крепко, и он не может убежать совсем. И не хочет. А если и забежит в чужой огород — ну что же... Много ли ему осталось быть молодым? Какие-нибудь двадцать лет. Жизнь так быстротечна... Еще совсем недавно они гоняли по ледяному полю, наматывая на коньки сотни километров...

Татьяна заплакала, и вместе со слезами из нее вытекала обида и ненависть. Душа становилась легче, не такой тяжелой. Слезы облегчали душу.

Как мучительно ненавидеть. И какое счастье — прощать.

— Не бойся. — Димка обнял ее. Прижал к груди.

Он думал, что она боится операции.

Татьяна вернулась через неделю.

Каждый день в госпитале стоил дорого, и она не стала задерживаться. Да ее и не задерживали. Сломали, сложили, как надо, ввинтили нужный болт — и привет.

Железо в ноге — не праздник. Но раз надо, значит, так тому и быть.

Два здоровых марроканца подняли Татьяну в самолет на железном стуле. А в Москве двое русских работяг на таком же стуле стали спускать вниз. Трап был крутой. От работяг несло водкой.

— Вы же пьяные, — ужаснулась Татьяна.

— Так День моряка, — объяснил тот, что справа, по имени Коля.

Татьяна испытала настоящий ужас. Самым страшным оказалась не операция, а вот этот спуск на качающемся стуле. Было ясно: если уронят, костей не соберешь.

Но не уронили. Коля энергично довез Татьяну до зеленого коридора. Нигде не задержали. Таможня пропустила без очереди.

За стеклянной стеной Татьяна увидела кучу народа, мини-толпу. Ее встречали все, кто сопровождал ее в этой жизни: ученики, родители учеников, тренер Бах, даже массажистка с Тулуз Лотреком и подольский врач. Переживал, значит.

Миша и Димка стояли в общей толпе.

Татьяну это не смутило. Это, конечно, важно: кто будет рядом — тот или этот. Но еще важнее то, что она сама есть у себя.

Увидев Татьяну, все зааплодировали. Она скользила к ним, как будто возвращалась с самых главных своих соревнований.

«Система собак»

Помнишь, как мы встретились в первый раз? В кафе Дома кино. Меня туда привел сценарист Валька Шварц. После своего фильма Валька стал знаменит в своих кругах. В широких кругах его никто не знал, сценаристы вообще славы не имут. Вся слава достается актерам, а сценаристам только деньги. Однако в своих кругах он был модным. Валька мне не нравился. У него лицо, как у сатаны, с пронзительными глазами и доминирующим носом. Все лицо уходит в нос. К тому же мне было двадцать шесть, а ему сорок. Но все-таки я с ним пошла в надежде, что меня кто-нибудь приметит и возьмет сниматься в кино. Или просто влюбится, и я найду свое счастье. А еще лучше то и другое: и влюбиться, и в кино. Все в одном. Не сидеть же дома рядом с мамой и сестрой! На дом никто не придет и ничего не предложит. Надо самой для себя постараться. Как гласит народная мудрость: «Под лежачий камень вода не течет».

На мне было синее платье, и я сидела напротив Вальки, а ТЫ рядом со мной. Ты был такой пьяный, просто стеклянный от водки. Ничего не соображал. Но когда засмеялся — не помню, по какому поводу, — то засмеялся тихо, интеллигентно. Даже в беспамятстве оставался аристократом. Потом подвинул под столом свою ногу к моей. На всякий случай. Проверить: как я к этому отнесусь? Вдруг положительно, тогда можно будет без особых хлопот трахнуть девушку. Выпить водки, трахнуть девушку — выполнить полную программу загула. А потом поехать домой и лечь спать.

Ты приснул свою ногу к моей. Я очень удивилась и отодвинула свою ногу. И посмотрела на тебя. В твоем лице ничего не изменилось. Можно так, а можно этак...

Валька вдруг вытянул руку и поднес к моему рту. Я не поняла, что это значит и что надо делать.

— Укуси, — сказал Валька.

— Зачем? — удивилась я. Потом поняла: он проверял меня на готовность к разврату.

Почему бы и нет? Но не с ним. И не с холодной головой. Вот если бы я что-то почувствовала, если бы моя кровь вдруг загорелась от желания... Однако я ничего не чувствовала ни к кому. Ты был стеклянный и лысоватый. Валька — просто рвотный порошок. Правда, знаменитый порошок.

Была за столом еще одна возрастная тетка лет сорока пяти. Она рассказывала про свою маленькую внучку и называла ее «заспанка». Значит, много спит. Юмор заключался в том, что «заспанка» по звучанию похоже на «засранка». Я не понимала: как можно шутить так плоско в присутствии по-настоящему талантливых людей? И зачем вообще в этом возрасте ходить в кафе. Потом выяснилось, что в Доме кино проходила конференция

критиков, а тетка — прогрессивный критик. Они ее ува-
жали, а меня нет. Зато они меня хотели, а ее нет. Неизвестно, что лучше.

Все кончилось тем, что ты поднялся к директору Дома
кино и сказал:

— Я пьяный. Вызовите такси.

А я осталась с Валькой. Потом я его ждала во дворе.
Сидела на скамейке. Он в это время выступал перед кри-
тиками. Был просмотр его фильма. Потом он вынес мне во
двор чашку коньяка и заставил выпить. Он хотел, чтобы я
опьянела. Я выпила и стала пьяная. Все вокруг медленно
кружилось: небо и скамейка.

Валька вознамерился меня трахнуть, но у него не
стояло. Мне было все равно. Меня тошнило — морально и физически. Я поняла, что в поисках своей судьбы
выбрала какой-то неверный путь. Таким образом я ничего не добьюсь, кроме аборта или венерической болезни. Хорошо, что у Вальки не стояло. Но ведь есть и
другие случаи.

Моя сестра кормила ребенка грудью, сидела, как
мадонна с младенцем. И такая была в этом чистота и
высокая идея...

Меня пригласили в студию в комнату № 127. Я вошла
в комнату № 127 и увидела тебя. Ты был трезвый, с олив-
ковым цветом лица, какое бывает у индусов. Еще не негр,
но уже не белый. Переходное состояние. И глаза, как у
индуса, — большие, керамически-коричневые. На столе
лежали мои фотографии, взятые из картотеки актерского
отдела.

Рядом с тобой стоял второй режиссер Димка Барышев. Он, как засаленная колода карт: сплошные варианты, и все грязные.

Ты протянул мне сценарий в плотной бумажной обложке и сказал:

— Прочитайте.

Я взяла сценарий и прочла название: «Золушка».

Я видела, что ты меня рассматриваешь: какое у меня лицо, глаза, волосы. Общий облик. Было непонятно, вспомнил ты меня или нет. Скорее всего нет. Димка Барышев тоже меня рассматривал, но по-другому: какое на мне платье, грудь, ноги — и все остальное, что между ногами. Я стояла и мялась, как будто хотела пи́сать.

Я не могла понять: почему они меня пригласили? Может быть, Валька Шварц сказал, что есть такая студентка на четвергом курсе ВГИКа. А может, просто листали картотеку...

Я ОЧЕНЬ хотела сниматься. Но к своим двадцати шести годам я уже заметила, что нельзя хотеть ОЧЕНЬ. Судьба не любит. Надо не особенно хотеть, так, чуть-чуть... И тогда все получится.

Я взяла сценарий и пошла к двери. Димка Барышев провожал меня глазами, и мне казалось, что на моем платье остаются сальные пятна. Мне захотелось обернуться и плюнуть ему в лицо. Я обернулась, но не плюнула, а просто посмотрела. Он все понял.

Когда я вышла, Димка сказал:

— Без жопы, как змея. Что это за баба без жопы?

А ты ответил:

— Сделайте фотопробу. — И еще добавил (мне потом Леночка Рыбакова рассказала): — В ней есть чистота.

***

Дома я прочитала сценарий. Современная интерпретация «Золушки». Автор Валентин Шварц. Удивительная вещь: Валька с его плавающей нравственностью — это одно, а его талант — совсем другое. Как небо и земля. Там голубое. Здесь бурое. Поразительно: как это сочетается в одном человеке?

История современной Золушки. Она живет в пригороде Москвы с мачехой по имени Изабелла и двумя сестрами. Отец — подкаблучник у мачехи. Не может заступиться за свою дочь. И Золушка батрачит на всю семью и еще работает в фирме «Заря». Моет окна до хрустальной чистоты. Казалось бы, черная работа, неквалифицированный труд, но Золушка любит свое дело. Ей нравится процесс перехода из грязного в чистое, в новое качество.

Золушку ценят. И однажды жена «нового русского» по имени Анна приглашает Золушку на презентацию журнала Клуба путешествий. Анна, как добрая фея, дает Золушке на вечер платье, туфли и карету — подержанный «мерседес».

Они приезжают в модный ресторан. Золушка — красавица, самая красивая девушка в зале. В нее влюбляется принц. Настоящий принц из африканской страны Лесото, черный, как слива. Золушка выходит за него замуж и уезжает в Лесото.

Там у нее собственный дворец, прислуга. Но Золушке скучно, и она время от времени перемывает все окна. У нее, как у каждого человека, есть мечта. Мечта Золушки — приехать в Москву, появиться перед мачехой в мехах и бриллиантах, с черным телохранителем, сказать:

— Привет, Изабелла...

И потрепать по щеке.

Мечта сбывается, как во всякой сказке. Золушка при-
летает в Москву на личном самолете. Подъезжает на длинной машине «ягуар» к блочной пятиэтажке, где живет мачеха с дочерьми. Поднимается на третий этаж без лифта и
открывает дверь своим ключом.

А Изабелла болеет. Лежит после инсульта. Возле нее
стакан воды, таблетки. Вся семья на работе. В комнате
запах несчастья.

— Привет, Изабелла, — говорит Золушка и улыбается, чтобы скрыть слезы.

— А... это ты... — узнает мачеха. — Хорошо, что ты
пришла. Может, помоешь окна, а то света не вижу...

И Золушка снимает с руки бриллиантовые кольца,
берет ведро, тряпку и начинает мыть окна. Она готова была
торжествовать над прежней мачехой, наглой и сильной. А
эту, распятую на кровати, ПОЖАЛЕЛА. Через жалость
простила, а через прощение очистилась сама. И свет вошел
в ее душу, как в чистое окно.

Окна — глаза дома. Глаза видят небо, солнце, деревья.
Голубое, желтое и зеленое. Краски жизни.

Поразительная личность — этот Валька Шварц.
Пошляк, бабник, пьянь и рвань. А все понимает. Вернее,
чувствует.

Я прочитала сценарий и долго сидела, глядя перед
собой. Я хотела сыграть эту роль, но знала, что мне не
дадут. И решила отказаться сама. Сама сказать: нет.

Я позвонила домой Вальке и сообщила с ленцой:
вряд ли у меня получится по времени, меня пригласили
на другой фильм.

— На какой? — торопливо спросил Валька.

— Пока не скажу, боюсь сглазить, — таинственно скрыла я, как будто меня пригласил сам Миклош Форман или Вуди Ален.

Сама того не подозревая, я сделала точный тактический ход. Можно сказать, кардинальский ход. Валька тут же позвонил ТЕБЕ. Ты занервничал, и тебе показалось, что нужна я, я и еще раз я. Так бывает необходимо то, что отбирают. Хочется ухватить, задержать. На самом деле ты вовсе не был уверен в моей кандидатуре, просто не было ничего лучшего. Мои достоинства состояли в том, что в свои двадцать шесть я выглядела на шестнадцать. И в том, что я никогда прежде не снималась. Неизвестное, новое лицо, как будто я и есть та самая Золушка из пригорода. Мало ли у нас по стране таких Золушек? Вот принцев мало. Да и те из Африки.

Первую половину фильма снимали в Подмосковье, в селе Хмелевка. Церковь восемнадцатого века. Озеро. Красота средней полосы.

Но мне не до красоты. Ничего не получается. Я боялась камеры, была зажата, как в зубоврачебном кресле. Ты ходил обугленный, как древо смерти. Тебя мучили сомнения: в стране смена строя, борьба за власть, война, криминальные разборки — время жесткого кинематографа. А ты выбрал сказку, учишь всепрощению, увещеваешь, как горьковский Лука. По сути, врешь. А почему? Потому, что ты ничего не понимаешь в окружающей жизни. Тебе НЕЧЕГО сказать. Вот и ухватился за вечную Золушку. Опустил ее в сегодняшнюю реальность. А зачем?

Результат: замысел фальшив. Актрисы нет. Я никакая не актриса. Это уже ясно. Главное, чтобы группа ничего не заметила. Главное — делать вид, что все о'кей. И актриса — находка, и замысел — на грани гениальности. И сам — личность, в единственном экземпляре.

Группа напоминала цыганский табор. Казалось, им нравится такая жизнь: ни кола, ни двора, ни прошлого. Одно настоящее. Жили в Доме колхозника. Инфекция любви, как вирус, висела в воздухе. Все перезаразились. Было похоже, группа играет в прятки: ходят с завязанными глазами, натыкаясь друг на друга. Ищут счастья.

Мне не до любви. Я боюсь попадаться тебе на глаза.

Димка Барышев увидел мою растерянность, попытался утешить. Подошел и притиснулся своим тугим животом. Я испугалась, что он меня засалит, и оттолкнула, довольно неудачно. Он упал на копчик.

— Ты что? — спросил он, сидя на земле.

— А что? — невинно спросила я и подняла с земли кирпич.

— А сказать нельзя? Сразу драться?

— Можно и сказать, — согласилась я. — Подойдешь — убью.

— Идиотка, — констатировал Димка.

— А ты кто? — поинтересовалась я.

Он встал и ушел, очень недовольный. Что-то я в нем задела.

Бедные актрисы. Зависимые люди. Дешевый товар. Димка считает, что можно взять задешево, а еще лучше — даром. И вдруг какая-то Золушка поднимает кирпич. Защищается. Угрожает. Будучи трусом, он начинает меня бояться. Трусость и хамство — братья-близнецы. Два конца одной палки.

***

Репетировали сцену: отец приводит в дом мачеху по имени Изабелла. Изабелла пьет чай из маминой кружки. Мама умерла, а чашка осталась. И чужая Изабелла пьет из нее чай. Золушка прячется и рыдает.

Я никак не могла войти в нужное состояние, стояла с пустыми глазами, деревянная, парализованная стыдом и недоумением.

— Можно под носом за волосинку дернуть, — предложила гримерша Валя. — Слезы сразу потекут.

Ты понимал: слезы потекут, но отчаяния не будет. Золушка должна плакать от обиды, а не от боли.

Подошел Барышев и предложил:

— Давай я буду ее обижать, а ты защищать.

Есть такой прием у следователей: делятся на хорошего и плохого. Один оскорбляет, другой заступается. Разминают душу. Как правило, подследственный начинает жалеть себя, плачет и раскалывается.

Ты был против милицейской практики в искусстве. Но что-то надо было делать. День уходил. Еще один пустой день.

Димка направился ко мне, заготовив в душе хамство. Я наклонилась и подняла пустую трехлитровую банку. Димка остановился. Вернулся на место.

— Да ну ее! — сказал Димка. Хотел что-то добавить, но я напряженно следила за ним с банкой в руке. Лучше не добавлять.

Ты подошел и заглянул в мои затравленные глаза своими, все понимающими, как у Господа Бога.

— У тебя было в жизни что-то стыдное? Вспомнишь — и стыдно...

Я задумалась.

Валька Шварц? Да нет. Просто противно — и все. Мой первый муж? Однако первые мужья были у всех, даже у Мерилин Монро. Перед Артуром Миллером было много первых и вторых. Ну и что?

Смерть моего отца... Но я была маленькая, семи лет. Нас взяли с сестрой на кладбище. А тетя Соня пукнула. И мы с сестрой стали давиться от смеха. А потом я увидела, что тетя Соня плачет. Я никогда не видела прежде ее слез, у нее было такое лицо... Мне стало жалко тетю Соню, и я тоже стала плакать от жалости. Тетя Соня была старая дева, ее никогда никто не ласкал. Она жила в доме родственников, шила, варила, боялась съесть лишнего. А потом ее разбил инсульт, и родственники сдали ее в дом инвалидов. И она там лежала рядом с женщиной-маляром, которая упала с крыши и сломала себе позвоночник. Эта женщина-маляр с утра до вечера ругала бригадира. А тетя Соня радовалась моему приходу и при мне говорила о своем женихе. Когда-то у нее был жених. Ей хотелось говорить при мне о любви. Мы смеялись. В комнате остро пахло мочой. А потом она умерла.

Бессмысленная жизнь. Бессмысленная смерть. Но это не так. Тетя Соня любила меня. А я любила ее. Это и был смысл. Но наша любовь ни от чего ее не оградила: ни от инсульта, ни от дома инвалидов.

— Мотор! — крикнул ты.

Я плакала с открытым лицом. Плевать на всех.

Мачеха Изабелла была мерзкая. Но и она оказалась в инсульте и покорно моргала, глядя на жизнь вокруг себя, но уже не в силах вмешиваться в эту жизнь. Вот так поморгает и умрет.

Как коротка жизнь. Как жаль людей. Всех. И плохих, и хороших. И даже этого кабана Димку Барышева.

Я плакала и не могла остановиться. А потом мне показалось, что никого нет вокруг. И я — это уже не я. Моя душа, как при втором рождении, вплыла в другое тело. Вернее, в мое тело вплывает новая душа.

— Стоп! — скомандовал ты.

— Дубля не будет? — спросил Димка.

Ты знал, что такое не дублируется.

Вечером ты сидел на берегу. Трое местных мужиков принесли тебе самогон, и вы пили все вместе. Ты сидел и разглагольствовал, а мужики слушали, раскрыв рты. Ты говорил о том, что людям нужны сказки, потому что люди — это дети всех возрастов.

Я ушла на озеро, подальше от людей. Вода в озере отражала облака. Посреди, на палке, вертикально торчащей из воды, застыла цапля.

Я смотрела на плывущие в воде облака, на изящный контур цапли. Здесь, в селе Хмелевка, происходила химическая реакция, когда брался замысел Вальки, труд целой группы, твое осмысление, мое лицо — и из всего этого получалась Золушка. Я была задействована в химическую реакцию, как необходимый элемент. Я участвовала в процессе сотворения. Отдавала себя как часть. И получалось новое целое. Получалось, что вся моя жизнь с поиском и предательством не просто так, как дым в трубу. А как поленья в печи. Прогорят, но и согреют.

Жизнь наполнялась смыслом.

Цапля все отражалась в воде, и небо зеленело. И казалось, что эта цапля тоже задействована в химию жизни. Без нее полдень не был бы завершен. Чего-то не хватило бы в этом подлунном, подсолнечном мире.

***

Приехал Валька Шварц. Требовались изменения в сценарии. Валька должен был переписать диалоги.

И он их переписал. Я просто поражалась: откуда к нему идут слова? Как будто на его макушке стоит специальное улавливающее устройство, невидимая антенна. И ловит из космоса. Быстро, легко, мастерски.

Ему очень шла работа. Он был даже не противный. Со своим шармом. И длинный нос — на месте. Короткий был бы хуже.

В столовой Валька подошел и сказал, что хочет со мной поговорить.

— Говори, — разрешила я.

— Не здесь, — ответил Валька.

Видимо, фон деревенской столовой казался ему неподходящим.

— А почему не здесь? Какая разница?

Я не предполагала и даже не догадывалась, что Валька собирается говорить о любви. Какая может быть любовь между мной и Валькой? Выпить — пожалуйста. Можно даже трахнуться при определенных обстоятельствах. Но любить...

Для меня любовь — религия. Я через любимого восхожу к Богу. Значит, мой любимый сам должен быть подобен Богу, как Иисус Христос. При чем тут Валька?

Валька все-таки настоял на свидании. Пришел ко мне в комнату и стал говорить, ЧТО он чувствует и какое это имеет значение в его жизни. В этот момент Валька был почти красивый. Одухотворенный.

Я спокойно слушала, не перебивала. Но в какой-то момент стала думать о Золушке. Завтра должны были снимать эпизод, как Золушка приходит мыть окна к «новым русским».

Валька вдруг замолчал. Потом поднялся и ушел. Он по моему лицу увидел, что я не здесь. И что я его не слушаю.

Я знала, что он попереживает, а потом напишет об этом сценарий и получит много денег. Его жизнь — это безотходное производство. Все на продажу: и радость, и горе. Горе стоит дороже. Почему? Потому что горе глубже чувствуешь и ярче передаешь. Литература — это способ поделиться с людьми.

Валька уехал, но перед отъездом сказал тебе, что я холодная и расчетливая, как змея. Молодая гибкая змея.

Он считал, что я должна быть благодарна за роль. Я и благодарна. Но не до такой же степени...

Тебя устраивало то, что я отшила Вальку. Не потому, что я тебе нравилась. У тебя жена, папа, два сына и еще один сын от первого брака. С тебя хватит детей и браков. Но если я в твоем фильме, значит, в твоем сердце и в печенках и, значит, на этот период должна быть только твоя. А потом, после фильма, ползи, змея, куда хочешь. В пески или в камни, где тебе больше нравится.

У меня действительно длинное тело, высокая шея, маленькая голова и пристальные глаза. Я в самом деле похожа на змею.

Африканскую часть сценария снимали на Кубе.

Принц — негр. Логичнее было бы ехать в Африку, но свои услуги предложила киностудия Гаваны.

Жили в отеле «Тритон» на берегу океана. Это тебе не Дом колхозника в Хмелевке.

Питались в ресторане. Обед начинали с фруктов: папайя, авокадо — от одних слов с ума сойдешь. Веселые официанты-мулаты, почему-то все левши, записывали заказ левой рукой.

Куба переживала сложный период, но в отеле «Тритон» рай, коммунизм — называй, как хочешь.

На центральной площади Гаваны работал маленький духовой оркестр. Дирижер поднял руку, дал дыхание, музыканты подняли трубы к губам, но в это время к дирижеру подошел пожилой мулат и задал вопрос. Дирижер ответил. Мулат снова что-то спросил. Дирижер снова ответил. Музыканты ждали с поднятыми трубами, скосив на дирижера глаза. Никто никуда не торопился.

Потом все же оркестр заиграл, и вся площадь задвигалась в ритме, как кордебалет. Было впечатление, что они здесь репетируют. Но никто не репетировал. У них это врожденное. Кубинцы весьма расположены петь и танцевать. И совсем не расположены работать. И в самом деле, как можно работать в такую жару?.. В такую жару хорошо пить пиво и любить друг друга.

Когда вечером гуляли вдоль берега, приходилось переступать через влюбленных. Наиболее застенчивые уходили в океан, на поверхности, как тыквы, качались головы, и земля двигалась вокруг своей оси не равномерно, а толчками, в такт любви.

Я ходила изгоем. Во мне никогда не селилось такого вот страстного всепоглощающего чувства. Я, как человек с хроническим насморком, попавший в благоуханный сад. Все вижу, но ничего не чувствую. Может быть, я действительно хладнокровная, как змея...

Репетировали свадьбу Золушки и принца. На мне было платье, похожее на сгустившийся воздух. Принц — весь черный, в черном смокинге.

Надо было целоваться, но я медлила. Камера была близко от нас. Снимали крупный план.

— Целуйтесь! — скомандовал ты.

От принца исходил незнакомый мне, неуловимо-сладковатый запах. Говорят, черная кожа пахнет иначе, чем белая.

— Целуйтесь же! — крикнул ты.

Я поцеловала принца в лоб.

— Ты что, с покойником прощаешься?

Принц видел, что я смущена, и смущался сам. У него было французское имя Арман, и он вообще был симпатичный, образованный и скромный молодой человек. Но Арман существовал ВНЕ моего восприятия. Это невозможно объяснить.

Ты подошел, отодвинул принца, обнял меня и поцеловал. Это длилось несколько секунд. Видимо, ты учил Армана, как это делается.

Потом отошел, уступил свое место.

Я закрыла глаза и решила для себя: ты не отошел. Это твои руки, твои губы. Я целовала Армана, целовала, как будто пила и хотела выпить без остатка.

— Мотор! — крикнул ты.

Оператор застрекотал камерой. Кадр был выстроен. Цветовое решение оптимальное. Я в белом. Принц в черном. Как муха на сахаре.

— Стоп!

В принце вдруг сильно застучало сердце. Я его завела и завелась сама. Мы продолжали начатое.

— Стоп! — крикнул ты.

Я очнулась, но другая. Хронический насморк прошел. Я как будто слышала все запахи жизни. Хотелось поступка. Хотелось взять тебя за руку и уйти с тобой в волны океана. И пусть наши головы качаются над волнами, как две тыквы.

На берегу океана орали русские песни: «Без тебя теперь, любимый мой, земля мала, как остров». Неподалеку размещалась русская колония. Гуляли русские специалисты.

Скоро Фидель Кастро обидится на Россию, и русские специалисты уедут. А сейчас пока поют.

«Без тебя теперь, любимый мой, лететь с одним крылом...»

Я не могла уснуть. Надела шорты и вышла на берег. Берег пористый, как поверхность Луны. Я шла по Луне и вдруг увидела тебя. Ты приближался навстречу. Выследил? Или тоже пошел погулять?

— Во все времена были дочки и падчерицы, — сказал ты.

Я поняла, что ты постоянно думаешь о своем фильме. Как Ленин о революции. Как маньяк, короче.

— А черепахи совокупляются по тридцать шесть часов, — сказала я. У меня была своя тема.

— Откуда ты знаешь?

— У Хемингуэя прочитала.

— А Хемингуэй откуда знает?

Мы стояли и смотрели друг на друга.

Наше молчание и стояние затянулось.

Наконец я сказала:

— Проводи меня. Я боюсь.

Такая реплика выглядела правдоподобной. Кубинцы — народ горячий. Они свободные и страстные, как молодые звери. Им ничего не объяснишь, тем более по-русски.

Ты взял меня за руку, и мы пошли в отель «Тритон».

Кровать в моем номере трехметровая, можно лечь вдоль, а можно поперек. Мы так и поступили. Лежали то вдоль, то поперек. Я поразилась: как хорош ты в голом виде и как открыто выражаешь свои чувства. Черепахи так не умеют. Так могут только люди.

Я тогда еще не догадывалась, что это ЛЮБОВЬ, я думала — обычный рельсовый роман.

Мы заснули.

Утром я проснулась раньше и смотрела на тебя, спящего. Ты был смуглый от природы да еще загорел. Я подумала: «Вот мой принц».

Я встала и захотела выйти на балкон, но боялась тебя разбудить и стала отодвигать жалюзи тихо, по миллиметру. Мне казалось: если действовать тихо, я тебя не разбужу. Но ты, конечно же, проснулся и следил за мной из-под ресниц. Твое лицо было непривычно ласковым.

Страсть — это болезнь. Лихорадка. Я играла, как никогда. На грани истерики. Глаза меняли цвет, как море.

— Что это с ней? — спросил Димка Барышев.

— Актриса, — ответил ты.

Во мне действительно вскрылась АКТРИСА и вышла из берегов. Я как будто подключилась к ИСТОЧНИКУ. И удвоилась. Меня стало две.

По ночам ты приходил на наше стойбище любви. И я опять удваивалась, потом исчезала. Превращалась в другое качество. Шла божественная химия. $H_2 + O = H_2O$. Без тебя газ, водород. А рядом с тобой перехожу в другое качество, в молекулу воды.

Однажды я опустилась на колени и сказала:

— Господи, не отомсти...

Мне показалось, что за такое счастье Бог обязательно взыщет. Что-то потребует.

Фильм набирал высоту. Когда смотрели отснятый материал, пересекало дыхание.

Кубинская часть приходилась на середину фильма. Середина, как правило, провисает. А здесь удалась. Финал — самоигральный. Провалиться невозможно. Так что уже можно сказать: ты выиграл этот фильм.

Ты интуитивен, бредешь наугад, как Мальчик с пальчик в лесу. Уже никакой надежды, и волк за кустом — и вдруг точечка света. Выход. Спасение.

Точечка света — это я. А у меня — ты.

Я больше никого не боюсь. И ничего. Я не боюсь, что через год мне будет двадцать семь. А через десять лет — тридцать семь, и я начну играть мамаш, а потом бабушек.

Моя молодость не кончится до тех пор, пока я буду видеть точку света. Две точки — твои глаза. Глаза у тебя потрясающие: беззащитные, как у ребенка. Циничные, как у бандита. Отсутствующие, как у мыслителя.

Я люблю тебя, но как... Нежность стоит у горла. Хочется качаться, как мусульманин. Хочется молиться на тебя и восходить к Богу.

Господи, спаси меня, грешную... Помилуй мя...

***

Улетали зимой, хотя для Кубы времени года не существует.

В самолете мы сидели врозь. Ты боялся, что группа о чем-то догадается и доложит твоей жене. И я тоже боялась, что группа догадается и доложит твоей жене. Это значит: я не смогу позвонить в твой дом. Справедливости ради надо сказать, что твоя жена очень милая и трогательная, как кролик. Ее не хочется обижать.

Солнце садилось на океан. В небе горел розовый веер. Какой-то невиданный размах красок. Природа в этом месте земного шара совсем сошла с ума.

По небу летели птицы, они держались плотно, их клин походил на кружевную шаль, раскинутую в небе. На фоне заката клин казался черным.

Интересно, куда они летят? Может быть, даже в Россию. Зачем птицы летают туда-сюда, покрывают такие расстояния, набивают под крыльями костяные мозоли, гибнут в дороге?.. Зачем? Чтобы через несколько месяцев лететь назад? Но об этом надо спросить у птиц. Может быть, они только тем и живут, что вначале хотят улететь, а потом хотят вернуться.

Так и ты. Дома ты будешь тосковать обо мне. А со мной — угрызаться совестью о доме. Может быть, эти два состояния необходимы человеку для равновесия.

Самолет врезался в клин. Разрубил его мощным телом. Одну из птиц засосало в мотор. Хрупкие полые кости, нежное птичье мясо, а затарахтело, как камень. Вряд ли птица сумела что-то понять.

Мне стало не по себе. Я отстегнула ремень, прошла по проходу и села возле тебя. Ты надежно отгораживал меня

от космической пропасти. Сначала ты, потом окно иллю-
минатора, а за ней вечность. Ты надежная прокладка
между мной и вечностью. С тобой не страшно.

Я думала, что ты меня прогонишь, но ты взял мою
руку в свою.

Спросил:

— Чего это у тебя ногти ломаные?

— Так я же Золушка...

В Москве мы разъехались в разные стороны. Ты
домой, и я домой. У меня дома мама, сестра, племянница.
Бабье царство. Все с дочками и без мужей. И, между
прочим, все красивые, умные, с несложившимися жизнями.

У тебя дома отец, жена и три сына. Мужское начало
представлено широко. Твои сыновья виснут на тебе —
справа и слева, и ты становишься тяжелей, весомей, логич-
ней на этой земле. Ты и твое бессмертие — твои сыновья.

Есть еще одно бессмертие. Твое ДЕЛО. А у твоего
дела — мое лицо молодой змеи с гладкой головкой, при-
стальными глазами и высокой шеей. Ты звонишь мне по
телефону и лежишь с телефоном в обнимку. Твой голос
дрожит и ломается от нежности. Он течет, как теплые
волны Карибского залива...

Мама входит в комнату и спрашивает:

— С кем ты разговариваешь?

Наш фильм выходит на экран.

Бушует неделю по всем кинотеатрам, как эпидемия. И
через неделю мы знамениты. В прессе меня называют звез-

дой, Вальку — фейерверком, а тебя — факелом. Мы являем собой что-то одинаково светящееся.

Мы вместе ездим на премьеры в другие города. В других городах ты обязательно начинал пить и впадал в депрессию. А Валька бегал по кладбищам и базарам. Он считал, что базар и кладбище определяют лицо города.

Ты никуда не выходил, лежал в гостиничном номере. Любовь и слава ни от чего не спасали, потому что тебе, как и каждому человеку, нужна гармония. А гармонии нет. Любовь в одном месте, семья — в другом. Но любовь подвластна вариантам. Можно любить Золушку, можно падчерицу, а можно фею. Дети — это величина постоянная. И жена — как часть неизменного целого. Я все понимаю, но не хочу думать наперед. Я знаю, что без тебя я ничто. Аш-Два. Выдох. А с тобой я молекула воды. Вода — жидкий минерал. Значит, я из неощутимого газа превращаюсь в минерал. Разве это мало?

Однажды Валька сказал о тебе: «Он страшный человек. Он никогда не голодал».

Я считаю иначе. Страшнее те, кто голодал. Когда человек живет в любви и достатке, он развивается гармонично. Но вообще я бываю довольна, когда о тебе говорят плохо. Значит, кому-то ты не нравишься, хотя бы одному человеку. И, значит, меньше опасность, что отберут.

Помнишь, как мы уезжали и я вела тебя, пьяного, держа за руку, как упрямого ребенка? Ты шел следом на расстоянии вытянутой руки, смеялся и говорил:

— Ну что ты держишь так крепко? Я — это единственное, чего ты не потеряешь. Никогда.

А помнишь, как я влезла к тебе на верхнюю полку, а внизу спал какой-то командированный, и надо было, чтобы он ничего не услышал?

В поезде ты сделал мне предложение. Ты сказал:

— Я устал бороться с собой. Выходи за меня замуж, и всю ответственность за твою жизнь я беру на себя.

Я ничего не ответила. Ты был пьяный, и я знала, что наутро ты забудешь о сказанном.

Ты не забыл. Я видела это по твоему лицу. Ты смотрел на меня не как обычно — в глаза, а чуть-чуть мимо глаз: в переносицу или в брови. Ты избегал прямого взгляда, потому что опасался: вдруг я напомню, переспрошу, уточню?

Я не стала переспрашивать и уточнять. Я понимала, что из тебя выплеснулось желаемое, но невозможное.

Мы вышли из поезда и сели в такси. Шофер заблудился специально, вез нас кругами, чтобы на счетчике было больше денег. Ты разозлился, а я стала тебя успокаивать, как мать успокаивает ребенка. Я гладила твое лицо — не щеки, а все лицо, брови, глаза. Господи Боже мой... Какое это было счастье — гладить твое лицо, и целовать, и шептать...

Ты не знаешь, что тебе снимать. Ты отдал всего себя прошлому фильму и пуст. И кажется, что так и будет всегда. У тебя послеродовая депрессия.

Режиссеры, как правило, запасливы, как белки. У них наготове три-четыре сценария. И жизнь расписана на десять лет вперед. Ты этого не приемлешь. Для тебя фильм — это любовь.

Когда любишь, то кажется: это будет длиться вечно. И невозможно заготавливать объекты любви впрок, ставить их в очередь.

Но ничто не длится вечно. Заканчивая фильм, ты проваливаешься в пустоту и сидишь в этой пустоте, подперев щеку рукой.

Я смотрю в твое лицо и говорю, говорю, а потом слушаю тебя. Ты говоришь, говоришь и слушаешь меня. И таким образом рождается новый замысел. И Валька Шварц уже садится и пишет.

О чем? Это история Виктора Гюго и Джульетты Друэ. Была такая Джульетта в его жизни, кажется, актриса. И была жена, ее тоже как-то звали. Но никто не помнит — как. А Джульетту Друэ помнят все. У нее даже есть последователи, ее могила охраняется фанатиками, поклонницами ее жизни.

Это началось у нее с Виктором, как обычный роман. Ничего особенного, писатель и актриса. Потом засосало. Джульетта следовала за Виктором как нитка за иголкой. И по вечерам Виктор шел к ней, вдохновленный, и никто этого не знал. А Джульетта сидела на пенечке, в шляпке, ждала. Смотрела на аллею. И вот он идет. Она всплескивает ручками — и к нему навстречу. Припадает к груди. Ах... И так из года в год.

Прошла жизнь. Жена смирилась, и в старости они живут втроем. Они все нужны друг другу. Жена болеет, Джульетта ей помогает. Они все вместе тащатся по жизни, поддерживая друг друга.

В конце концов все умирают. И Джульетта тоже умирает, и ее жизнь — подвиг любви и бескорыстия —

становится явлением не меньшим, чем талант Виктора Гюго.

Новая точка зрения на супружескую измену, на проблему «долг и счастье».

Валька пишет. Мы ждем.

Мы встречаемся каждый день и расстаемся для того, чтобы встретиться опять. И эти разлуки нужны, как день и ночь в сутках. Ведь не может быть вечный день или вечная ночь.

Хотя, конечно, вечная ночь накроет нас когда-нибудь. Мы умрем когда-нибудь. Но зачем думать о смерти? Мы будем думать о жизни. Жизнь удается, если удается ЛЮБОВЬ. В этом дело.

Я возвращаюсь домой и лежу в обнимку с телефоном. Мама входит и спрашивает:

— Почему он не делает тебе предложение?

— Делает, — говорю я. — Творческое предложение.

— Так и будешь вечной любовницей? — интересуется мама.

— А чем плохо любить вечно?..

Валька пишет. Мы ждем. И любим друг друга везде, где можно и нельзя. В машине, в подъездах, у стен храма на выезде из Москвы, в доме Вальки.

Мы спариваемся бурно и постоянно, как стрекозы, которые родились на один сезон, им надо успеть насладиться жизнью и оставить потомство. Ты жаждешь меня и не можешь утолить своей жажды. И чем все это кончилось? Тем, что я забеременела и попала в больницу.

Я лежала в общей палате на десять человек.

Ты приходил ко мне через день. Я спускалась к тебе в халате.

Мы стояли на лестнице. Ты говорил:

— Когда тебя нет, нет ничего. Пусто и черно, как в космосе.

Я спросила:

— Может, я тебе рожу?

Ты помолчал и ответил:

— Не надо. Дай мне спокойно умереть.

Ты пьешь, это превращается в болезнь. Талант — это тоже болезнь своего рода. Патология одаренности. Кино съедает тебя всего целиком. Ты совершенно не умеешь жить. Ты умеешь только работать. У тебя хрупкая психика, нет уверенности в завтрашнем дне. Режиссер — человек зависимый: вдруг кончится талант? Вдруг придут власти, которые запретят? Вдруг придет болезнь, как к Параджанову, и съест мозг?

И только я — отдых от проблем. Со мной только счастье и прекрасная химия. Пусть так и останется. Пусть все будет, как было.

— Хорошо, — торопливо соглашаюсь я. — Ты потерпи...

Я думаю только о нем. Ты потерпи мое отсутствие, а потом я опять сяду в шляпке на пенек, как Джульетта Друэ.

Пришел Валька Шварц и принес мне мандариновую ветку с мандаринами.

— Поставь в банку, как цветы. Это не завянет, — сказал Валька.

Я никогда не видела раньше мандариновую ветку. Желтые шарики висели, как елочные украшения. Листья пахли цитрусом. Откуда в Вальке эта тонкость?

— Хочешь, я скажу тебе, что будет дальше? — спросил Валька.

— В стране? — уточнила я, потому что в стране продолжались бешеные перемены, и народ все еще жил перед телевизором.

— Нет, не в стране, — ответил Валька.

— В сценарии?

Я знала, что Валька сейчас на тридцатой странице, в том месте, где Виктор Гюго теряет сына. Сын тонет, Виктор узнает это из газет.

— Нет, не в сценарии, — сказал Валька. — В твоей жизни. Что будет дальше с тобой.

— Интересно... — Я напряглась, поскольку Валька любил говорить о тебе гадости.

— Ты сделаешь аборт. Больше никогда не родишь. Ты начнешь его упрекать. Вы станете ругаться, и он тебя бросит. И ты превратишься в подранка.

— В кого?

— В раненого зверька, но не убитого до конца. Из тебя будет торчать нож.

— А он?

— А он найдет себе другую и будет эксплуатировать ее терпение и молодость. Сейчас он эксплуатирует терпение жены, твое тело. И ждет, когда это кому-нибудь надоест.

— Что ты предлагаешь? — спросила я.

— Я предлагаю тебе сохранить ребенка. А там видно будет.

Я представила себе, как пополню команду в нашей семье: мама — молодая, красивая, без мужа, с двумя взрослыми дочерьми. Сестра — с дочерью и без мужа. Теперь я — кинозвезда с ребенком и без мужа. А там будет видно. Или не видно.

— Найдешь себе настоящего мужчину, — сказал Валька.

— Что такое настоящий мужчина, по-твоему?

— Деньги и мясо, — объяснил Валька. — Мужчина должен зарабатывать деньги, сам выбирать на базаре мясо и отвечать за свою женщину. А твой — не мужчина. Сын полка, всеобщая сиротка. Ни за что не отвечает и только разрешает себя любить.

— Он талант, — возразила я. — Это важнее мяса на базаре.

— Талант не освобождает человека от простой порядочности.

Я молчала. Мне жаль было убивать нашего ребенка. Я его уже любила.

По моим ногам дул ветер. Я замерзла.

Валька снял куртку и положил ее на лестничную площадку, на которой мы стояли.

— Встань, — сказал Валька. — Пол холодный.

Я не вставала. Мне не хотелось топтать его одежду.

— Выходи за меня, — предложил вдруг Валька. — Никто и не узнает, чей это ребенок.

— Я тебя все равно брошу.

— Потом все равно вернешься.

— Почему? — удивилась я.

— Потому что он будет всегда женат. А я буду всегда тебе нужен. Между нами будут действовать две силы: центробежная и центростремительная.

Я внимательно посмотрела на Вальку. Он хорошо и даже как-то весело встретил мой взгляд. Любое месиво жизни Валька украшал острым умом — остроумием. Может быть, именно поэтому Валька брал готовые литературные конструкции — Золушка, жизнь Гюго, — пропускал это через мясорубку своего видения, и получалось нечто третье. Жаль, что я любила не Вальку. Но я любила не Вальку.

— Ты сама бросишь его, когда у тебя раскроются глаза, — сказал Валька. — Он подбирает людей по системе собак. До тех пор, пока они ему служат. А когда перестают служить, он набирает новую команду.

— Пусть, — сказала я.

— Ну и дура, — сказал Валька.

— Конечно, — согласилась я.

Мы засмеялись, чтобы не заплакать.

Ветку с мандаринами я поставила в банку, и когда мои соседки по палате, бедные, выскобленные прекрасные женщины, увидели желтые шарики на ветке, их лица стали мечтательными.

Среда — день абортов. В этот день через руки врачей проходит по двадцать женщин.

Самое мучительное — это когда раскрывают ход в твое нутро, в святая святых. Этот ход природа сомкнула намертво, и раскрывать приходится железом и усилием. Взламывать. Потом берут ложку на длинной ручке, она называется кюретка, и выскабливают хрупкую жизнь. На маленьком подносике образуется кровавая кучка. Ее не выбрасывают. Это биологически активная масса, из нее что-то приготавливают. Кажется, лекарство.

Я лежала в определенной позе и ждала, когда мне дадут наркоз. И в этом временном промежутке ожидания я успела подумать: вот так же, в этой позе, я принимала тебя и любила. А сейчас в этой же самой позе я убиваю результат нашей любви. Вместо теплой, желанной плоти в меня войдут железо и боль.

Когда я отдавалась тебе с разбросанными ногами — это было красиво. А сейчас, когда сие не освящено чувством, — это стыдно, унизительно и противоестественно.

Все то же самое, но со знаком минус.

Мне захотелось все это прекратить, встать, уйти и забыть, как страшный сон. Но в мою вену уже вошла игла, и я поплыла, и, уже плывя, пыталась что-то объяснить, и полетела в черноту. Наверное, именно так и умирают.

Я постоянно возвращаюсь в ту черную среду. Я опоздала на тридцать секунд. Мне надо было успеть сказать, что я передумала, потом встать с кресла и уйти. Потом я позвонила бы Вальке Шварцу, и он приехал бы за мной на машине и забрал к себе домой.

Ты бы позвонил вечером, мама бы сказала:

— А она у Валентина Константиновича.

— А что она там делает? — удивился бы ты.

— Не знаю. Кажется, вышла за него замуж.

Ты пришел бы к нам. И сказал бы мне одно слово:

— Змея.

— Змея жалит только тогда, когда защищается, — ответила бы я. — А в остальное время это тихое, грациозное создание.

Ты бы сказал:

— Я думал, что ты моя Джульетта Друэ.

— Джульетта Друэ была слабая актриса. Она служила идее искусства через другого человека. Через Виктора Гюго. А у меня есть свой талант и свое материнство. В этом дело.

— Я думал, мы никогда не расстанемся, — сказал бы ты.

— А мы и не расстанемся. У моего сына (в мечтах это был сын) половина твоего лица. Так что мы всегда вместе.

Вот так я могла говорить с тобой, если бы послушалась Вальку. Но я не послушалась, и все стало развиваться по его сценарию.

Валька — великий сценарист.

Мы стали ссориться.

Отношения не стоят на месте. Накапливается усталость.

Ты подвозишь меня к моему дому и уже знаешь, что я не захочу сразу выйти из машины. Буду медлить. Ныть. И я медлю. Ною. Потом все-таки выхожу.

Ты срываешь машину с места, как застоявшегося коня, и мимо меня проносится твой профиль над рулем. И я вижу по профилю: ты уже не здесь. Не со мной.

Вечером ты мне звонишь. Я лежу в обнимку с телефоном.

Мама смотрит на меня и говорит:

— Дура. А он сволочь.

В конце декабря грянул мороз, и моя машина заглохла в центре города, неподалеку от твоего дома.

Я забежала в автомат, позвонила к тебе домой. Объяснила создавшуюся ситуацию. Спросила:

— Не подскочишь?

От моего дыхания шел пар и ресницы заиндевели.

— Не подскочу, — ответил ты легким голосом. — Я пообещал Денису пойти с ним в «Орбиту». Я уже полгода обещаю, и все время что-то происходит.

Денис — это младший сын. «Орбита» — магазин. Значит, Дениса отменить нельзя, а меня можно. Меня можно бросить в тридцатиградусный мороз на дороге — выкручивайся, как хочешь.

Во мне что-то лопнуло. Я проговорила почти спокойно:

— Когда ты сдохнешь, я приду и плюну на твою могилу.

Я не ожидала от себя этих слов. И ты тоже не ожидал от меня этих слов. Ты замер, потом сказал:

— Не говори так. У меня воображение...

...Ты живо представил себе сырой холм на Ваганьковском кладбище, неподалеку от могилы Высоцкого. Я подъехала, оставила машину за оградой, а сама прошла на территорию кладбища. Подошла к твоей могиле, плюнула и ушла. О Боже...

На другой день мы встретились у Вальки для работы. Валька должен был читать нам новый кусок. Отношения Джульетты и Виктора начинали уставать. Любовь тоже болеет и выздоравливает. Или умирает в мучениях.

Ты разделся и повесил куртку. Я не смотрела на тебя после вчерашнего. Я тебя ненавидела. Не-на-ви-де-ла.

Потом все-таки подняла глаза и увидела: над твоей бровью малиновая полоса, как будто приложили утюг.

— Что это? — спросила я.

— Сосуды рвутся, — грустно ответил ты.

И у меня самой что-то порвалось внутри, и жалость пополам с любовью затопила грудь. Я обняла тебя, прижала, прижалась сама. Сказала тихо:

— Прости...

Я ненавидела себя за мелочность. Ну, не родила... Ну, проторчала час на дороге. Не умерла же. И даже если бы и умерла. ВСЕ можно положить к ногам любви. Даже жизнь.

— Прости, — снова сказала я.

Ты стоял — покорный и доверчивый, как ребенок.

Через неделю мы опять поругались.

Это было в гостях. Хозяин дома подарил мне Библию. Хозяин дома был иностранец, делал бизнес на русском православии, вернее, на церковном песнопении. Он возил церковный хор по городам Европы и очень неплохо зарабатывал. Но дело не в нем, а в Библии. Хозяин дома протянул мне Библию. Ты цапнул ее, перехватил, положил на свой стул и сел сверху. Как бы шутливо определил: МОЕ. Шутливо, но отобрал.

Я шутливо столкнула тебя со стула и забрала книгу.

Ты ничего не сказал, просто посмотрел очень внимательно.

Твоя собака не слушала команду. Не повиновалась. Такую собаку надо менять.

Я все чаще ненавидела тебя. Если раньше между нами была любовь — любовь, то теперь любовь — ненависть. Как коктейль «Кровавая Мери», когда водка смешивается с томатным соком.

Меня пригласили во Францию сниматься в кино. Однажды вечером позвонил человек по имени Жан-Люк, предложил роль, контракт и сказал, что вечером мне завезут сценарий.

Я готова была сказать «да» сразу, независимо от роли и суммы гонорара. Я хотела поменять картинку за окном и выплеснуть из себя «Кровавую Мери».

Ты спросил:

— А как же Джульетта Друэ?

Я ответила:

— Джульетта — дура. А Виктор — сволочь.

Ты удивился:

— Почему?

— Потому что он эксплуатировал ее чувство. А она разрешала. И всю жизнь проторчала в любовницах.

— А могла бы выйти замуж за офицера в синей майке и варить ему фасоль.

— А что, существуют только таланты и бездари? Черное и белое? А середины не бывает?

— Середина между черным и белым — это серый цвет. Серость.

Впоследствии я убедилась: ты был прав. Но это впоследствии.

А сейчас я хотела чего-то еще.

Наша любовь была похожа на переношенный плод, который уже не умещается во чреве и задыхается, а ему все не дают родиться. Я перестала себе нравиться в твоем обществе.

Ты смотрел на меня внимательно. Твоя собака перебегала на чужой двор.

***

Любовь и ненависть составляли всю мою жизнь.

Мои ссоры с тобой — не что иное, как борьба за тебя. Я бунтовала, потому что подтягивала тебя к своему идеалу. Но ты не стал подтягиваться. Ты исповедовал систему собак. Тебе легче сменить собаку, чем подтягиваться. И ты бросил меня в конце концов. Ты позвонил мне, как обычно, и сказал:

— Наши отношения зашли в тупик. И продолжать их — значит, продолжать тупик.

— Ты хочешь со мной поссориться? — спросила я.

— Я хочу с тобой расстаться.

— Нет, — растерялась я. — Нет...

Я хотела закричать: «Не-е-ет!!!» Я закричала бы страшно, так, что вылетели бы стекла из окон. Так кричат люди, которые срываются в пропасть. Но в это время в дверь постучали, и вошел Жан-Люк.

— Привет, — сказал Жан-Люк, потому что не умел выговорить русского «здравствуй». Семь согласных букв на две гласных были ему не под силу.

— Как хочешь, — сухо сказала я в трубку. — Я не возражаю.

Ты ожидал другой реакции и обиделся.

— У тебя будет все, — сказал ты. — Но не будет меня. И тебе будет очень плохо.

— Хорошо, — сухо повторила я. — Я не возражаю.

Я положила трубку. Я не могла двигаться, потому что в моей спине торчал нож. Я не могла ни двигаться, ни дышать.

— Пойдем в казино, — предложил Жан-Люк.

— Пойдем, — сказала я.

Казино находилось у черта на рогах, в Олимпийской деревне. Жан-Люк несколько раз вылезал из машины и спрашивал, как проехать. Я сидела в машине и ждала. Быть и казаться. Я казалась молодой женщиной, лихо испытывающей судьбу-рулетку. А была... Правильнее сказать: меня не было. Из меня изымалась главная моя часть — О, и жидкий минерал — вода — постепенно испарялся, превращался в бесплотный газ. Я не представляла себе, как жить. О чем говорить? И зачем?

В казино я стала играть. Мне начало везти. Я выигрывала и выигрывала, и этот факт убеждал меня в потере любви. Срабатывал закон компенсации. Судьба отняла тебя, а за это дала денег. Заплатила.

На выигранные деньги я купила себе норковую шубу цвета песка. Отрезала волосы, повесила над бровями челку, поменяла стиль. И когда я шла, молодая и уверенная, в дорогой длинной шубе, никому не приходило в голову, что в спине у меня нож.

Прошло десять лет.

Ты бросил жену и женился во второй раз. Не на мне. На другой. Если я змея, то она кобылица, та самая, из «Конька-горбунка», которая топчет пшеничные поля. Эта тоже вытопчет любое поле. К кино не имеет никакого отношения. Что-то покупает и продает. Занимается бизнесом. Бизнес вумен.

Я постоянно задавалась вопросом: почему ты выбрал ее, а не меня? Разве мы не любили друг друга? Разве я не была твоей музой?

Да. Была. Любил. Но дело не во мне или в ней. Дело — в ТЕБЕ. Это ты стал другим. Тебе захотелось поступка. Захотелось развернуть корабль своей жизни резко вправо или влево.

Я невольно расшатала коренной зуб твоей семьи. А она подошла и без труда вытащила этот зуб.

Я не интересовалась подробностями, но знаю, что кобылица не выносила твоих запоев. И через месяц ты уже не пил. Тебе, оказывается, нужна была сильная рука. В новой системе собак собакой оказался ты. А она хозяйка. Она сильнее меня. Вернее, не так: моя энергия уходила на творчество, а ее энергия — на саму жизнь. Она талантливо жила, а я отражала жизнь.

Я много работаю и много путешествую. Меня постоянно кто-то любит, но уже никто не мучает. Вернее, так: я не мучаюсь. И не задерживаюсь подолгу на одной любви. Перехожу к следующей.

У меня есть деньги, слава и одиночество. А мне хотелось бы другую конструкцию: деньги, слава и любовь. Но не получается.

Я спрашиваю у Вальки Шварца:

— Ну почему у меня не получается?

— Не положили, — отвечает Валька и разводит руки в стороны. А между руками — пустота.

Мы никогда не видимся, но следим друг за дружкой издалека. Ты все знаешь обо мне, а я о тебе.

Фильм о Джульетте Друэ был снят с другой актрисой и прошел незамеченным, как будто его и не было. Критика оскорбительно молчала. Ты не привык к поражениям и замер. У тебя появился страх руля, какой бывает у водителей после аварии. Но потом ты воспрянул и стал самостоятельно прославлять свой фильм. Ты, как Сталин, не признавал за собой ошибок, а все свои недостатки выдавал за достоинства.

Следующим фильмом ты решил взять реванш, но получился новый провал. Ты постепенно отходил на средний план, потом на общий. Почему? Может быть, потому, что распалась команда: я, ты и Валька.

Может быть, дело не в команде — во времени. За десять лет время сильно изменилось. На крупный план выходили не режиссеры, а банкиры в малиновых пиджаках, держащие руку в кармане. В кармане, набитом деньгами.

А может быть, дело в том, что тебе нельзя было завязывать с пьянством. Возможно, пьянство входило в твой творческий цикл. Ведь никто не знает, из какого сора растут цветы.

Кобылица прошлась и по твоему полю. Так тебе и надо. Или не надо? Я по-прежнему испытываю к тебе любовь и ненависть. Коктейль «Кровавая Мери» по-прежнему полощется в моей душе. Он не выдохся и не прокис от времени, потому что настоян на натуральном спирте.

Однажды я встретила тебя в самолете Москва — Сочи. Я летела работать, а ты с женой — отдыхать. Вы с ней одного роста, но она кажется выше. Она быстро прошла вперед по салону. Она вообще все делает быстро. И ходит в том числе. Ты потерял ее из виду, и твое лицо было растерянным.

Когда ты поравнялся с моим креслом, я сказала:

— Твоя туда пошла. — И показала пальцем направление.

Ты увидел меня, не удивился, как будто мы расстались только вчера вечером.

— НАША туда пошла, — поправил ты и пошел по проходу.

Самолет стал взлетать, и я взлетала вместе с самолетом. Как тогда, на Кубе. Я вспомнила розовый закат, птицу, попавшую в мотор, отсутствие тверди под ногами. Я стала думать, что значит «наша». Мы расстались с тобой на каком-то внешнем, поверхностном уровне. А внутренняя связь не прервалась, в глубине мы неразделимы. Значит, у нас все общее, и твоя жена в том числе.

Что ж, очень может быть...

Лошади с крыльями

— Ничего не получится, — сказала Наташа. — Никуда они не поедут.

— Это почему? — спросил Володя, сворачивая машину вправо и еще раз вправо.

— А потому. С ними связываться все равно что с фальшивой монетой.

Володя остановил машину возле второго подъезда. Договорились, что Гусевы будут стоять внизу, но внизу никого не было.

Наташа вылезла из машины и отправилась на третий этаж. Дверь у Гусевых никогда не запиралась — не потому, что они доверяли людям, а потому, что теряли ключи.

Наташа вошла в дом, огляделась по сторонам и поняла, что следовало захватить с собой палку и лопату — разгребать дорогу. Прежде чем ступить шаг, надо было искать место — куда поставить ногу. В прихожей валялась вся имеющаяся в доме обувь, от джинсовых босоножек до валенок и резиновых сапог. И все в четырех экземплярах. На кедах засохла еще осенняя грязь. Дверь в комнату была растворена, просматривалась аналогичная обстановка: на полу и на стульях было раскидано все, что должно лежать на постели и висеть в шкафу.

Алка была тотальная, вдохновенная неряха. И как жил с ней Гусев, нормальный высокооплачиваемый Гусев, было совершенно непонятно.

Алка вышла в прихожую в рейтузах с оттопыренной задницей и тут же вытаращила глаза с выражением активной ненависти и потрясла двумя кулаками, подтверждая эту же самую активную ненависть.

Возник понурый Гусев — небритый, драный, с лицом каторжника.

— Здорово, — тускло сказал Гусев так, будто они ни о чем не договаривались и не было совместных планов поехать на воскресную прогулку.

Наташа открыла рот, чтобы задать вопрос, но Алка ухватила ее за руку и увлекла в кухню. На кухне в мойку была свалена вся посуда, имеющаяся в доме. Стены шелушились, потолок потек, и Наташа невольно ждала, что ей на голову откуда-нибудь свалится ящерица. В этой обстановке вполне могла завестись ящерица или крокодил. Завестись и жить. И его бы не заметили.

— Ну и бардак у тебя, — подивилась Наташа.

— Ты знаешь... — Алка проникновенно посмотрела на подругу аквамариновыми глазами. Ее глаза имели способность менять цвет от настроения и от освещения. И надо сказать, что когда Алка выходила из своей берлоги на свет, то у всех было полное впечатление, что она вышла из голливудского особняка с четырнадцатью лакеями и тремя горничными. Алка умела быть лощеной, элегантной, с надменным аристократическим лицом, летучей улыбкой. Софи Лорен в лучшие времена. Сейчас она стояла унылая, носатая, как ворона. Баба Яга в молодости. — Ты знаешь, вот дали бы ложку яду... клянусь, сглотнула бы и не пожалела, ни на секунду не пожалела об этой жизни...

Наташа поняла: в доме только что состоялся скандал, и причина Алкиной депрессии — в скандале. Поэтому Гусев ходил отчужденный и мальчики не вылезали из своей комнаты, сидели как глухонемые.

Скандал, как выяснилось, произошел оттого, что Гусев отказался ехать на прогулку. А отказался он из-за трою-родной бабки, которая померла три дня назад. Алка счита-ла, она так и сказала Наташе, что бабке давно пора было помереть: она родилась еще при Александре Втором, после этого успел умереть еще один царь, сменился строй, было несколько войн — первая мировая, гражданская и вторая мировая. А бабка все жила и жила и умерла только три дня назад. А Гусев, видишь ли, расстроился, потому что бабка любила его маленького и во время последней войны при-слала ему в эвакуацию ватник и беретку. Сыновья — пара-зиты, ругаются и дерутся беспрестанно. В доме ад. Посуда не мыта неделю. Все ждут, пока Алка помоет. Все на ней: и за мамонтом и у очага. А даже такая радость, как вос-кресная прогулка с друзьями, ей, Алке, недоступна. Алки-ны глаза наполнились трагизмом и стали дымчато-серые, как дождевая туча.

Володя загудел под окном.

— Какой омерзительный гудок, — отвлеклась Алка от своих несчастий. — Как малая секунда — до и до-диез.

— Как зеленое с розовым, — сказала Наташа.

Алка была хореограф в музыкальном училище, а На-таша — преподаватель рисования в школе для одаренных детей. Одна воспринимала мир в цвете, а другая в звуке. Но сочетались они замечательно, как цветомузыка.

— Ну, я пойду, — сказала Наташа. — Очень жаль...

Ей действительно было очень жаль, что Алка не едет, потому что главное — это Алка. Володя — просто колеса. Гусев — компания для Володи, чтобы не болтался под ногами. Мужчин можно было бы оставить вдвоем, и они разговаривали бы про Картера.

Мужчины такие же сплетники, как женщины, но женщины перемывают кости своим подругам, а мужчины — правительствам, но в том и другом случае — это способ самоутверждения. Картер сделал что-то не так, и Гусев это видит. И Володя Вишняков видит. Значит, Гусев и Вишняков — умнее Картера. Картер в сравнении с ними — недалекий человек, хоть и сидит сейчас в парламенте, а они идут по зимнему лесу за своими женами-учительницами.

А Наташа рассказывала бы Алке про выставку детского рисунка и про Мансурова. Она говорила бы про Мансурова час, два, три, а Алка бы слушала, и ее глаза становились то темно-зеленые — как малахиты, то светло-зеленые — как изумруд. И глядя в эти глаза, можно было бы зарыдать от такой цветомузыки, такой гармонии и взаимопроникновения.

На кухню вышел Гусев, поискал в горе посуды кружку. Вытащил с грохотом.

— Может, съездим? — поклянчила Алка.

Гусев стал молча пить воду из грязной кружки. Он чувствовал себя виноватым за свое человеческое поведение. Алке кажется нормальным, когда умирает очень старый человек. А ему кажется ненормальным, когда умирает его родственница. Ему ее жаль, сколько бы ей ни было лет.

Хоть триста. Старые родственники — это прослойка
между ним и смертью. И чем больше смертей — тем реже
прослойка. А если умирают родители — то ты просто вы-
ходишь со смертью один на один. Следующий — ты.

— Ладно, — сказала Наташа. — Я пойду.

— Не обижаешься? — спросила Алка.

— Я знала, — сказала Наташа.

— Откуда?

— Ясновидящая. Со мной вообще что-то происходит.
Я все предчувствую.

— Нервы, — определила Алка. — Потому что
живем, как лошади с крыльями.

«Лошади с крыльями» — так они звали комаров, которые летали у них на даче в Ильинском. Они летали,
тяжелые от человеческой крови, и кусались — может, не
как лошади, но и не как комары. И действительно, было
что-то сходное в позе между пасущимся конем и пасущимся
на руке комаром.

— А что это за лошадь с крыльями? — спросил
Гусев. — Пегас?

— Сам ты Пегас, — сказала Алка.

— Пошла ты на фиг, — ответил Гусев, бросил кружку
в общую кучу и пошел из кухни.

Наташа перехватила Гусева, обняла его, прощаясь.

— Не ругайтесь, — попросила она.

— Если мы сейчас от этого уйдем, — Гусев ткнул
пальцем на мойку, — мы к этому и вернемся. И это будет
еще на неделю. Это же не дом! Тут же можно без вести
пропасть! Скажи хоть ты ей!

— Скажу, скажу, — пообещала Наташа, поцеловала
Гусева, услышала щекой его щетину и запах табака и еще

какой-то запах запустелости, как в заброшенных квартирах. Запах мужчины, которого не любят.

Лес был белый, голубой, розовый, сиреневый. Перламутровый.

Наташа мысленно взяла кисти, краски, холст и стала писать. Она продела бы сквозь ветки солнечные лучи, дала бы несколько снежинок, сверкнувших, как камни. А сбоку, совсем сбоку, в углу — маленькую черную скамейку, свободную от снега. Все в красоте и сверкании, только сбоку чье-то одиночество. Потому что зима — это старость. Наташа поставила на лесную тропинку своих самых одаренных учеников: Воронько и Сазонову. Воронько сделал бы холод. Он написал бы воздух стеклянным. А Сазонова выбрала бы изо всего окружающего еловую ветку. Одну только еловую ветку под снегом. Написала бы каждую иголочку. Она работает через деталь. Через подробности. Девочки мыслят иначе, чем мальчики. Они более внимательны и мелочны.

— Ты ходила в психдиспансер? — спросил Володя.

— Отстань, — попросила Наташа.

Они собрались по приглашению поехать в Венгрию, надо было оформить документы и среди прочих — справку из психдиспансера, удостоверяющую, что она, Наташа, на учете не состоит. И за границей не может быть никаких сюрпризов. Все ее реакции адекватны окружающей среде. Наташа ходила в диспансер три раза, и всякий раз неудачно: то рано, по поздно, то обеденный перерыв.

Володино напоминание вырвало Наташу из леса и перенесло в психдиспансер Гагаринского района с унылыми стенами и очередями из осознавших алкоголиков.

— Отстань ты со своим диспансером, — предложила Наташа.

— Ну, с тобой свяжись, — обозлился Володя и как бы в знак протеста обогнал Наташу. Он не любил зависеть от кого-либо, и от жены в том числе.

Наташа посмотрела в его спину. Подумала: «Фактурный мужик». У него был красивый рост, красивая голова, чуть мелкая и сухая — как у белогвардейца, красивые руки, совершенная форма ногтей. Но не было у Наташи таких сил, которые могли бы заставить ее снова полюбить эти руки вместе с формой ногтей.

Когда-то, первые пять лет, до рождения Маргошки, они были влюблены друг в друга так, что не расставались ни на секунду ни днем, ни ночью. Ходили, взявшись за руки, и спали, взявшись за руки, как будто боялись, что их растащат. А сейчас они спят в разных комнатах и между ними стена — в прямом и переносном смысле. Наташа пожалела, что поехала в лес. Дома можно спрятаться: ему — за газеты, ей — за кастрюли.

А здесь не спрячешься. Надо как-то общаться. Были бы сейчас Гусевы — все упростилось. Распределились бы по интересам: Гусев с Володей, Алка с Наташей.

Сначала перемыли бы кости Марьянке. Марьянка вышла замуж за иностранца, шмоток — задавись, и ничего не может продать. Не говоря уже — подарить, хотя могла бы и подарить. Что ей стоит. Но известно: на Западе все считают деньги. И наши, попадая на Запад, очень быстро осваивают капиталистическое сознание, и начинают считать деньги, и даже родным подругам ничего не могут подкинуть, даже за деньги. А как хочется кожаное пальто цвета некрашеного дерева, как хочется быть красивой.

Сколько им еще осталось быть красивыми? Пять лет, ну шесть... Хотя десять лет назад они считали так же: тогда они тоже считали, что им осталось пять лет, от силы шесть... Говорят, чем дальше живешь, тем выше поднимается барьер молодости.

Поговорили бы о Елене, которая, по слухам, была у филиппинских целителей и они ее вылечили окончательно и бесповоротно, в то время как все остальные врачи, включая светил, опустили руки. И когда думаешь, что есть филиппинские целители — жить не так страшно. Пусть они на Филиппинах и до этих Филиппин — непонятно как добраться, но все же они есть, эти острова, и целители на них.

Марьяна и Елена — это подруги. Точнее, бывшие подруги. Это дружба. Бывшая дружба. А есть любовь. Алка и Наташа считали одинаково: нет ничего важнее любви. И смысл жизни — в любви. Поэтому всю жизнь человек ищет любовь. Ищет и находит. Или не находит. Или находит и теряет, и, если разобраться, вся музыка, литература и живопись — об этом.

И даже детские рисунки — об этом. Воронько все время рисует деревянные избы со светящимися окнами. Изба в поле. Изба в саду. Зимой. Осенью. И каждый раз кажется, что за этим светящимся окошком живут существа, которые любят друг друга, — мужчина и женщина. Бабушка и внучка. Девочка и кошка. У Воронько лампа тепло светится. И даже если смотреть картину в темноте — лампа светится. На выставке он получил первую премию. Но это уже о другом. Это тоже интересно — выставка. Но главное — Мансуров.

Алка бы спросила:

— А как вы познакомились?

— Руководительница выставки подошла и сказала: «Больше никому не говори, местное руководство приглашает на банкет». Почему «не говори» — непонятно. Ну ладно. Стол накрыли за городом, на берегу какого-то водоема. Лягушки не квакают — орут, как коты. В Туркмении вода — редкость. Там пески, пустыни, верблюды. В провинции девушки волосы кефиром мажут. Но это уже о другом. Это тоже безумно интересно — Туркмения. Но главное — Мансуров. Ты знаешь, Алка, я не люблю красивых. Мне кажется, красивые — это не для меня. Слишком опасно. Мне подавай внутреннее содержание. Но сейчас я понимаю, что красота — это какая-то особая субстанция. Торжество природы. Знаешь, когда глаз отдыхает. Даже не отдыхает — поражается. Смотришь и думаешь: не может быть! Так не бывает!

Я подхожу к столу. Он увидел. Встал и пошел навстречу: плечи расправлены, торс играет, как у молодого зверя. А зубы... А выражение... Глаза широко поставлены, как у ахалтекинского коня. Кстати, говорят, что ахалтекинцев не отправляют на бойню. Они умирают своей смертью и их хоронят, как людей. В землю.

Нас водили на конный завод. Каждый конь стоит на аукционе дороже, чем машина «вольво». Еще бы... «Вольво» можно собрать на конвейере, а ахалтекинца собирает природа. Когда я вошла на территорию завода, маленький табун, маленький островок ахалтекинцев, повернул ко мне головы, одни только головы на высокой шее. Огромные глаза по бокам головы. И смотрят. И такое выражение, как будто спрашивают: «А ты кто?» Или: «Тебе чего?» Или: «Ты, случайно, не лошадь?» Да, так вот, Мансуров встал и пошел навстречу — обросший, пластичный, дикий, ступает, как Маугли — получеловек-полуволк.

Алка бы спросила:

— Так конь или волк? Это разные звери. Что общего у лошади с собакой?

— Он разный. Не перебивай.

— Ну хорошо. А дальше?

— Дальше он сказал одно только слово: «Лик...»

— Это туркменское слово?

— По-туркменски он не понимает. У него мать русская, а отца нет. Отец, кстати, тоже был наполовину русский.

— А что такое лик?

— Лик — это лицо. Икона.

— Ты? Икона? — удивилась бы Алка и посмотрела на Наташу новыми, мансуровскими глазами, ища в ней приметы святости. — А во что ты была одета?

— В белое платье.

— Которое шведское? — уточнила бы Алка. — Из небеленого полотна?

— Он сказал, что в такие одежды в начале века одевались самые бедные крестьяне. Я шла босиком и в самых бедных одеждах. А на шее серебряные колокольчики. На толкучке купила. Между прочим, ашхабадская толкучка... Нет, не между прочим. Это главное. По цвету — поразительно. Женская одежда пятнадцатого века носится до сих пор как повседневная. Одежда пятнадцатого века — не на маскарад, не в этнографический музей, — а утром встает человек. Надел и пошел. Очень удобно. Сочетание цветов выверено веками. Попадаешь на толкучку и как будто проваливаешься в глубь веков — и ничего нет: ни сосущест-

вования двух систем, ни космических полетов. Ничего! Открываются деревянные ворота, и на толкучку выезжает
деревянная арба, запряженная ослом. А в ней — старые
туркмен и туркменка, лет по пятьсот, в национальных
одеждах. Она — с трубкой. И вот так было всегда. Есть.
И будет.

— Он сказал: «Лик...» А потом чего? — перебила
бы Алка.

— Ничего. Остановился: на, гляди! Белозубый, молодой. Над головой небо. За спиной цветущий куст тамариска. Или саксаула. Мы все время путали: саксаул или аксакал. Хотя саксаул — это дерево, а аксакал — старый человек. Кстати, саксаул тонет в воде.

— Так же как и аксакал, — вставила бы Алка.

— Я не поверила. Бросила тоненькую веточку, и она
тут же пошла ко дну.

— Не отвлекайся, — попросила бы Алка. — Ты все
время отвлекаешься.

— А на чем я остановилась?

— Белозубый. Молодой.

Потом-то увидела, что не такой уж молодой. Под
сорок. Или над сорок. Усталость уже скопилась в нем, но
качественного скачка еще не произошло. Он еще двигался
и смеялся, как тридцатилетний. Возраст не читался совершенно. Но это другими не читался. Наташа увидела все.
Увидела, что бедный — почти нищий. Нервный — почти
сумасшедший. Одинок. И ждет любви. Ее ждет. Наташу.
Почти все люди на всей земле ждут любви. И в Швеции,
откуда Володя привез платье. И в Туркмении, где выставка
детского рисунка. И в Италии, где хорошие режиссеры
ставят хорошее кино. И даже в Китае — и там ждут любви.

Но, как правило, ждут в обществе своих жен, детей, любовниц. А Мансуров ждет один. И уже с ума сошел, так устал ждать.

— А как ты это увидела?

— Ясновидящая. Как летучая мышь.

— Летучая мышь — слепая, а дальше что было?

— Больше я его в этот вечер не помню. Меня посадили с начальством.

— А Мансуров кто?

— Художник. Он был в составе жюри.

— Но жюри — это тоже начальство.

— Художник и начальник — это разные субстанции.

— А почему ты сама с ним не села?

— Я ничего не решала.

— А дальше.

— Плохо помню. Было много выпито, и съедено, и сказано. И все это с восточным размахом, широтой и показухой. Потом какие-то машины, куда-то ехали, и опять все сначала — в закрытом помещении, с музыкой, танцами, круговертью талантов, полуталантов, спекулянтов, жаждавших духовности, красивых женщин, никому не пригодившихся по-настоящему.

— А главное?

— Главное — это мой успех. Ты же знаешь, Алка, я никогда не хвастаюсь. Я, наоборот, всегда себя вышучиваю.

— Это так, — кивнула бы Алка.

— Но в этот вечер я была как пробка от шампанского, которую держат возле бутылки стальные канатики. Иначе бы я с треском взлетела в потолок. От меня исходило какое-то счастливое безумие, и у всех, кто на меня смотрел, были сумасшедшие глаза.

— Предчувствие счастья, — сказала бы Алка. — Мансуров.

— Не сам Мансуров, не конкретный Мансуров, а все прекрасное, что есть в жизни: молодость, мечта, подвиг перемен, творческий полет, маленький ребенок — все это называлось Мансуров. Понимаешь?

— Еще бы...

— Подошел ко мне Егор Игнатьев из МОСХа, лысый, благородный, говорит: «Наташа, ну что в вас особенного? Ровным счетом — ничего! А я ловлю себя на том, что смотрю на вас и хочу смотреть еще и просто глаз не могу отвести». И вдруг — Мансуров. Как с потолка. Где он все время был? Откуда взялся? Идет прямо ко мне. Я поднялась ему навстречу. Мы обнялись и тихо закачались в танце. Медленно. Почти стоим. Все вокруг бесятся. С ума сходят. А мы просто обнялись и замкнули весь мир. И держим. Лицо в лицо. Я моргаю и слышу, как мои ресницы скребут его щеку. Не целуемся. Нет. Встретились.

— Счастливая... — вздохнула бы Алка.

— То есть... Если бы сказали: заплатишь во сто крат. Любую цену. Хоть жизнь. Не разомкнула бы рук. Пусть что будет, то и будет... Руководительница выставки смотрит на меня с большим недоумением, дескать: поберегла бы репутацию, старая дура... А мне плевать на репутацию.

— Плевать? — переспросила бы Алка.

— Тогда — да.

— Да? — поразилась бы Алка и даже остановилась на морозной тропе. Стояла бы и смотрела на Наташу с таким видом, будто ей показали приземлившуюся летающую тарелку.

Наташа вспомнила, как Мансуров проводил ее до номера. Они вместе вошли в комнату и сели, не зажигая света. Он — в кресло. Она — на пол. У его ног. Так ей хотелось — быть у его ног. Поиграть в восточную покорность. Надоела европейская самостоятельность. Посидели молча. Потом она сказала:

— Иди. А то ты меня компрометируешь.

Он послушно встал, подошел к двери, открыл ее — блеснула полоска света из коридора и исчезла. И снова стало темно. Но он закрыл дверь перед собой. А сам остался.

Наташа подумала, что он ушел, и острое сиротство вошло в душу. Она поднялась с пола и легла на кровать — в платье и в туфлях. А он подошел и лег рядом. Так они лежали — оба одетые и молча, не касаясь друг друга, как старшие школьники после дня рождения, пока родители не вернулись. И только токи, идущие от их тел, наполняли комнату напряжением, почти смертельным. Нечем было дышать.

— И чего? — спросила бы Алка.

— Ничего, — ответила бы Наташа. — Того, о чем ты думаешь, — не было.

— Почему?

Алка искренне не понимала — где проходит грань дозволенного, если уж дозволено. У Наташи на этот счет была своя точка зрения — природа замыслила таким образом: двое людей обнимают друг друга и сливаются в одно духом и плотью, и от этого происходит другая жизнь. Или не происходит. Но все равно — в одно. И после этого уже невозможно встать на пол босыми ногами и разойтись — каждый по своим жизням. После этого люди не должны

больше расставаться ни на секунду, потому что они —
одно. Вместе есть, думать, предугадывать. А если и врозь,
то все равно — вместе. А здесь был другой город, номер
в гостинице, где жил кто-то до тебя, теперь — ты,
потом — кто-то следующий. А через несколько дней утром
надо будет собирать чемодан и лететь самолетом в свой дом
на Фрунзенской набережной. И как знать — чем это по-
кажется на расстоянии, может быть, чем-то из области
пункта проката: взял на время, вернул вовремя. А если
вернул не вовремя — плати. Доплачивай.

— Чепуха какая-то... — сказала бы Алка. — Разве
можно все рассчитывать?

— Это не расчет.

— А что?

— Боязнь греха. Как у наших бабушек. Или просто
порядочность, как у наших матерей.

— А наши дети когда-нибудь нас засмеют.

— Значит, мы — другое поколение. В этом дело.
Нравственность другого поколения...

— Нет нравственности целого поколения. Есть отдельная нравственность отдельных людей.

— Есть, — сказала бы Наташа. — Есть нравственность целого поколения, и она влияет на отдельную
нравственность отдельных людей. А иногда наоборот:
сильные личности формируют нравственность целого
поколения.

— Ну хорошо, — согласилась бы Алка. — Предпо-
ложим, ты — нравственная идиотка. А Мансуров?

— Он сказал, чтобы я родила ему дочь.

— Ничего не понимаю. Откуда дочь, если ничего
не было!

— Потом. Когда все будет по-другому. У нас будет дочь, и ее так же будут звать, как меня.

— А он?

— А он — с нами.

— С кем, «с вами»? С тобой и с Володей?

— Нет. Со мной, Маргошкой и Наташей.

— А Наташа кто?

— Наша новая дочь.

С ветки упал снег и рассыпался по подмерзшему насту.

...Счастье и горе одинаково потрясают человека, только в одном случае — со знаком плюс, а в другом — со знаком минус. Мансуров лежал потрясенный счастьем, и его лицо было почти драматическим. Он был прекрасен и с каждой секундой становился прекраснее, и вот уже не лицо, а действительно Лик. Вечность. Тайна. Слезы стали у горла. Видимо, организм слезами отвечал на потрясение. Она положила голову на его плечо и стала тихо плакать. А он гладил ее по затылку и боялся двинуться, чтобы не оскорбить ее целомудрие, — как будто бы не сорокалетний красавец, прошедший огонь, воду и медные трубы... Кстати, через медные трубы, то есть через славу, — он тоже прошел. Не бог весть какая слава, но в своих кругах — серьезный успех и хорошее имя, в своих кругах. А для кого, в общем, работаешь? Чтобы быть понятым среди своих. Единомышленников. А что касается широкой славы, что касается бессмертия — того знать не дано. Не дано знать — как перетасует время сегодняшние таланты, кого оставит, кого откинет, как в пасьянсе. Не об этом должен думать художник, когда достанет свои кисти. Он должен просто знать, что за него его работу не сделает никто. А значит, он должен делать свое дело с полной мерой искренности и таланта.

Он спросил:

— Можно я закурю? — Он боялся, что испугает ее, если начнет двигаться, искать сигареты, зажигалку.

— Ну конечно, — сказала она.

Он закурил. Поднес сигарету к губам Наташи. Она затянулась. Они лежали и курили одну сигарету. И было как в бомбоубежище, когда наверху рвутся снаряды и все гибнет, а ты защищен — и стенами и землей.

Он спросил:

— Ты хороший художник?

Она сказала:

— Хороший. А ты?

— И я хороший.

Снова покурили. И он вдруг проговорил, непонятно кому и чему:

— Да...

И ей захотелось сказать — непонятно кому и чему:

— Да...

Дело не в том, пробилась она или нет. Внешне — нет. Она учительница, учит одаренных детей осмыслить свою одаренность. Но непробившийся художник — тоже художник, и единственное, на что не имеет права, — думать о себе, что он плохой художник. Потому что, если думать о себе, что ты — не талантлив, и все же садиться за работу, — это из области мошенничества. Только мошенник может заведомо изготовлять плохую продукцию.

От Мансурова по всей длине его длинного тела наплывали волны, не напряженные и пугающие, как раньше, а другие — теплые, нежные и добрые. Наташа лежала как бы погруженная в его нежность и понимала: когда этого нет — нет ничего. Душа без любви как дом без огня. Кажется, это строчка из какой-то песни. И тем не менее — это правда. Душа без любви — как дом без огня, когда вдруг где-то перегорают пробки и вырубается свет. И тыркаешься и не знаешь, что делать. Ни почитать, ни телевизор поглядеть. Несчастье, да и только. Единственное утешение, что и у других так же. Во всем доме нет света.

Жить без любви — несчастье. Иногда забываешь об этом. Живешь себе по инерции, даже приспосабливаешься. Вроде так и надо. И только когда вот так вытянешься во всю длину человека, подключенного к станции «Любовь», когда увидишь, как он курит, услышишь, как он дышит, увидишь его лицо, потрясенное счастьем...

Наташа вспомнила: был момент, когда показалось — не справится, сейчас растворится и умрет в нем так, что не соберет снова. Собрала, конечно. Но кусок души все же забыла. Оставила в нем. Интересно, куда он его дел, этот кусочек ее души?

Потом он потушил сигарету и заснул. Она долго лежала рядом и думала, что если каждую ночь засыпать вместе с любимым человеком — сколько дел можно переделать, встав поутру. И каких дел. И как переделать.

Человек во сне заряжается счастьем и, проснувшись, может прорубить вселенную, как ракета...

— Ты пойдешь в психдиспансер?

Наташа вздрогнула. Володя подошел незаметно. Стоял и смотрел на нее с враждебностью — так, что, если она скажет: «Не пойду», он столкнет ее в снег. Захотелось сказать: «Не пойду».

— Вернемся домой, — потребовала она. — Я замерзла.

— А когда пойдешь? — не отставал Володя.

— Ну пойду, пойду. Господи...

Она обошла его и быстро зашагала в сторону дороги.

— Ну почему ты такая? — с отчаянием спросил Володя, идя следом.

— Какая «такая»?

— Ты делаешь только то, что тебе интересно. А если тебе неинтересно... Так же нельзя. Ты же не одна живешь...

«Одна», — подумала Наташа, но промолчала. Она давно жила одна. Когда это началось? С каких пор? Видимо, тогда... Володя клялся, что это чепуха, но сознался, что было. Вот этого делать не следовало. Она с легкостью поверила бы его вранью, но он вылез со своей честностью и раскаянием, и она еще должна была его за это оценить.

Если бы сейчас разобраться поздним числом — действительно ерунда. Но тогда... Тогда была самая настоящая драма — долгая и мучительная, как паралич. И тогда случилась трещина. Чувство не выдержало сильных контрастных температур и треснуло. Они оказались на разных обломках трещины, а потом океан (их жизни) потащил эти разные обломки в разные стороны. И уже сейчас не перескочишь. Не поплыть вместе. Дай Бог увидеть глазом. А в общем — какая разница? Кто виноват? Она или он? Важно то, что сейчас. Сегодня. А сегодня — они банкроты. Их брак — это прогоревшее мероприятие. А прогоревшее мероприятие надо закрывать, и как можно раньше.

А что, если в самом деле — взять и выйти замуж за Мансурова? И родить ему дочку? Тридцать шесть лет — не самое лучшее время для начала жизни. Это не двадцать. И даже не тридцать. Но ведь дальше будет сорок. Потом пятьдесят. Шестьдесят. И этот кусок жизни тоже надо жить. И быть счастливой. Если можно быть счастливой хотя бы неделю — надо брать и эту неделю. А тем более года.

Почему люди так опутаны условностями? Неудобно... Нехорошо... А вот так, с выключенной душой — удобно? Хорошо? Или ей за это орден дадут? Или вторую жизнь подарят? Что? Почему? Почему нельзя развестись с обеспеченным Володей и выйти замуж за нищего Мансурова? Да и что значит обеспеченность? Сейчас все живут примерно одинаково. Разница — квартира из одной комнаты или квартира из пяти комнат? Но это же не двухэтажный особняк. Не дворец. И едят примерно одно. Какая разница — икра или селедка? Кстати, то и другое вредно. Задерживает соли. Галина из отдела заказов, выдавая продукты, говорит так: «Жрать — дело свинячье». И это правда. Человек вообще преувеличивает значение еды и вещей. Разве не важнее ощущение физической легкости и душевного равновесия? А где его обрести? Только возле человека — любимого и любящего. Лежать с ним рядом, курить одну сигарету. И молчать. Или встать на лыжи и рвануть по шелковой лыжне, проветривать кровь кислородом. Или просто — сидеть в одной комнате, смотреть телевизор. Он — в кресле. Она — у его ног. Алка, Алка... Боже мой, что делать? Как трудно жить...

— Ждать? — переспросила бы Алка.

— Жить и ждать. Жить, ожидая...

— А он женат? — поинтересовалась бы Алка.

— Разведен.

— Почему?

— Не говорит. Но, как я догадалась, имело место предательство. Причем не женское. Человеческое.

— Жизнь груба, — сказала бы Алка.

— Груба, — подтвердила бы Наташа. — Поэтому и нужны в ней близкие люди, которые тебя понимают и поддерживают.

— А дети есть?

— Есть. Мальчик.

— Может, помирятся? Все-таки ребенок...

— Я ему так же сказала. Этими же словами. Он ответил: «Она меня предала. Я ее расстрелял и закопал. Что же, я теперь буду разрывать могилу?»

— А простить нельзя?

— Смотря по каким законам судить. Если по законам военного времени, то, наверное, нельзя. (Во всяком случае, до конца — нельзя. А если не до конца — это компромисс. А компромиссы развращают душу.)

— Человек легко прощает свое предательство, но не прощает чужого по отношению к себе.

— Ты что, на стороне жены? — спросила бы Наташа.

— Я всегда на стороне жен.

Какая жена? О чем речь? Вспомнила, как они утром пошли на угол есть шашлык. Красивый мальчик-туркмен сооружал шашлыки прямо на улице, насаживая на шампуры лук и куски мяса, стараясь при этом, чтобы на шампур вперемежку с жилистыми кусками попадались и хорошие, мягкие. Чтобы все было справедливо, а не так: одному все, а другому ничего.

Они с Мансуровым хватали зубами горячие куски мяса, пахнущие углем саксаулового дерева, и смотрели друг на друга, видя и не видя. То есть она уже не видела, как он выглядит объективно, на посторонний глаз. Она видела его сквозь свое знание и тайну.

На нем была панама, какую носят в колониальных войсках. Он надел ее плотно, чуть набок. Он говорил: «Я понимаю, почему у ковбоев все должно быть чуть тесновато. Если надеть широкие штаны и шляпу, которая лезет на уши, — не вскочешь ни на какого мустанга и не поскачешь ни в какие прерии. А пойдешь домой и ляжешь спать».

Он стоял перед ней в тесноватых джинсах, тесноватой шляпе. Маугли-ковбой. Как он видел ее, вернее, какой он ее видел — она не знала. Но ей было очень удобно под его взглядом. Тепло, как дочке. Престижно, как жене короля. И комфортно, как красавице.

Мальчик-туркмен шинковал лук, рассекая его вдоль луковицы. Наташа обычно резала лук поперек. Она спросила:

— А разве так надо резать?

Мансуров вручил ей свой шашлык, взял у мальчика нож, луковицу. Нож удобно застучал о стол, и через несколько секунд взросла горка идеальных, почти прозрачных колечек, сечением в миллиметр.

— Ты умеешь готовить? — удивилась Наташа.

— Я тебе к плите не дам подойти, — ответил Мансуров.

К гостинице должны были подать экскурсионный автобус, но автобуса не было. Стали бродить вокруг гостиницы.

— Расскажи что-нибудь о себе, — попросил Мансуров.

Наташа вдруг сообразила, что они почти не знакомы и ничего друг о друге не знают, кроме того внутреннего знания, которое людей объединяет, или разъединяет, или оставляет равнодушными.

— Что рассказать? — спросила она.

— Что хочешь.

Наташа подумала и выбрала из своей жизни самый грустный кусочек. Хотела пожаловаться. Хотелось, чтобы он понял ее и пожалел.

Она принялась рассказывать о том долгом параличе. Мансуров остановился. Лицо его напряглось и стало неподвижным, будто он одерживал боль. Вдруг приказал:

— Замолчи! Зачем ты это делаешь?

— Что? — не поняла Наташа.

— Зачем ты туда возвращаешься?

— Куда?

— В мученье. Ведь ты уже это прожила. Пережила. А сейчас ты опять себя туда погружаешь. Опять мучаешься. Не смей!

— Но...

— Все! Я не отпускаю тебя. Стой здесь. В этом августе. Возле меня.

Люди шли мимо и оборачивались, хотя Наташа и Мансуров ничего себе не позволяли. Просто стояли и разговаривали. Но чем-то задерживали человеческое внимание. Чем? Тайной прошедшей ночи. Эта тайна останавливала людей, как автомобильная катастрофа. Как пожар. Как венчание при церковном хоре.

Вот так... обвенчаться с фатой и белым венком на волосах, с опущенными глазами. И жить с человеком, который к плите не даст подойти, который не пустит ни в одно тяжкое воспоминание. Жить вместе и служить друг другу чисто и высоко. И ни одного предательства.

Ни в чем. Даже в самой мелкой мелочи, в самом пустячном пустяке.

Он, видимо, думал об этом же, потому что сказал:

— Я буду жить только тобой, а ты — мной.

Наташа задумалась.

А потом они потерялись. Пришел автобус. Мансуров куда-то исчез, как умел исчезать и появляться только он один. Стоял — и нет. Как сквозь землю провалился. И уже непонятно: был ли он когда-нибудь вообще и будет ли снова?

Наташа вошла в автобус вместе со всеми и все время нервничала, не понимала — как ей поступить: выйти и ждать Мансурова или ехать со всеми? Обидеться на него или проявить солидарность? Но как можно проявить солидарность с исчезнувшим человеком? Тоже исчезнуть.

Автобус между тем тронулся, и все отправились смотреть восьмое чудо света. Или седьмое. Это не имело значения — какое чудо по счету. Алка... Если бы ты знала... Уму непостижимо. Чьему-то уму, конечно, постижимо. Ученые, наверное, все понимают — как и отчего... Глубоко в земле, вернее в скале — подземное озеро. Спускаешься вниз, как в шахту, и вдруг — среди корней скал опаловое озеро. Вода почти горячая, тридцать семь градусов. И серой пахнет. Как в аду.

Когда входишь в море, даже самое теплое, — все-таки температура воды как минимум на десять градусов ниже температуры тела, и человек сжимается, как бы сопротивляется, и надо какое-то время, чтобы привыкнуть. А тут входишь, как в теплую ванну. Как в блаженство.

Ей захотелось тогда остаться одной. Она поплыла, поплыла куда-то по каменным лабиринтам и вдруг выплыла в другое, огромное круглое озеро. Тихо. Какая-то особая, неземная тишина. Тишина-вакуум. На отвесных скалах — летучие мыши, слепые и мрачные, как посланцы потустороннего мира. И сама — под землей, в восьмом чуде света. Под ногами — километры глубины. Так и сгинешь здесь, захлебнешься горячей серной водой, и только летучие мыши сделают почетный вираж над водой... Мансуров! Где ты? Появись! Возникни! Подставь плечо!

— Появился? — спросила бы Алка. — Возник?

— Он же не Воланд.

— Странно. Должен был появиться.

— Должен был. Но не появился.

— А потом?

...Потом все вылезли из озера. Поднялись наверх. На землю.

Солнце заходило. Небо было розовое. Горы. И острое реально, почти физическое ощущение момента — того самого момента, которому можно сказать: остановись!

Наташа, как правило, ностальгически тосковала о прошлом, прощая ему многое. Надеялась на будущее, ощущая в себе надежду, как пульс: девяносто ударов в минуту стучит надежда и поддерживает в ней жизнь. И только к настоящему относилась невнимательно. Настоящее — как путь в булочную за хлебом: дойти, купить хлеб и вернуться. А сама дорога — ни при чем. Встреченная собака на дороге, или облака над головой, или дерево, забывшее о тепле, — все это мимо, мимо! Главное — цель! А тогда, в тот момент, может, это было влияние серной воды, а может, это и было тем самым восьмым чудом света — не само озеро, а остановившееся мгновение, которое действительно прекрасно. И такая пронзила тоска от красоты. Красота тоже рождает сожаление.

— Сожаление отчего? — спросила бы Алка.

— Оттого, наверное, что время тащит тебя через коридор, как грубая нянька за ухо. А может быть, все настоящее потрясает по-настоящему.

— Надо еще это настоящее увидеть и по-настоящему потрястись. Способность принять и почувствовать — это молодость.

— Молодость беспечна. В молодости кажется, что всего навалом. Будут еще тысяча чудес света и миллион мгновений. Зачем их останавливать.

— А может, это просто Мансуров? — предположила бы Алка.

— Нет. Тогда все что-то почувствовали. Миколас из Литвы стоял со своими висячими усами, как будто его заговорили. А потом сказал одно слово: бон. По-французски это значит: хорошо.

— А почему он сказал по-французски, а не по-литовски?

— Он недавно из Парижа приехал. А Егор Игнатьевич вдруг ни с того ни с сего взбежал на гору, нарвал каких-то мелких цветов и стал заставлять всех нюхать. И меня заставил. И почему-то казалось, что он за собой туда взбежал, на эту гору. И букетик — это его существо, вернее — неосуществленное. Его неопознанная душа, нераскрывшийся талант, вернее — не туда раскрывшийся. И он навязывает все это — и душу и талант, сует к самому лицу. Мне почему-то его стало жаль, захотелось успокоить, сказать: «Да ладно, Егор... все хорошо. Все у тебя нормально».

— Ну а Мансуров? — напомнила бы Алка.

— В гостиницу вернулись к вечеру.

Когда вошла в номер, телефон звонил. Казалось, он звонил беспрерывно, будто испортился контакт.

Она сняла трубку. Там помолчали. Потом голос Мансурова сказал очень спокойно:

— Пропади ты пропадом со своей красотой. Пропади ты пропадом со своими премиями.

Наташа вздрогнула:

— Какими премиями?

— Твои ученики получили две первые премии.

— Кто?

— Сазонова и Воронько.

Значит, домик с теплым окном получил первую премию. Значит, правильно она думает и заставляет правильно думать своих учеников. Воронько — за домик. А Сазонова — за крыло бабочки. Она взяла крыло бабочки и так его разглядела, что все только ахнули. Потому что никогда раньше не видели. Считали, наверное, что это мелочь. А Сазонова объявила: не мелочь. И вообще — нет мелочей. Главное, в конце концов, тоже состоит из мелочей.

Через десять минут Мансуров стоял перед ней, охваченный настоящим отчаянием, и она с каким-то почти этнографическим интересом смотрела, как проявляется в нем это сильное разрушительное чувство.

— Только ничего не объясняй! — запрещал он и тряс перед собой пальцами, собранными в щепотку. — Только ничего не говори!

— Но...

— Молчи! Слушай! И дочка наша такая же будет! Предательница и эгоистка. Ты передашь ей это со своими генами, и она так же будет меня бросать.

— Так же будет исчезать, — скороговоркой вставила Наташа.

— Больше ты меня не увидишь. Я думал, ты — одно. А ты — совершенно другое. Не мое дело тебя судить. Живите как хотите. Но я в это не играю. Я ухожу.

— Да иди, — сказала Наташа, обидевшись на множественное число. «Живите как хотите»... Значит, она — часть какого-то ненавистного ему клана, где много таких, как она. — Иди, кто тебя держит...

— Да, я уйду. Я, конечно, уйду. Я все понял.

— Что ты понял?

— Я понял, что это нужно только мне, а тебе это не надо.

— Что «это»?

Наташа понимала, что «это». Но она хотела, чтобы он оформил словами.

Он молчал какое-то время — видимо, искал слова. Потом сказал:

— Железная дверь в стене. В каморке у папы Карло. А ключик у нас. У тебя и у меня. Один. Но у тебя другая дверь, и мой ключ не подходит. Я устал. Господи...

Он опустился в кресло и свесил голову. Потом поставил локти на свои острые колени и опустил лицо в ладони.

— Господи... — повторил он. — Неужели нельзя по-другому? Неужели можно только так?

Он устал от чужих дверей. От предательств. Господи, неужели нельзя по-другому?

Наташе стало жаль его, но и нравилось, что она внушила ему такие серьезные душевные перепады.

— Успокойся, — строго сказала Наташа. — Ничего не случилось. Это недоразумение, не более того.

Он поднял голову.

— Просто ты исчез. Я тебя потеряла. Куда ты подевался?

— Это я подевался? Я?

Они долго, целую минуту или даже две бессмысленно смотрели друг на друга, и Наташа поняла: он искренне уверен в том, что она сбежала. Что ей было удобно его отсутствие.

— Ты не прав, — сказала она. — Поверь мне.

— Как поверить?

Его душа, утомившаяся от предательств, ждала и верила только в одно. В следующее предательство.

— Как поверить? — растерянно переспросил он.

— Просто поверь. Не рассуждая. Скажи себе: я верю. И поверь.

Она подошла к нему. Он поднялся. Провел двумя пальцами по ее щеке медленным движением. Он как бы возвращался к ней, касался неуверенно, робко, будто боялся обжечься.

— Руководительница выставки оглядела автобус и сказала: «Все в сборе. Поехали», — дополнительно объяснила Наташа. — И поехали.

— Она нарочно так сказала. Она меня ненавидит. Меня здесь все ненавидят. Я не останусь. Я уеду с тобой.

— Куда?

— Все равно. Где ты, там и я. Я не могу без тебя. Я это понял сегодня. Не могу. Меня как будто ударили громадным кулаком. Вот сюда, — он положил руку под ребра на солнечное сплетение, — и выбили весь воздух. И я задохнулся. Зашелся. А потом сквозь стон и боль вдохнул вполглотка. И еще раз вдохнул. И этот воздух — ты. Я тебя вдохнул. Я умру без тебя.

Наташа промолчала.

— Ты мне не веришь?

— Верю. Но я замужем, в общем... — Главной была не первая часть фразы, а последнее слово: «в общем»...

— Ну и что!

— Где ты будешь жить? Что ты будешь делать?

— Я буду жить где угодно и работать где угодно. Только возле тебя. Все будет так, как ты захочешь: скажешь: женись — женюсь. Скажешь: умри — умру.

— Не надо умирать. Живи.

— Господи... — вздохнула бы Алка. — Никому не нужна. Ни на секунду.

— Ты и так в себе уверена, — сказала бы Наташа. — Ты сама себе нужна.

— Я? — Алка бы подумала. — Я, конечно, в себе уверена. Мне не надо, чтобы мне каждую секунду говорили, что я лучше всех. Но я хочу собой делиться. Отдавать себя. Видеть мир в четыре глаза.

— Отдавай себя Гусеву.

— А я ему не нужна. То есть нужна, конечно, но иначе. Мой реальный труд. Руки, горб, лошадиные силы. Но не глаза.

— Тогда какой выход? Уносить из дома глаза — грех. А жить вслепую — еще больший грех.

— А как жить? В чем истина?

— Если человек болен, то для него истина в здоровье. Если он в пустыне и хочет пить, то для него истина — вода. А если есть здоровье и вода, а нет любви, то для него истина — в любви. Чего нет, в том и истина.

— Истина — в незнании истины, — сказала бы Наташа. — Так же как не кончаются числа. Никогда нельзя найти последнего числа. И нельзя найти окончательной истины. И это правильно. Если человечество познает истину — человечество остановится. Оно дойдет до истины — и все. И уже дальше ничего не интересно.

— Наверное, нет общей истины. У каждого — своя. Главное — ее выделить и не затерять. Как драгоценный камешек в коробке среди пуговиц и бус.

— А как разобраться, что камешек, а что буса?

— Дело и дети — это камешки.

— А любовь?

— Это смотря что она после себя оставляет...

На закрытии выставки к Наташе подошел Игнатьев и сказал:

— Поздравляю. Успех — это самый реальный наркотик.

Наташа летуче улыбнулась ему, держа в руке бокал. На ней было платье на бретельках. Открытые плечи и спина. Можно в жару в лодке плавать. Васильки собирать. И на закрытие выставки прийти.

Мансурова не было. Когда Наташа вошла в зал, она сразу почувствовала, а потом уж и увидела, что его нет.

Подходили художники, педагоги, начальство. Поздравляли. Наташа благодарила, веря в искреннюю доброжелательность, но все время ждала. Что бы она ни делала, она ждала Мансурова, и каждая клеточка в ее теле была напряжена ожиданием.

Подошла руководительница выставки и спросила:

— Почему Мансуров два дня не отходит от Вишняковой?

Она назвала Наташу по фамилии — так, будто речь шла не о ней, а о третьем человеке и этого третьего человека она не одобряла.

— Два дня — это много? — беспечно спросила Наташа, выгораживая третьего человека.

— Это очень много, — с убеждением сказала руководительница выставки.

И это действительно очень много. Два дня — сорок восемь часов, 2880 минут. И каждая минута — вечность. Две тысячи восемьсот восемьдесят вечностей.

Наташе захотелось спросить: «А какое твое собачье дело?»

Но, видимо, это было именно ее дело, и именно собачье, по части вынюхивания. И она не стала бы задавать пустых и праздных вопросов. Наташа Вишнякова — не Анна Каренина, Мансуров — не Вронский. Володя Вишняков — не Каренин, хотя и состоит на государственной службе. И общество — не высший свет. Но... Наташа стояла возле руководительницы и понимала, что нужно объясниться. Объяснить себя.

— У Мансурова сейчас трудное время, — неопределенно сказала она.

Это значило: люди должны поддерживать друг друга в трудную минуту. По тезису: «Если бы парни всей земли...»

— Вы очень доверчивы, — сказала руководительница выставки. В ее тоне слышалось снисходительное сочувствие.

— Не понимаю. — Наташа как бы отодвинула это снисходительное сочувствие.

— Вас очень легко обвести вокруг пальца, — объяснила руководительница.

Наташа не знала — как лучше: продолжить разговор или не продолжать. Но в этот момент все в ней вздрогнуло и осветилось, будто сразу и резко зажгли в ней свет. Это вошел Мансуров. Она еще не видела его, но поняла, что он возник. Не вошел, а именно возник. Как на ладошке. И весь сразу. Он подошел к Наташе и выдернул ее в танец. Не пригласил. Не увел. Выдернул. Только что она стояла и беседовала, чуть приподняв лицо. А сейчас уже пребывает в танце. Без перехода. Как в детстве или в безумии.

Мансуров качался перед ней, как водоросль в воде — замедленно и пластично. Талантливо дурачился. Маугли в волчьем хороводе. Такой же, как вся стая, и другой. А она, Наташа, почему-то хохочет. Хохочет, и все. Ничего смешного нет вокруг. Просто организм реагирует смехом на счастье. Нормальная адекватная реакция. И нечего ходить в районный психдиспансер. Печаль — плачет. Счастье — ликует. Счастье — вот оно. Ликуют глаза, руки, ноги, сердце. Быстрее и свободнее бежит счастливая кровь. Звонче стучит счастливое новое сердце. Счастливая музыка. Все вокруг счастливы. Много счастливых людей, одновременно. И даже палочка счастлива в руках барабанщика. Счастье подпирает к горлу. Давит на черепную коробку. На глазное дно. Сейчас она взорвется от счастья. А Мансуров все танцует. А музыка все играет. Наташе кажется, сейчас не выдержит. Всему есть предел. И счастью.

Музыканты опустили инструменты. Все стали растекаться к своим местам возле столов. Наташа выдохнула, будто опала. Она устала от счастья, как от физической перегрузки. Хотелось пить.

Она вернулась к столу, стала пить вино, как воду, утоляя жажду.

Подошла руководительница выставки и сказала:

— Это неправда.

— Что неправда? — не поняла Наташа.

— То, что вы мне сказали. Я все видела.

Она видела счастье между двумя людьми, и это не имело никакого отношения к взаимовыручке, хотя, если разобраться, счастье — это самая большая взаимовыручка.

— А ей-то что? — спросила бы Алка. — Ее какое дело? Он что, нравился ей?

— Он ей не нравился. В этом дело, — ответила бы Наташа. — И она не хотела, чтобы он нравился мне.

— Поздно, — сказала бы Алка.

Поздно. Поезд любви тронулся. А руководительница выставки встала между рельсами и уперлась протянутыми руками в паровоз. Но поезд тронулся, и остановить его можно было только крушением.

После закрытия выставки пошли в гостиницу. Наташа уже не могла ступать на высоких каблуках. Она сняла туфли и пошла босиком по теплому асфальту. А Мансуров нес туфли в опущенной руке. Он положил свободную руку на ее плечи, а она — поперек его спины. Они шли молча, обнявшись, как десятиклассники после выпускного бала. И казалось, что знали они друг друга всю жизнь. Десять лет просидели на одной парте. И вся жизнь — впереди.

— О чем ты думаешь? — спросила Наташа.

— У нас в кино не умеют расстреливать, — сказал Мансуров. Он думал несинхронно. — Убивать и умирать. Люди совсем не так умирают, как в кино.

— А как?

— Вот выстрели в меня. — Он протянул ей туфлю.

Наташа взяла свою туфлю фирмы «Габор», направила каблуком в Мансурова и сказала:

— Пах.

— Не так.

Он забрал у нее туфлю. Отошел на несколько метров. Стал медленно поднимать, целя в Наташу. И она вдруг неприятно поверила, что в руке у него не туфля, а пистолет. На нее наведено черное отверстие дула, ведущее в вечность, как зрачок. И она вся зависит от этого черного отверстия.

— Я боюсь, — сказала Наташа.

— Ага, — удовлетворенно сказал он. — Поняла?

— Поняла.

— Давай.

Наташа взяла туфлю, отошла на несколько метров. Вытянула руку. Прицелилась, провела глазами одну линию между носком туфли и грудью Мансурова. Сосредоточилась. Ощутила жуть и сладость преступления. Ступила за предел.

— Пах!

Мансуров вздрогнул. Стал медленно оседать.

По другой стороне улицы шла патлатая компания. Они остановились и стали смотреть.

Мансуров осел на колени. Согнулся. Положил лицо в ладони. Он плакал, провожая жизнь.

Она стояла в смятении. В голове пронеслось: Господи, какое счастье, что это ночь. Тепло. Что он дурачится. Мальчишка... А ведь могло так и быть. С кем-то когда-то именно так и было: лицо в ладонях, пуля в груди, и больше никогда... никогда...

— Не надо, — тихо попросила Наташа.

Он встал, подошел к ней. Они обнялись — так, будто миновали вечную разлуку.

— Ты меня любишь? — серьезно спросил он.

«Очень», — ответила она про себя.

— И я очень, — сказал он вслух. И они пошли обнявшись. Еще ближе, чем прежде. А патлатая компания забренчала и завопила в ночи, и не особенно бездарно. Даже ничего.

Мансуров спросил о чем-то. Она не ответила. Почувствовала, что не в состоянии ни слушать, ни говорить. Устала. Устала от счастья, и от сострадания, и от того, что перемешала на банкете несколько сортов вин. Одно наложилось на другое: сухое на крепленое, счастье на сострадание.

— Ты почему не отвечаешь?

— Я устала.

Он остановился. Как будто видел перед собой опасность.

— Ты что? — Наташа тоже остановилась.

Он молчал.

— Ну что?

— Будь прокляты эти выставки и премии, если ты от них так устаешь.

Володя сказал бы: «Ничего, отдохнешь... Главное — ты победила».

Маргошка сказала бы: «Нечего было хохотать и напиваться».

— ...Ты понимаешь, Алка, меня уже лет, наверное, десять никто не спрашивает: как ты себя чувствуешь? Что у тебя на душе? Меня спрашивают: как ваши успехи? Как ваша дочь? Да. Мои успехи. Моя дочь. Но у меня есть руки. Ноги. Морщины, в конце концов.

— Но мы же действительно не можем без своих успехов и без своих детей.

— Я сама разберусь: без чего я могу, а без чего не могу. Но мне надо, чтобы кто-то по-настоящему огорчился от того, что я устала. Не искал причины: почему я устала и кто в этом виноват. А сам устал вместе со мной. Понимаешь?

— Еще как понимаю. Взрослые люди — тоже дети. Уставшие дети. Им еще нужнее родители.

— Господи, как нужны умные, понимающие родители.

— Просто родители. Любые. Молодец Гусев, что не поехал.

— Гусев молодец, — подтвердила бы Наташа. — Он понимает что-то большее. Одинокая замшелая бесполезная бабка, но в ней было больше смысла, чем в сорока выставках... Мы забываем за суетой о главном. О своих корнях. А потом мучаемся, мечемся и не понимаем: почему. А вот поэтому...

Наташа остановилась. Перед ней стояло дерево красной калины с замерзшими красными стеклянными ягодами. Поверх каждой грозди — маленькая белая шапочка снега. Вокруг стояли березы, и снег лежал на них так, будто талантливый декоратор готовил этот кусок леса для спектакля. Детской сказки.

Подошел Володя и спросил:

— А где мы оставили машину?

— Ты же ставил, — ответила Наташа и прошла мимо калины. Прошла сквозь декорацию для детской сказки. Впереди просвечивало шоссе.

— Ну, я ставил, — согласился Володя. — А где я ее поставил?

— Я не помню.

— Как это не помнишь?

— Ты же знаешь: у меня топографический идиотизм.

Они вышли на шоссе. Машины действительно нигде не было видно. Может быть, они вышли другой дорогой.

— А где машина? — спросил Володя, растерянно и назойливо в одно и то же время.

— Я сейчас остановлю первый попавшийся грузовик и уеду домой, — твердо пообещала Наташа.

— Ты можешь. От тебя это можно ждать.

— Зачем ты поехал в лес? — спросила Наташа. — Ругаться?

— А с тобой иначе нельзя.

— Со мной можно иначе.

...Самолет улетал в шесть утра. В пять надо было быть в аэропорту.

Мансуров собирал ее чемодан. Он сказал: «Сиди. Ты устала». И сам собирал ее чемодан. Каждое платье перед тем, как уложить, застегивал на все пуговички так бережно, будто оно тоже устало. Его нежность распространялась на все ее вещи. Его руки замедленно пластично плавали в воздухе. И когда он передвигался, перемещался с места на место, приходило в голову, что человек — это красивый зверь. Наташа сидела в кресле, смотрела, как он собирает ее в дальнюю дорогу, благословляя каждую ее вещичку. Спросила:

— Как ты будешь без меня?

Он ответил:

— А я не буду без тебя. Я прилечу на другой день. Этим же рейсом. Я бы полетел сейчас. С тобой. Но тебе это не надо.

Он берег ее репутацию. И платье, и репутацию — на все пуговички.

— Я прилечу завтра утром. И утром тебе позвоню.

— В девять утра, — подсказала Наташа.

— В девять утра, — повторил он. — В девять утра...

...Наташа шла по шоссе. Мимо неслись машины, и бензин оставлял после себя запах города.

— А потом? — спросила бы Алка.

— Потом было завтра девять утра. И послезавтра девять утра. И девять вечера. И целая неделя. И месяц. Он не позвонил.

— Как? — Алка остановилась бы на обочине шоссе, и глаза ее стали темные, почти черные, как шоссе.

— Не знаю, — сказала бы Наташа. — Не поняла.

— Он не приехал?

— Не знаю. Я же сказала: я ничего не знаю.

— Может быть, он покончил с собой? Может быть, его убила руководительница выставки?

— Может быть, я уже думала — несчастный случай. А мне не сообщили. Откуда они знали, что мне надо об этом сообщать?

— А может, у него нет ни копейки денег. А без денег он не хочет ехать. Из гордости.

— Может быть. А может, у него уже другая и они договариваются о новой дочери.

— Нет, этого не может быть.

— Не может быть.

— А ты сама не звонила?

— У меня нет никаких его координат. Ничего. Он исчез так, как умел исчезать только он один.

Она его нарисует. Маугли в ковбойской панаме на ладони фокусника. Был и нет.

Что это? Что это? Что???

Не девочка. И не дурочка. Но вот не понимает. Не понимает и не поймет никогда.

Сказочный лес, убранный талантливым декоратором, остался по бокам от шоссе. Белесое небо было будничным. В нем трудился самолет, оставляя после себя след, чтобы с земли была видна его траектория.

Мансуров, где ты? Легкие, прозрачные колечки лука, праздник повседневности... Взгляд вполоборота, потрясение на грани катастрофы... Новая дочка с личиком, омытым его выражением. Где это все? Где все это? Где?

— Вот машина! — обрадованно вскрикнул Володя. — Поехали!

— Поехали, — отозвалась Наташа.

«Здравствуй, моя жизнь. Магазин с продавцом, который щиплет брови. Здравствуй, мое родное одиночество и душа, бесприютная, как детдомовское дитя. Да здравствует честный союз с одиночеством. Вот это не подведет».

Природа не оставляет раны раскрытыми. Она кладет на них рубцы. А рубцы — еще жестче и надежнее, чем прежняя ровная кожа. И все же рубец — это уродство. Изуродованная рубцами душа.

Мансуров глянул на нее вполоборота, те самые вполоборота, от которых сердце останавливалось... Если бы он вышел сейчас из леса на шоссе или выскочил из проходящего грузовика... Взял за руку, сказал: «Пошли!» Пошла бы и не спросила: «Куда?» Мансуров! Где ты? Ведь ты же был зачем-то? Тогда зачем?

Ехали молча. Это было молчание двух банкротов, только что отошедших от лопнувшего банка.

— Надо бы приемник купить в машину, — сказал Володя.

— Просто необходимо, — отозвалась Наташа. — Твоих барышень развлекать. Чтоб вам весело было.

— Опять, — вздохнул Володя.

— А что, нет? Не так?

Чего она ждала? Чтобы он сказал: так? Она не ревновала Володю. Это была игра в заинтересованность. Но он был не ее, значит, чей-то. Не мог же он быть ничьим. И было противно думать о возможности его двойной жизни. Для себя она допускала двойную жизнь, а для него — нет. Ей можно, а ему нельзя.

На обочине стоял старик в ватнике, черных валенках и ватной ушанке, какую носят солдаты. На ушанке виднелся след от звезды. Наташа почему-то вспомнила, что ватники вошли сейчас в моду за границей, и это резонно: они удобны, сделаны из х/б. Но если мода укрепится, туда добавят синтетику. И будут ватники из синтетики.

Старик не голосовал. Просто стоял. Но Володя почему-то прижал машину к обочине, остановил возле старика и даже открыл дверцу. Наверное, ему тоже хотелось разрядить духоту молчания третьим человеком. Старик сел на заднее сиденье — так, будто он ждал именно эту машину и ему ее подали.

Он сел, негромко сказал:

— Спасибо. — И тут же погрузился в свои мысли.

Наташа была рада, что в машине появился третий человек, пусть даже этот замызганный старик, отдаленно похожий на японца. Молчание как бы разрядилось. Оно стало нормальным, естественным молчанием, потому что неудобно говорить о своих делах при третьем человеке.

— Вы куда едете? — спросила Наташа.

Ей было совершенно неинтересно — куда и зачем он едет, но правила гостеприимства диктовали это маленькое и поверхностное участие.

Старик посмотрел на нее, как бы раздумывая — отвечать или не поддаваться поверхностному участию. Потом сказал:

— На консультацию.

— Дать? Или взять? — спросила Наташа, удивляясь, что он знает слово «консультация», так легко его выговаривает и правильно произносит.

— Дать, — сказал старик.

Наташа внимательно посмотрела на старика, на его сухие чуть желтоватые скулы. Он был худой, маленький, аккуратный — какой-то весь сувенирный.

— Ясновидящий, — ответил старик.

— А это как? — оторопела Наташа.

— Слово говорит само за себя, — ответил старик.

— Отстань от человека, — попросил Володя.

— Ясно — это ясно. А видящий — это видящий, — объяснил старик. — Я вижу, что будет с человеком в будущем.

— А как вы это видите? Прямо видите? — Наташа развернулась всем корпусом и открыто, почти по-детски смотрела на старика.

— Это особое состояние. Я не могу его объяснить. Но задатки к ясновидению есть во многих людях. Это можно развить.

— У меня есть задатки. Я замечаю: вот подумаю о человеке, а он звонит.

— Правильно, — согласился старик. — В быту это называется предчувствие, телепатия.

— А чем вы это объясняете?

— Я думаю, что у человека не семь чувств, а восемь. Просто восьмое чувство еще не изучено, а потому не развито.

— А когда у вас это началось.

— Во время войны.

— Расскажите.

— Не могу. Мне надо выходить.

На дороге стоял указатель в виде стрелы с надписью «Аэропорт» и возле стрелы на постаменте маленький бетонный самолет.

Володя остановил машину возле бетонного самолета.

— Спасибо, — поблагодарил старик и стал открывать дверцу.

— А что будет с нами? — торопливо спросила Наташа.

Старик вышел, задержал дверцу в руках, как бы раздумывая: отвечать или нет. Потом сказал:

— Через сорок минут в вашей машине будет тело. — Он легко бросил дверцу и пошел.

— Какое тело? — не поняла Наташа. — Чье?

— Твое или мое, — объяснил Володя.

— Это как? А сейчас мы где?

— Ты — это одно. А твое тело — это уже не ты. Душа — там. — Володя поднял палец кверху. — А твое тело тут.

— Почему мое?

— Ну, мое. Он же не сказал чье. Ну ладно. Глупости.

Володя повернул ключ, включил зажигание.

— Нет! — вскричала Наташа и сжала его руку. — Не поедем! Я тебя умоляю!

— А что мы будем делать?

— Постоим здесь сорок минут. А потом поедем.

Володя посмотрел в ее глаза, в которых не было ничего, кроме мольбы и ужаса. Один только ужас и мольба.

— Ну ладно, — согласился Володя. — Давай посидим.

Они стали смотреть перед собой, но это оказалось невыносимо — просто сидеть и смотреть и ждать нечто, что превратит тебя из тебя в тело.

— Давай выйдем! — потребовала Наташа.

— Зачем?

— Самосвал сзади поддаст...

Она вышла из машины и пошла к лесу прямо по сугробам, по пояс проваливаясь в снег. Добралась до поваленной сосны и уселась на нее, согнув колесом спину.

Володя пошел следом и тоже уселся на сосну. Стал наблюдать, как Наташа сломала веточку и начертила на снегу домик с окошком и трубой. Из трубы — спиралькой дым. В стиле детского рисунка.

— Машкин звонил, — сказала Наташа. — В гости просился.

Володя вспомнил Машкина, всегда в черном свитере, чтобы не стирать, с длинными волосами, чтобы не стричь, и с рваным носом. На втором курсе, в студенчестве, подрался в электричке, и хулиганы порвали ему ноздрю. С тех пор он производил впечатление не серьезного художника, коим являлся, а драного кота. И эта драность в сочетании с широкой известностью создавали ему шарм. Одно как бы

скрашивало другое. Духовность сочеталась с приблатнен-
ностью.

Что касается известности, то она возникла и в большей
степени существовала за счет того, что Машкина зажимали. Так теперь говорят. Факт зажима создавал дополни-
тельный интерес, и когда его выставка в конце концов
открывалась, — а открывалась она обязательно, — на нее
бежали даже те, кто ничего не понимает в живописи, и
видели то, до чего не догадывался сам Машкин.

Некоторая скандальность — необходимый фактор ус-
пеха. Машкин этого недопонимал, поскольку был неврас-
теником от природы. Постоянно истово грыз ногти, и Володя опасался, что обгрызет себе пальцы и ему нечем будет
держать кисти.

Вся кривая его творчества была неровной. Но сейчас
главное не как и что. А КТО. Главное — личность
художника. И неудачные работы Машкина были все же
неудачами гения. А удачи Левки Журавцова были все
же удачами середняка. Из Левки получился большой
плохой художник.

Двадцать лет назад они все вместе учились в Суриков-
ском институте и все трое были влюблены в Наташу. Она
только тогда поступила. Первым в нее влюбился Машкин
и открыл ее остальным. И когда он ее открыл, действительно оказалось, что все остальные женщины мира —
грубые поделки рядом с Наташей.

После института все двинулись в разные стороны:
Машкин — в славу, Журавцов — в ремесло, Наташа —
в преподавание, а он, Вишняков, — в руководство. Ему
предложили. Он согласился. У него всегда, еще со школы,

просматривался общественный темперамент, и процесс руководства щекотал тщеславие не менее, чем творческий процесс. С творческим процессом, кстати, тоже все обстояло благополучно. Вишняков считался талантливым художником и талантливым человеком, что не одно и то же. Он талантливо делал все, к чему прикасался.

Наташа досталась ему, а не Машкину, и не Журавцову, и никому другому, потому что в Вишнякове уже тогда цвел лидер. Он мог повести за собой и Наташу, и комсомольские массы. И ему нравилось, когда за ним идут. У него даже лицо менялось. Он ощущал твердость духа, эта твердость ложилась на лицо. Тяжелели веки. Нравилось вершить судьбы, и делать добро, и встречать благодарный взгляд. Это тоже тщеславие: состояться в человеческой судьбе.

На собраниях и сборищах Вишняков говорил мало, больше слушал. Но стрелки компаса, все до единой, были повернуты в его сторону.

После института все разобрали себе судьбы. Машкин — творчество и бедность, и возможность спать сколько угодно и когда угодно просыпаться, и не видеть того, кого не хочется видеть.

Вишняков — определенность и постоянный оклад и белые крахмальные рубашки. У него было их двадцать штук.

Журавцов поволок свою маленькую соломинку в великий муравейник. Притом поволок проторенным путем.

Наташа — отправилась сеять разумное, доброе, вечное.

Надо было выбрать между чем-то и чем-то. Каждый выбрал свое. Вишняков не знал — свое это или не свое, но тогда родилась дочь, цвела любовь и фактор процветания зависел от него.

Вспомнил, как в первый раз увидел себя в киножурнале «Новости дня». Их делегация сходила с самолета. Нефедов шел первым и помахивал рукой. А он, Вишняков, маячил в хвосте, в белой крахмальной рубашке и с нефедовским баулом. Нефедов не просил его нести. Он только сказал: «Там у меня сумка». Вишняков взял ее и понес. И в самом деле, не мог же руководитель делегации спускаться под кинокамеры крупным планом — с баулом, как дачник, сходящий с электрички.

— Соберемся? — спросила Наташа.

— Если буду жив. А если что — завещаю свои рубашки Машкину. Пообещай, что отдашь.

— Дурак, — сказала Наташа.

— А от меня, кроме рубашек, ничего не останется.

— А тот же Машкин? Не было бы тебя, не было бы Машкина.

— Ну, Машкин был бы и без меня.

— Неизвестно...

Володя вспомнил, как помогал Машкину — не по старой дружбе, хотя и по ней, а потому что считал это своим вкладом в творчество. Вклад через Машкина.

Когда Машкина зажимали, он мигал ему одним глазом, дескать: я с тобой. А другим глазом мигал своему начальнику Нефедову, дескать: я все понимаю, я с вами. И у него тогда просто глаза разъехались в разные стороны от этих миганий. И рот тоже перекосился, потому что надо было улыбаться туда и сюда. Твердый оклад оказался тяжелым хлебом. Хотелось перестать мигать и улыбаться, а просто насупиться. Не участвовать в известном конфликте «художник и власть», где одно противостоит другому, исходя из двух законов диалектики: «отрицание отрицания» и «единство и борьба противоположностей». Случались в истории и согласия, и они тоже были плодотворны, но это уже другой разговор. А в данной истории — Машкин зависел от Вишнякова, Вишняков — от Нефедова, Нефедов — от своего начальника, а тот — от своего. И так далее, как в одном организме, где все взаимосвязано и нельзя исключить ни одного колечка в цепи.

Художник может и не зависеть, а рисовать себе одному и сохранить самоуважение. Но самоуважения недостаточно. Необходимо уважение толпы. Копить и творить — это полсчастья. А вторая половина счастья — делиться собой с другими. Отдавать свои глаза, чувства. Как в любви. Поэтому Машкину была нужна выставка, и Машкин тоже был завязан в цепочку.

Вишняков подумал, а что будет, если через сорок минут он выпадет из этой цепочки. Что изменится? На его место поставят Гладышева. Гладышев будет этому рад, поскольку надо было бы ждать, пока Вишнякова повысят или он уйдет на пенсию. А так экономия жизни. Гладышев будет доволен. Нефедову все равно. Почти все равно. А больше ничего не изменится. Место Машкина занять нельзя. А место Вишнякова можно. И какой смысл сидеть и спасаться? Что за драгоценность его жизнь?

— Пойдем! — сказал он жене.

— А сколько прошло? — спросила Наташа.

— Сорок минут.

— Ты что? — Наташа забыла на нем свои недоуменные глаза. — Никуда я не пойду. И ты не пойдешь.

Володя поднялся с дерева, потянулся всем телом, чтобы одолжить жизненной праны у чистого воздуха, чистого неба. Снег сверкал. От дерева в глубь леса уходили мелкие следы. Кто это был? Заяц? Лиса?

Если бы можно было вернуться в двадцать лет назад и начать все сначала. Но зачем возвращаться в двадцать лет назад? Можно в любом возрасте начать все сначала, как в песне: «Не все пропало, поверь в себя. Начни сначала. Начни с нуля». Он мог бы с завтрашнего дня отказаться от своей должности, отрастить волосы, надеть черный свитер и размочить свои старые кисти. Можно даже пойти в бедность и неопределенность — жена согласится. Он в нее верил. Но что дальше? Свитер, волосы и даже бедность — это декорация. Внешний фактор. Главное — что внутри человека. А внутри он, Володя Вишняков, стал другим. Он отличался от прежнего так же, как рабочая лошадь отличается от мустанга. Или собака от волка. То и не то. Двадцать лет сделали свое дело. Уйдя с работы, он все равно останется промежуточным звеном в цепи, только с длинными волосами и без привилегий. Какой смысл? Если бы можно было, как Иван-дурак, нырнуть в три котла и выйти оттуда Иваном-царевичем. Но это под силу Коньку-Горбунку, а не этому сумасшедшему, должно быть, старику.

Значит, все будет как будет. И если этот ясновидящий действительно ясно видит и через сорок минут кому-то придется перемениться, а кому-то остаться, то пусть лучше останется жена. Она нужнее. Дочери нужнее. Ученикам, которые верят ей и поклоняются. Потом, когда они вырастут и встанут на ноги — отринут всех кумиров. Это потом уже «не сотвори себе кумира, ни подобия его». А сейчас, пока учатся, ищут себя — без кумира не обойтись. Постареет — будет внуков нянчить. Опять большая польза.

Вишняков снова сел на дерево, поглядел на жену. Она задумалась и походила на обезьяну без кармана, ту, которая в детстве потеряла кошелек. Вишняков давно не видел своей жены. Он как-то не смотрел на нее, не обращал внимания, как не обращают внимания на свою руку или ноту. Она задумалась, выражение задумчивости старило ее. Вообще она мало изменилась за двадцать лет. Вернее, в чем-то изменилась, а в чем-то осталась прежней, особенно когда смеялась или плакала. Позже всего стареет голос. Поскольку голос — это инструмент души. Талантливые люди вообще мало меняются. Они как-то меньше зависят от декораций.

— Что? — Наташа заметила его взгляд.

— Если бы я не пошел служить, кем бы я стал? Журавцовым?

— Вишняковым, — ответила Наташа.

— Ты бы хотела этого?

— Для меня это не важно.

— А что для тебя важно?

Наташа задумалась.

Нарисовала возле домика забор. Теперь в домик не войдет никто посторонний. Внутри тепло. Горит печка. Варится еда. Возле печки хозяйка. В люльке младенчик. Нехитрая еда. Нехитрые радости.

Наташа вспомнила, как Володя заставил ее родить дочь. Еле уговорил. На колени вставал. Ей тогда было некогда, обуревали какие-то важные замыслы, помыслы, промыслы, конкурсы, выставки, молодые дарования. А теперь — что у нее есть, кроме дочери? Ученики? Но они станут или не станут художниками не по ее милости, а по Божьей. И ее задача — не мешать им стать теми, кто они есть.

Когда дочка родилась, Наташа два дня рыдала от одной только мысли, что ее могло не быть.

Володя встречал ее из роддома. Нянечка протянула ему сверток, Володя отогнул треугольник одеяла, который прикрывал лицо, и встретился с синими растаращенными дочкиными глазами. Он очень удивился и никак не мог сообразить: куда же она глядела, когда одеяло закрывало ее лицо? Просто лежала в черноте? Может быть, она думала, что еще не родилась? А может быть, такие мелкие дети ничего не думают? У них еще мозги не включены?

Это было в январе. Летом они переехали на дачу. Дочке было полгода. Наташа отправилась однажды в город, мерить какие-то заграничные тряпки. Это было возвращение к прежней, добеременной жизни, и эта жизнь так поманила, что Наташа опоздала на дачу. Пропустила одно кормление. Пришлось накормить ребенка жидкой манной кашей. Володя встретил ее на платформе и официально сказал: «Ты ответишь мне за каждую ее слезу».

Каждая дочкина слеза была свята. И каждый зуб. И каждое новое слово. И сейчас нет ничего, что несущественно: контурные карты, сборник этюдов Гедике, длина джинсов, ограничения в еде. То, от чего Наташа отмахивалась, для Володи имело жизненно важное значение, не может девочка быть толстой и ходить в коротковатых джинсах. Неправильная внешность — это бескультурье. И нет ничего, что между прочим. Во всем должен быть порядок. В доме должен быть порядок — и она убирает, пылесосит, проветривает. В доме должен быть обед. И она, как на вахту, каждое утро выходит к плите. Еда должна быть грамотной и разнообразной — и она сочиняет соусы, заглядывает в поваренную книгу, и это действо из унылой обязанности превращается почти в творчество.

Семья собирается за обедом, перетирает зубами витамины, белки и углеводы. А она сидит и смотрит и испытывает почти счастье. Жизненный процесс обеспечен, и не только обеспечен, а выдержан эстетически. Грамотная еда, на красивых тарелках, на чистой скатерти. Его высочество Порядок. Порядку служат. Ему поклоняются. Порядок — это твердый остров в болоте Беспорядка. Есть куда ногу поставить. А сойдешь — и жижи полный рот. А потом засосет до макушки и чавкнет над головой. И все дела.

Что было бы с ней, если бы не было Володи? Зачем обед? Можно и так перекусить. Зачем торопиться домой? Можно ночевать где угодно, где ночь застанет. Носить с собой, как Галька Никитина, зубную щетку в сумке. А сейчас она из любых гостей, из любой точки земного шара возвращается вечером домой. И садится с семьей у телевизора. Володя — в кресло. Она с дочкой — на диване, плечо к плечу. Климат в доме — как в сосновом бору. А посади вместо Володи Мансурова — и климат переменится. То ли замерзнет дочь от одиночества. То ли Наташа задохнется от засухи. То ли вообще нечем дышать, как на Луне.

Иногда Володя приходит злой и ступает по дому, как бизон по прериям. Или наступает целый период занудства, когда он недоволен жизнью, у него такое лицо, будто ему под нос подвесили кусочек дерьма. И надо терпеть. Но терпеть это можно только от Володи. А не от Мансурова. Мансуров может вызвать аллергию, как, например, собачья шерсть. И начнешь чесаться. Почешешься, почешешься, да и выскочишь в окно вниз головой.

Да и где этот Мансуров? Ку-ку... Где он режет воздух
своей иноходью ахалтекинца? В каких краях белеет его
парус одинокий в тумане моря голубом? Наверное, понял,
что Наташа — жертва Порядочности, и решил не тратить
душевных ресурсов. Прогоревшее мероприятие надо закрывать, и как можно скорее.

Мансуров — это бунт против Порядка и внутри Порядка. Шторм, когда морю надоедают свои берега и оно
бесится и выходит из берегов, чтобы потом опять туда
вернуться и мерно дышать, как укрощенный зверюга.

Она вдруг подумала, что если бы сейчас здесь появился
Мансуров, подошел, проваливаясь в снег, — сделала бы
вид, что не узнала. Что было, то было и так и осталось в
том времени. А в этом времени есть Володя, она и их домик
за забором. Если бы Мансуров, например, затеял с Володей драку, она приняла бы сторону мужа и вместе с ним
отлупила бы Мансурова. Хоть это и негуманно.

Конечно, хорошо вытянуться во всю длину человека,
подключенного к станции «Любовь». Но это только часть
счастья, как, например, часть круглого пирога, именуемого
«жизнь». В сорок лет понимаешь, что станция «Любовь» — понятие неоднозначное. Не только — мужчина
и женщина, но и бабушка и внучка. Девочка и кошка.
Любовь к своему делу, если дело достойно. Любовь к
жизни как таковой.

Любовь к мужчине, бывает, застит весь свет, как если
взять кусок пирога и поднести его к самым глазам. Глаза
съедутся к носу, все сойдется в одной точке — и уже ничего, кроме куска пирога, не увидишь. А отведешь его от
глаз, положишь на стол, посмотришь сверху, и видно —

вот кусок пирога. Лежит он на столе. Стол возле окна. А за окном — весь мир. И выйдя в этот мир, не перестаешь удивляться краскам неба, форме дерева — всем замыслам главного художника — Природы. И это не исчезает, как Мансуров. Это твое: твоя дорога в школу, твои дети, твое дело. Твоя жизнь. Ты в этом уверен до тех пор, пока ты человек, а не тело. А уверенность — те же самые сухие острова, пусть не в болоте — в море страстей. Нельзя же все время плыть. Надо и отдыхать. Его величество Покой — тоже часть Порядка. Или Порядок часть Покоя. Не успокоения, а именно Покоя, в котором можно сосредоточиться и набраться сил и мыслей для своего Дела.

Что касается вечного успокоения — если смерти надо выбрать из двоих, — пусть это будет она. А Володя останется и научит дочь таланту терпения. Поможет обрести ей дом.

Дом — это как вера. К одним он приходит смолоду и сразу. А другие обретают дом мучительно, через сомнения, страдания и потери, уходят из него, как блудные дети, чтобы вернуться обратно. Обрести и оценить.

Наташа представила себе дочь, и слезы ожгли глаза. Стало жаль ее, и Володю, и себя — меньше, чем их, но тоже очень жаль за то, что ушла молодость. Вернее, она никуда не делась, но жить осталось мало. Пусть даже — не сорок минут. Сорок лет. Но сорок лет тоже очень мало, и в каком-то смысле — это сорок минут. Во вторую половину жизни время идет скорее. Как путь под уклон.

Володя закурил. Наташа поглядела сбоку, как он курит, — на руки с почти совершенной формой ногтей. Манеру затягиваться, щурясь от дыма. Позвала:

— Володя...

Он обернулся с выражением глубокого внимания, и это выражение очень ему шло.

Наташа хотела сказать: «Я люблю тебя», — но постеснялась и сказала:

— Я завтра пойду в психдиспансер. Обязательно.

— Тогда поедем!

Володя протянул ей руку, и они зашагали по сугробам, погружая ноги в прежние следы.

Сели в машину — за пять минут до предсказания. Они просидели на дереве тридцать пять минут. А казалось — полдня прошло.

— Пристегнись! — велел Володя.

Ехали молча. Миновали старую полуразрушенную церквушку. На крыше стояла береза, пушистая от мороза, и сочетание первичной природы со стариной выглядело значительно и щемяще.

Проехали мостик над речкой.

— Хорошо здесь летом, — предположила Наташа.

Съехав с мостика, увидели бабу в трех платках и с огромным мешком. Она стояла посреди дороги и, приметив машину, не сдвинулась с места, а, казалось, подставила подол, чтобы поймать в него машину.

Объехать ее было невозможно. Она бы не позволила.

— Осторожно! — испугалась Наташа.

Володя остановился перед бабой.

— До Ясенева довезешь? — спросила баба.

Володя открыл дверь. Баба тут же влезла в машину и втащила свой мешок.

— У меня золовка в Ясеневе живет, — объяснила баба. — Я у ней переночую, а завтра с утречка на базар. Там у меня мясник знакомый. Он мне кабанчика разрубит. А вам все равно в ту сторону.

Все было справедливо. Володя проверил — опущена ли кнопка. Поехали дальше.

Наташа подозрительно покосилась на мешок. Спросила:

— А что у вас в мешке?

— Так кабанчик, — удивилась баба.

— Дикий?

— Почему дикий? Из хлева.

— Живой?

— Почему живой? — опять удивилась баба. — Заколотый.

— Тело? — догадалась Наташа.

— Но почему же тело? Туша.

Баба и Наташа внимательно поглядели друг на друга. Наташа — обернувшись. Сверяла предсказания с реальностью. Баба — прямо. Видимо, Наташа ей не показалась. Почему надо везти на базар живого дикого кабана? Или почему надо покойника везти в мешке к золовке?

Наташа отстегнула ремень. Вздохнула всей грудью.

— Не будем звать гостей, — сказала она. — Ну их...

— Ясновидящий... — передразнил Володя. — Свинью с человеком перепутал.

— Так он же старый, — заступилась Наташа. — Что-то видит, а что-то нет. Как в картах. Там же тоже фамилии не называют.

Дорога лежала ровная, просторная, не требовала к себе внимания.

— А почем вы продаете? — Наташа обернулась к бабе.

— Шесть рублей килограмм. А телятину — семь.

Наташа качнула головой.

— Дорого...

— А ты сама вырасти и выкорми, — предложила баба.

— Где? На балконе? В ванной?

— В ванне... — передразнила баба. — То-то и оно... А это я вам вашу лень продаю. По шесть рублей за килограмм. Лень дорого стоит.

Подъехали к Ясеневу.

Баба сошла и, уходя, бросила Наташе в колени мятый рубль.

— Не надо, — смутилась Наташа. — Что вы делаете?

— Бери, бери, — разрешила баба. — Щас меньше рубля ничего не стоит.

Баба ушла.

— Лошадь бескрылая, — определила Наташа и переложила рубль с колен в Володин карман. Этот рубль ей не нравился.

«Не возьму больше сумку», — решил про себя Володя и представил себе, как они сойдут с самолета, сядут в машины и поедут в гостиницу. Нефедов вдруг спохватится и спросит: «А где моя сумка?» А он ему ответит: «А где вы ее оставили?»

Въехали в город.

Предсказание осталось позади, как полуразрушенная церквушка. Может быть, старик и ясновидящий, но колдовской заряд тоже поддается времени и иссякает вместе с жизнью. На смену старым колдунам приходят новые, молодые колдуны, которые называются сейчас модным словом «экстрасенсы». Однако сорок минут кончились и можно было жить дальше — сосредоточиваясь и не сосредоточиваясь. Как получится. Его величество Порядок удобно расселся на своем удобном троне.

Мимо проехала черная «Волга». За рулем сидел Мансуров. Наташа успела заметить его профиль и взгляд, как будто он не смотрел перед собой, а прожигал глазами дорогу, вспарывал асфальт.

Она вздрогнула и задохнулась, будто ее без предупреждения ожгли бичом.

— Обгони! — приказала она, схватив Володю за локоть. — Вон ту черную «Волгу».

— Зачем? — не понял Володя, однако вывел свою машину в другой, свободный ряд, прибавил скорость.

Машины поравнялись, и некоторое время черная «Волга» шла вровень с синим «Москвичом».

Наташа перегнулась, вглядываясь.

— Ну что? — спросил Володя.

— Обозналась, — поняла Наташа и села прямо. Закрыла глаза, до того вдруг устала.

Володя успокоил машину, вернул ее в положенный ряд, в положенную скорость.

Это был не Мансуров. Просто похожий человек.

Но как зашло сердце.

Инфузория-туфелька

I

Ноябрь. День короткий. И только утро бывает радостным. А к середине дня сумрак ложится на землю, как ранняя старость.

Марьяна отправила сына в школу и забежала к соседке на кофе. Ни у кого кофе нет, а у соседки Тамары — есть. Такая она, Тамара. У нее есть больше, чем у других: интересная работа, прочная семья, страстная любовь. Любовь реет над ней, как знамя над Кремлем. Красиво полощется на искусственном поддуве. Правда, знаменосцы меняются.

Однако сейчас и знамя поменялось. Но это уже другая тема. Это уже политика. Политикой заняты все каналы телевидения, кроме коммерческого «2 x 2». Там с утра до вечера беснуются, как в зоопарке, патлатые парни и девки. Запад прорвался на Восток. Проник. Просочился. Пенсионеры смотрят остекленевшими глазами. За что боролись, на то и напоролись.

Но при чем тут политика, пенсионеры...

Вернемся на кухню, к Тамаре и Марьяне.

Тамара похожа на двойной радиатор парового отопления: широкая, жаркая, душная, как переполненный летний трамвай. В ней всего слишком: голоса, тела, энергии. А в Марьяне всего этого не хватает: она бесплотная, тихая, бездеятельная.

— Пасешься, — говорит ей Тамара. — Как корова на лугу. И колокольчиком: звяк-звяк...

— Это хорошо или плохо? — не понимает Марьяна.

— Корова? Конечно, хорошо. Но кошка лучше.

— От коровы молоко. А от кошки что?

— Ты меня перебила. На чем мы остановились?

Тамара рассказывала про очередного знаменосца. Познакомились в ресторане, встречали Новый год. Тамара была с мужем, он — с женой. Он углядел Тамару из другого конца зала. Подошел. Пригласил.

— Ты остановилась, как вы пошли танцевать, — напомнила Марьяна.

— Ага. Он сказал: «Меня зовут Равиль». Я спросила: «Это татарское имя?» Он ответил: «Мусульманское». Вообще, знаешь, в мусульманах что-то есть. Какой-то флюид.

Лицо Тамары стало мечтательным, как будто она вдыхала мусульманский флюид.

— А особенно хорошо получаются смеси: русский и татарин. Или русский и еврей.

Тамара говорила о людях, как о коктейлях.

— А если еврей и татарин? — спросила Марьяна.

— У меня был такой знакомый. Мы его звали «Чингиз-Хаим». Сумасшедший был. В диспансере на учете состоял. И некрасивый. Кровь, наверное, плохо перемешалась. Сыворотка.

— Ну, танцуете, — напомнила Марьяна.

— Да. Рука жесткая. Голова мелкая, как у породистого коня. Пахнет дождем.

— А где он под дождь попал?

— Ну какой дождь в ресторане? Ты странная. Свежестью пахнет. В смысле — ничем не пахнет. Стерильный. Чистый. Но в глазах что-то не то. Шьет глазами влево, вправо, соображает...

— Плохо, когда не смотрят в глаза, — согласилась Марьяна. — Я этого терпеть не могу. Как будто курицу украл.

— Да мне вообще-то было плевать — куда он смотрит. У меня тогда депрессия была. Меня Андрей бросил.

Андрей — это предыдущий знаменосец. История с Андреем длилась довольно долго, года два.

— А ты любила Андрея? — удивилась Марьяна.

— Безумно, — тихо сказала Тамара. — Мы, правда, все время ругались. Однажды даже подрались. Я ему чуть руку не сломала.

— А ты пошла бы за него замуж?

— Так я же замужем.

— Но если ты полюбила человека...

Марьяна не понимала, как можно двоиться: любить одного, жить с другим. Душа в одном месте, тело в другом. Это и есть смерть, когда душа и тело в разных пространствах.

— Муж — это муж, — упрямо сказала Тамара. — Семья — это общие задачи. А какие у нас с Андреем были общие задачи? Обниматься и ругаться.

Тамара замолчала.

— Все равно ничего бы не вышло, — сказала она. — Хотя он один жил. У него как раз тогда мать померла. От рака. Я брезговала есть его ложками. Новые купила.

— А где ты купила? — удивилась Марьяна.

— Из Испании привезла. Ложки, и полотенца, и даже простыни. Он понял. Обиделся...

— А дальше что было?

— Когда?

— На Новом году. Вы потанцевали. А потом?

Тамара не ответила. Она ушла мыслями от Равиля к Андрею.

— Вообще он ужасно скучал по матери. Оставлял в ее спальне яблочко. Апельсинчик. Ему казалось, что она приходит ночью. Слышал шаги.

— Сдвинулся, что ли?

— Нет, просто первые девять дней душа человека в доме.

— Интересно... Девять дней не прошло, а он уже бабу в дом привел.

— Ну и что? Он тосковал. Это как раз понятно...

— А ты бы пошла за него? — спросила Марьяна.

— Я для Андрея — старая.

— А сколько ему?

— Сорок.

— Ну и тебе сорок.

— Правильно. А мужику в сорок нужна женщина в двадцать.

— А кому нужна женщина в сорок?

— Никому.

— А тогда зачем все это?

— Что?

— Ну ЭТО. ВСЕ.

— Ты какая-то странная. ЭТО и есть жизнь. Неужели не понимаешь?

Марьяна понимала. Она тоже не могла жить без любви. Но у нее была одна любовь на всю жизнь. Муж. Аркадий.

Они вместе учились в школе, начали спать в десятом классе. Они засыпали, обнимаясь, и вместе росли во сне, и их кости принимали удобные друг для друга изгибы и впадины. Они слились друг в друге. А потом в сыне. Ребенок был поздним, они тряслись над ним. У Марьяны не было и не могло быть других интересов. Она не понимала Тамариной жизни: как можно ложиться с чужим, обнимать чужого. Потом делать его своим, обнимать своего. Потом отдирать от тела вместе с кожей. И возвращаться домой, ложиться к мужу, который уже стал чужим, и мучиться, и ждать, пока нарастет новая кожа.

Марьяна брезговала жизнью своей соседки, как та ложками Андрея. Но каждый день ее тянуло сюда, в эту кухню. Марьяна усаживалась, пила кофе, слушала продолжение сюжета, подзаряжалась энергией чужой страсти.

Такое поведение по большому счету было безнравственным. Брезгуешь — не общайся. Обходи стороной. Но Марьяна приходила, садилась, и пила кофе, и слушала, и сопереживала. И более того, выслушивала нравоучения от Тамары.

— Как ты можешь так жить? — вопрошала Тамара. — Ни дела, ни романов. Только дом. Живешь, как улитка.

— А когда мне? — виновато оправдывалась Марьяна, будто и в самом деле была виновата.

Ей тоже хотелось спросить: «А ты, как ты можешь ТАК жить? Как жонглер в цирке. Жонглировать такими разными шарами: семья, хозяйство, работа, страсть — все это подкидывать на разную высоту и ловить».

Сколько надо здоровья и изобретательности? И как изменилось понятие нравственности за какие-то сто лет. Катерина из «Грозы» изменила мужу и утопилась, не вынесла раздвоенности. Анна Каренина познала презрение общества, не говоря уже о том, что бросилась под поезд. А сейчас никакого общества и все Анны. Без Вронских.

А что за мужчины? Какой-то Андрей, который на другой день после смерти матери привел женщину. Какой-то Равиль пришел с женой встречать Новый год и тут же присмотрел другую. Пригласил танцевать. А Борис — муж Тамары. Скорее всего у него своя жизнь и его устраивает такое положение вещей. Это не дом, а стоянка, аэродром, где каждый ночует, чтобы с утра вылететь в другую жизнь, шумную и событийную. Настоящая жизнь проходит за стенами.

Дом — гостиница. И вся жизнь — непрекращающаяся командировка.

— Пойду! — Марьяна поднялась.

— Ну подожди! — взмолилась Тамара. — Я тебе не рассказала самого интересного.

Марьяна открыла свою дверь — железную и толстую, как сейф. У них было что украсть. От родителей Аркадия осталась дорогая антикварная мебель. Папаша был спекулянт, царство ему небесное. Сейчас назывался бы бизнесмен.

Марьяна уважала старика за то, что в свое бездарное время он нашел в себе достоинство жить по-человечески. Умер, правда, в тюрьме. Время ему такое досталось.

В доме не было ни одной случайной вещи. Аркадий сам заказывал у умельцев медные ручки. Мог полгода потратить, чтобы найти нужную панель из красного дерева.

Аркадий создавал, а потому любил свой дом.

Энергия ожидания наполняет жилище, как теплом. И, входя с улицы, такой промозглой, неприветливой улицы, — сразу попадаешь в три тепла: ждет жена, ждет сын, и даже собака выкатывается под ноги с визгом счастья.

В такой дом хочется возвращаться откуда угодно.

Базар развлекает яркостью красок и разнообразием лиц: славянских и восточных. Марьяна бродит по рядам, отмахивается от веселых приставаний молодых азербайджанцев. Покупает золотую курагу, бурые гранаты, телячью печень — все за бешеные деньга, страшно выговорить. Каждый раз совестно расплачиваться, кто-то обязательно сзади стоит, и смотрит, и думает: у, буржуи проклятые, кооператоры.

А они не буржуи и не кооператоры. Просто у Аркадия случайно прорезалась золотая жила: реставрация икон. За валюту. Заказов много.

Аркадий реставрирует так, что икона остается старой. Несет время. Аркадий чувствует время. И мастера.

Марьяна не разрешила, чтобы в доме воняло лаком, ацетоном. Вредные испарения.

Аркадий уходил в мастерскую, возвращался к восьми часам. К программе «Вести».

Устает Аркадий. Днем — больница, ультразвуковые исследования. Обычная больница, обычный врач, а к нему идет вся Москва.

Недавно пришла женщина без лица. Вместо лица — сгусток ужаса. Поставили диагноз: рак яичника. Аркадий сделал ультразвуковое обследование и увидел: то, что принимали за опухоль, — затвердевший кал в прямой кишке.

Проецируется как затемнение. А все-таки разница: рак и кал. Хотя количество букв одинаковое. А женщина хотела покончить с собой. А теперь пошла жить. Легко представить себе, что она испытала, выйдя за дверь на волю. Какой глоток жизни вдохнула всей грудью.

Колька пришел из школы бледный, какой-то примученный. Марьяна ничего не могла понять: ест, как грузчик, в семь лет съедает порцию взрослого мужика, здоров абсолютно, а выглядит, как хроник: бледный, с обширными синяками. Никаких щек, одни глаза. Человек состоит из глаз, ребер и писка. Голос пронзительный — кого хочешь с ума сведет. Как будто в дом влетает стая весенних грачей.

На этот раз Колька вернулся молчаливый: получил двойку по письму. Сел на пол, стал расшнуровывать ботинки. Потом развязал тесемки на шапке. Размотал тесемки на куртке. Весь в шнурках и тесемках. Волосы под шапкой вспотели. Вид был жалкий. У Марьяны захолонуло сердце от любви и тревоги.

А вдруг начнется гражданская война, отключат тепло и электричество? Вдруг начнутся погромы? У Кольки двенадцать процентов еврейской крови, да кто будет считать? Уже казачество старую форму из сундуков достает, шашками поигрывает...

Марьяна потрогала у Кольки железки. Как бобы. Все время увеличены. А именно отсюда и начинается белокровие.

В детстве Марьяна лежала в больнице с гепатитом, насмотрелась на детей с железками. Они вспухали, как теннисные мячики. Железки росли, а дети усыхали. Как долго они умирали, как рано взрослели.

У Марьяны мерзла кожа на голове, волосы вставали дыбом. Хоть и знала — все в порядке: Кольку осматривали лучшие врачи. А все равно волосы дыбом. Сегодня в порядке. А завтра...

«Ты как умная Эльза», — отмахивался Аркадий.

Марьяна знала эту немецкую сказку. Умная Эльза все время предвидела плохое.

Колька переодевался в домашнюю одежду и усаживался за стол. Он вдохновенно жевал и глотал, а Марьяна сидела напротив и смотрела, как он жует и глотает, и буквально физически ощущала, как с каждым глотком крепнут силы, формируются эритроциты и свежая кровь бежит по чистым детским сосудам. И в ее душе расцветали розы.

После еды — прогулка. Легкие должны обогатиться кислородом и сжечь все ненужное.

Колька мог бы гулять один. Детская площадка видна из окна. Но ведь несчастья случаются в секунды. Дети жестоки, как зверята. Суют друг другу палки в глаза. Столько опасностей подстерегают маленького человека. Маньяки ходят, уводят детей, а потом объявления по телевизору: пропал мальчик, шапочка в полоску, синяя курточка.

Марьяна одевается и идет с Колькой гулять.

Он носится туда-сюда, как пылинка в солнечном луче.

Взбегает на деревянную горку и бесстрашно съезжает на прямых ногах. Сейчас споткнется и сломает ключицу.

— Ко-оля! — душераздирающе кричит Марьяна.

Но он не слушается, рискует. Детство распирает его душу и маленькое тело.

Тамара талдычит: работа, любовь...

Какая работа? Отвлекись хоть на час, и все начнет рушиться, заваливаться набок. Колька будет оставаться на продленке, есть что попало, научится матерным словам. Дом зарастет пылью, на обед готовые пельмени. И все тепло вытянет, как на сквозняке. А во имя чего?

Вырастить хорошего человека — разве это не творчество? Он будет кому-то хорошим мужем и отцом, даст счастье следующему поколению. Разве этого мало?

Колька съехал с горы и смотрит в сторону. Что-то он там видит...

— Папа! — вскрикнул Колька и стрельнул всем телом в сторону. Увидел отца.

Марьяна догадалась, что сегодня Аркадий не пошел в мастерскую. Захотел домой.

Аркадий протянул руки. Колька скакнул в эти руки как лягушонок. Обнял отца ногами и руками.

— Я дарю тебе шарф! — объявил Колька и снял с себя шарф, белея беззащитной тоненькой шеей. — Возьми!

— Спасибо! — серьезно сказал Аркадий.

Вид у него был почему-то грустный.

Марьяна смотрела на самых дорогих людей, и кожа на голове мерзла от ужаса: что с ними будет, если она умрет? Хотя с какой стати ей умирать... Просто умная Эльза бежала впереди и все посыпала серым пеплом...

Вечером смотрели «Вести» и «Время». Это были хорошие часы.

Колька спал, справившись с днем. На кухне тихо урчал красный японский холодильник. В нем лежали красивые продукты, как натюрморт у голландцев: крупные фрукты, розовое мясо. Мясо на верхней полке, ближе к холоду. Фрукты внизу. Творог и сыры посередине. Все на месте и ничего лишнего, как строфа в талантливом стихотворении.

В мире происходили разные события: Гамсахурдиа сидел в подвале дома правительства и не хотел отдавать власть. Эрик Хонеккер отсиживался в чилийском посольстве и не хотел возвращаться в Германию. Буш с женой куда-то отправлялись на самолете. Жена — седая и толстая, а он — постаревший юноша. Вполне молодец.

Тамара где-то танцует с татарином и ловит его ускользающий взгляд. А температура опять ползет к нулю, и зима никак не установится.

II

Утром Марьяна забежала послушать «самое интересное».

— Он ЭТО делает, как бог на Олимпе, — таинственно сообщила Тамара.

— А у богов по-другому, чем у людей?

— У них божественно.

— А это как?

— Не объяснить. Это надо чувствовать.

— А что ты чувствуешь?

— Прежде всего — не стыдно. Для меня главный показатель — стыдно или нет. Если стыдно, значит, надо завязывать: Бог не хочет. А если не стыдно — значит, Богу угодно. Надо себя слушать. Иногда бывает так пакостно. А тут — душа расцветает... такой волшебный куст любви.

— А когда вы успели? Где? — поразилась Марьяна.

— В машине. Музыка из приемника лилась. Вальс Штрауса...

— Значит, в ритме вальса?

— Выхожу — асфальт блестит. Просто сверкает.

— Дождь прошел, — подсказала Марьяна.

— Да? — Тамара поразмыслила: — Может быть. И знаешь, что я поняла?

— Что ты поняла?

— Любовь — это и есть смысл жизни. Люди все ищут, ищут, а вот он... и другого смысла нет.

Тамара помолчала, потом призналась просто, без патетики:

— Я не могу жить без любви. Я не представляю себе, что я буду делать в старости.

«Привыкнешь», — подумала Марьяна, но вслух ничего не сказала.

— Ну, я пойду. — Марьяна поднялась.

— У тебя вечно одно и то же, — обиделась Тамара.

— А у тебя?

— А у меня всегда разное.

Любовь — как свет. И количество света каждой женщине выделено одинаковое. Но Марьяна живет при постоянном ровном освещении. А Тамара — яркими вспышками. Вспышка — темнота. Опять вспышка — опять темнота.

Днем было то же, что и всегда, но с оттенками. У Кольки в школе украли пуховую куртку. Пошли к учительнице, у нее были испуганные глаза.

— А вы не одевайте его в хорошие вещи, — посоветовала учительница. — Купите просто ватничек.

— А где я его куплю? — спросила Марьяна.

Вопрос повис в воздухе. Ничего купить было нельзя, и учительница это знала.

Вышли на улицу. Кольку сопровождал его лучший друг Гоша.

Марьяна сняла с себя куртку и надела на сына.

— А ты? — спросил Колька.

— А я так... Здесь близко.

— Моя мама тоже отдала мне свою шапку, когда у меня украли, — сказал Гоша.

Дома Марьяна полезла на антресоли и достала старое Колькино пальтецо. Он был в нем такой зашарпанный и жалкий, такой совок, что Марьяна зарыдала.

Куртки не очень жалко, это восстановимая утрата. А жалко Кольку, который ходит в ТАКУЮ школу, в ТАКОЙ стране.

Другой страны Марьяна не хотела. Но она хотела, чтобы в ее большом доме был порядок. А когда он еще будет, порядок?

Аркадий делал все, чтобы оградить семью от смутного времени, но время все равно заглядывало в их дом и кривило рожи. И никуда не денешься. Хоть и в красивой квартире, как в шкатулке, — ты погружен в толщу времени. Дышишь им. Хорошо еще, что не стреляют и пули не прошивают стены.

И температура опять ползет к нулю. И сквозь эту слякоть и неразбериху — длинные междугородные звонки. Школьная подруга Нинка Полосина приглашает на свадьбу дочери.

Как бежит время: давно ли сами были девочками, вместе возвращались из школы. Теперь Нина — мама. Дочку замуж выдает.

— А сколько ей лет? — не понимает Марьяна.

— Восемнадцать. Учится на первом курсе.

А ее Колька учится в первом классе. Нина родила в двадцать. Марьяна в тридцать.

— Я постараюсь! — кричит Марьяна. Но она точно знает, что никуда не поедет.

— Поезжай! — неожиданно предлагает Аркадий. — Все-таки новые впечатления.

— Какие впечатления! — удивляется Марьяна. — Чего я там не видела?

— Ну нельзя же все время сидеть на одном месте. Нельзя быть такой нелюбопытной, — с неожиданным раздражением замечает Аркадий.

— Ты хочешь, чтобы я уехала? — удивляется Марьяна.

— Надо отдавать долги. Долги юности, дружбы... Нельзя замыкаться только на себе.

Аркадий переключается с телевизора на газету. Он красиво сидит, нога на ногу. Красиво курит, щурясь одним глазом. А тут куда-то ехать. И преступность выросла. Войдет в вагон какой-нибудь прыщавый шестнадцатилетний и убьет с особой жестокостью.

Однажды, в отрочестве, Марьяна убивала гусеницу. Гусеница была сильная, с рогами, толстая, как сосиска. А Марьяна — еще сильнее и больше. Она придавливала ее к земле палкой. Гусеница выгибалась. Из нее летели сильные чувства: ненависть, боль, страх — и все это излучалось, шло волнами и доставало Марьяну, возбуждая не познанное ранее состояние. Наверное, оно называется — садизм. Садистам нужен чей-то страх, взамен нежности.

— Свадьбу устраивать в такое время... — бурчит Марьяна.

— Время не выбирают. Какое достанется, в таком и живут. И женятся, и умирают.

Это так. Время не выбирают.

Поезд тронулся, и одновременно с толчком в купе вошел второй пассажир. Марьяна сразу его узнала: известный артист, засмотренный мужик. Он был не молод и не стар. От него пахло третьим днем запоя.

Марьяна разбиралась в запоях. Ее мать пила, и Марьяна все детство слонялась по подругам и родственникам, привыкла ночевать где ни попадя. У нее была хрустальная мечта: иметь свой дом. Может быть, именно поэтому она так любила и берегла дом.

Артист тяжело осел на полку, возвышался как стог сена. Внизу — широко, к голове сходит на конус. Он тут же завозился, стал раздеваться. Марьяна вышла в коридор, чтобы не мешать человеку. А когда вернулась, он уже лежал, как стог, если его повалить.

— Вы извините, пожалуйста, — повинился артист.

— За что? — не поняла Марьяна.

— За то, что я вас не развлекаю. Не оказываю внимания.

Он извинялся за то, что не пристает к ней, не использует таких исключительных условий: двое в купе, в ночи.

Марьяне захотелось спросить: «А порядочные женщины у вас были?»

Но не спросила. Это не ее дело.

Артист тем временем захрапел. Купе наполнилось алкогольными парами.

Марьяна тоже легла и стала смотреть над собой. Она плохо спала в поезде. Она могла спать только у себя дома, только рядом с Аркадием. Первые десять лет у них были две кровати, стоящие рядом, но как ни сдвигали матрасы — все равно между кроватями расщелина с жесткими деревянными краями. Аркадий удобно возлежал на матрасе, а Марьяна льнула к нему и оказывалась в расщелине. Марьяна заменила две кровати на одну. Арабскую. Аркадий называл ее облпублдом (областной публичный дом). Кровать широкая, как стадион. Удобный матрас — ни жестче, ни мягче, чем надо. Постель — поэма. Одеяло из чистого пуха. Лежишь, как под теплым облаком. А за окном дождевые капли стучат в жестяной подоконник. За окном дождь и холодно, и волки плачут возле бывшей сталинской дачи. А мой дом — моя крепость.

Марьяна — домашний человек. У нее нет другой специальности.

В ранней молодости мучили молодые амбиции, мечтала сняться в кино, чтобы все увидели, какая она красивая. Пыталась поступить в театральное училище, но ее не взяли. Не нашли таланта. Марьяна тогда расстроилась. Аркадий утешал. У них тогда любовь горела ярким факелом. Аркадию надо было идти в армию, он не представлял себе разлуки. Притворился сумасшедшим и лег в диспансер. Его комиссовали. То ли удачно симулировал, то ли в самом деле оказался слегка шизоидным. Кто может провести грань между нормой и НЕ нормой. Где она, эта нижняя грань?

Аркадий сэкономил два года, поступил в институт и стал врачом.

Да не каким-нибудь, а уникальным специалистом. У него была обостренная интуиция, и он по внешнему виду мог определить состояние человека. Даже по тому, как он здоровается. Нездоровый человек невольно экономит энергию и здоровается безо всякого интереса. По необходимости. А здоровый человек исполнен любопытства и жаждет взаимодействия.

Аркадия постоянно посылали в командировки по углам страны: в Заполярье, на Дальний Восток. Забрасывали бригаду врачей, как десант, для проверки населения. Для выявления онкологических больных.

Аркадий звонил из любой точки земного шара, ему было необходимо прикоснуться словом. Марьяна стояла с трубкой, спрашивала:

— Когда приедешь?

И если не скоро, через неделю, например, Марьяна принималась плакать. А он слушал, как она плачет, и искренне страдал.

Возвращался серый. Уставал душой и телом. Жалел людей. Страдал от собственной беспомощности. Ненавидел нищее здравоохранение и преступно равнодушное общество.

Они подолгу разговаривали. Потом ложились на арабскую кровать под пуховое одеяло, и постепенно чужое несчастье и равнодушное общество отделялись и становились чем-то отдельным, как пейзаж за окном.

Бесчестному житию застоя они могли противопоставить только свой дом — свою крепость. Потом застой рухнул, пришла долгожданная демократия, и еще страшнее стало выходить из дома. Пришлось заказывать железную дверь. И как изменилась жизнь... Как будто среди лета выпал снег. Только что зеленела трава, и вдруг все стало белым.

На кого рассчитывать? Только на Бога. На Иисуса Христа. Аркадий реставрировал иконы. Марьяна смотрела на лики святых, как на фотографии родственников. Христос на руках Марии — ребенок, но иногда вдруг изображался со взрослым, зрелым лицом. Ему как бы отказывали в детстве. Он как бы сразу — Бог.

— Мы сами во всем виноваты, — неожиданно ясно сказал артист. — Семьдесят лет поддерживали эту власть и работали на нее, как рабы.

Для бреда эта фраза была слишком длинна и осмысленна.

— Я не поддерживала, — сказала Марьяна. — Я просто жила.

— Вы молчали. А значит, поддерживали. И значит, должны искупить.

— Каким образом? — не поняла Марьяна.

— Поваляемся в дерьме. Может, умоемся кровью. А уж потом заживем по-человечески.

— А это обязательно — поваляться в дерьме?

— Обязательно, — убежденно сказал артист.

Он сел и стал открывать бутылку с минеральной водой. Прислонил пробку к краешку стола и стал стучать кулаком сверху. Проще было взять открывалку. Но это была ЕГО дорога к утолению жажды.

Нина Полосина стояла на перроне и ждала. Настроение было подавленное. Как там у Пушкина в «Мазепе»: «Три клада всей жизни были мне отрада...»

У Нины Полосиной тоже было три клада. Дочь Катя. Красивая, способная девочка. Еще в школе учительница говорила: «Мне даже плакать хочется, какая хорошая девочка».

Второй клад — здоровье. Каждый раз после диспансеризации врач говорил: «Вы, Нина Петровна, практически здоровая женщина».

— А теоретически? — спрашивала Нина.

— Теоретически мы все больны. Экология.

Третий клад — профессия, марксистско-ленинская философия. До тех пор, пока социализм на дворе, кусок хлеба обеспечен.

И вот все разом рухнуло. Как будто лавина сошла с горы с тихим зловещим шорохом и все срезала на своем пути.

Катя выходит замуж за грузчика. Окончил ПТУ. Или даже не окончил. Мезальянс. Неравный брак. Это как раньше, во время революции, барышни-дворянки влюблялись в «братишек».

Катя влюбилась в грузчика. А почему? Потому что исполнилось восемнадцать, время любить, а общества нет. Институт девчачий, педагогический. Из института — домой. Из дома — в институт. Кто первый проявил инициативу — тот и случился.

Во времена Пушкина были балы, ярмарки невест. Собирались люди одного круга. Существовала такая профессия — сваха. Все было продумано. А сейчас? Где молодая девушка будет искать жениха? На юг поедет? В троллейбусе познакомится?.. Скромная девушка с косой... Он носит ее на руках. Мышцы играют. Она хохочет, уцепившись за шею. Не хочет слушать никаких увещеваний. Рыдает. Пришлось уступить. Приходится ведь уступать наводнению. Или урагану. Налетит, сломает деревья, повалит столбы. И утихнет. Потом люди выходят, поднимают столбы, натягивают провода. Устраняют последствия.

Так будет и с Катей. Через год прозреет. Разведется. Хорошо, если не родит за это время. Ребенок — это такое последствие, которое не устранишь.

Третий клад оказался фальшивым — марксистско-ленинская философия. Все полетело в тартарары: и Маркс, и Ленин.

Нина и раньше недолюбливала Маркса за то, что он жил на содержании у Энгельса. Она скептически относилась к людям, которые живут за чужой счет. Ленин — другое дело. Ленин — идол. А русский человек не может без идола, это у него с языческих времен. Но Ленина хотят уволить из идолов, захоронить мумию в землю. Или продать Эмиратам за большие деньги. За валюту. А на валюту поддержать старичков-пенсионеров. И то польза. Муж Нины Михаил, полковник милиции, за голову хватается: продать Ленина. Какой цинизм...

Западные ученые возражают против захоронения: мумия имеет большую давность — 70 лет. Это научный эксперимент. Жалко зарывать эксперимент в землю...

Разве можно было еще пять лет назад представить себе такие слова вокруг Ленина: эксперимент, продать... Вот уж действительно стихийное бедствие, лавина в горах. А как остановить это бедствие? Никак. Многие торопливо упаковывают чемоданы, продают квартиры за валюту — и наутек. Кто быстрее — люди или лавина? Кто успеет... Добежали до Израиля, до Америки и дышат тяжело.

А Нина со своей марксистско-ленинской философией и мужем полковником милиции куда побежит? Что он умеет? Приказы отдавать?

Второй клад — здоровье — сказал печально: «До свидания, Нина. До лучших времен».

Давление образовалось от такой жизни. Печет в затылке. Того и гляди, лопнет сосуд и зальет мозги. Хорошо, если помрешь в одночасье, а то ляжешь в угол, как мешок. Вот когда грузчик понадобится: двигать туда-сюда мебель.

Ах, как тяжело, как безрадостно...

Поезд тем временем подошел и остановился, и от вагона отделилась Марьяна, подруга детства, и пошла навстречу. Красивая, дорогая, благополучная женщина. И не изменилась с тех пор: те же тихие глаза, то же выражение доверия на лице. Она шла из прошлого, из тех времен, когда были молодыми, и «чушь прекрасную несли», и надеялись...

Сейчас иногда кажется, что не было ни детства, ни молодости, как не было, например, Древнего Египта. Уже XXI век на носу, компьютеры, роботы работают за людей, и даже египтяне — не те, что были в древности. Антропологи утверждают, что у них другая форма черепа. А пирамиды стоят, и никуда не денешься. Значит, БЫЛО. Было.

И Марьяна идет. Значит, было детство и мама.

Нина заплакала. Марьяна обняла подругу, почувствовала волнение и в этот момент порадовалась, что не пожалела и привезла дорогой подарок: полный набор хрустальных фужеров. Память на всю жизнь. Если не перебьют, конечно.

Медленно пошли по перрону.

— Кто жених? — спросила Марьяна.

— Грузчик.

— В каком смысле? — уточнила Марьяна.

— В прямом. Отгружает холодильники.

— Диссидент?

В семидесятые годы был такой вид социального протеста, когда интеллектуалы шли в сторожа и в лифтеры.

— Какие сейчас диссиденты? — мрачно спросила Нина. — Говори что хочешь. Просто грузчик, и все.

— Ты серьезно? — не поверила Марьяна.

— Серьезно, конечно.

— А где Катя его взяла?

— Домой пришел. По адресу явился. Мы холодильник на дачу перевозили. Он пришел с напарником. Стащили холодильник с пятого этажа. А потом он на руках снес Катю. Было весело. На другой день он явился к нам с цветами. Снова было весело. Довеселились.

— А он ничего? — спросила Марьяна.

— Много ест. Суп с хлебом с маслом. Компот с хлебом с маслом. Я каждый раз боюсь, что он все съест и примется за меня.

— А Катя его любит?

— Как можно любить человека, который не читает книг? И не пьет ни грамма. Все пьют, а он нет.

— Так хорошо.

— Подозрительно. Боится развязать. По-моему, он завязавший алкоголик.

— Но ведь это надо выяснить, — встревожилась Марьяна. — Иначе как от него детей рожать?

— Вот именно...

Под угрозой была не только дочь, но и внуки, и правнуки.

— Будь он проклят, этот холодильник, — сказала Нина.

— А как Миша?

— В милиции. Сталинист и антисемит. Но сейчас он считает: лучше бы Катя вышла за еврея.

— А евреи грузчиками бывают? — удивилась Марьяна.

— Нет. Они сейчас на бирже. Но уж лучше на бирже.

— Да... — задумчиво сказала Марьяна.

Шли какое-то время молча. Жизнь складывалась не так, как хочешь. Хочешь одно, а получаешь другое. Вот Колька вырастет, тоже женится на Тамариной дочке. Они уже сейчас каждый вечер мультики вместе смотрят. Тамарина дочка вся в маму. Обожает, когда про любовь. А Колька смущается, отворачивается. Дурак еще. Но она научит.

— А тебя носил кто-нибудь на руках? — спросила Марьяна.

— Нет, — растерялась Нина.

— И меня нет.

Вышли к стоянке такси. Цены подскочили в десять раз, поэтому машины стояли свободно.

Марьяна подумала вдруг, что двадцать пять лет проработала рабой и Аркадий воспринимал сие как должное. Не дарил цветов, не носил на руках. Зато он не был сталинист, грузчик и алкаш. Он принадлежал к тонкой благородной прослойке, именуемой «интеллигенция». При этом — к лучшей ее части. К подвижникам. Земским врачам, которые шли в народ и трудились в поте лица.

За это можно носить на руках.

— А ты как? — спохватилась Нина.

— Так собой... У нас есть знакомый грузин, который вместо «так себе» говорит «так собой», — пояснила Марьяна.

Марьяна не любила хвастаться своей жизнью, предпочитала прибедняться. Боялась спугнуть, сглазить.

У детей есть дразнилка: «Я на эроплане, ты в помойной яме».

Так и Марьяна. Она на «эроплане», при любви, при деньгах, при смысле жизни. А почти все вокруг в яме проблем. Хорошие люди, а в яме. Марьяне просто повезло. С высоты аэроплана она видела кое-где редкие семьи на такой же высоте. Но это так редко, как гениальность.

Катя стояла посреди комнаты в свадебном платье, сшитом из тюлевой занавески. Соседка-портниха укрепляла ветку искусственных ландышей на плече. Ландыши — не Париж, да и платье из занавески, но все вместе: молодость, цветение человека, ожидание счастья, высокая шея, тонкая талия... — все это было так прекрасно, что Марьяна обомлела.

Обомлел и Костик, первый гость, Катин школьный товарищ. Он пришел с самого утра и ошивался без дела. Путался под ногами.

Костик смотрел с ошарашенным видом. Для него Катя была соседка по парте, каждодневная девочка, пальцы в заусеницах. И вдруг он увидел белую мечту.

— Какой же я был дурак, — сказал себе Костик.

Он был приглашен на свадьбу свидетелем, а мог и женихом. Это открытие ударило его, как дверью по лицу. Было больно и неожиданно.

Нина и Марьяна, едва раздевшись, отправились на кухню и стали украшать тарелки с салатом и холодцом. Из зеленого лука, моркови, крутых яиц и маринованных помидоров Марьяна выстраивала на тарелках целые сюжеты с зелеными лужайками, зайчиками и мухоморами.

— Да бросьте, тетя Маша, сейчас придут и все порушат. Все равно в желудке все перемешается, — говорила Катя.

— Прежде чем порушат, будет красиво, — возражала Марьяна.

— Это позиция! — Катя цапнула с торта орешек.

— Не хватай! — одернула Нина. — Терпеть не могу, когда хватают. И учти, я в загс не пойду. Много чести!

— Не ходи, — легко согласилась Катя. — Мы быстренько: туда-сюда.

— Видала? — Нина обернулась к Марьяне. — Туда и сюда... Как тебе нравится?

— А что ты хочешь? — беззлобно удивилась Катя. — Тебе так не нравится и так не нравится...

Она цапнула еще один орешек и удалилась, облизывая палец.

Нина без сил опустилась на табуретку.

— Разве я о такой мечтала свадьбе? — грустно сказала она.

— А знаешь, этот Костик... Он посожалел.

— И что с того? — удивилась Нина.

— Ничего. Так.

Распахнулась дверь, вбежал жених в куртке. Он был усатый и волосатый, как певец из вокального ансамбля.

— Машина пришла! — запыхавшись, объявил жених. Он подхватил Катю на руки и помчался с ней к дверям.

— Пальто! — душераздирающе крикнула Нина.

— А, да... — спохватился жених.

Костик накинул на Катю пальто, как плед. Она сидела на руках, как в кресле-качалке, закинув ногá на ногу.

Они скрылись в дверях. По лестнице вместе с белым шлейфом летела их молодость и молодая страсть.

Костик засуетился, втиснулся в свой плащ и тоже поспешил следом.

— Как он тебе? — спросила Нина.

Марьяна молчала.

Она испытывала что-то похожее на светлую зависть. Дело не в том, кто грузчик, кто врач. Жизнь прошла. Не вся, конечно, но вот этот кусок оголтелой беспечности, когда все смешно. Палец покажешь — и смешно. А сейчас — палец покажешь и смотришь. Ну да. Палец. И что? Ничего.

Катя вернулась пешком и одна. Она шла на высоких каблуках, как на ходулях.

— Машина ушла. Не дождалась, — объяснила Катя.

— А этот где?

— Новую ловит.

— А почему ушла машина? — возмутилась Марьяна.

— Плохо договорился, значит, — объяснила Нина. — Мало денег дал.

— Знаешь, сколько они запрашивают? — заступилась Катя.

— Он к тому же еще и жадный.

Нина вдруг села и зарыдала.

Катя приблизилась к матери, стала гладить ее по волосам, изредка повторяя: «Мама, ну мама...» Произносила с теми же интонациями, что и Нина в детстве.

— Перестаньте! — попросила Марьяна. — Нашли время.

В кухне снова появился жених, радостно возбужденный удачей.

— Нормалек! — объявил он.

Подхватил Катю и исчез, не заметив трагедии, разыгравшейся вокруг его персоны.

— Мне начинает казаться, что Катька того... с прибабахом, — поделилась Нина.

— А что это значит?

— Ну… дура. Неполноценная.

— А ты — нет?

— Это почему?

— Надо уважать в молодом человеке его будущее. Понимаешь? Нельзя унижать недоверием.

— Какое будущее у грузчика? — удивилась Нина.

— А откуда ты знаешь? Ты же ничего не знаешь. Ломоносов тоже мог прийти в Москву и какое-то время работать грузчиком.

На кухне появился муж Нины. Он был в сатиновых трусах и в майке. Стал шумно пить воду, после чего скрылся.

— Все время лежит и смотрит в стену, — сказала Нина. — Переживает.

Жизнь на сорок пятом году показала полковнику большую фигу. Видимо, он целыми днями лежал и рассматривал свою жизнь с фигой на конце.

Гости съезжались к восьми часам. В основном — молодежь, племя младое, незнакомое. Преимущественно — девушки. Катины подруги. Грузчик своих друзей пригласить не решился, а может, у него их и не было. Родителей тоже не было. Отца — никогда (кроме момента зачатия). А мать жила в деревне и не смогла выбраться.

Марьяна весь день простояла на ногах и так устала, что хотелось одного: уйти и лечь на Мишино место. Миша к восьми часам воспрял, надел штатский костюм — синий в полоску — и выглядел хоть куда: «Джеймс Бонд по-советски». Он реагировал на молодых девушек, явно предпочитая блондинок. Нина стояла с приклеенной улыбкой.

Шумно уселись за стол.

Катя оказалась права: все в момент было сметено могучим ураганом молодых аппетитов. И никто не увидел красоты зеленых полянок с мухоморчиками. Жених ел, не переставая, будто включили в розетку. Его отвлекали только крики «горько». Тогда он поднимался и майонезными губами впивался в Катю. И было видно, что парень он бывалый и целуются они не в первый раз.

Миша в эти минуты каменел лицом и старался не смотреть, как мызгают его дочь, чистую голубку.

В какой-то момент всех накрыло теплом и счастьем застолья. Нина как бы смирилась с происходящим и даже хватила водки. Но вдруг горько разрыдалась. Все решили — от счастья. И только Марьяна видела, как безутешно и тяжело она плачет. Будто у гроба.

Марьяна тихо выбралась из-за стола. Накинула пальто. Вышла на улицу.

Неподалеку за углом светился окнами телеграф. Он работал круглосуточно. Марьяна вдруг поняла, зачем она вышла. Позвонить домой. Прикоснуться голосом к своей жизни. Что они сейчас делают? Колька, наверное, уже спит. У него манера сбивать простыню и одеяло в общий ком, и он валялся, как подкидыш в тряпках. Бог его подкинул Марьяне. Как будто зажег свечку. И все осветилось в ее жизни до последнего уголочка. Все стало ясно: зачем так долго любила Аркадия? Чтобы завязался плод любви. Зачем они оба работают, каждый на своей ниве? Чтобы взрастить свой сад.

Улица, по которой шла Марьяна, — из тех давних санкт-петербургских времен. Все дома разные. Стиль — артнуво или постмодерн.

Марьяна не очень в этом понимает. Аркадий — понимает.

Марьяна вошла в помещение телеграфа. Женщина за окошечком штамповала конверты. Марьяне почему-то вспомнились письма из-за границы в нарядных конвертах. Сверху пишется имя адресата: кому письмо. Потом улица. Дом. Город. В конце страна. Страна — в самом конце. Главное — человек. А на наших конвертах все наоборот. Страна — в начале, человек — в конце. Людей много, а страна одна.

Марьяна вошла в автомат. Набрала номер. Ожидала услышать междугородные шумы, но голос возник сразу. Как из космоса.

— Ну что ты сравниваешь? — спросил мужчина.

Марьяна поняла, что случайно подключилась к чужому разговору. Хотела положить трубку, но помедлила. Голос был знаком.

— Что ты срав-ни-ва-ешь? — повторил мужчина.

Эта манера говорить по слогам принадлежала Аркадию. Когда он что-то хотел доказать, то выделял каждый слог. И голос был его — низкий, глубокий. Аркадий — меланхолик, говорит, как правило, лениво, но сейчас в его голосе прорывалась сдержанная страсть.

— У тебя дело, люди, путешествия. У тебя есть ты. А у нее что? Сварить, подать, убрать, помыть. Она живет, как простейший организм. В сравнении с тобой она — инфузория-туфелька.

— Но живешь ты с ней, а не со мной, — ответил женский голос.

— Мне ее жаль. А тебя я люблю.

— Любовь — это не количество совокуплений. А количество ответственности. Я тоже хочу, чтобы меня жалели и за меня отвечали. И хватит. Давай закончим этот разговор.

— Подожди! — вскричал Аркадий.

— Когда началась война в Афганистане? — вдруг спросила женщина.

— Не помню. А что?

— У нас с тобой все началось в тот год, когда наши ввели войска в Афганистан. А сейчас война уже кончилась. А мы с тобой все ходим кругами. Вернее, ты ходишь кругами. Мне надоели самоцельные совокупления, за которыми ничего не стоит. Я сворачиваю свои знамена и отзываю войска.

— Подожди! — крикнул Аркадий.

— Опять подожди...

— Не лови меня на слове. Я сейчас приеду, и мы поговорим.

— Если ты будешь говорить, что твоя жена инфузория-туфелька, а у сына трудный возраст, — оставайся дома.

— Я сейчас приеду...

Раздались короткие гудки.

Марьяна посмотрела на трубку и опустила ее на рычаг. Постояла.

Снова набрала. Шипение, соединение, длинные гудки. Уехал. А Колька? Куда он его дел? Взял с собой? Бросил одного? А если он проснется?

Марьяна вышла из будки. Женщина за окошечком продолжала штамповать конверты. Всего три минуты прошло. Ничего не изменилось за три минуты: улицы привычно скрещивались возле телеграфа. Одна прямо, другая под углом. Ходят люди. Стоят дома. У Нины — свадьба.

Марьяне казалось, что она в аквариуме, как рыба. Между ней и окружающей средой — стена воды, потом толща стекла. За стеклом люди, а она — рыба.

Марьяна сделала шаг. Еще один. Надо было идти. И она пошла. И добралась до нужного места. Свадьба. Едят и пьют. А некоторые танцуют в другой комнате. Топчутся как-то.

Никто не заметил отсутствия Марьяны. Она прошла на кухню и начала мыть тарелки. Тарелки были свалены как попало, надо было освободить от объедков и рассортировать: большие к большим, средние к средним.

В кухню вошла Нина и сказала:

— Да брось ты, завтра все вымоем. — Она села на стул. — Ты заметила, ни грамма не выпил... На собственной свадьбе... Даже рюмки не поднял.

Нина ждала реакции. Марьяна молчала. Потом подняла голову и спросила:

— Когда началась война в Афганистане?

— В семьдесят шестом, кажется... Надо у Миши спросить. Он знает. А что?

Лицо Марьяны было напряженным, как у глухонемой.

В семьдесят шестом году. Сейчас девяносто второй... Шестнадцать лет у него другая. Шестнадцать лет — целая жизнь. Совершеннолетие. А она ничего не заметила. Они вместе спали. Зачинали Кольку. Значит, он спал с двумя. Там были самоцельные и качественные совокупления. Там он любил. А ее — жалел.

Аэроплан рухнул в помойную яму. С большой высоты. Отбило все внутренности. Очень больно. Хорошо бы кто-нибудь пристрелил. У Миши наверняка есть пистолет. Но зачем привлекать других людей? Можно все сделать самой.

Выбежать на улицу и броситься под машину. Все. Несчастный случай. Никаких разбирательств. Никто не виноват. Правда, у Нины прибавится хлопот. Заказывать гроб. Грузить. Но грузчик уже есть.

На тарелке кусок ветчины. Нетронутый. Выбрасывать? Или завтра доедят. Грузчик доест.

Колька спит в тряпках, как сирота. Кому он нужен? Кто будет завязывать ему тесемки, проверять железки? Кольке — восемь лет. Значит, он родился в середине той любви. Значит, Аркадий предал Афганку, когда зачал и родил Кольку. Она не захочет терпеть Кольку в своем доме. Сдадут в интернат. Там его будут бить и отнимать еду. Он научится воровать и втягивать голову в плечи, ожидая удара. Нет! Она никогда не подставит своего сына. Но и в дерьме жить не желает. Она выгонит Аркадия, как собаку. Пусть идет вон из ее чистого дома, блудит по подъездам. А впрочем, эта Афганка где-то живет... У нее есть помещение. Вот пусть и забирает к себе и качественно совокупляется: утром, днем, вечером и ночью. Беспрепятственно.

Большие тарелки окончились. Начались средние. Сервиз красивый — белый с синим. Похож на английский. Но чешский.

Аркадий соберет свой чемодан и уйдет. Чемодан и иконы. Больше она ему ничего не отдаст. Да он и сам не возьмет. А на что жить? Профессии — никакой. Можно сунуться в малое предприятие, секретаршей. Кольку на продленку. Целый день без присмотра. Он превратится в дитя улицы. Научится матерным словам.

Аркадий, конечно, будет подкидывать денег. Не даст пропасть. Но это зависит от того, как они расстанутся. С каким текстом она его выгонит. Значит, надо выбирать слова.

А вдруг не придется выбирать. Ведь неизвестно, о чем они сегодня договорятся с Афганкой. Может быть, Аркадий захочет прожить еще одну новую жизнь, с новыми детьми.

Он встретит ее утром на вокзале и все скажет. Произнесет. Она отреагирует:

— А я знаю.

— Откуда? — удивится он.

— Я слышала по телефону.

Он подумает и скажет:

— Тем лучше.

Потом соберется и уйдет. Из дома уйдет Аркадий и вынесет тепло. Зачем тогда этот дом? Просто жить и терпеть каждый день?

Тарелка упала и разбилась. Черт! Сервизная тарелка. Марьяна стала собирать осколки и опускать их в ведро.

— Эксплуатация человека человеком отменена в семнадцатом году. Прошу все бросить и сесть за стол.

Марьяна вернулась в комнату. Был накрыт чай.

О! Какие убогие советские торты с тяжелым жирным кремом. Как можно это есть? А ничего. Едят и здоровы. И счастливы. Муж Нины без особых талантов. Незатейливый человек. Зато СВОЙ. И грузчик будет такой же. Без фантазий. Фантазии распространяются в оба конца — на добро и на зло. На творчество и предательство.

Марьяна стала есть торт. Как все. Она думала, что существует на другом, более высоком уровне. А вот поди ж ты: в уровне оказалась большая дыра, и сейчас она загремела в эту дыру вместе с мебелью, японским холодильником с красивыми продуктами внутри. Так, наверное, бывает во время землетрясения, в те несколько секунд, когда все вздрагивает, наклоняется и осыпается в преисподнюю. И Колька скользит ногами, и за что-то держится, и верещит своим пронзительным голосом.

«Ко мне, ко мне, сюда!» — взывает Марьяна, ловит его, и прижимает, и закрывает всем телом.

Марьяна ела торт. Торт на ночь. Килограмм плюс. Какая разница? Кому нужна ее стройная фигура? Аркадию все равно. И ей самой тоже все равно. Жизнь кончилась.

Стреляться она не будет. И под машину бросаться не побежит. Что за безвкусица? Она будет жить день за днем. И пройдет всю дорогу. Говорят, Бог не любит самоубийц. И если к нему попадешь раньше намеченного срока — он не принимает. Как начальник. И ты маешься в приемной до своего часа. Какая разница: где ждать этот ЧАС. Там или тут?

Аркадий стоял на перроне — такой же, как всегда. Он обнял Марьяну, поцеловал. Губы были крупные и теплые, как у коня.

«Сейчас скажет», — подумала Марьяна. Но Аркадий молчал. Остановил носильщика. Поставил чемодан. Он не любил поднимать тяжести, даже незначительные.

— Ну как? — спросил Аркадий.

Захотелось крикнуть: «Я все знаю!» Но она спросила:

— А у тебя как?

— Как обычно, — сказал Аркадий.

Вот это правда. Как обычно — работа, мастерская, Афганка. Или другой порядок — работа, Афганка, мастерская. А может, они встречаются в мастерской, среди ликов святых. О! Как они были счастливы и несчастны.

— Ты чего? — спросил Аркадий. — Устала?

Марьяна не ответила. Что отвечать? Устала ли она? Она умерла. Покончила с собой. С прежней. И теперь ждет своего ЧАСА.

Носильщик проворно катил тележку. Приходилось торопиться.

Аркадий загрузил чемодан в машину. Удобно. Кто-то берет твой чемодан и загружает.

Машина тронулась. За окном грязная Москва. Чего же она такая грязная? Не убирают?

Аркадий сидел непроницаемый, как сфинкс. Хотелось спросить: «Что ты решил?»

Но спрашивать — очень страшно. Спрашивать — значит знать. А знать — значит взрезать ситуацию скальпелем, как живого человека. Тогда надо что-то срочно делать: или зашивать, или хоронить.

Лучше ни о чем не спрашивать. Сидеть в машине и смотреть на Москву.

— Батрачила? — догадался Аркадий. — Тарелки мыла?

Пожалел. Он ее жалел. Значит, сегодня не уйдет.

Марьяна не стала разбирать чемодан. Сразу легла. Ей снился падающий самолет. Он устремился к земле, но удара не было. За секунду до удара Марьяна вскидывалась, садилась на кровать и обалдело смотрела по сторонам. Ей казалось, что она сошла с ума. А может, и сошла.

Поднялась через два часа и задвигалась по дому. Надо было приготовить еду. У нее было несколько привычных скорых рецептов, когда можно было накормить быстро и без проблем.

В прихожей стояло старинное зеркало, стиль «псишо» или «псише». Марьяна увидела свое лицо — тусклое, белесое, овальное.

«Инфузория, — подумала Марьяна. — Даже без туфельки. Простейший организм. Что он может дать своему мужу, кроме обеда и преданности?»

Та, другая, питает его воображение, наполняет жизнь праздником. Их души, как двое детей на пасхальной открытке, берутся за руки, и взлетают на облако, и сидят там, болтая ногами. А она что? Гири на ногах. Попробуй взлети.

В замке повернулся ключ. И Марьяне показалось — он повернулся в ее сердце, так оно радостно вздрогнуло.

Все что угодно. Пусть ходит к ТОЙ. Только бы возвращался. Только бы возвращался и жил здесь. Она ничего ему не скажет. НИЧЕГО. Она сделает вид, что не знает. Инфузория-туфелька вступит в смертельную схватку с той, многоумной и многознающей. И ее оружие будет ДОМ. Все как раньше. Только еще вкуснее готовить, еще тщательнее убирать. Быть еще беспомощнее, еще зависимее и инфузористее.

Марьяна спокойно поставила перед мужем тарелку, а сама села напротив и смотрела, как он ест. Ест и читает газету. Плохая привычка. Переваривает сразу две пищи — плотскую и интеллектуальную.

— Ты чего? — спросил Аркадий.

— Ничего. Скоро зима.

Скоро зима. Потом весна. Время работает на Марьяну.

Аркадий будет приходить к Афганке и как в кипяток опускаться в упреки, скандалы, в самоцельные совокупления. А потом возвращаться домой и сразу отдыхать. Дома покой, сын, преданность, вкусная еда. И Аркадию после тяжелого рабочего дня захочется в покой, а не в упреки. Отношения завязнут, как грузовик в тяжелой грязи, начнут буксовать. Афганка захочет подтолкнуть ревностью, заведет себе другого Афганца. А вот этого Аркадий не потерпит. Марьяна приучила его к чистоте и преданности. Он захочет то, к чему привык. И в один прекрасный день все разлезется и рассеется, как облако в небе. То ли было, то ли не было... Афганка свернет свои знамена. Аркадий отдаст честь.

Афганка наведет румянец, отточит интеллект — и в новый бой, ошеломлять своими талантами. А время упущено. А детей нет. И значит, уже не будет. И впереди одна погоня за призраками, через морщины, через усталость. Погоня — усталость — пустота. И в конце концов — одинокая больная старость. А за что? За то, что верила и любила. За то, что замахнулась на чужое. Вот за что. Хотела горя другому. Но ты это горе положила в свой карман. А она, Марьяна, — она ни при чем. Она даже ничего не знает.

— Ты что такая? — снова спросил Аркадий.

— Какая?

— На винте.

Заметил. Замечает.

Говорят, что жертва испытывает подобие любви к своему палачу. И, чувствуя нож в своем теле, смотрит ему в глаза и произносит: пожалуйста...

Что пожалуйста? А все. ВСЕ. ЖИЗНЬ.

А потом была кровать-поэма. И ночь, как война, в которой Марьяна дралась за свой дом, как солдат в захватнической войне.

И даже во сне, уйдя от мужа в свой сон, она продолжала держать его за выступ, который считала СВОИМ. И Аркадий не отклонялся. Видимо, хотел, чтобы его держали.

Утром Марьяна провожала Кольку в школу. Он шел рядом, тяжело шаркая. У него были сапоги на вырост. Марьяна посматривала на сына сбоку: как будто сам Господь Бог взял кисточку и нарисовал в воздухе этот профиль. Одно движение — и все получилось. Без поправок. Природа не зря медлила с ребенком для Марьяны. Поджидала и готовила именно этого.

На обратной дороге забежала к Тамаре. Пили кофе. Тамара по-прежнему была похожа на двойной радиатор, но с выключенным отоплением. Широкая, прохладная. Ее что-то мучило.

Тамара курила, глубоко затягиваясь, соря пеплом.

— У него четверо детей, представляешь? — сообщила она. — Мусульмане не делают аборты. Им Аллах не разрешает.

— Я бы тоже четырех родила, — задумчиво сказала Марьяна. — Хорошо, когда в доме маленький.

— Его жена с утра до вечера детям зады подтирает. И так двадцать лет: рожает, кормит, подтирает зады. Потом внуки. Опять все сначала. О чем с ней говорить?

— Вот об этом, — сказала Марьяна.

— Живет, как... — Тамара подыскивала слово.

— Инфузория-туфелька, — подсказала Марьяна.

— Вот именно! — Тамара с ненавистью раздавила сигарету в блюдце. — Это мы, факелы, горим дотла. А они, инфузории, — вечны. Земля еще только зародилась, плескалась океаном, а инфузория уже качалась в волнах. И до сих пор в том же виде. Ничто ее не берет — ни потоп, ни радиация.

— Молодец, — похвалила Марьяна.

— Кто? — не поняла Тамара.

— Инфузория, кто же еще... Ну, я пойду...

— Подожди! — взмолилась Тамара. — Я расскажу тебе самое интересное.

— Ты уже рассказывала. — Марьяна поднялась.

— Нет, не это... Мы вышли вчера из машины. Луна плывет высоко... и снег светится от собственной белизны. Представляешь?

Лицо Тамары стало мечтательным. Она хорошела на глазах и из радиатора парового топления превращалась в музыкальный инструмент, растянутый аккордеон, из которого плескалась вечная музыка души.

— Снег светится от луны, — исправила Марьяна.

— Нет. Собственным свечением. Снег тоже счастлив...

Паша и Павлуша

Паша был лыс, голова — как кабачок. Но красота для мужчины имеет значение только в Испании. А у нас, в средней полосе, ценятся другие качества. Эти другие качества были ярко представлены в Паше, и при первом, даже поверхностном взгляде становилось очевидно, что Паша — хороший человек.

Сейчас принято говорить: хороший человек — не профессия. И еще принято считать, что хороший — синоним посредственного, серого. Никаких тебе противоречий, свойственных сложной личности, где должны быть намешаны звезды и пропасти, всяческая высота со всяческим подонством. В Паше не было ни подонства, ни пропастей. Он окончил педагогический институт, «дефак» — отделение для дефективных детей. Раз есть умственно отсталые дети, стало быть, существуют и школы для них, и должны быть педагоги.

Платили лучше, чем в обычных школах. Двадцать процентов надбавки. Но Паша работал в ШД (школа дураков) не из-за повышенных благ. Он любил этих детей. Чувствовал с ними внутреннее родство. Они были цельны, приближены к природе, как зверьки, открыто выражали свои чувства. Подходили к Паше, гладили его по руке и по лицу и говорили: «Ты хороший». Что думали, то и говорили. Они были доверчивы безгранично, им и в голову не приходило, что их обидят или обманут. А когда все же обижали или обманывали — реагировали бурно, протестовали криком и слезами. Но очень скоро забывали. У них как бы не работал регулятор, закрепляющий эмоции. Сейчас плачет, через секунду забыл, и только слеза висит на щеке.

Паша учил их простейшим вещам: отличать копейку от пуговицы; объяснял, зачем копейка, а зачем пуговица и как ими пользоваться в дальнейшей жизни. Из труппы ГО (глубоко отсталых) Паша вытаскивал в жизнь совершенно адаптированных людей. Мальчики служили в армии, девочки работали в швейном производстве. Одна из них, Валя Тюрина, оказалась тихой, исполнительной передовицей производства. Ее даже решили выдвинуть в депутаты, но при сборе документов выяснилось, что она из «шэдэшниц», и Валина карьера была приостановлена.

Паша тянул своих детей так, что жилы трещали, ничего не пускал на самотек. Иначе было невозможно. Это в обычной школе: запустил машину — и крутится. А здесь ничего крутиться не будет. Остановится.

В семидесятом году, когда Паша пришел работать, в школе было пятнадцать человек. А в восьмидесятом — сто. Процент больных детей рос. Причин было несколько: плохая наследственность, поздние отцы, но главная причина — алкоголизм. «Винные дети». Эти дети вырастали, женились и рожали больных детей. В школе учились уже дети детей. Второе поколение неполноценных.

Паша прорастал своими учениками и никогда не отключался полностью. Что бы ни происходило в его жизни — театр, застолье, свидания, — помнил. Не то чтобы думал неотступно. Но это было в нем. И походило на плохо закрывающуюся форточку в доме: постоянно отходит и сквозит. По этой причине Паша никогда не смеялся громко, не хватал жизнь пригоршнями. А так: возьмет со стола жизни кусочек, подержит, понюхает да и положит обратно. Аппетита нет.

Жил Паша в коммуналке, но в центре. Мама получила эту комнату от работы еще до войны. Комната большая, сорок восемь метров, с тремя окнами. Сейчас из нее выкроили бы трехкомнатную квартиру. Когда-то жили вчетвером: папа, мама, старшая сестра и Паша. Паша ездил вокруг стола на велосипеде. Потом сестра выросла, вышла замуж и построила кооператив в Ясеневе. Мама умерла. Болела долго и уже не хотела жить, но, когда подошел ее час, выяснилось, что все-таки очень хотела. Папу забрала к себе сестра. И остался Паша один в большой и пустоватой комнате. Квартира располагалась на последнем этаже, крыша протекала, на потолке было постоянное большое и неопрятное пятно.

Соседи в квартире поменялись несколько раз. Из прежних осталась только Крашеная, с которой не очень ладила мама. Но мамы нет. Крашеной — под восемьдесят, а Паше — под сорок. Быстро идет время.

Паша был не женат. Ему нравились девушки красивые и смелые. Но красивым и смелым нравились другие мужчины. Эти другие жили не в коммуналках, работали не в ШД и являлись полной противоположностью Паше —

пастырю сумеречных душ. Красивым и смелым нравились такие, как Павлуша.

Несколько слов о Павлуше. Паша и Павлуша дружили с шестого класса, с тринадцати лет, обоих звали Павлами, и, чтобы не путать, одного окликали — Паша, другого — Павлуша. Так и пошло, и осталось на всю жизнь. Павлуша был красивым ребенком, потом красивым юношей, а впоследствии красивым мужчиной. У него были черные перепутанные волосы, как у сицилийца, ярко-синие глаза и короткие, будто подстриженные зубы. Вообще иметь такие зубы некрасиво. Но у Павлуши этот недостаток выглядел как достоинство, добавляя к его облику отсвет детскости. Павлуше все сходило с рук. Ну что с него возьмешь? Большой ребенок.

Они дружили с упоением. В Паше было то, чего не было в Павлуше, и наоборот. И они дополняли друг друга, как, например, сладость и кислота в антоновском яблоке. После школы вместе подали документы в педагогический. Поступок был один, но причины разные. Паша хотел быть педагогом, а Павлуша боялся конкурса в других вузах. В педагогическом предпочтение отдавалось мальчикам. Детей Павлуша не любил, называл их «пыль населения». Не то чтобы совсем не любил — пусть будут, но не мешают. Он и своих-то детей не очень замечал, а тем более чужих и тем более умственно отсталых. Ему просто нужен был диплом, свидетельствующий о высшем образовании, а дальше — хоть в скорняки, хоть в лифтеры. Но одно дело — лифтер с высшим образованием, другое — просто лифтер. Лифтер с образованием — это бунтарь. А просто лифтер — отбракованный жизнью человек типа пенсионера или выпускника ШД.

После института Павлуша ушел в автосервис, любил ковыряться в машинах. И любил деньги, как их там называли — «бабки». Не сами по себе бабки, а то, на что их можно обменять: красивую одежду, технику, еду, женщин и даже общение. Павлуша любил престижные общения, любил известных людей: композиторов, космонавтов. Вокруг них как бы парило облако исключительности, и, подходя близко, Павлуша тоже попадал в это облако, оно касалось его лица живительной прохладой. Павлуша любил хвастать своими знакомыми и называл их в глаза и за глаза «Алеша» и «Кеша». Алеша и Кеша действительно охотно общались с Павлушей, но только на территории станции техобслуживания. За ее пределы эта дружба не шла. И не то чтобы Павлуша им не подходил. Просто дружба формируется в определенном возрасте, в школьные и студенческие годы. А со временем в человеке что-то затвердевает, становится непластичным, и новые дружбы почти не образуются или образуются с большим трудом. В дружбе, как и в антиквариате, ценится давность.

У Павлуши была прекрасная развернутая фигура человека, занимающегося спортом.

«Спорт, бизнес и секс» — вот программа среднего американца. Павлуша исповедовал эту же самую программу, уделяя внимание каждому пункту. С восемнадцати до тридцати шести лет он поменял трех жен — по шесть лет на каждую. У Павлуши была своя теория, подтвержденная практикой: любовь стоит по шесть лет, а потом иссыхает, как вода в арыке. Мусульмане подметили эту особенность любви, и по их законам через шесть лет можно купить новую жену, оставляя при себе и предыдущую, именуемую

«старшая жена». Помимо любви, существует еще и жизнь,
и негоже выкидывать разлюбленную женщину, как изно-
шенный башмак. Павлуша выполнял только часть мусуль-
манского обычая: менял жен, а прежних бросал безбожно
на произвол судьбы, и они проклинали его, посылая проклятия на его кудрявую голову. Но проклятия отскакивали,
как теннисный мяч от стены. Павлуша был счастлив в новой
любви. О прежней не думал. А когда думалось — запрещал себе.

В автосервисе Павлуша вырос и уже возглавлял
«фирму» — так он называл свое невзрачное строение, стоящее у черта на рогах, на выезде из города. Но «Алеши»
и «Кеши» его не бросали, их было даже больше, чем хотелось бы. Он принимал их в своем кабинете с кофе и дорогим
коньяком, разрешая посидеть в своем кресле, понажимать
свои кнопки. Денег с них не брал. Как человек Дела, он
любил людей Духа. Высвобождая их время, охраняя от
стрессов и затрат, Павлуша тем самым служил высокому
искусству и, значит, сам был немножечко артист.

Все Павлушины жены родили ему по ребенку. У него
было трое здоровых красивых детей: пяти, десяти и пятнадцати лет.

Преимущество Павлуши перед Пашей состояло не
только в женах, детях и деньгах. Главное его везение за-
ключалось в том, что у него была жива мама — Таисия
Леонидовна. Сокращенно — Тася.

Когда-то до войны и в послевоенное время, то есть в
сороковых и пятидесятых годах, Тася была очень красивой
женщиной стиля кошки — с треугольным личиком и большими рысьими глазами. Ее обожал и муж, и все вокруг, и
у Таси образовались привычки красивой обожаемой жен-

щины. Потом она перестала быть красивой и обожаемой, а привычки остались.

Павлушин папа умер довольно рано, в шестьдесят лет, и по своей вине. У него случился ночью инфаркт, и он постеснялся разбудить и тем самым обеспокоить свою жену. Решил потерпеть до утра, но недотерпел. Умер. Тася проснулась от его хрипов, увидела, что муж умирает, и в ужасе закричала: «Зайчик, куда же ты?»

«Зайчик» погрозил ей пальцем: дескать, тише, разбудишь соседей. Он был на редкость деликатным человеком и даже в последнюю минуту думал о других.

Когда умер «Зайчик», Тася осталась на мели. У нее не оказалось своего дела — она всю жизнь была профессиональной красавицей, внуки росли на стороне. Никаких отвлекающих от старости обстоятельств. Остался только Павлуша. И он стал для нее всем. Свои нерастраченные силы Тася обрушила на сына и требовала того же взамен. Павлуша называл это «террор любовью». Павлуша существовал в обстановке террора, обязан был отчитываться в каждом шаге, не иметь ни тайных друзей, ни своих отдельных мыслей. Жены проходили через жесткий многослойный Тасин фильтр и в конце концов проваливались. Тасю устроила бы такая жена, которую Павлуша не любил. Тогда вся Павлушина любовь досталась бы ей, Тасе. Она хотела владеть своим сыном безраздельно и вместе с тем хотела для него счастья. То есть она хотела совместить несовместимое.

Первый раз Павлуша разводился мучительно и даже нажил кожную болезнь на нервной почве. Второй раз — полегче. А третий — и вовсе легко. Все, повторяемое много раз, становится привычкой. Павлуша решил для себя больше не жениться, потому что обнаружил некую закономерность: сначала все идет по возрастающей, как самолет, набирающий высоту. Дальше, набрав высоту, этот самолет любви какое-то время идет по прямой на автопилоте. Потом что-то портится, самолет начинает терять высоту, входит в штопор и — бах!!! Взрыв. Огонь. Обгорелые души.

К тридцати шести годам Паша и Павлуша были холосты. Но Пашина земля была плодородна, вспахана, ждала зерна, чтобы тут же пустить ростки. А душа Павлуши — выжженное поле с осколками, обломками, алиментами, мнимыми дружбами. Мама старела, усыхала душой и плотью, но жива и вечнозелена была ее любовь к сыну. Святое, немеркнущее чувство.

Теперь вернемся к Паше.

Вернемся к нему в один из будничных солнечных июньских дней. Павлуша в этот день сидел в городе Сочи, в гостинице с красивым названием «Камелия». Павлуша любил бывать летом на море, у него были нужные связи по всей стране. А Паша ругался с директором школы Алевтиной Варфоломеевной Панасюк. Учителя звали ее Панасючкой. Алевтина любила говорить, что ее отец был француз и его звали Бартоломео, а Варфоломей — русская интерпретация заморского имени. Однако Паша подозревал, что Варфоломей был только Варфоломеем и больше никем. К французам папаша отношения не имел и вряд ли знал о существовании такой нации на земле.

Брови у Алевтины были широкие и густые. О таких бровях принято говорить: соболиные. Соболь, как известно, хищник, и Алевтина высматривала добычу цепкими глазами мелкого хищника. Она хотела зацепить и Пашу и даже высунула лапку, но Паша не дался. Алевтина сделала вид, что никакой лапки не было, ему это показалось. Алевтина была самолюбива и неглупа. И вообще Паша мирился бы с таким директором, если бы не манера Алевтины всегда торопиться по своим делам, не имеющим к школе никакого отношения. Она постоянно что-то устраивала для своей семьи и для своих друзей: куда-то звонила, договаривалась, исчезала. А дети, врученные ей обществом, приходили в дом без хозяина, и если бы не Паша и не такие, как Паша, там все заросло бы лопухами и сорняками, как в запущенном огороде.

В школе учились домашние дети и детдомовские. Раньше, года три назад, они приходили в школу и после уроков расходились по домам. Одни шли в родительский дом, другие — в государственный, как раньше говорили, «казенный» дом. Но все были на равных: приходили и уходили. В последнее время детский дом полностью переместил своих питомцев в школу, она превратилась во «вспомогательную» школу-интернат. И теперь они в первой половине дня учились в одном отсеке, а потом переходили в другой. Там стояли их койки, размещалась их столовая. И они уже не покидали школу ни на праздники, ни на каникулы. Разница между домашними и казенными обнажилась. Вылезли несправедливость и горечь. Дети ощущали их сквозь толщу сниженного интеллекта. Паша стал требовать от Панасючки прежних порядков. Панасючка объяснила, что не она завела новые и не ей их отменять. При этом она набрала номер и попросила у какого-то Володи пятьдесят банок говяжьей тушенки, поскольку начинался дачный сезон.

Паша взял себе за правило встречать вместе с интернатскими детьми Новый год. Они задолго начинали клеить на уроках труда елочные игрушки, а потом вывешивали их на елку. Время шло незаметней и радостней.

В день, о котором пойдет речь, Панасючка отменила в третьем классе литературные чтения и выгнала детей убирать территорию.

Когда Паша приехал к своему уроку, то застал детей во дворе. Они стаскивали всякий хлам в одну кучу.

Паша заглянул к Панасючке и спросил: почему она отменила литературные чтения? Панасючка ответила, что чтение все равно не сделает детей умственно полноценными, пусть лучше подышат воздухом. Паша заметил, что дело не в детях, а в педагогах. Педагоги, слава Богу, не дефективны и должны выполнять свою работу соответственно программе, чувству долга и своему человеческому достоинству. Панасючка внимательно выслушала и заметила, что такое въедливое буквоедство и демагогическое критиканство свойственны пенсионерам, у которых масса свободного времени. Что, если бы у Паши был «генерал», то есть генеральная идея жизни, он не обращал бы внимания на мелочи, а служил бы «генералу». Кстати, «генералом» Алевтины была дочь — красивая и хамоватая.

Алевтина продолжала свой монолог, а сама уже набирала номер. Паша не стал дожидаться, кого она позовет и что у него попросит. Он повернулся и вышел из кабинета, хлопнув дверью, вложив в этот удар весь свой протест против «панасючести». Алевтина не только не стеснялась факта халтуры, она еще и бравировала, как некоторые запьянцовские люди бравируют количеством выпитого. Они охотно рассказывают, сколько выпили, потом сколько добавили, потом с кем подрались. То, что стыдно и надо прятать, воспевается как широта души. А потом рождаются «винные дети». Панасючесть разнообразна.

Паша хлопнул дверью так, что с потолка обвалился кусок штукатурки величиной с обеденную тарелку. На потолке неровный круг, а на столе у Панасючки — раскрошенная штукатурка. Она смела ее носовым платком — следа не осталось.

Паша вышел из школы и двинулся пешком в неопределенном направлении. Можно было бы поехать к сестре в Ясенево, но сестра начнет расспрашивать, придется поведать про Панасючку и панасючесть и как бы снова нырять в эту жижу.

Хорошо бы пойти к Павлуше, там все просто, ничего рассказывать не надо. Павлуша поставит видеокассету, Тася накормит грамотным, сбалансированным обедом. Но Павлуша в «Камелии» под молодым южным солнцем. Остается зайти в аптеку, купить успокоительные таблетки. Эти таблетки гасят печаль и тревогу. Но если бы они плохое гасили, а радостное оставляли, в них был бы смысл. А поскольку вместе с тревогой они тормозят и радость — жизнь воспринимается приглушенно, как сквозь стену. За стеной жизнь, а ты рядом, но не в ней. Как бы присутствуешь, но не участвуешь.

Когда у человека заболевает душа, надо поддержать ее духовным витамином. Внедрить в себя прекрасное и таким образом создать перевес добра над злом. Паша отправился на выставку художников. Художники выставлялись современные, сегодняшние. Паша переходил от картины к картине и думал: как все-таки много талантливых людей рассыпано по земле.

Принято считать, что все стоящее было. Или будет. Но ведь СЕГОДНЯ это тоже БЫЛО, с точки зрения потомков. И БУДЕТ, с точки зрения предков. Может быть, здесь, на стенах, уже висит классика. Но мы этого еще не знаем.

Паше нравились картины с простым сюжетом, в которых все понятно. Он любил простоту, и всякая сложность казалась ему недодуманностью. Если сложно, значит, не продумано до конца. Это относилось и к картинам, и к книгам, и к жизни. Ему часто приходилось слышать, что жизнь сложна. Но сложности возникают у тех, кто врет и запутывается. Или у таких, кто норовит проехаться за чужой счет, а его не провозят да еще пытаются столкнуть. Тогда жизнь становится сложна, а порой и невыносима. У Панасючки все сложно, потому что она одно подменяет другим: дело — видимостью дела, любовь — видимостью любви. У Павлушиной мамы сложность в старости и одиночестве. Вот тут надо хорошенько допридумывать, чтобы научиться не цепляться за ноги ближних и не тащить их вниз. Найти свое место. Быть необходимой и не мешать.

Павлушина сложность в жадности и всеядности. Все идет ему в руки: деньги, женщины, солнце и море, и трудно сказать «хватит». Если не сказать вовремя «хватит», есть опасность обожраться. А обожраться — так же мучительно, как голодать. Голодать даже полезнее.

Паша ходил от картины к картине, смотрел, размышлял. У каждого художника — свой «генерал». У одного — Любовь, Красота и Женщина спасут мир. У другого — вера в бессмертие Духа. От головы в небо идут световые столбы. Человек — часть космоса и связан с космосом.

Третий художник изводил себя познанием смысла жизни. На картине — дом со многими окнами. Окна — карты. Значит, жизнь — игра. На фоне дома — большой примус. Значит, жизнь — горение или испытание. Жить — значит медленно жариться на огне. Есть о чем подумать. Паша хотел было сосредоточиться, но в этот момент увидел ее. Она переходила от картины к картине, сунув руки в карманы длинной вязаной кофты. Народу битком, а она существовала так, будто никого вокруг — одинока, независима. Длинная, какая-то халдистая юбка, длинная черная кофта с оттянутыми карманами; вид то ли домашний, то ли супермодный. Паша в этом плохо разбирался. Белый батистовый ворот блузы возле нежно пламенеющих щек. Так могла выглядеть поэтесса-декадентка двадцатых годов: та же заполненность, самоценность, никому не принадлежность. Она стояла и ходила, и рядом с ней, вокруг нее перемещалась ее судьба, или, как говорят индусы, карма.

Впоследствии выяснилось, что ее зовут Марина.

Несколько слов о Марине. Ей тридцать два года. Возраст проб и ошибок. Очередная «ошибка» повернулась и ушла, вернее, ушел. А еще вернее, сел в машину и уехал. Марина не очень им дорожила. Он был кем-то вроде кучера, который вез ее от одной станции к другой, а в дороге забавлял песнями и ласками. Но ему надоело быть кучером, он бросил вожжи, соскочил с пролетки и пошел прочь, а она смотрела ему в спину. И ей стало страшно. Он ушел. Она одна на дороге, по сторонам — лес, а в лесу волки и вьюга метет. И показалось, что конечной станции, к которой она ехала, нет. Есть только дорога. И единственное живое и теплое — молодой веселый кучер с узким затылком.

Марине захотелось догнать его, схватить за рукав. Но он ушел, чтобы начать новую дорогу в новом качестве. Она не поверила. Позвонила на работу. Он был вежлив и доброжелателен. Его уже ничто не цепляло, все стало все равно. Марина поняла: он свободен от нее и теперь будет мстить вежливостью и доброжелательностью. Марина перестала есть, спать, появилась сухость во рту. Районная врачиха напугала, что может возникнуть диабет на стрессовой основе. Районные врачи и не такого напророчат, ну а вдруг... Марина поняла, что надо спасать себя. А как? Подруги советуют: клин — клином. А где взять этот новый клин? «Кучер» занимал все ее время. Был вроде и неважен, а обнимал ее жизнь, как атмосфера. А теперь его нет — и нечем дышать. Марина заметила, что сзади как пришитый ходит человек с голой головой, в костюмчике от «Руслана». Может быть, на какое-то время посадить его на козлы. Пусть везет дальше. А то задохнешься и действительно помрешь в этой обессмыслившейся жизни. И не пожалеешь ни о чем.

Марина обошла выставку несколько раз, но тянула время. Боялась идти домой, входить в пустую квартиру, которая еще помнит звук ЕГО шагов, стены впитали ЕГО голос. Можно пойти к подругам. Но зачем она им ТАКАЯ? И чем они могут помочь? Начнут занижать, обесценивать «кучера», чтобы утрата казалась незначительной. Но что они могут знать? В несчастье человек одинок. Помочь мог только «кучер». Но ему интереснее в другом месте. Поразительное свойство человека двадцатого века. Сейчас любил, весь звенел от страсти. Потом разлюбил, развернулся и ушел. А ты хоть живи, хоть сдохни — твое личное дело. В девятнадцатом веке за такие вещи убивали, стрелялись на дуэли. А сейчас это называется «личная жизнь», а в личную жизнь лезть некорректно. Только плохо воспитанные люди лезут в чужую личную жизнь. Значит, ходи и выживай сам. Или не выживай. Как получится.

Марина глядела на картину с примусом и составляла схему выживания: выйти замуж, научиться водить машину, путешествовать по стране. Объехать нашу страну — все равно что путешествовать по всему миру. Каждая союзная республика имеет свой аналог: Молдавия — Италия, та же языковая группа. Грузия — Испания, Азербайджан — Турция. Так что можно, не выезжая из Союза, побывать в Италии, в Испании и в Турции.

А этот гологоловый человек за спиной будет сменять ее за рулем, останавливаться на дорогах и покупать абрикосы ведрами. Витамины и впечатления. Это лучше, чем запереться в своей квартире, перекипать в ревности и тоске.

Марина пошла в другой зал. Паша обреченно двинулся следом. Она остановилась и прямо посмотрела в его просторные серые глаза. Паша встретил ее взгляд с решимостью фанатика.

— Что вы за мной ходите? — спросила Марина.

— Мне это нравится, — ответил Паша с той же решимостью.

— А мне нет.

— К сожалению, я ничем не смогу вам помочь. Я все равно буду за вами ходить.

Марина двинулась куда-то в угол.

— Вы куда? — удивился Паша.

— На выход.

— А выход там. — Паша показал в противоположную сторону.

— Не может быть, — не поверила Марина. И вдруг подумала: если она права и дверь действительно в углу, то в ее жизни все устроится, а если нет...

— Давайте поспорим, — неожиданно предложила она.

— На что? — удивился Паша.

— На что хотите.

Паша задумался.

— А зачем спорить? Я и так вам все отдам, — серьезно сказал он.

— А что у вас есть, чтобы отдать?

— Фамилия. Рука. Сердце.

Марина стояла и не двигалась с места. Стояла его судьба, оттягивая кулачками карманы кофты. И Паша, глядя на нее, понимал, что многолетний поиск завершен. Его Жизнь додумана до конца, а значит, талантлива.

Паша возвращался домой рано утром. Метро еще не работало. Такси не попадалось. Паша пошел пешком.

Возле кинотеатра на перекрестке дежурил милиционер.

— Сколько времени? — громко крикнул Паша. Он забыл у Марины часы.

— Пять! — громко крикнул милиционер.

Они кричали в пустом городе, это было впервые в жизни. Какое потрясающее, непознанное время суток — пять утра! Оно протекает мимо людей. А он его открыл.

Паша шел — Первооткрыватель. Еще никто и никогда не чувствовал так, как он. Он — Первый. Ни у кого не было такой Марины. Марина занималась, или, как она сама говорила, ковырялась в девятнадцатом веке и ориентировалась в нем лучше, чем в современности. Ее современность была ТАМ. И Паше казалось, что он и ТОГДА ее знал. А потом они потерялись и только теперь встретились. А ведь могли и не встретиться. Паша остановился. Ему захотелось вернуться, чтобы увидеть лицо Марины. Он уже скучал по ней. Он тосковал по ней всегда, еще до того, как узнал. Его тоска была глубинной, как вечная мерзлота. Он решил повернуть обратно. Но заставил себя идти дальше. Паша хотел, чтобы она выспалась, отдохнула. Чтобы ей было хорошо. Любовь бывает двух видов: одна для себя, как у Таси. Такая любовь предполагает полное обладание объектом, независимо от того, нравится это объекту или нет. А другая — для объекта любви, часто даже в ущерб себе. Паша любил Марину для Марины.

Человек мерит всех собой, как говорят, на свой аршин. Он не сомневался, что и Марина — Первооткрыватель и испытывает то же самое, что и он. А это значит, будут дети — девочка, мальчик и мальчик. Один за другим, трое подряд. Потекут дни, в которых они будут заняты каждый своим делом: Паша — школой, Марина — девятнадцатым веком. Долгие вечера, в которых они сплетут свои души, потом ночи, в которых они сплетут тела. И так пройдут двадцать, тридцать и сорок лет. Когда все время рядом — перемены не видны. Какая разница, две морщины или пять! Да и в этом ли дело? Надо только попросить, чтобы она никогда не выбрасывала эту кофту с оттянутыми карманами. Такой он увидел ее впервые, такой она и останется. Можно иногда и поссориться — пошуметь ветками, сыпануть дождем. А потом опять выйдет солнце. Самое главное — чтобы с НЕЙ. Когда-нибудь они умрут. Но это будут уже не они. Они останутся в детях, внуках и не прервутся никогда. Она напишет свою диссертацию. Он придумает педагогическое пособие для ГО, у него есть уже кое-какие идеи и даже открытия. Они поставят свои работы на полки, и их мысли кому-нибудь пригодятся.

Паша шел по пустому городу. Жизнь представлялась ему длинной и осмысленной, полной нежности и самоотдачи.

Марина проснулась и пошла в свою контору под названием «Ателье № 18». Марина работала приемщицей. Она окончила университет, специализировалась на девятнадцатом веке, а ее подруга Викуся — на начале двадцатого. Теперь Викуся работает в ателье по ремонту мужских рубашек, спарывает старые воротнички. Марина — приемщица, специалист более широкого профиля. А университет продолжает набор и выпускает безработных. Специалистов больше, чем мест. Устраиваются только те, у кого рука. Все остальные оказываются во взвешенном состоянии. И постепенно выпадают в осадок. Выходят замуж, рожают детей, разводятся, остаются матерями-одиночками, сорок рублей алименты. Как хочешь, так и живи.

Приемщица — профессия творческая. Приходят заказчицы с журналами «Вог», «Бурда». Показывают модели Пьера Кардена, хотят, чтобы им сделали так же. Марина не моргнув глазом вызывает портниху Валю. Выходит Валя — сама как с обложки журнала «Вог», губы поблескивают, ногти посверкивают, в ушах по «Волге». Бриллианты — каждый по шесть каратов. Говорят, от прабабки достались, а там поди проверь. Может, и от прабабки.

Заказчицы робели при виде Вали, боялись рот раскрыть. А даже если бы и раскрыли, Валя не слушает. Сама все знает. Шьет как богиня. Пьер Карден — мальчик рядом с ней. Валя сошьет, да еще и ярлык приметает. Дескать, оттуда — попробуй отличи. Ну и цены, конечно, соответствующие. У Вали своя клиентура. Остальные портнихи — для плана. Работают грамотно, но традиционно. Без полета фантазии. Без учета сегодняшнего дня.

Марина подбирает Вале клиентуру. Валя бесплатно обшивает Марину. Все довольны, а иногда и счастливы. Заказчицы в процессе производственной дружбы дарят подарки — французские духи и дорогие конфеты. Деньги давать стесняются, поскольку в процессе той же дружбы узнают, что Марина читает подлинники на английском языке. Однако ей нужны именно деньги, а не конфеты, и она приспособилась в соседних магазинах производить обратный товарообмен: духи — на деньги. У нее там знакомая продавщица Рита. А в кондитерском отделе — Зоя. И вообще внутри одной, видимой жизни города текла как бы вторая, где правили Вали-Риты-Зои, и все они были тесно связаны между собой, как это говорят, круговой порукой. Вали-Риты-Зои сидели на лучших местах на премьерах, отдыхали в лучших санаториях в лучшие времена года. А где в это время находились матери-одиночки с незаконченными диссертациями по Бернарду Шоу? Где? Наверное, у себя дома загорали на балкончике.

Когда выдавались свободные часы, Марина доставала Фолкнера и читала на английском. Читать в подлиннике — это не то что в переводах. Марина становилась как бы временной собеседницей Фолкнера. Существовала на его уровне. Она существовала как бы в двух социальных слоях:

интеллигенции и сферы обслуживания, спокойно переме-
щаясь из одного слоя в другой.

Когда человеку тридцать два года, у него уже есть
прошлое. А прошлое — это опыт. Опыт навязывает срав-
нения. Марина невольно сравнивала Пашу с «кучером» и
скучала по тому, чего нет. По звуку шагов, по голосу.
Стены отказывались впитывать новый голос, он отходил от
стен, образуя резонанс. От резонанса болела голова. Но
зато можно было спокойно снять трубку и позвонить «ку-
черу» на работу и окрепшим голосом сообщить о поездке
на юг. На две недели.

— Одна? — легко спросил «кучер».

— Какая разница? — не ответила Марина.

— Никакой, — согласился тот.

Значит, с его точки зрения, дело не в том, кто генерирует любовь. Дело в самой любви. Чтобы она была. А
кто — какая разница.

Марина положила трубку, и ей захотелось вырвать
себя, как морковку из грядки, вон из этого города. Войти
в большое теплое море и смыть свою временность в жизни
«кучера». И вообще всякую временность.

Есть лебеди, которые любят один раз. А есть голуби,
для которых не важно, кто генерирует любовь. Марина
была замыслена природой как лебедь, а жила как голубь.
И от нее самой не зависело ничего. Все зависело от случая,
а значит — от судьбы. А может быть, она не умела выта-
щить из хаоса жизни нужный билетик. Брала то, что лежало рядом.

Сегодня в ателье шли сплошняком старушки — с му-
жьями и без. Марина принимала заказы, потом вызывала
Надю и Лиду, похожих друг на дружку, как сестры, — в

платьях, туго обтягивающих животы, с шестимесячными завивками.

Марина подкладывала копирку, заполняла квитанции шариковой ручкой, копии отдавала старушкам. Они пытались разобраться, далеко отодвигая квитанции от глаз. Ничего не понимали, по сто раз переспрашивали. Марина объясняла тусклым голосом, они опять не понимали.

Жизнь груба. Даже из маленького ребеночка-ангелочка она делает старика, а потом и покойника. Его потрошат в морге, как кролика. Потом зашивают, сжигают. И горстка пепла. Все. Так чего же хотеть от любви? Она тоже стареет, и умирает, и превращается в горстку пепла. Плоть и дух подвержены одним законам.

Марина вспомнила Пашу. Он был лебедь, хоть и из другой пары. Не ее. Но все же лебедь — чист и постоянен. Марине хотелось спастись его чистотой, заслониться от временности, от старости. Она подвинула к себе телефон и позвонила ему на работу.

— А кто спрашивает? — поинтересовался женский голос.

— Марина.

— Какая Марина? — настаивал голос со свекровьей дотошностью.

— Он знает.

— Сейчас... — недовольно пообещал голос.

Марина ждала у трубки и недоумевала: надо же, такого — лысенького и доброго — и то не отдают. Стремящийся в брак мужчина — как космонавт, который должен прорезать все слои атмосферы и испытать на себе все перегрузки земного притяжения. Среда, как Земля, не отпускает. Паша подошел к телефону, сказал:

— Да!

В этом «да» были такая острота и стремительность, что стало ясно: прорежет все слои и выйдет на орбиту.

— Я думал, ты больше никогда не позвонишь, — сказал Паша.

— Дурак, — усмехнулась Марина.

— Что? — не расслышал Паша.

Повторить было уже невозможно, потому что тот первый «дурак» и повторенный имели разные оттенки. В первом случае это звучало как «милый», а во втором — «ты глуп».

— Ничего, — сказала Марина. — Купи хлеба.

Паша выбегал из школы после окончания уроков. Он теперь не ходил, а бегал, а точнее — летал. В вестибюле он напоролся на Олю Князеву. Именно не встретил, а напоролся, как ногой на гвоздь. Оля была детдомовская, жила стационарно. В данную минуту она сидела на табуреточке неподалеку от двери и читала книгу. Читала невнимательно: ей было интересно, кто входит и выходит, а книгой она прикрывала истинный интерес. Возле двери шла какая-то жизнь. Играла случайность: вдруг войдет кто-то, кто решительно изменит ее жизнь. Оле исполнилось тринадцать лет. Ее физическое развитие опережало умственное, сидела почти готовая красивая девушка. Одета, как и все интернатские, ужасающе. Шерстяная кофта едко-синего, или, как говорила уборщица тетя Паша, «васюльково-вого», цвета. Из-под кофты — байковый халат, «бурдовый», в желтых цветах. Из-под халата — рейтузы. Тапки. Так одеваются старухи в доме для престарелых. Те, от кого это зависит, не учитывают эстетическую сторону. Одеты — и ладно. Но даже сквозь убогое оформление проступала Олина красота. Оля отставала в развитии, но не глубоко, а где-то на грани с нижней нормой. Еще чуть-чуть — и обыкновенная девочка.

Месяц назад Паша поднял ее документы и выяснил: Олю бросила в роддоме мать — студентка Князева Ирина Дмитриевна. Он стал разыскивать Ирину Дмитриевну и получил справку: проживает в городе Душанбе, на улице Новаторов, дом пять. Паша написал письмо и приложил Олину фотокарточку. Он был убежден, что Ирина Дмитриевна все эти тринадцать лет глубоко страдала и к сегодняшнему дню просто извелась от угрызений совести; что, получив письмо и глянув на чудное личико дочери, она зарыдает просветленными слезами и явится в Москву с двумя большими среднеазиатскими дынями. Одну дыню — дочери, другую — Панасючке.

Но Ирина Дмитриевна послала ответное письмо на адрес гороно, где возмущалась мерзавским (она так и написала — «мерзавским») поведением педагога Павла Петровича Руденко, который влезает в сердце ее семьи и может разрушить ячейку общества, созданную с таким трудом. У нее муж, дети, а ошибку молодости она хотела бы забыть. У кого не бывает в молодости ошибок! Она сдала свою дочь государству, государство взяло на себя все расходы и пообещало вырастить члена общества. Пообещало — пусть выполняет. А если некоторые, чересчур «жвавые», будут совать свой нос куда не следует, то можно дать по носу. Она сейчас не такая дура, как была когда-то, и сможет за себя постоять.

Гороно переправило письмо Панасючке. Панасючка передала его Паше. Паша прочитал письмо прямо в кабинете и спросил:

— Ну что с ней, падлой, делать? — Хотя слово «падла» было совершенно не из Пашиной терминологии.

— Можно было бы на работу написать. Соберут товарищеский суд, вынесут частное определение. В общем, ничего не сделаешь... — заключила Панасючка.

Паша сунул письмо во внутренний карман пиджака. Там оно и лежало. Он о нем забыл. А сейчас, в вестибюле, вспомнил. Паша, парящий до этого момента, спустился на землю. Более того, ему как будто тяжесть положили на плечи.

Оля посмотрела на учителя долгим взглядом. Она не соблазняла его, не останавливала. Просто ее новое самоощущение заставляло ее иначе взглядывать на больших мальчиков и взрослых мужчин.

— До свидания, Оля, — сказал Паша, испытывая какую-то смутную вину оттого, что он уходит, а она остается. — Ты здесь не простудишься?

Оля покраснела от радости. С ней разговаривали отдельно от всех и о ней заботились

Паша вышел на улицу. Светило солнце. Клейкие листочки тополей разворачивались навстречу солнцу. А за тяжелой дверью с книжкой в руках сидела ошибка молодости с руками, ногами, изысканным личиком. Ошибку можно забыть, а все остальное куда девать?

Паше стало «мерзавско» на душе. И вот всегда так: самые счастливые минуты омрачались чужой болью. Чьей-то жестокостью. Несправедливостью. Паша прошел несколько шагов по двору, потом остановился и сплюнул. Его мутило от несправедливости, и казалось, что он может выплюнуть хотя бы немножко горечи.

***

Павлуша уже неделю жил в Сочи, в гостинице «Камелия». Жил один, без мамы. Это было его время. Павлуша чувствовал себя как зверь, сбежавший из зоопарка: мог кувыркаться в свободе и возможных безобразиях. Однако безобразий не предвиделось. Только теннис во второй половине дня и вечерние купания плюс к дневным и утренним. Вместе с ним поехал коллега, обслуживающий иномарки, по кличке Тата. Тата был со своей женой — воспитанной девушкой в очках. При ней невозможно было рассказывать нецензурные анекдоты, приходилось заменять матерные слова на другие, приблизительные. Это обесценивало анекдот и, как казалось, саму жизнь.

Павлуша вдруг ощутил сиротство, хоть маму вызывай, хоть на работу возвращайся. Но о работе лучше не думать. Месяц назад на должность главного инженера прислали зиловца ставить все на новые рельсы. Этот зиловец ходит в кожанке, как двадцатипятитысячник или как Бельмондо в фильме «Профессионал» — один против мафии. Только без пистолета. Того и гляди: он убьет или его убьют. Кто первый успеет.

Зиловец придумал перевести автослесарей на каждодневную работу. А раньше они работали через день — три раза в неделю по двенадцать часов. Три дня на работе, три дома. А дома у каждого гаражик с ямой и своя клиентура. Свое дело. Только вывески не хватает «Братья и К°».

Зиловец хочет забрать у автослесарей время, чтобы на себя не оставалось. Посыпались заявления об уходе. Сегодняшний автослесарь — это не вчерашний дядя Вася, вечно пьяный и в кепочке. Это тридцатилетние ребята с высшим образованием. Кандидаты наук. Что им зиловец? Они на станции вышибают по пятьсот рублей да дома столько же. Тысяча в месяц. Павлушка, как директор, имеет двести рублей. Естественно, что Павлушку поддерживают. Естественно, он у них на дотации. Сам не брал. Давали. Там целая система. Слесарь — мастеру, мастер — выше и так далее.

Так было, так есть. Двадцать лет ехали по одним рельсам, а теперь зиловец за месяц хочет остановить этот паровоз руками. Двадцать лет приучали к безнаказанности, а теперь трясут перед носом пальцем: нехорошо. А жить на двести рублей в месяц минус алименты — это хорошо? Зиловец ходит угрюмый, как кабан, сухо здоровается. Подозревает. А доказать не может. А Павлуша улыбается ему стрижеными зубами: не пойман — не вор. Вон у Таты нарушение валютных операций. Вышка. И то надеется: авось пронесет. Так и ходит: под пулей и под авось. Каждый день живет как последний.

Вот Паша, друг детства, — Божий человек. Как двадцать лет назад, так и теперь. Поневоле вспомнишь народную мудрость: «Тише едешь — дальше будешь». Невесту себе нарыл, едет отдыхать с невестой.

Павлуша заранее забронировал им номер, хотя нерасписанных вместе не селят. Но Павлуша может все. В гостиницу своего двадцатипятитысячника еще не прислали. Можно дышать.

Паша и Марина приехали утром.

Марина суховато познакомилась с Татой и его женой. Безучастно протянула руку Павлуше. Она не хотела быть любезной, не хотела нравиться. Если им нужна высокая температура кипения страстей, пусть разводят костер, взбивают коктейль, а она постоит в сторонке и посмотрит. Марина неосознанно стеснялась Паши, его лысины, джинсов фирмы «Рила», своей к нему принадлежности. И ее холодность была чем-то вроде отстраняющего жеста: не надо спрашивать, не надо сочувствовать и вообще не надо, не надо...

Марина надела сарафан на лямках, открывающий ее бледные плечи и спину. Без косметики, без украшений, вся какая-то смытая, не зависящая от постороннего впечатления. Весь ее облик говорил: «Мне удобно, а вы как хотите...»

Паша, наоборот, был расслабленно счастлив. Он озирался по сторонам, не веря глазам своим, и спрашивал:

— Как здорово, а? Неужели может быть так здорово?

Гостиница «Камелия» стояла возле самого синего моря, так далеко от вспомогательной школы-интерната, что казалось, будто этой школы нет вообще. Есть только синее море, синее небо и нежное, во все проникающее солнце. Как его чувство к Марине.

Марина держалась автономно. Паша принимал эту манеру за аристократизм. Только халды вешаются при посторонних на мужчину, всячески демонстрируя то, что следует скрывать.

Павлуша сразу отметил про себя «нетипичность образа». А все непонятное интереснее, чем понятное. Легкий, почти не фиксируемый в сознании интерес забрезжил в Павлуше, как белый корабль на горизонте. Интерес звал к действиям. Павлуша предложил организовать вечером шашлыки. Все одобрили идею и распределили обязанности. Павлуша — мясо и зелень, то есть базар. Тата — вино и водка, то есть магазин. Паша — огонь, угли и шампуры, организационная сторона. С Паши деликатно сняли финансовую нагрузку, поскольку в школе доходов меньше, чем на станции техобслуживания.

Павлуша пригласил Марину поехать с ним на базар в качестве консультанта. Базар — это что-то вроде этнографического музея, и понять город можно, только побывав на его базаре. Во-вторых, куда-то ехать, двигаться и перемещаться было лучше, чем лежать на пляже со своими мыслями. Эти мысли втекают в душу и в тело, как река, и душат. Марина приняла приглашение.

Южный базар — это красное и зеленое. Красное — помидоры, редиска, клубника, черешня, перец. Все остальное — зеленое с разными оттенками зелени, от ярко-изумрудного до темно-малахитового.

Пожилые кореянки предлагали свои «корейские соленья», которые они помещали в узкие целлофановые снаряды и закручивали сверху терракотовой ниточкой. Секрет этих солений идет от поколения в поколение. Рушатся памятники старины, а секрет сохранен и процветает. И в этом Марина усматривала какую-то надежду. Надежду и социальную, и личную. Значит, не все летит в тартарары, если стоят эти узкоглазые, невозмутимые — и торгуют вечностью.

Базар — это обстановка взаимной заинтересованности. Одним интересно купить, другим интересно продать. У Павлуши была своя школа, обретенная на станции техобслуживания. Работая с людьми, человек должен быть немного психологом. Во-первых, нужно слышать партнера. Во-вторых, быть обаятельным. Обаяние — это не просто так. Это талант. Совокупность свойств. Павлушино обаяние складывалось из доброты и доброжелательности баловня жизни. И еще у Павлуши было свойство угадывать в массе людей энергетически тождественные экземпляры. Он шел на конкретного мясника и зеленщика так, будто тот его окликнул. Павлуша подходил и спрашивал, как его зовут и откуда он приехал. Выяснилось, что зовут Коля, а приехал из Полтавы. Значит, кусок мяса или пучок зелени обретали свою историю. Платил Павлуша широко, беспечно расставаясь с десятками и четвертными. Когда он отходил, Коля из Полтавы смотрел вслед. Ему хотелось все бросить и пойти за Павлушей. Вокруг Павлуши клубилась иная жизнь, как в итальянском кино. Хоть бы один день прожить такой жизнью. Но Павлуша уходил. Поманил и бросил.

Возле рядов с ранней клубникой толпился народ. Павлуша взял Марину за руку, чтобы не потерялась. Его ладонь была просторная и сильная. Марина покорно шла следом и чувствовала себя совершенно спокойно: ничего не скребло, не мучило. Хорошо, когда идешь за мужчиной, как прогулочная лодочка за военным крейсером. И любая волна не волна.

Накупив все, что нужно, вышли на зады рынка, где стояла машина. Павлуша отдыхал с машиной. Без нее он чувствовал себя как воробей, который вынужден скакать на лапах, вместо того чтобы летать.

Павлуша сложил в багажник красивые полиэтиленовые пакеты.

— Забыл! — вдруг спохватился он. — Подождите секундочку.

Павлуша нырнул в базарные волны. Марина осталась ждать, глядя на дверь, за которой он исчез.

«Если он купит цветы...» — загадала Марина.

Павлуша появился с гвоздиками. Их было не пять и не семь, как она привыкла получать от заказчиков. Их было по меньшей мере сорок девять или пятьдесят одна, крупные, ярко-красные, одного цвета. Каждая гвоздика — как маленький осколок огня. Салют из гвоздик. И это ей. Красота жизни, ее благоухание, изысканность — все это ей. Срезанные цветы временны. Но временность заставляет еще больше ценить красоту. Это как молодость. Поцветешь, поцветешь да и увянешь. Но пока цветешь...

— Спасибо, — сказала Марина и подняла на него глаза.

Павлуша стоял перед ней — одет как надо. Смотрит как надо. В глазах — что надо. Тот. Весь, от начала до конца.

Сели в машину. Машина тронулась, вырулила на проспект. Все было как и час назад: дома, люди, правила уличного движения. Но все вдруг наполнилось красками и смыслом. Смыслом жизни. Может быть, когда-то и превратишься в горстку пепла, но пока ты жив — живешь вечно.

Павлушина рука лежала на руле. Марина знала от Паши, что Павлуша работает на станции техобслуживания. Играется в машинки. В детстве она звала их «бибики». Вполне мальчишеское занятие: собрать бибику, разобрать. У Павлуши должны быть грязные ногти. Марина взглянула на руку. Ногти были чистые. А жаль...

Павлуша смотрел перед собой. Тася своей красотой сослужила сыну хорошую службу. Марина поглядывала на него сначала украдкой, чтобы не замечал. А потом ей надоело сдерживать себя и запрещать себе. Она развернулась и стала смотреть на Павлушу не отрываясь. Как ребенок в цирке, и не было интереснее зрелища. При чем тут Паша? Тата с женой? Шашлыки? Все это совершенно лишнее.

Павлуша молча, будто читая мысли, развернул машину на сто восемьдесят градусов и поехал куда-то в неопределенную сторону, к морю, к большим камням и засохшим на камнях водорослям.

Мелкие камешки впивались в спину. «Как Рахметов», — подумала Марина. Но герой Чернышевского спал на гвоздях во имя какой-то большой идеи. А Марина во имя чего? Однако она готова была идти и на большие испытания, совсем потерять голову. Не жалко. Не жалко ничего.

Потом выяснилось, что она испачкала сарафан в смоле, непонятно, откуда она тут взялась. И тоже не жалко.

Марина лежала, смотрела в небо и думала о «кучере». Тем, что он ушел, он ее выручил. Пусть даже у нее с Павлушей больше ничего не будет, зато она теперь знает, как выглядит и как называется конечная станция. Она называется «Павлуша».

О Паше Марина не думала. Она отодвинула его, как еще одну пробу и еще одну ошибку. Она оставила за собой право пробовать и ошибаться.

Павлуша вошел в море. Поплыл. Море было густое и теплое, как нефть. Павлуша плыл и не верил, что полдня могут так все перевернуть. И вместе с тем верил. Все должно было произойти именно так. И именно с ним.

О Паше он не забыл. Павлуша любил Пашу, это, пожалуй, был единственный человек из его прошлого, которого он любил и знал, за что. В Паше жили те качества, которые начисто отсутствовали в его коллегах. Там такое понятие, как Совесть, имело свой цвет, как базар: красный, зеленый... Это был цвет денежных знаков. Совесть была — как купюра в бумажнике. Надо — достанут. Не надо — спрячут.

Павлуша любил Пашу, но в эту минуту не считал, что обкрадывает его. Ему почему-то не было стыдно. Не было — и все.

Марина вспомнила про Пашу только тогда, когда его увидела. У Паши были испуганные глаза.

— А мы думали, вы в аварию попали. Я хотел в милицию бежать.

— А мы и попали! — сказал Павлуша и засмеялся.

Паша засмеялся вместе с ним. Но страх еще не испарился в нем, и он смеялся с испуганными глазами.

Когда стемнело, жарили шашлыки. Павлуша и Тата осуществляли процесс — помахивали, брызгали, переворачивали. Паша и жена Таты были на подхвате. Марина сидела у кромки моря, смотрела на воду. Думала о том, что жизнь иногда разворачивается на сто восемьдесят градусов, как Павлушина машина.

Когда любовь уходит, зависаешь в пустоте, и кажется, всегда будет только так. Но вот приходит человек, протягивает руку и вытаскивает на твердь, на свет Божий. И оказывается, что солнце светит, и птички поют, и море дышит, и луна дробится на воде.

Паша суетился вокруг костра. В Марининой душе шевельнулись угрызения совести. Паша сыграл роль кучера в прямом смысле этого слова. Перевез Марину от того, предыдущего, до Павлуши. Тот ушел, как нож всадил. Не посчитался. Раз можно так с ней, значит, и она может так же. А почему нет? Как с ней, так и она. Правда, ее ударил один, а она бьет не в ответ, а в другого. Ни в чем не повинного. Зло идет по цепочке. Жизнь жестока.

Павлуша все время оборачивался и отыскивал глазами Марину. После костра ничего не видно было, темнота кромешная, как в космосе. И казалось, что Марина канула с концами. Она возникла откуда-то из небытия, а теперь так же пропала. Павлуша озирался и щурился.

— Не замирай! — командовал Тата.

Павлуша снова возвращался к своим обязанностям. Спина мерзла. Ему казалось, что спине холодно оттого, что нет Марины. Хотелось, чтобы она подошла и встала рядом.

Паша держал перед собой бутылку с винным уксусом. Это была его роль, отведенная ему в данном действе. Паша вдруг передал бутылку жене Таты, самовольно нарушив действо, и подошел к Марине.

Марина снова была одета в черную кофту и белую рубаху. Кофта сливалась с темнотой, а белизна, наоборот, выделялась и будто фосфоресцировала. Марина погладила Пашу по щеке, благодаря за все и прося прощения. Ее глаза светились виноватостью и любовью. Правда, не к нему, но все равно любовью. Паша никогда не видел ее такой неодинокой и принадлежащей.

— Ты умеешь бросать камешки в воду, чтобы подскакивали? — спросил Паша.

— Не знаю. Я никогда не пробовала.

— Надо бросать параллельно воде, не высоко и не низко. На уровне волны. Потому что, если высоко, он не будет подскакивать, а если низко — утонет. Поняла?

Они подошли к огню. Лица Павлуши и Таты были багровые.

Раскаленная головешка взорвалась, брызнула искрами. Марина испугалась и отскочила. Пашу пробил озноб. Этот выстрел показался знаком счастья. Счастье стояло и в этой минуте, и в наступающей ночи, и в завтрашнем дне, когда он научит ее бросать камешки.

После шашлыков Павлуша и Марина исчезли вместе. Паша решил, что они отправились купаться, и тоже полез в море. В море от протрезвел и вернулся на берег. Вытереться было нечем. Паша надел рубашку и джинсы на мокрое тело. Потом пошел в гостиницу. Постучал в номер, было тихо. Тогда он постучал к Павлуше — там тоже тихо. Паша поднялся на следующий этаж и постучал к Тате. Они с женой жили в люксе. Открыла жена Таты, с распущенными волосами и без очков. Она сказала, что ничего не знает, и ее лицо без очков казалось чужим. Он заторопился обратно на пляж. Возможно, Марина с Павлушей ищут его на берегу. Но берег был пустынен, будто земля, навсегда брошенная людьми, как после атомной катастрофы.

Паша побежал в гостиницу, потом снова на берег и опять в гостиницу. Строгий швейцар сделал ему замечание и предупредил, что больше не выпустит. Паша почувствовал себя учеником вспомогательной школы, причем не домашним, а стационарным. И пообещал, что больше выбегать не будет. Еще раз — и все.

Где-то около шести утра Паша понял, что его обманули. Даже не обманули — для этого нужны усилия. Просто не учли. Будто он не человек, а картофельная очистка. Кому это в голову придет учитывать картофельную очистку! Ее надо выбросить — и все.

Значит, получается, что Павлуша увел у друга невесту. Это какая-то особо злокачественная разновидность панасючести. Рак души. Значит, Павлуша неизлечимо болен. А попросту — подлец. А Марина попросту — потаскуха. Но прежде чем навешивать ярлыки, надо все же разобраться. А вдруг они сейчас сидят у Таты и ждут его?

Паша вскочил и снова пошел к Тате. Но за дверью было тихо, и он постеснялся стучать. Следовало дождаться утра, все выяснить, а потом уже делать соответствующие выводы: кто есть кто.

Паша думал, что не заснет. Но неожиданно провалился и очнулся только в десять утра. Ему снилась Марина, как будто они ссорились, а потом мирились.

Открыв глаза, вынырнув из сна, он вскочил и пошел к Павлуше. Постучал в его номер. Было тихо. У Таты тоже было тихо.

Вся компания сидела на берегу под незлыми ранними лучами. Марина лежала лицом вниз, а Павлуша выкладывал на ее спине камешки, создавая какие-то фрески. Тата с женой играли в нарды. Как будто ничего не случилось. Но случилось. Он это видел. И слышал. И вдыхал.

Паша стоял, растерянный, в трусах и в панамке и походил на одного из своих подопечных из группы ГО.

Он не пошел к ним. Не смог приблизиться. Не захотел входить в их пространство. Ему казалось, что воздух вокруг них насыщен предательством, как радиацией. И вдыхать его опасно для жизни.

Паша отошел в сторону, снял рубашку и сел возле самой воды, чтобы видеть только море и небо и по возможности не видеть людей.

Через какое-то время к нему приблизился Тата и сказал:

— Ну что ты сидишь как неродной? Идем к нам. Нехорошо.

— А чем я мешаю? — спросил Паша.

— Своим видом. Сидишь с прокисшей физиономией. Мы же отдыхать приехали. А ты всем настроение портишь.

Тата был человеком Павлуши, и у Паши не могло быть к нему серьезных претензий. Он ничего не ответил. Поднялся с камней и пошел прочь. Он шел километра три, до тех пор, пока не кончились люди. Оставшись один, он действительно ощутил себя картофельной очисткой, в той же степени ничтожности и бессмысленности своего существования. Куда девают очистки? Свиньям. Вот и его туда же. Паша решил — не быть. Вода — близко. Море беспредельно и, как написал один писатель, «может, как одеяло, укрыть всех, всех». Паша пошел в море, чтобы скрыться с головой. Идти до тех пор, пока не накроет. Вода скоро достала ему до груди, потом по подбородка. Поднялась к носу. К глазам. Пришла пора вдохнуть, но нечем. В нос попала вода. Защипало, запершило. Паша развернулся и пошел обратно и, когда вода отступила к подбородку, открыл рот и вдохнул. Он сообразил. Что если его выловят дня через три, а потом пригласят их всех для опознания трупа, то они обидятся на него за то, что он своим видом утопленника портит им отдых.

«А вот фига вам!» — мстительно подумал Паша и вышел на берег. Он сел, крупно дрожа. Солнце жарило, но не прогревало. Паша замерз как-то глубинно. Он устал дрожать и заплакал, положив лицо на поднятые колени. Он испытывал отчаяние, такое же, как в детстве, и боялся, что вытошнит собственные внутренности. Паша плакал, как лаял, а чайки носились над головой и орали, как коты. Видимо, были разочарованы, что Паша живой и им нельзя пообедать. Расклевать. Растащить на части. Хищные твари, потребители, агрегаты по пожиранию, как Павлуша и Тата. Чайки не боялись Пашу и разгуливали рядом — крупные и жирные, на тонких ногах. И кто это выдумал, что чайки — красивые птицы?

По весне земля обнажается. Что только не открывается глазу: прошлогодние листья, старые газеты, потемневшие деревянные ящики, погибшие кошки и мышки, да мало ли что... Дворники сгребают все в одну кучу, обливают бензином — и поджигают. И все горит ясным пламенем. Огонь работает санитаром.

А что работает санитаром души? Ненависть, представьте себе. Этим огнем можно выжечь все, что захламляет душу. Правда, если передозировать, то можно обуглиться самому, сжечь и саму душу.

Паша возненавидел. Это чувство и стало его «генералом» и командовало им все летние месяцы. Он куда-то ходил, перемещался и даже ездил к родственникам под Ленинград, но ничего не воспринимал вокруг себя. Он существовал на пару с «генералом». Ненависть застила ему весь свет.

Осенью Паша вернулся в школу. Все сказали, что он похудел и загорел. Он не загорел, а потемнел, подсушился на огне ненависти. У него поменялось выражение глаз, и дети на его уроках сидели тише, чем на других. Боялись. Раньше они не хотели его огорчать. А теперь просто побаивались. Казалось, что он может ударить.

Однажды Панасючка во время обеденного перерыва поставила перед Пашей на столик витаминный салат: болгарский перец с чесноком, который она принесла из дома в баночке специально для Паши.

— Ешь! — велела Панасючка. — А то сдохнешь.

Видимо, она увидела наметанным глазом все, что с ним происходит. Алевтина прошла уже эту школу и знала, что в таких случаях надо есть витамины. Поддерживать свое здоровье. А в здоровом теле селится здоровый дух.

Паша съел салат и пошел на урок.

Он объявил диктант на девятнадцать слов. Продиктовал заголовок: «Медведь в лесу». И в этот момент увидел на щеке Гоши Трусова круглый свежий синяк. На прошлом уроке его еще не было, стало быть, синяк приобретен на перемене.

— Откуда он у тебя? — спросил Паша.

— Меня Славик укусил, — пояснил Гоша.

— А ты что сделал?

— Ничего.

— И напрасно. Надо было тоже его укусить, чтобы Славик знал, как это больно.

Гоша воспринял рассуждения учителя как прямое руководство к действию. Он вылез из-за парты, подошел к Славику и, наклонившись, цапнул его за щеку. Славик вскрикнул, потом бурно зарыдал, а через минуту забыл. Паша продолжал диктовку. Дети писали. И Славик писал, старательно склонив голову набок. На щеке проступал синяк, о происхождении которого он уже не помнил. Счастливая особенность психики — забывать плохое, потому что помнить — это значит продлевать, удлинять страдания. Переживать — значит проживать еще и еще раз свое унижение.

Этот синяк как бы держал Пашины глаза на ниточке. Паша то и дело в него вглядывался, не мог отвлечься.

Ночью долго не мог заснуть. Синяк держал и мысли на ниточке. О чем бы Паша ни думал, возвращался к синяку. Думал о том, что все женщины — разновидности Марин, Панасючек и Тась. Есть еще вариант его сестры. Она положительная, потому что никакая. Как дистиллированная вода без солей и минералов.

А мужчины? Кто они? Таты и Павлуши, жертвенные «зайчики», алкоголики, рождающие дебилов... Синяк на щеке, незабытая слеза на синяке... С кем связался? На ком вымещает свое неверие в род человеческий? Славика в детском доме назвали Ярослав, потому что он был найден на Ярославском вокзале. В туалете. А Гоша — из благополучной семьи, единственный ребенок у престарелых родителей. Они могли бы иметь такого внука. Врачи считают, что позднее отцовство может быть причиной мутационных поломок. Человек изнашивается со временем, как всякий механизм.

Гошина мать приходила за сыном в конце дня, тихо делилась с Пашей: они с мужем не могут умереть, потому что не на кого оставить Гошу. У них нет никакой родни. И что Гоша будет делать в жизни один, без поддержки? Она смотрела на Пашу, и сколько бездонного отчаяния в глазах...

А на первой парте сидит Павлик. У Павлика — избирательный мутизм. Не разговаривает, хотя умеет говорить. Не привык. До десяти лет ни с кем не общался. Мать, приехавшая из Сибири, потеряла где-то паспорт, и, когда ребенок родился, его никуда не вписали. Он нигде не числился. И в школу не пошел. У пьющей мамаши были свои запьянцовские дела, она уходила из дома, запирала дверь на ключ. Ребенок рос в углу, в тряпках, как щенок, из дому его не выпускали. Обнаружили случайно. Соседей внизу залило, вызвали сантехника, взломали дверь — и увидели

Маугли, дикого мальчика, голого, заросшего и бессловес-
ного. Степень его отставания невозможно было определить.
Пришлось поместить в больницу. Мать с большим трудом
лишили прав материнства.

Оказывается, это очень трудно — лишить прав несо-
стоятельную мать. Общество гуманно. Нельзя запретить
дебилам рожать, если они хотят иметь ребенка. И растет
армия дебилов. В нормальной семье — двое, трое детей. У
дебилов — десять, двенадцать. Они рожают каждый год,
как говорят врачи, рожают на дефектной основе. Страна
дает им звание матерей-героинь. Исполком обеспечивает
площадью — предоставляет целый этаж, четыре квартиры. А куда денешься? Дети растут при полной безнадзор-
ности. Преступность и наркомания находят в первую очередь именно этих. И в их интернате в старших классах тоже
растет токсикомания. Паша подозревал, кто у них главный:
Прокопенко.

Паша не спал в эту ночь ни одной минуты. В сущности,
его работа, а значит, и жизнь, погружена в такие глубины
человеческого горя, и так много надо поправить, а он зако-
лотил себя в убогий треугольник Паша — Марина —
Павлуша. Да и треугольника нет — прямая: Марина —
Павлуша. И что толку от его ненависти. На ненависти
ничего хорошего взрасти не может. Одна озлобленность.
Паша решил отозвать своего «генерала» с прежнего поста
и возглавить другие войска.

Утром Паша пошел к Панасючке и поделился «ацетон-
ными» прозрениями.

— А что я, по-твоему, могу сделать? — спросила
Панасючка.

— Выгнать Прокопенко. Для начала.

Панасючка как бы не услышала, увела разговор в сторону. Она в этот период жизни меняла в квартире паркетную доску на паркет и любила говорить на эту тему. Паша захотел вернуть разговор к Прокопенко, но у него не вышло ни в этот день, ни в следующий. А на третий день Паша выяснил, что мамаша Прокопенко работает в солидной организации. У этой организации свой санаторий, в котором Панасючка отдыхает каждый сезон, плавает там в бассейне и проходит курс массажа. Помимо санатория, Панасючке перепадают талоны, по которым дают особую колбасу. Не ту, что в магазине, а совсем особую. Колбаса — за молчание. И ходят по коридорам старшеклассники в третьем измерении, балдеют.

Паша дождался педсовета и выступил. Он поставил вопрос о несоответствии Панасючки занимаемой должности. Должность — сама по себе, а Алевтина Варфоломеевна Панасюк — сама по себе. Она, как ворона на бреющем полете, низко и медленно летит над полем обездоленных и норовит выклюнуть себе реальный кусок.

Учителя обескураженно молчали. Они все знали: про низкий уровень контроля, про выдвижение любимчиков на должность старшего учителя, про подставных лиц. Числится рабочим по ремонту и обслуживанию здания, зарплата восемьдесят рублей. А где этот рабочий? А куда идет зарплата?

Все знали, но помалкивали. Панасючка сама жила и давала жить другим. С ней было удобно. А то, что во вред детям... Из них так и не вырастишь полноценных членов общества. Чего напрягаться. Однако в каждой душе учителя жива тоска по идеалу. Человеку свойственно работать хорошо. Он запрограммирован на полное самовыражение. А когда этого нет, наступает великая апатия.

Паша выступил и сел на место. Панасючка невозмутимо спросила: хочет ли кто-нибудь высказаться? Никто не захотел.

Нависла пауза. Все понимали, что Паша говорит правду. Но разве это можно?

Заведующая учебной частью Лина Глебовна наклонилась к нему и спросила шепотом:

— Скажите, а вас кто-нибудь поддерживает?

— Поддерживает, — ответил Паша.

— Кто?

— Совесть.

— А-а-а... — сказала Лина Глебовна.

Она родилась в тридцать седьмом году и, естественно, не осознавала событий тех лет. Но страх родителей передался ей с генами и остался в крови. Она боялась глубинно, хотя уже официально было разрешено не бояться. Мало ли. Перестройка перестройкой, а еще неизвестно, что за ней. Лучше не вылезать.

Панасючка еще раз спросила, хочет ли кто-нибудь выступить. Народ безмолвствовал. Педсовет был закончен. Однако Панасючка попросила Пашу задержаться.

Они остались с глазу на глаз. Панасючка как ни в чем не бывало рассказала Паше о преимуществах паркета над паркетной доской, потом простодушно заглянула ему в глаза.

— Ты понимаешь, что вместе мы работать не можем? — спросила она.

— Конечно, — согласился Паша.

— Значит, ты или я.

— Я, — выбрал Паша. — Ты не полезна и даже вредна.

— Кому?

— Обществу.

— А это не тебе решать, — сказала Панасючка.

По правилам перестройки все решает трудовой коллектив. Панасючка была уверена в своем коллективе. Ее «пораженки» — так она называла учительниц — не хотели в небо. Им было здесь прекрасно, «тепло и сыро».

Но на собрании произошло непредвиденное. Первой выступила заведующая учебной частью Лина Глебовна, а за ней следом и остальные «пораженки». Всех несло как на крыльях. Высказывались о Паше с такой степенью возвеличивания, будто это было не собрание, а грузинское застолье: и самый честный, и гуманный, и специалист. Их послушать, так без Паши бы вся школа развалилась, стены рухнули. Панасючку сровняли с землей. Больше всего ее поразила человеческая неблагодарность. Мало она для них делала, входила в положение, создавала условия. Панасючка была настолько растеряна, что не знала, какое принять решение — обидеться или защищаться. Однако не понадобилось ни первое, ни второе. В присутствии представителя роно было высказано пожелание: ей стать рядовым учителем, а Паше — директором школы.

Панасючка метнулась в роно. Там у нее было «схвачено». Заведующая выслушала с пониманием, потом успокоила.

— Уголовное дело на вас не завели, — сказала она. — Можете со следующей недели приступить к работе. Преподавателем.

Панасючка молчала. Адаптировалась к неожиданной информации. Заведующая предложила ей новую точку отсчета: тюрьма. И с этой новой платформы ее ситуация понижения выглядела не как провал, а как большое везение. Ей нужно не возмущаться, а благодарить. Одно дело — сидеть в тюрьме, неудобно спать, плохо питаться, довольствоваться навязанным общением. Другое — жить на свободе в привычной обстановке да еще работать в школе, получать заработную плату с двадцатью процентами надбавки.

Панасючка поднялась и вышла на улицу.

Роно размещалось в одноэтажном здании барачного типа с решетками на окнах. Решетки поставили от воров. «Что там красть? — подивилась Панасючка. — Папки с бумагами, бессмысленными отчетами, бумажной показухой? Всем этим хорошо костер разжигать в сырую погоду, и то какая-то польза». Решетки навеяли мысли о тюрьме, КПЗ, захотелось подальше отсюда. Но ноги не шли. Кончился бензин. Надо было уравновеситься, зарядиться от неба и деревьев, от свободы и воли. Взять из космоса немножечко топлива. Панасючка остановилась возле газетного киоска, купила рекламное приложение к «Вечерке», стала смотреть в строчки, чтобы переключить внимание с себя на что-то, не имеющее к ней никакого отношения. Отвлечься от себя.

Приложение печатало объявление, что кому требуется. Кто-то покупал, кто-то продавал, кто-то менялся, а кто-то приглашал няню к ребенку. Одно объявление привлекло ее внимание припиской: условия хорошие. Здесь же сообщались телефон и адрес: та же улица, что у Панасючки. Она зашла в автомат, набрала номер и спросила: что значит «хорошие условия»?

Ей ответили: зарплата, питание, все лето на даче. Панасючка подсчитала, получалось содержание кандидата наук.

— А ребенок дебил? — спросила она.

— Почему дебил? — обиделись в телефоне. — Нормальный, здоровый ребенок.

Так началась для Алевтины Варфоломеевны Панасюк новая жизнь. В этой жизни был один ребенок, а в прежней — сто. Там — восемь часов в помещении, здесь — четырехчасовое гулянье. Алевтине было под пятьдесят. Ее главные игры в жизни сыграны, наступил период осмысления. А осмыслять хорошо в тишине и на свежем воздухе.

Новая жизнь началась и для Паши. Дел было столько, что невозможно удержать в памяти. Дома под зеркалом повесил бумагу, на которой было написано: «Дела и делишки». А дальше пункты и тезисы.

Первый пункт: кадры. Провести переаттестацию, оставить только дефектологов, никакого дилетантства, никаких любителей.

Второе: микроклимат. Никаких тайфунов и ураганов в учительской. Некогда тайфуниться. Все закручено так, что тащить придется всем скопом, как бурлаки с лямками на плече.

Третье: наладить связь с объединением «Мосшвея», которое использует труд инвалидов. Поставлять им наволочки, вафельные полотенца. Получать живые деньги. Это для девочек. Мальчикам — картонажно-переплетное дело. Достать картон, коленкор, дерматин. Взбодрить столярно-слесарные мастерские. Однако где взять дерево? Да и вообще где взять ВСЕ? За какие деньги?

Иногда ему казалось, что ничего нельзя сделать. Невозможно прошибить лбом устоявшую заскорузлость. Тогда хотелось все бросить и не возникать. Но какой-то внутренний мотор был запущен. Паша знал: если не он, то никто.

Однажды приснился сон, будто идет по школьному коридору. Коридор этот не имеет конца. По сторонам стоят ученики и учителя: неполноценные и «пораженки». Они смотрят на Пашу с такой напряженной надеждой, как будто вся их жизнь зависит только от него одного, и он не может под этими взглядами ни остановиться, ни повернуть назад. Здесь же, в коридоре, стояла Марина, почему-то голая и в крови. Паша понимал, что это сон, заставил себя проснуться. Долго лежал в темноте. Чего только не приснится! Однако Паша понял: как бы он ни жег ее ненавистью, ни затаптывал занятостью — Марина выплывает из подсознания как заговоренная. И ничего с этим не поделать. Если только порвутся сосуды в мозгу и зальют кровью то место, где память. Утопят.

В учительской сказали, что видеть кровь во сне — очень хорошо. Значит, к кровной родне. К близким людям. Значит, у Марины все в порядке.

В середине зимы Паша случайно встретил Панасючку. Она катила коляску с ребенком. На ней были платок и валенки.

— А я хотела тебе позвонить, — сказала она.

— Зачем? — не понял Паша.

— Спасибо сказать. Так что — спасибо.

— Пожалуйста, — ответил Паша.

— А ты хорошо выглядишь, — искренне похвалила Алевтина. — Тебе идет власть. Другое выражение лица.

— Ты тоже хорошо выглядишь. Тебе идут платок и валенки.

— Так я же деревенская, — просто сказала она.

Ребенок заплакал. Алевтина взяла его на руки. Ее лицо стало ясным, панасючесть выпарилась, куда-то улетучилась.

— Такой хорошенький! — счастливо поделилась Алевтина. — Я его прямо в рыло целую, когда хозяева не видят.

Паша похвалил ребенка, и они разошлись.

На помойке валялись две доски. Паша подошел, взял их под мышку и понес. Дерево было крепким, могло сгодиться в столярной мастерской.

Они уходили в разные стороны. Панасючка — с ребенком. Паша — с досками. Каждый со своим.

Прошло четыре года.

За это время Пашина школа вышла на первое место в городе, что порождало массу неудобств. В интернат сгоняли практикантов, показывали иностранцам, всяким гостям города. А как известно, гости — это воры времени. Дел у Паши не убавилось. Одни дела кончались, другие наплывали. Ему иногда казалось, что он пытается наполнить дырявый мешок. А точнее — мешок без дна. Прорву.

Раз в месяц он заседал в медико-педагогической комиссии. Комиссия проверяла детей, которых отбраковывала общеобразовательная школа. Встречались дети, которые не годились даже в интернат. Их следовало переводить на социальное обеспечение. А иногда на комиссию попадали совершенно здоровые ребята.

В последний раз пришла пара рыжих: мама и сын. Мальчик — десятилетний, косоглазый, очень смышленый. Его невзлюбила, а точнее, возненавидела учительница Эльвира Станиславовна, и мальчик в ее обществе становился тупым, чуть только не дебильным. Пришлось вызвать эту Эльвиру Станиславовну, ставить вопрос о профнепригодности. Паша знал: дети, как и взрослые, бывают очень противные. Но ненавидеть их, а тем более мстить... Хорошо, что в комиссии оказались не формальные люди. А сидела бы Панасючка, вечно спешащая по своим делам, не стала бы вникать, и загремел бы рыжий мальчик в интернат. А там — другое общество, другое детство, а поскольку детство — фундамент жизни, то и другая жизнь.

Следующая за ними пара — бабушка и внучка. Девочка семи лет, некрасивая, долгоносенькая, все время улыбалась, была рада, что вокруг много доброжелательных людей. Девочка не могла ответить ни на один вопрос. У старухи слезились глаза от любви и от старости. Между ними не было кровного родства. Старуха рассказала, что первая жена его сына Валька родила эту девочку после развода и неизвестно от кого. Валька и сама не знала, от кого. Бывшая невестка принесла ребенка бывшей свекрови. А больше некуда. Валька бродяжничала, нигде не жила, не выбрасывать же в мусорный ящик. Вот и принесла. А сама сгинула. И сын уехал на Север, а там женился. И осталась бабка с девочкой, старая и малая, никому не нужные, только друг другу. Бабка пошла работать уборщицей в магазин, поближе к питанию. Ее жалели. Давали еду бесплатно, а в середине дня отпускали. Сами мыли за бабку полы. Сострадание объединяло людей, держало всех на плаву. Делало всех людьми. И бабка не помирала, потому что нельзя. А девочку на кого?

Паша смотрел на старуху. Ее лицо было как растрескавшаяся земля. Морщины такие глубокие, что в каждой можно спрятать монетку и она не выкатится. Ей было лет девяносто, не меньше.

Паша предложил интернат. Старуха спросила:

— А можно каждый день забирать?

— На субботу и воскресенье, — разъяснил Паша. Старуха колебалась.

— Она там плакать будет.

— Поплачет, потом привыкнет.

— Человек не собака, ко всему привыкает, — согласилась старуха. — Так ведь жалко.

— Ну, вы подумайте, а потом нам скажете.

Старуха и девочка пошли из комнаты.

«Эх, Валька, Валька... — подумал Паша. — Ну что с тобой делать? Что с вами с такими делать? Судить? Стрелять?»

Паша вдруг почувствовал, что стул под ним сдвинулся в сторону и поплыл. Такое случилось в первый раз, но районный врач сказал, что все бывает в первый раз. Нужен отдых, нужен отпуск, нужен санаторий. В противном случае разовьется гипертония, и неизвестно, чем она закончится. У гипертонии много вариантов. Пашу не устроил ни один из перечисленных. Он взял отпуск и поехал в пансионат.

Пансионат располагался на самом берегу Черного моря и был отгорожен с двух сторон железной сеткой, чтобы на пляж не забредали неорганизованные отдыхающие под названием «дикари». «Дикари» — это вполне интеллигентные люди. Однако не надо.

Территория была небольшой, и получалось, что отдыхающие находятся в вольере. Как песцы и норки.

Паша не переносил скученности, поэтому приходил на пляж раньше всех, а в столовую — позже всех. Своих соседей по столу Паша за неделю не встретил ни разу. Они не пересекались. И это было хорошо. Паша лечился одиночеством, отсутствием обязательного общения.

Из женщин заприметил двоих: молодую и ровесницу. Молодая была коренастая, коротконогая, с прекрасными зубами, как калмычка. А ровесница — худая и гибкая, как водоросль, она неприятно волновала. Хотелось все время на нее смотреть. Несколько раз мелькнула женщина, похожая на Марину, но не Марина.

Он жил в номере с широкой двуспальной кроватью и диваном. Лоджия выходила на море. Покрывала и занавески были синие. Мебель белая. Ведомство умело заботиться о своих сотрудниках.

Три часа в день Паша сочинял уроки: читал, писал, сочинял для детей диктанты, чтобы в них присутствовала не только информация, но и некоторая художественность. Чтобы не было скучно. Скука — это внешняя примета бездарности. Скука, как засуха, убивает все.

Через неделю пребывания в пансионате Паша увидел соседей по столу. Это были Марина и трехлетний мальчик — кудрявый, большеглазый, с короткими зубами. Точная копия Павлуши, будто Павлуша размножил себя простым делением.

Фактор внезапности был такой ошеломительный, что Паша даже бровью не повел. Как сидел, так и остался. Внешне это читалось как полное безразличие. Ну, встретились. Ну и что?

Однажды московская соседка, Крашеная, рассказала Паше, что встретила своего будущего мужа перед революцией в Цюрихе.

— Он был немец? — спросил Паша.

— Нет. Он был еврей из Киева.

— Стоило ехать в Цюрих, чтобы встретить там киевского еврея! — удивился Паша. — Его можно было встретить в Киеве.

— Это так, — подтвердила Крашеная. — Его можно было встретить в Киеве, но я встретила его в Цюрихе.

То же самое случилось с Мариной и Пашей. Они могли встретиться в Москве, где стоят их дома. Но они встретились в Сочи, почти на том же месте, где расстались. Судьба сделала кольцо.

Жизнь вообще склонна вить кольца, поднимаясь по спирали. Но это не Пашино открытие. Это заметили до него.

Марина искренне удивилась встрече, удивление было со знаком плюс. Она осветилась лицом и сказала:

— Здравствуй, Паша. Тебя и не узнать. На Ружича похож. Я думала, что ты Ружич.

— А кто это? — спросил Паша.

— Он сейчас в Сочи гастролирует. Мим с гитарой.

— Странное сочетание: мим с гитарой.

— А я и Павлуша — не странное? — Марина кивнула на мальчика. Паша понял, что его тоже зовут Павлуша.

Он не ответил. Встретил ясный, незамутненный Маринин взгляд и увидел, что ей совершенно не стыдно за прошлое. Никаких комплексов. Значит, он корчился, извивался как уж на сковородке, а она: «Здравствуй, Паша». И все дела.

Марина изменилась. Она поправилась и побледнела. Румяна вместо румянца. Вместо белой кофты — черная синтетическая водолазка, чтобы реже стирать. А главное — суетливая зависимость, которая сквозила в голосе и в пластике.

Официантка принесла борщ. Паша взял ложку и стал есть. Он почувствовал себя свободным от Марины. Надо было ее увидеть, чтобы все прошло за одну минуту. Так же, как мгновенно влюбился — так же мгновенно освободился от нее. И даже жалко стало, что страдал так долго. «Дурак», — подумал Паша, отгоняя ложкой круг сметаны. Сметане он не доверял. Она редко бывала свежей.

Марина принялась кормить Павлушу. Он кочевряжился и не ел. Это был канючливый, невоспитанный мальчик с прозрачными соплями под носом, которые Марина вытирала прямо рукой.

— Съешь ложечку за дядю Пашу, — увещевала Марина.

— Пусть съест за папу, — переадресовал Паша.

— А он его не знает, — как бы между прочим проговорила Марина.

Паша хотел спросить: почему? Но сдержался. Приказал себе не расспрашивать. Должно же у него быть уважение к своим собственным страданиям. Паша сомкнул лицо.

Марина тем временем изображала из ложки пароход, сажала на пароход пассажира-фрикадельку, и по воздуху, как по волнам, ложка шла к Павлушиному рту. Но возле самой цели Павлуша сбил пароход, и пассажир-фрикаделька полетел в Пашину лысину. А Павлуша безмятежно глядел большими серо-желтыми глазами цвета куриного помета. Паша поднялся из-за стола, не дожидаясь второго.

— Ну вот, дядя Паша обиделся, — упрекнула Марина.

— Ну и пусть! — угрюмо сказал Павлуша.

«Весь в папу», — подумал Паша и вышел из столовой. Выбрался из вольера на дорогу. Сел в автобус и поехал в город. Там зашел в шашлычную, заказал солянку и шашлык. И уже когда ел — знал, что его ждет суперизжога. И не ошибся.

Прошла неделя.

Дни походили один на другой и катились незаметно. Утром Паша завтракал у себя в номере сыром и помидорами. Днем ездил в шашлычную. В промежутках плавал, играл в большой теннис, учил уроки. Марина и Павлуша иногда мелькали то тут, то там и были чем-то вроде изжоги.

Однажды Паша выходил из моря и увидел, что Павлуша стоит по щиколотку в воде в окружении детей. Дети на него брызжут, а он визжит, будто его режут. Паша посмотрел по сторонам, определяя, где же Марина. Марины поблизости не было.

Паша пошел мимо, но Павлушин визг его настигал, ввинчивался в уши и глубже, в мозги. Паша вернулся, взял его за руку и вывел из круга зверят. Здоровые дети жестоки. Им бы найти живое и мучить. Павлуша рыдал, не мог остановиться, его лицо было мокрым от слез и морских брызг. То и другое было одинакового вкуса.

Паша присел перед ним на корточки и вытер ему лицо прямо рукой, как это делала Марина. На бровях Павлуши расцвели красные пятна, на лбу — точки. Разнервничался.

— А мама где? — спросил Паша.

— Не знаю.

«Ну вот, родили на мучение, — подумал Паша. — Не нужен никому». Было очевидно, что Марина не понравилась Тасе. Павлуша-старший не смог ослушаться или не захотел. Они либо поженились и разошлись, тогда Марине положены алименты. Либо не поженились, а просто разошлись, тогда Марина будет получать двадцать пять рублей от государства. Раньше было — пять. Сейчас повысили.

В некоторых странах благотворительные общества поддерживают таких бедолаг. А у нас каждая должна взять свою судьбу в свои руки.

Подбежала Марина в купальнике и туфлях на шпильках, вся в украшениях и в полной косметике. Шпильки вязли в гальке, румяна плавились и жирно блестели, и во всем ее открытом теле было что-то нищенски зависимое, предлагающее себя. Она и на Пашу смотрела подобострастно, как будто он в самом деле был Ружич.

— Ты зачем его сюда привезла? — строго спросил Паша.

— А куда я его дену? Мне не с кем его оставить.

— Оно и видно.

Паша вернулся в свой номер. Принял душ. Надел зеленую рубашку-сафари и собрался пообедать в городе. Но передумал. Пошел в столовую.

Марина и Павлуша уже бились над винегретом. Марина руками заталкивала ему в рот овощи, а Павлуша выплевывал обратно. На столе было накидано и наплевано, как в хлеву.

Марина сравнивала огурчики с камешками, а морковку с денежками, хотя деньги меньше всего похожи на вареную морковь. Павлуша самодурствовал, тряс руками и ногами. Это было типичное поведение невоспитанного ребенка, ребенка, которого не воспитывают изо дня в день, а все ему позволяют, потому что так короче. Удобнее. Вседозволенность требует меньше затрат.

Марина была на грани срыва. Паша понял: сейчас она отхлещет его по рукам, будет большой ор с пятнами на бровях, потом Марина начнет извиняться и унижаться, и все вернется на круги своя. Павлуша, одержав очередную победу, совсем посовеет, превратится в полного пса-диктатора. Похоже, он унаследовал Тасины гены.

— Встань! — приказал ему Паша.

Павлуша замер с раскрытым ртом.

— Встань! — повторил Паша.

Павлуша сполз со стула.

— Выйди из столовой.

— А мама? — спросил Павлуша.

— А мама останется здесь.

— А я?

— А ты выйдешь. Потому что ты мешаешь. Посмотри, все тихо сидят и едят, как большие мальчики. А ты как себя ведешь?

Павлуша тут же изобразил страдальческую гримасу, натянул верхнюю губу на зубы. Давил на жалость.

— Если не хочешь уходить, садись и ешь. И чтобы я тебя не слышал. Без единого звука. Понял?

Павлуша вскарабкался на стул и разинул рот. Марина молча покидала в него винегрет.

— Молодец, — похвалил Паша. — А теперь посиди спокойно. Пусть мама поест.

Павлуша пристально засматривал в Пашины глаза, пытаясь уловить в них слабину, которая скрывается за показной строгостью. Но строгость была настоящая. И воля мужская, неведомая Павлуше. Он сидел смирно, как бобик. Марине стало его немножко жалко.

— Вообще у него характер после болезни испортился, — заступилась она за сына.

— А чем он болел? — спросил Паша.

— Отравился. Упаковку снотворного съел. Думал, что конфеты.

— Надо убирать, — строго сказал Паша.

Павлуша слышал, что говорят о нем, и настороженно смотрел большими серо-желтыми глазами. Паша вспомнил, что этот редкий цвет глаз называется «авокадо».

— Дай маме салфетку, — велел ему Паша.

— Я? — удивился Павлуша.

— Да. Ты.

— Я маленький.

— Ну и что? Ты же мужчина, а она женщина.

Павлуша протянул салфетку, которой был накрыт хлеб.

— Не эту. Бумажную.

Павлуша передвинул руку и взял из стакана бумажную салфетку, рассыпав все остальные. Ему давали поручения. Это походило на игру. Павлуша с удовольствием играл в большого мальчика, и это было гораздо интереснее, чем оставаться маленьким.

Вечером Паша собрался в кино. К нему постучали. «Кто бы это?» — подумал Паша. Ни с калмычкой, ни с ровесницей он так и не познакомился, они только переглядывались издали. Но все может быть. На юге все убыстряется в сравнении с севером. Здесь и цветы раньше зацветают, и отношения быстрее формируются.

За дверью стояла Марина.

— У меня к тебе просьба на сто миллионов, — затараторила Марина. Раньше она не тараторила. — Ты не мог бы посидеть с Павлушей? То есть сидеть не надо. Ты живи своей жизнью, а я открою дверь в его комнату. Если он проснется, войди и поноси его на руках. Он успокоится, и ты его снова положи.

— А где твоя комната? — не понял Паша.

— Рядом с твоей. Твоя одиннадцатая. А моя тринадцатая.

Марина смотрела на него вверх и не дышала. Он не мог выносить этой ее зависимости. Можно было все то же самое сказать иначе. И иначе смотреть. Но она разучилась иначе. Видимо, жизнь за эти четыре года так повозила ее лицом по асфальту, что она забыла себя прежнюю.

— Я скоро приду, часов в двенадцать. Не позже.

Она решила взять судьбу в свои руки и хотела обернуться до двенадцати.

— Если он попросит пить, там на подоконнике. В термосе, — сообщила Марина, как бы подталкивая Пашу в нужном направлении.

— Ладно, — согласился Паша.

Она потянулась и поцеловала его в щеку. Это был поцелуй-унижение. И Паша сказал:

— Не вибрируй. Успокойся. Ты же женщина.

Марина приподняла брови, как бы удивившись этому открытию. Ее глаза были разрисованы фиолетовыми тенями, как у дикарки. Зеленый маникюр. Тяжеловесные украшения. Только перьев в голову не хватало.

Марина повернулась и зацокала по коридору, и ему казалось, что ей очень неудобно идти на каблуках. А идти придется далеко и долго.

Павлуша спал на животе, утопив лицо в подушку. Паша подошел к кровати, всмотрелся с пристрастием. Спинка ходила — значит, дышал. У Паши отлегло от сердца. Он все же чуть развернул головку и сделал в подушке вмятину, чтобы дать доступ воздуху.

Одеяльце слегка дыбилось над ребенком: так был мал, как кочка. В чем душа держится? И все время на краю: то лекарство съел, то возле моря один. Что стоит ему войти по грудь, потом по горло, волна подтолкнет... Много ли ему надо... Павлуша спал. Из-за полусферы щеки выступали маленький носик и раскрытые губы. И было невозможно себе представить, что этот спящий и тот орущий и канючливый — один и тот же человек.

Паша вернулся к себе. Лег, не раздеваясь, стал читать книгу о Хемингуэе. Однажды Хемингуэй был молод, беден, жил в Париже, любил Хэдли, родил сына Джона и написал «Праздник, который всегда с тобой». Он был счастлив. А потом, в конце жизни, был богат, жил на Кубе, имел дом, много кошек, жену Мэри, башню, но утратил что-то важное и убил себя. Ему было шестьдесят два года. Для смерти это мало. Однако шестьдесят два года — это время повторений. Все уже было, а теперь повторяется по второму и третьему разу. Новое — только смерть. Может быть, интересна только дорога, а в конце дороги той «плаха с топором». Хемингуэй густо жил и все успел. Рано завершил свой цикл, поэтому рано ушел. А Лермонтов еще раньше завершил и раньше ушел. Может быть, дело не в протяженности пути, а в его плотности. Но если опустить гениев, а взять обычных людей, то время реализации — от тридцати до сорока. Все, на что ты способен, надо заявить в это время. А на что он потратил свои от тридцати до сорока?..

Паша задремал. Взметнулся от крика. В его номер босиком и в пижаме вбежал Павлуша с раскинутыми ру ками. Паша вскочил, подхватил ребенка, ощущая его лопатки, как зачатки крылышек.

— Там бабай. — Павлуша показал на дверь.

— Ты же большой мальчик. Мужчина. Ты не должен бояться бабая.

Павлуша затих, перевесил тельце через Пашино плечо, как через балкон, и смотрел вниз и по сторонам.

Паша пошел вместе с ним в его комнату. Налил из термоса в стакан кипяченую воду. Павлуша потянулся навстречу питью и даже высунул язык. Стал пить, жадно и громко глотая. Напился и сказал:

— Не уходи. Я боюсь.

— Я хочу спать, — возразил Паша.

— Давай спать вместе.

Паша подумал, потом отнес Павлушу в свою комнату. Удобно уложил в кровать, а сам прилег рядом.

Павлуша приткнулся лбом к его руке, пониже плеча, и быстро заснул. Он вспотел во сне, лобик взмок. Паша слышал влажный след на своей руке и звук дыхания. Павлуша дышал, как будто произносил шепотом букву «и». Паша вдруг ощутил, как с каждым «и» его сердце обдает жаром. Это был не насос, механически и равнодушно перекачивающий кровь. Это была живая сумка, в которой копилась любовь. Копилась и грела.

Паше было неудобно пребывать в одной позе, но он боялся пошевелиться, чтобы не оторваться от «и» и не потревожить сон мальчика. Он лежал погруженный в любовь, как в море, и впервые без ненависти подумал о Павлуше-старшем: почему он такой? Потому что на него тоже брызжут. Его раздавила волевая мама, и, отходя в сторону, он самоутверждался на других.

Марина вернулась не к двенадцати, как обещала, а в два. Тихо прошла в комнату к Паше.

— Вы спите? — спросила она. — Ну ладно, не буду мешать...

Повернулась и пошла к двери. Она даже не поинтересовалась, удобно ли Паше соседство с ребенком, или он хочет остаться один... «Удивительная душевная неразвитость, — подумал Паша. — Заскорузла в своем эгоизме. А может быть, попытка выжить за любой счет...»

— Павлуша приедет? — спросил он из темноты.

Марина остановилась, и он услышал ее удивленное молчание.

— А ты не знаешь? — спросила она после молчания.

— Я ничего не знаю.

— Его посадили.

Паша сел на постели. Его глаза привыкли к темноте. Он хорошо видел Марину.

— А почему посадили?

— Ну, там многих взяли. Они все показывали один на другого. Как пауки в банке. Тату запугали, он раскололся. Всех заложил, только бы самому вылезти.

— А много дали?

— Тате?

— Нет. Павлуше.

— Много, но он был рад. Думали, хуже будет.

— А Тате?

— Не знаю. Мне не до него было. Я беременная. Жуткий токсикоз. Все время в обморок падала. Все-таки поздняя беременность. Через кесарево из живота доставали.

Марина начала елозить в своей сумочке. Достала сигареты.

— Не кури, — запретил Паша. — Здесь ребенок.

— Ах да! — вспомнила Марина.

Замолчали, ухнув каждый в свое. Значит, Паша обижался, перестраивался, определял своего «генерала», а у них тут твердь земная под ногами рушилась. Павлушу посадили. Марину живую ножом резали.

— А Тася? — спросил Паша.

— Она умерла.

— Сердце?

— Нет. Она была совершенно здорова. Врачи сказали, могла бы еще столько прожить. Шла в долгожители.

— А почему умерла?

— Врачи сказали: воля к смерти. Не хотела жить без Павлуши. Грандиозная старуха.

— Ты понравилась ей? — спросил Паша.

— А когда было нравиться? Мы десятого вернулись, а пятнадцатого его уже взяли. Я через месяц узнала, что беременна. Решила оставить. Бог дал, думаю, пусть будет. Я и не знала толком, твой или его.

Лицо Марины высвечивалось бледным кругом. Глаз не видно. Вместо глаз темные глаза.

— Ты устала, — сказал Паша.

Марина молча пошла к себе. Она сбросила одежду и не стала смывать косметику, что безобразие. Легла прямо с крашеными глазами и под тоном. Не было сил. Да и какая разница? Прошлое опять надвинулось, как тень от бомбардировщика. Станцию разбомбило, сровняло с землей. И кажется, что следующая бомба попадет в макушку прямым попаданием. И она стоит, втянув голову в плечи, с живым свертком в руках, со свежим шрамом на животе.

Если раньше, потеряв «кучера», она могла идти переживать на выставку, то сейчас... Какая там выставка! Связана по рукам и ногам. В яслях Павлуша болел. Два дня походит, неделю дома сидит. В магазин и то не вырвешься. Полотенцем к кровати привяжешь — и за молоком, за хлебом. Бежишь обратно — в лифте слышно, как орет. Не орет даже — свищет.

В ателье взяли новую приемщицу. Все сроки вышли. Не может же ателье без приемщицы. Придется идти работать в садик — нянечкой, воспитательницей, кем возьмут. Там и накормят. И ребенок присмотрен. От прежних амбиций — один дым. Вот тебе и девятнадцатый век... Портниха Валя, добрая душа, отдала свою путевку. Заказчица ей достала, а она отдала. Мир не без добрых людей. Помогут. Не дадут пропасть. О себе можно забыть. Но надо жить для Павлуши. Он еще дурак, и еще долго она ему понадобится.

Вспомнила, как час назад сидели на берегу, запивали шашлык сухим вином. Как когда-то, так и теперь. Все повторяется. С той разницей, что тогда она была всем нужна, а сейчас никому. Ни они ей, ни она им. И все время в голове: Павлуша. Марина разговаривала с сыном на его языке, хоть это и непедагогично. «Пачет» вместо «плачет». И «кичит» вместо «кричит». Вдруг он сейчас проснулся, «пачет» и «кичит». А она тут — на пляже, среди посторонних людей.

В тишине заскреблась мышь. Марина с детства боялась мышей, испытывая перед ними почти мистический брезгливый ужас. Она поднялась, взяла одеяло, подушку и пошла в комнату к Паше. Бросила подушку на диван. Легла. Укрылась. Паша и Павлуша не пошевелились.

Мышь пилила зубами дерево. Их комнаты были соседними, и еще неизвестно, к кому мышь прорывалась, к ней или к Паше. Но сейчас это попиливание почему-то не пугало и даже показалось уютным. Марина не боялась, потому что рядом были Паша и Павлуша. Большой и маленький. Большой защитит ее, а маленького — она. Так, наверное, и выглядит конечная станция, когда есть в твоей жизни Большой и Маленький.

А мышь тихонечко работала с настойчивостью зубрилы, но у нее тоже была своя жизнь и своя программа на это раннее утро.

Ничего особенного

Маргарита Полуднева — счастливый человек.

Например, однажды в четвертом классе, когда в нее влюбился соседский мальчик Вовка Корсаков и, желая обратить на себя внимание, сбросил на нее с шестого этажа чугунный утюг, то утюг упал в одиннадцати сантиметрах от ее ног. Судьба посторонилась на одиннадцать сантиметров. Маргарита в это время поправляла сползший чулок. Она подняла голову, увидела Вовку в окне и сказала:

— А... это ты... — и пошла себе дальше в двурогом синем бархатном капоре. На Вовку она не обиделась. У нее был такой характер. Если бы он убил ее или покалечил, тогда были бы основания для обид. А так — зачем обижаться на то, что не произошло.

Маргарита осталась цела тогда, возле штабеля дров. В те времена топили дровами. Выросла себе, и закончила школу, и поступила в кораблестроительный институт, сокращенно «Корабелка». И в семнадцать лет полюбила араба с роскошным именем Бедр Эльдин Мария Мохаммед. Через два месяца после знакомства Мария Мохаммед вернулся к своему гарему. Сложная международная обстановка не позволяла ему более оставаться в Ленинграде. Надо было возвращаться в Объединенную Арабскую Республику. От Бедра ей осталось имя Марго — вместо Рита. И сыночек Сашечка с черными глазами и русыми волосами, что, в сущности, счастье. Могло и вовсе ничего не остаться.

Официально Марго считалась мать-одиночка, хотя грамотнее говорить мать-холостячка. Если женщина имеет ребенка, да еще такого красивого и полноценного, как Сашечка, она уже не одинока.

Помимо всего прочего, Бедр Эльдин научил Марго есть картошку, политую постным маслом и лимоном, — это было вкусно и дешево. Так что, если разобраться, от Бедра произошло довольно много пользы. Больше, чем вреда. Тем более что пользу он принес сознательно. А вред — бессознательно. Не мог же он повлиять на сложные международные отношения. Любовь бессильна перед политикой. Потому, наверное, что любовь касается только двоих людей, а политика — многих.

Время шло. Сашечка рос и уже ходил в школу-интернат, а по субботам и воскресеньям Марго забирала его домой. Марго работала в конструкторском бюро и ждала своего счастья. Она не просто ждала, туманно надеясь, а пребывала в состоянии постоянной готовности встретить свое счастье и принять его радостно, без упреков за опоздание. За столь долгое отсутствие.

Однажды счастье явилось в виде обрусевшего грузина по имени Гоча. Подруги сказали: опять. И сказали, что Марго — просто специалист по Среднему и Ближнему Востоку. Им казалось, что Гоча и Бедр — это одно и то же. Хотя общего у них был только цвет волос.

К чести Гочи надо заметить, что он не собирался обманывать Марго и сразу, с первого дня, предупредил, что не любит ее и любить не собирается. Его сердце занято другой женщиной, но у них временное осложнение отношений. Гоча учился в консерватории на отделении деревянных духовых, и, выражаясь языком музыканта, осложненная любовь была главной темой его жизни. А Марго являлась как бы побочной партией. А вся его жизнь — симфоническая поэма-экстаз.

Гоча был какой-то вялый, будто и не грузин вовсе. Он постоянно простужался и кашлял как в трубу. Видимо, ему был не полезен ленинградский гнилой климат. Он говорил, что Ленинград стоит на болотах и он здесь никогда не согреется. Марго вязала ему теплые вещи, варила горячие супы и выводила гулять. Когда шли по улицам, она вела его за руку — не он ее, а она его, держа в своей руке его нежные вялые пальцы. Иногда они останавливались и целовались. Это было замечательно.

Главная тема гармонично переплеталась с побочной партией. В музыке это называется полифония.

Марго умела жить моментом и не заглядывала вперед. А Гоча был подвержен самоанализу. Он говорил, что только простейшие микроорганизмы, типа инфузории-туфельки, размножаются простым делением и не заглядывают вперед. А человек на то и человек, чтобы планировать свою жизнь и самому руководить своей судьбой.

Вот и спланировали. Собрались со Старостиными из конструкторского бюро в отпуск. Собрались в Гагры, а оказались совершенно в разных местах: Гоча — в гробу, а Марго — в больнице.

Марго помнила, как они выехали на окружную дорогу. Зинка Старостина включила «Маяк», голос Пьехи запел старый вальс: «Дунай, Дунай, а ну, узнай, где чей подарок...» Старостин оглянулся назад и сказал: «Дверь дребезжит», — имея в виду заднюю правую дверь, возле которой сидела Марго. Гоча сказал: «Прибавь скорость». Стрелка запрыгала на ста двадцати, машина как бы оторвалась от земли, и совершенно не чувствовалось трения колес. Марго посмотрела на Гочу, нашла его прохладную руку на сиденье, сжала пальцы и сказала сквозь слезы:

— Я счастлива.

Это было последнее, что она ощутила, — счастье.

Потом провал в памяти. А потом голос хирурга сказал:

— Счастливая. В рубашке родилась.

Счастье Марго на этот раз состояло в том, что все разбились насмерть, а она вылетела через неплотно закрытую дверь, и у нее произошел разрыв селезенки.

Когда у человека вырезают селезенку, то кроветворную функцию берет на себя спинной мозг, так что без селезенки можно жить, как раньше, и не замечать, есть она в тебе или нет. А ведь мог быть разрыв печени, например. Или сердца. Или дверь могла быть хорошо закрыта.

Марго очнулась в больнице, когда ее везли в операционную, и не испытала ни одного чувства — ни страха, ни огорчения. Ни даже удивления. В этом, видимо, состоит защитная функция психики. Если бы Марго могла полностью осознать и пережить то, что с ней произошло, она умерла бы от одного расстройства. Но ей было все равно. Единственное ее беспокоило — куда деть руки: вытянуть по швам или свесить вниз с каталки. Марго сложила руки на груди, как покойник, почивший в бозе, а дежурный хирург Иван Петрович накрыл ее скрещенные руки своей большой ладонью. Его ладонь была теплая, а ее руки — холодные, потому что в связи с внутренним кровотечением у нее нарушилось давление, и она в прямом смысле отдавала концы, холодея именно с концов — рук и ног.

Иван Петрович шел около Марго, неотрывно глядя на нее, то ли следя профессиональным глазом, то ли жалея по-человечески — все же она была молодая, красивая. А если даже бы не молодая и не красивая... Когда бы смерть ни пришла — всегда рано.

В операционной Иван Петрович наклонился к Марго. Она увидела близко его голубые глаза и русую бороду. Борода была промыта какими-то замечательными шампунями, каждая волосинка горела и нежно благоухала. Марго сквозь глухое безразличие ощутила вдруг, что не умрет, потому что жизнь манит ее. И еще поняла, что даже перед смертью думает о любви.

Через несколько часов Марго проснулась в реанимационной палате. В носу и в животе торчали какие-то трубки. Она поняла, что жива, ее это не обрадовало и не огорчило. Ей было все равно.

Время от времени подходили медсестры и делали уколы: наркотики со снотворным. Поэтому Марго либо спала, либо существовала в некотором обалделом состоянии. Иногда она открывала глаза и видела над собой Ивана Петровича, но даже этот факт оставлял ее равнодушной.

Однажды Марго проснулась ночью и услышала, как одна сестра сказала другой, что операция прошла неудачно, потому что Иван Петрович нечаянно перерезал какой-то очень важный проток, что во время операции пришлось вызывать специальную бригаду, и они пять часов ювелирно штопали этот важный проток, и теперь неизвестно, чем дело кончится, и родственники могут подать на него в суд, и его посадят в тюрьму в том случае, если Марго умрет.

Марго подумала, что родственников, кроме Бедра Эльдина, у нее нет. Она сирота с тринадцати лет. Друзей Старостиных тоже нет. Значит, никто никуда не будет жаловаться, и надо будет ему об этом сказать.

Утром пришел Иван Петрович и стал проверять трубки, которые торчали из живота Марго, как цветы из современной вазы, когда каждый стебель накалывается на свое место. Потом поставил возле нее на тумбочку банку с клюквенным соком и велел выпить две ложки. Он подносил ложку к ее рту и сам вытягивал губы, как бы повторяя ее движения. Так матери кормят маленьких детей.

Потом Иван Петрович взял у медсестры марганцовый раствор, ватные тампоны и стал осторожно смывать с живота следы засохшей крови, аккуратно обходя трубки. Иван Петрович был хирург, а не санитарка, и эта процедура совершенно не входила в его обязанности. Но он не мог передоверить Марго в чужие, равнодушные руки.

Марго легонько улыбнулась: дескать, ничего, прорвемся! Он тоже улыбнулся, но улыбка у него вышла как гримаса. И слезы набежали на глаза. Марго удивилась: из-за нее так давно никто не плакал. А если уж честно — никто и никогда не плакал из-за нее, разве только Сашечка, в тех случаях, когда она что-то ему запрещала. Марго смотрела на его лицо, вдохновенное печалью, и ей вдруг совершенно не жаль стало своего живота. Она готова была отдать и руку и ногу. Пусть режет. Только бы сидел вот так рядом и плакал по ней.

На другой день Марго попросила у медсестры зеркало. Зеркала не оказалось, и медсестра принесла свою пудреницу, на которой сверху было написано: «Елена». Марго заглянула в зеркальный кружок и увидела в нем свое лицо. Оно было не бледное, а голубовато-белое, как подсиненная наволочка. И не худое, а просто село на кости. И это ей очень шло. Появилось какое-то новое выражение святости. И еще заметила, что подбородок и кончик носа шелушатся. Она стала думать: что бы это значило, и вспомнила, что накануне поездки целовалась с Гочей. Гоча был небрит, и его щеки скребли, как терка. Она вдруг в первый раз за все время осознала, что его нет. Его поцелуи еще не сошли с ее лица, а его самого уже нет. И Старостиных нет.

Марго заплакала первый раз за все время и не могла уткнуться в подушку, чтобы спрятать лицо. Она могла лежать только на спине. Медсестра подошла к Марго и сказала, что плакать нельзя ни в коем случае, потому что ей вредно расстраиваться. Марго ответила, что не может остановиться сразу. Тогда медсестра побежала к телефону и вызвала Ивана Петровича. Иван Петрович появился буквально через две минуты и приказал сестре, чтобы она не мешала плакать, что Марго должна делать то, что ей хочется. И если Марго хочется плакать, то медсестра должна не запрещать, а предоставлять для этого все условия.

Медсестра ушла обиженная, потому что ее унизили при больной. А больные считались в больнице более нижним чином, чем медсестры и даже санитарки. Иван Петрович принес откуда-то низкую табуреточку. Сел возле Марго, ссутулившись. Их лица оказались примерно на одном уровне. Взял ее руки в свои и стал дышать на пальцы, как будто ее рука была замерзшей птичкой, а он отогревал ее своим дыханием. Похоже, он был рад, что Марго плакала. Это была первая эмоция, которую Марго проявила за все время. Это было возвращение к жизни.

Он дышал на ее руку, близко поднося к губам. Смотрел на нее таким взглядом, будто изымал из нее и вбирал в себя часть ее страданий. И ей действительно становилось теплее от его дыхания и легче от его взгляда. И хотелось, чтобы он сидел так всегда.

...Через две недели из нее вытащили трубки и назначили рентген. Каталки все были почему-то заняты. Не почему-то, а именно потому, что были нужны. В больнице были свои порядки, по которым не находилось того, что нужно, а было то, что не нужно. Например, чернила для авторучки. Иван Петрович половину дня тратил на операции, а половину на описание этих операций. Кому нужна была эта писарская деятельность? Во всяком случае, не врачу и больному. Может быть, для архивов. Когда-нибудь, через много поколений, потомки будут иметь представление о состоянии дел в медицине в конце двадцатого века. Так что полдня Иван Петрович тратил для потомков. Хотя его время было гораздо нужнее для современников.

Каталки не оказалось на месте, и Иван Петрович понес Марго на руках. Рентгеновский кабинет находился двумя этажами ниже, и Иван Петрович нес Марго сначала через весь коридор, потом через два лестничных пролета вниз. Она боялась, что он ее уронит и у нее сразу лопнут все швы — внешние и внутренние, и она крепко держала его за шею, слышала нежный запах его усов и бороды. Такое или похожее чувство она испытала однажды на горнолыжном курорте, когда ехала на фуникулере к вершине горы.

Под ногами пропасть — болтаешься между небом и землей, задыхаешься от страха и счастья.

— Не дыши мне в ухо, — попросил он. — Щекотно. Я тебя уроню.

— Ничего, — ответила она. — Сами уроните. Сами почините.

А он нес ее, нес, и это была дорога не в рентгеновский кабинет, а в вечность. У Господа на руках.

Ее никто и никогда не носил на руках. Разве только родители в детстве.

С этого дня Марго стала его ждать. Она жила от обхода до обхода. Засыпала с мыслью, что завтра снова увидит его. И просыпалась с ощущением счастья: скоро откроется дверь, она увидит его лицо, услышит его голос.

Марго ловила себя на том, что подражает его интонациям и надевает на свое лицо его выражение. Она не видела себя в зеркало, но ей казалось, что с этим выражением она на него похожа. Это начиналась любовь, когда одно «я» становилось идентичным второму «я». Когда «я» Марго не хотело существовать само по себе, становилось частью «я» Ивана Петровича.

Каждое утро он входил, полувбегал в палату. Полувбегала в палату ее жизнь, и из ее глаз, из макушки, как фонтанчики воды у кита, разбрызгивались флюиды счастья. Он садился на краешек постели и сам становился счастлив, потому что попадал в климатическую зону молодой любви и потому что Марго поправлялась и была чем-то вроде его детища.

Она была счастлива. Ее душа существовала на взлете, как птица, которую он отогрел. А трудности и даже физическая боль кажутся меньше с высоты взлета.

Больные и медсестры удивлялись несоответствию ее настроения с тяжестью болезни. Соседка Алевтина с желчным пузырем считала, что длительный наркоз повлиял на ее мозги и теперь Марго «с дружеским приветом». Другие думали, что Марго обладает какой-то исключительной силой воли. Но ни силы, ни воли у Марго не было. Она была просто счастлива, потому что любила своего лечащего врача Ивана Петровича Королькова, как никого и никогда. Это было, конечно, предательством по отношению к Гоче. Но она устала от его нелюбви. Гоча как бы делал одолжение своим присутствием. Марго постоянно развлекала его и напоминала себе няньку, которая приплясывает и прихлопывает перед капризным ребенком, чтобы он съел ложечку каши. А этот ребенок глядит хмуро и с недоверием и отталкивает ложку, и каша шлепается жидкой кляксой на нянькино лицо.

Ей надоела любовь-самоотверженность. Любовь-жертва. Ей нужна была любовь-жалость. Иван Петрович ее жалел. Он поил ее с ложки, носил на руках. Плакал. Пусть он спасал в какой-то степени себя. Но он спасал и ее. Значит, их интересы совпадали. А любовь — это и есть совпадение интересов.

Иван Петрович не мешал Марго любить себя. Она любила его сколько хотела. И как хотела. А он не мешал, потому что не знал.

Соседка Алевтина подкармливала Марго витаминами. Алевтину навещали каждый день по нескольку раз, и ее передачами можно было прокормить все отделение.

Собеседница из Алевтины получалась скучная, потому что она полностью была порабощена своей болезнью и го-

ворила только о желчном пузыре. Алевтина была погружена в свое дыхание, пищеварение и, проглатывая кусок очередного суперпродукта, ныряла вместе с куском в свой
пищевод, потом доплывала до желудка и слышала, как там
начинают действовать желудочные соки, а кусок обраба-
тывается и переваривается, крутясь, как кофта в барабане
сухой химчистки. И выражение лица у Алевтины становилось утробное. Она никого не любила в жизни больше, чем
себя, и ей ничего не оставалось, как поддерживать и обес-
печивать свой жизненный процесс.

Жизнь в больнице шла своим чередом. Из соседних
палат доносился хохот. Больные смеялись, вышучивая свои
болезни, свою беспомощность и друг друга. Здоровые навещали и плакали. А больные смеялись. Потому что
смех — это был способ выжить.

В один прекрасный пасмурный день Иван Петрович
пришел в палату — нарядный и торжественный, как
жених. Из-под халата проглядывали крахмальная рубашка
и галстук. Он протянул руку Марго и сказал:

— Прошу.

Он просил ее встать. Но Марго боялась подняться на
ноги. За время болезни и соседства с Алевтиной она успела
влюбиться в жизнь и больше всего дорожила и дрожала за
свое хрупкое существование.

— Боюсь, — призналась Марго.

После аварии у нее развилось чувство неуверенности и
неустойчивости, как будто ее жизнь — пустая скорлупа.
На нее кто-нибудь обязательно наступит — и крак! Даже
мокрого места не останется.

— Боюсь, — повторила Марго.

— А моя рука?

Марго посмотрела на его согнутую руку — сильную и как бы налившуюся дополнительной силой. Положила на нее свою кисть — иссохшую, как кипарисовая ветвь. И поднялась.

— Стоишь? — спросил он.

— Стою, — сказала Марго.

— Теперь иди.

Она сделала шаг. Потом другой. А он рядом с ней тоже сделал шаг. Потом другой. Они шагали по палате. Вышли в коридор.

По коридору беленькая медсестра катила тележку с лекарствами. Рядом с ней толкал тележку негр-кубинец, на черном лице белели полоски лейкопластыря. Негр лечился выше этажом, в мужском отделении, но каждый день спускался вниз, потому что в обществе беленькой медсестры ему было интереснее.

Пол в коридоре был скользкий, холодный. Марго шла, как по льду. Она мгновенно устала, и на лбу выступили крупные капли пота. Ей казалось, что теперь так и будет и никогда не будет по-другому. Никогда она не сможет ходить запросто, как раньше, не тратя никаких усилий на передвижение, не думая о каждом шаге.

Халат был обернут вокруг Марго чуть ли не четыре раза. Она была бледная, тощая, перемученная. А Иван Петрович смотрел на нее и не мог скрыть счастья, расползающегося по его лицу. Он смотрел на нее так, как никогда и никто на нее не смотрел, разве, может быть, мама или отец, когда она была маленькая и они учили ее ходить. Но это было давно, если было. Она этого не помнила.

С этого дня Марго начала бродить по палате: сначала перегнувшись пополам, держась за живот. Потом чуть согнувшись. Потом почти прямо. И поразительное дело — с какой жадностью восстанавливался молодой организм. Марго стояла у окна, смотрела на улицу и слышала: будто соки из земли по стволу, поднимались по ней силы.

На улице был уже ноябрь, грязь со снегом. Люди в темных одеждах — лбом вперед. И она — совершенно счастливая, потому что жива и потому что влюблена, как никогда и ни в кого.

С тех пор как Марго стала поправляться, Иван Петрович потерял к ней интерес — сначала на шестьдесят процентов, а потом и на девяносто. Он торопливо осматривал шов, говорил, что у нее первая степень заживляемости и что она — молодец. Нажимал пальцем на нос, как на кнопку звонка, и тут же убегал. Его ждали другие послеоперационные больные.

Иван Петрович Корольков считался лучшим хирургом в отделении, и все самые трудные случаи оставляли ему.

Марго караулила, когда он появится в коридоре. Он появлялся, делал ей приветственный жест, подняв руку, царапая пальцами воздух, дескать: пока, и шел дальше. За ним, как свита за военачальником, шли практиканты.

В отделении работали еще два хирурга — Анастасьев и Проценко. Анастасьев был хороший специалист, но плохой человек. Если, например, больной его спрашивал перед операцией: «А можно не резать?» — он отвечал: «Можно. Но вы умрете». Когда родственники больного задавали вопросы, он спрашивал, в свою очередь: «Вы врач?» Тот отвечал: «Нет». «Ну так что я вам буду лекции читать? Вы все равно ничего не поймете». У Анастасьева было заготовлено несколько таких вот остроумных ответов, и, когда ему удавалось их применять, он бывал доволен собой. А что чувствовал родственник или больной — это его не касалось.

Оперировал он хорошо. Но, выписываясь, больные почти никогда не говорили ему «спасибо». И он каждый раз удивлялся: почему люди так неблагодарны?

Анастасьев и Корольков не любили друг друга, как две примы в одном театре. Анастасьев — так казалось Марго — был несколько разочарован тем, что она выздоровела и бродит по коридору, как тень забытых предков. Он, естественно, этого никак не выражал, но она угадывала его мысли по его летящему, чуть мажущему взгляду.

Была в отделении и третья хирургиня — Раиса Федоровна Проценко. Это была очень милая женщина, хотя непонятно, почему она работала в хирургии, а не в регистратуре или не на кухне, например. Ее больные выживали совершенно случайно, не благодаря, а вопреки Раисиному вмешательству. Говорили, что Раиса получила место по какому-то высокому блату и сместить ее было невозможно. Сначала надо было сместить того высокого благодетеля. Марго мечтала, чтобы однажды в больницу по «скорой» привезли этого самого благодетеля и он попал бы в руки этой самой Раисы. Тогда преступление и наказание сошлись бы в фокус и в природе на некоторое время наступил бы нравственный баланс. Но у благодетеля были другие врачи. К Раисе он попасть не мог. Преступление свободно полоскалось, как парус на ветру.

Вскоре Марго перевели в другую палату. Для выздоравливающих. Эту палату вела Раиса. Она пришла на обход и осмотрела Марго, больно надавливая на живот жесткими пальцами, и выражение лица у нее было брезгливое. Потом она отошла к раковине и долго мыла руки с какой-то известкой, карболкой, чтобы смыть со своих рук следы чужой болезни. Марго смотрела в ее спину, и ей казалось, что человек — это выпрямленное животное. Его выпрямили и оставили стоять на задних лапах.

Когда Раиса ушла из палаты, Марго вдруг увидела себя ее глазами: бескровную, малооплачиваемую, мать-одиночку, полуинвалидку, без друзей, без родителей и даже без любовника. Она сунула лицо в подушку и стала плакать. Теперь у нее была возможность делать это незаметно. Она накрылась одеялом, и никто не видел, что она плачет. Да и вообще это было ее частным делом. Марго больше не пользовалась привилегией как тяжелобольная, а была обычной стационарной больной. Как человек, утративший славу, Марго плакала до ночи. До тех пор, пока не поняла, что по-другому не будет. И от слез ничего не переменится. Надо не переживать, как учат йоги, а искать выход. Марго догадалась, что ее выход — через дверь. Следует выписаться из больницы и уйти домой восвояси. И рассчитывать только на себя. Даже на Сашечку не рассчитывать, потому что дети, как известно, неблагодарны.

Была ночь. Дежурила Раиса.

Марго подошла к ее столику, села на белую табуреточку. Раиса писала историю болезни. Почерк у нее был замечательный, просто каллиграфический. Ей бы в паспортном отделе работать, паспорта заполнять. Или похвальные грамоты писать. Во всяком случае, потомки не будут мучиться над закорючками, а легко прочитают ход операции, проведенной Раисой.

— Выпишите меня домой, — попросила Марго.

— Надоело? — спросила Раиса и заглянула в синенький листочек анализа.

— Да нет. У вас тут хорошо, — уклончиво ответила Марго.

— У нас здесь очень хорошо, — хмуро подтвердила Раиса. — Просто замечательно. Монте-Карло. Рулетка.

Видимо, Раиса на кого-то была обижена. Даже оскорблена. Но говорить об этом с больными было не принято.

— Не стирайте сразу. И не носите тяжести. Не больше двух килограммов. Вы с кем живете?

— С семьей, — ответила Марго.

В коридоре лежала большая пожилая женщина с животом как дирижабль. Марго посмотрела на нее и подумала, что завтра ее переведут в палату. На освободившееся место.

На другой день Марго позвонила на работу, чтобы ей принесли зимние вещи. Но встречать ее пришли не с работы, а пришла мама Зины Старостиной — Наталья Трофимовна, или, как ее звала Зина, Натали. Натали была толстущая старуха килограммов на сто пятьдесят, с трогательной претензией на светскость. Она стояла внизу с авоськой, раздувшейся от вещей, и ждала Марго.

Марго спускалась по лестнице в больничном халате, держась за перила. Один раз она немного оступилась, но устояла и несколько секунд не решалась идти дальше.

Увидев Марго, Натали зарыдала так громко, что все остановились. А с верхних этажей стали свешиваться любопытные.

Марго не знала, что ей делать и как утешить. Получалось, она виновата в том, что осталась жива, хотя могла погибнуть дважды — на дороге и во время операции. А вот жива и стоит. А Зины — нет. А ведь могло быть и наоборот, если бы Зина сидела не рядом с мужем, а на месте Марго.

Марго молча, с ощущением вины переоделась в свою потертую дубленку, которая была куплена еще до того, как дубленки вошли в моду. Переоделась, переобулась и, поддерживая Натали, повела ее из больницы.

Они шли по больничному двору. Воздух был сырой и пронзительно свежий. Натали совсем обессилела от рыданий и просто висела на Марго. А Марго шла и была готова к тому, что у нее разойдутся все швы. Ей разрешалось преодолевать тяжесть в два килограмма, а Натали весила сто пятьдесят. Семидесятикратная перегрузка. Но Марго было себя не жаль. Ее душа рухнула с большой высоты и лежала без сознания. И душе было все равно, что происходит с телом.

Марго была устроена таким образом, что умела думать о себе только в связи с другим человеком. А что такое один человек? Жалкая половинка, неспособная воспроизвести себе подобного.

Иван Петрович Корольков писал в анкетах, что он — русский, служащий, тридцать пятого года рождения. В школу он пошел рано, неполных семи лет, и был самым младшим в классе, потом самым младшим в институте, на курсе, а потом и в больнице. Он так и считал себя молодым, пока не заметил, что за ним следом взросло уже два поколения.

Иван Петрович Корольков имел зарплату 180 рублей в месяц. Бессимптомную язву желудка. Дочь Ксению — пятнадцати лет. Жену Надежду — пятидесяти пяти лет. Надежда — на десять лет старше. Прежде, в молодости, это было заметно. Теперь тоже заметно. Корольков был худ, субтилен. Надежда — громоздкая, широкая, как диван-кровать, поставленная на ребро.

Надежда работала завучем в школе рабочей молодежи. Познакомились они в городе Торопце, куда Иван Корольков был послан по распределению. Он заведовал больницей, а она — школой. И по вечерам, когда некуда было деться, он приходил к ней. Они пили самогонку и пели под гитару, и так они хорошо пели, что под окнами останавливались люди и слушали. В результате этих спевок Надежда оказалась беременна. Они оба были молоды, но по-разному: Надежда — уходящей молодостью, а Иван — начинающейся.

Надежда точно вычислила характер нового врача Ивана Королькова. Характер состоял из двух компонентов: совестливость плюс инерционность.

Королькову в ту пору нравилась официантка Марина из чайной, но он ее стеснялся. Марина была молодая, с хорошеньким обиженным личиком. С Надеждой ему было спокойнее, комфортнее. С ней он казался себе сильнее, умнее, суперменистее. Королем казался себе Иван Петрович Корольков, главный врач Торопецкой больницы. Инерционность была почти обеспечена. Он бы так ходил и похаживал, пил и пел, пока не кончился срок распределения. А потом уехал бы и присылал открытки на Новый год. Или не присылал.

Срок распределения подходил к концу. Впереди был Ленинград, профессия в руках, двадцать шесть лет и вся жизнь. Жениться на Надежде ему и в голову не приходило. Это все равно как жениться на собственной тетке, маминой сестре. Однако бросить ее беременную было неудобно: городок маленький, все на виду. Начнут судачить. Надежда будет расстраиваться. Ребенок дурак родится.

Прошли месяцы. Родилась замечательная девочка. Корольков решил подождать еще год, пока Надежда кормит. А то он уедет, Надежда огорчится, молоко пропадет. Девочка может заболеть и даже погибнуть. Если бы Надежда требовала и упрекала, если бы говорила, что он обязан, он просто бы молча оделся и уехал. Но она подставляла горло, как собака в драке. И он не мог перекусить.

Со смутным стыдом вспоминал, как уговаривал ее не рожать. Как-то вечером шли по улице, впереди высилась стена недостроенного клуба.

— Если ты родишь, я разобью себе голову об стену, — предупредил Корольков.

— Бей! — разрешила Надежда.

Корольков разогнался, бросил себя об стену и потерял сознание. Когда он очнулся в своей же больнице, над ним сидела Надежда со скорбным лицом, вытянутым, как у овцы.

У Королькова не было к ней никаких претензий, кроме одной: она была не ТА, а хотела занять место ТОЙ. Хотела отнять двадцать шесть лет и жизнь впереди.

Через полгода у дочери обнаружился подвывих тазобедренного сустава, ей на ноги надели несложный аппарат, именуемый «распорки». Она не могла первое время привыкнуть к распоркам и кричала с утра до вечера и с вечера до утра. Они по очереди носили ее на руках, блуждая вдоль и поперек их маленькой комнаты. Однажды девочка заснула на рассвете. Начало светать. Он видел, как сквозь сумерки прорисовывается ее маленькое личико с выражением беспомощного детства, короткий, как у воробышка, носик, и услышал тогда, на рассвете, как совестливость прорастает в нем, разрастается цветами и водорослями и пускает свои корни не только в душу, но и в мозги и капилляры. Он понял тогда, что никуда не уйдет. Что это и есть его жизнь.

С тех пор прошло пятнадцать лет. За это время почти половина его друзей и знакомых развелись и снова переженились. А они с Надеждой все жили и жили. Те, что развелись, хотели найти счастье вдвоем. Но самым прочным оказался союз с одиночеством. Иван Петрович со временем привык и даже полюбил свое одиночество и уже не хотел бы поменять его на счастье. Счастье — это тоже обязательства. На него надо работать, его надо поддерживать. А ему хватало обязательств перед дочерью и перед больными. Хирург — как спортсмен. Всегда режим. Всегда в форме. Надежда создавала этот режим и ничего не требовала для себя. Жизнь была удобной, и даже ее возраст был удобен, поскольку не предполагал никаких сюрпризов, никакого предательства. Все было спокойно, но иногда, время от времени, ему снился один и тот же сон, будто Надежда садится на его лицо, как на стул, и ему нечем дышать. Он мечется, пытается спихнуть ее с себя и не может. Потом, проснувшись и начав день, он не находил себе места.

А Надежда все больше понимала, что высчитала в нем все, но не высчитала главного: когда в фундаменте отношений нет любви — человек сатанеет. Ей становилось жаль себя, своей жизни без ласки. Она понимала, что могла бы нормально выйти замуж и жила бы нормально. А теперь —

кому нужна? Естественная выбраковка возрастом. А как хочется быть любимой. Как зябко жить и знать, что тебя не любят.

Просыпаясь по утрам, чувствовала тяжесть своего лица. А подойдя к зеркалу, встречала новую морщину, которая шла под глазом вторым ярусом и походила на стрелу, пущенную в старость. А старость — это усталость. И хочется нормально, достойно стареть. А приходится все время притворяться.

Не в силах самостоятельно справиться с раздрызгом, Надежда садилась к телефону и принималась звонить по знакомым.

— Рай, — говорила она Раисе, если та была дома, — а это я вот. Звоню тебе. Тоска замучила.

А Раиса отвечала:

— А кому хорошо?

И получалось: никому не хорошо. И значит, она как все, и можно жить дальше.

Раиса, в свою очередь, жаловалась на сложности в работе. Надежда поддерживала Раису, говорила, что все зло — в бесплатном лечении. Они искали зло не в себе, а вокруг себя и легко его находили. И ни одна не хотела признаться себе и друг другу в том, что занимает не свое место. И уже ничего нельзя поправить. Испорченная, скособоченная жизнь.

Но этого в анкете не пишут.

...Иван Петрович шел на работу пешком. Он считал, что половина болезней от гиподинамии — недостатка движений, вялости сердечной мышцы.

Пять лет назад у него была машина, но он ее продал. После одного случая.

Оксане было тогда девять лет. Ее отправили на лето в лагерь. У нее развился синдром «отрыва от дома», она тосковала, мало ела, много плакала. Но девать ее было некуда. Приходилось часто навещать.

Однажды Корольков приехал в будний день. Дежурная у ворот девочка спросила:

— Вы Оксанин папа?

Он удивился:

— А откуда ты знаешь?

— А вы похожи, — сказала девочка и побежала за Оксаной, крича на ходу: — Королькова! К тебе приехали!

Появилась Оксана. Подошла довольно сдержанно, хотя вся светилась изнутри. Корольков смотрел, как она подходила, и видел, что дочь похожа на жену, но это не мешало ему любить ее.

— Ну как ты тут? — спросил он.

— Ничего. Только ласки не хватает.

Он увел ее в лес, достал из портфеля ранние помидоры, первые абрикосы. Стал ласкать свою дочь — на неделю вперед, чтобы ласки хватило на неделю. Он целовал каждый ее пальчик по очереди, гладил серенькие перышки волос. А она спокойно пережидала, не ценя и не обесценивая. Для нее отцовская любовь была привычным состоянием, как земля под ногами и небо над головой.

Потом она рассказала лагерные новости: вчера были выборы в совет дружины.

— А тебя выбрали куда-нибудь? — спросил Корольков.

— Выбрали. Но я отказалась, — с достоинством ответила Оксана.

— А кем?

— Санитаркой. Ноги перед сном проверять.

Корольков отметил про себя, что в коллективе его дочь — не лидер. Наследственный рядовой муравей.

— А танцы у вас есть?

— Конечно, я хожу, — похвастала Оксана.

— А мальчики тебя приглашают?

— Приглашает. Валерик.

По футбольному полю бегали мальчишки. Гоняли мяч.

— А здесь он есть? — спросил Корольков, кивая на поле.

— Нет. Он от физкультуры освобожден.

«Инвалид какой-то, — отметил про себя Король-ков. — Тоже не лидер».

Они обо всем переговорили. Через два часа Корольков поехал обратно. Было самое начало вечера. Солнце уже не пекло. Дорога была неправдоподобно красивой. Корольков ехал и наслаждался красотой, покоем, движением и тем состоянием равновесия, которое заменяло ему счастье.

Дорога вышла к деревушке. От серых рубленых изб исходил уют здорового простого бытия. Хорошо было бы выйти из машины и остаться здесь навсегда. Или уж, во всяком случае, — на лето. При условии, что неподалеку будет районная больница. Без больницы он не мог.

Вдруг увидел: откуда-то из глубины огородов стремитель-но несется нечто похожее на маленькую собаку, но не собака, поскольку у собак не бывает такой голубовато-серой шерсти. Может быть, песец, подумал Корольков. Но для песца шкура выглядела ненатуральной. Какой-то синтетической. Это нечто, видимо, от кого-то спасалось либо за кем-то гналось — летело самозабвенно к самой дороге. Корольков понял, что сейчас они встретятся в одной точке и «нечто» получит в бок массу «Москвича», помноженную на скорость.

Корольков резко затормозил. «Нечто» тоже резко затормозило и остановилось на обочине. И посмотрело на Королькова. Корольков разглядел, что это все-таки не песец, а мелкая дворняжка, которая спала прошлую ночь, а может, и все предыдущие на куче с углем. Поэтому шерсть ее приняла серый ненатуральный оттенок. А если бы ее отмыть, получилась бы беленькая дворняжка со смышленой обаятельной мордой и глазами цвета золотистого сиропа. Корольков отметил цвет ее глаз, потому что собака внимательно и вопросительно на него глядела, как бы пытаясь определить его дальнейшие намерения.

Королькову показалось, что собака уступает ему дорогу как превосходящей силе. А собака, видимо, подумала, что Корольков медлит, дает возможность ей перебежать, раз она так торопится. Иначе зачем бы он останавливался? Собака так решила и резко рванула на дорогу. Корольков выжал газ и резко швырнул машину вперед. Они встретились в одной точке. Корольков услышал глухой стук. Потом услышал свою дрогнувшую душу.

Он не обернулся. Не мог обернуться. Поехал дальше. Но ехал он иначе. Мир стал иным. Красота дороги ушла, вернее, она была прежней, но не проникала через глаза Королькова. Душа взвыла, как сирена, колотилась в нем руками и ногами — как ребенок, закрытый в темноте комнаты. Корольков с механической роботностью продолжал вести машину, переключая скорости, выжимая сцепление.

Вдруг увидел в зеркальце, что позади него на мотоцикле едет милиционер. У милиционера была мелкая голова, широкое туловище, и он походил на куль с мукой. Корольков не понимал — милиционер едет за ним или сам по себе. Он прибавил скорость. Милиционер тоже прибавил скорость. Он поехал медленно. И милиционер тоже поехал медленно. Это обстоятельство нервировало, а дополнительную нагрузку нервы отказывались принимать.

Корольков остановил машину. Вышел. Милиционер подъехал. Сошел с мотоцикла. Спросил:

— Это ты убил собаку?

— Я, — сказал Корольков.

— Зачем?

— Что «зачем»? — не понял Корольков.

— Зачем убил?

— Нечаянно, — сказал Корольков. — Неужели непонятно?

Милиционер смотрел молча, и по его лицу было видно, что он не верит Королькову.

— Мы не поняли друг друга, — объяснил Корольков, испытывая необходимость в оправдании. — Она думала, что я ее пропускаю, а я думал — она меня пропускает.

— Ты подумал, она подумала... Откуда ты знаешь, что она подумала? Она тебе что, сказала?

— Нет, — смутился Корольков. — Она мне ничего не говорила.

Помолчали.

— Ну? — спросил милиционер.

— Что «ну»?

— Зачем ты ее убил?

На секунду Королькову все показалось нереальным: дорога, собака, милиционер, этот разговор с высоким процентом идиотизма. Реальным было только начинающееся бешенство.

— Что вы хотите? Я не понимаю, — тихо спросил Корольков, слушая в себе бешенство и боясь его.

— Езжай обратно и убери с дороги, — приказал милиционер. — А то как убивать, так вы есть. А как убирать, так вас нет. А транспорт пойдет...

— Хорошо! — перебил Корольков.

Он развернул машину и поехал обратно.

Серая собака лежала на том месте, где он ее оставил. Никаких внешних травм не было заметно. Видимо, она погибла от внутренних смещений. Корольков присел над ней, заглянул в ее глаза цвета золотистого сиропа. Глаза ее не отражали ни страха, ни боли. Она не успела понять, что с ней произошло, и, наверное, продолжала кого-то догонять или от кого-то спасаться, только в другом временном измерении.

Он поднял ее на руки — замурзанную, доверчивую и глупую, прижал к своей рубашке и понес через дорогу. Через канаву. В сухой березовый лес. Там он нашел квадратную выемку, поросшую густой травой, положил собаку на ярко-зеленую июньскую молодую траву. Закрыл сверху сучьями, ветками. Постоял над могилой. Потом пошел к машине, заставляя себя не оборачиваться.

Перед тем как сесть в машину, постоял, привалившись к дверце. Мутило. Хотелось вытошнить весь сегодняшний день. Да и всю свою жизнь.

Заставил себя сесть и поехать.

Возле милицейского поста стоял «куль с мукой». Увидев Королькова, он свистнул.

Корольков остановил машину. Вышел.

— Убрал? — спросил милиционер.

— Убрал.

— Так, а теперь скажи: зачем ты убил собаку?

Корольков осторожно, почти вкрадчиво взял милиционера за верхнюю пуговицу кителя и вырвал ее с куском кителя.

Милиционер, как будто только этого и ждал и даже обрадовался, с готовностью дунул в свисток.

Королькова отвели в камеру предварительного заключения (КПЗ) и заперли за ним дверь.

Он огляделся: маленькое зарешеченное окошко. Кровать пристегнута к стене, как верхняя полка вагона. Сесть не на что. Корольков сел на пол. Положил голову на колени. И вдруг почувствовал, что другого места для себя он не хотел бы сейчас. Он не мог бы приехать домой, сесть с женой пить чай, а потом смотреть телевизор. Он хотел хоть какого-то наказания для себя. Опустить холодную ладонь на горящий лоб своей больной совести.

Кто виноват в том, что произошло? Или никто не виноват? Просто несчастный случай. Случайность. Брак судьбы. Или это закономерная случайность, написанная на роду?

С тех пор прошло несколько лет.

Корольков тогда продал машину, у него появился страх руля. Вскоре освободился от воспоминания. Почти освободился. В конце концов он — хирург. Смерть входит в профессию. Умирают люди. И как умирают. Что такое одна бездомная дворняжка за сто километров от города?

Время восстановило баланс между ним и совестью, между «я» и идеалом «я». Жизнь шла по излюбленной и необходимой инерционности. Но однажды во время его дежурства привезли молодую женщину с большими глазами цвета золотистого сиропа. Она смотрела на Королькова, и выражение ее глаз, спокойное и даже мечтательное, никак не соответствовало тяжести ее положения.

По резкой бледности и нитевидному пульсу Корольков сразу определил внутреннее кровотечение и приказал везти в операционную.

«Надо бы вызвать Анастасьева», — почему-то подумал он. Но на Анастасьева не было времени. Нижнее давление упало до двадцати.

Оказался разрыв селезенки. Как он и предполагал. Селезенку не шьют. Ее удаляют. И по технике это одна из простейших операций, которую доверяют даже практикантам.

Корольков оперировал сосредоточенно, почти артистично, но не было, как обычно, того особого состояния, которое завладевало им во время операции. Мешала тревога и почти уверенность — что-то случится. И, когда поранил поджелудочную железу, не удивился, подумал: вот оно.

Значит, все-таки это у него на роду была написана та дорога. А собака просто попалась под ноги его судьбы. А теперь судьба делает новый виток, и этот новый виток называется «Маргарита Полуднева».

Весь послеоперационный период он не отходил от нее ни на шаг. Боялся перитонита. Ел и спал в отделении. Ее никто не навещал. Корольков сам ездил на базар, сам готовил на пару протертую телятину, сам давил и выжимал соки. А когда понял, что все позади, что они проскочили через линию огня, ощутил опустошение. Он привык о ней заботиться и не переставал по ней страдать. А это было опасное сочетание.

Корольков стал вдруг замечать: что-то обаятельное происходит в мире. Например, небо за окном, космическое, как на Байконуре, где запускают спутники. Он никогда не был на Байконуре, но был уверен: там именно такое небо — врата в космос. Он мог подолгу стоять и смотреть в небо, потрясаясь малостью и величием человека. Или, например, парк перед больницей, с ручными белками, линяющими по весне. Их кормили люди и вовсю гоняли коты, так что белки летали по всему парку на своих шикарных хвостах, с облезлыми серо-бежевыми боками. Наверное, коты думали, что белки — это летающие крысы. А может быть, ничего не думали — какая им разница, кого сожрать?

Парк был всегда. И ручные белки в нем паслись лет десять. И небо тоже было давно — много раньше, чем Корольков обратил на него внимание. Однако заметил он это все только теперь.

— Что с тобой? — спросила его Раиса, сдавая дежурство. — По-моему, ты влюбился.

— С чего ты взяла? — испугался Корольков.

— Я этот язык понимаю, — неопределенно сказала Раиса и пошла завоевывать мир. За стенами больницы она чувствовала себя увереннее.

Любовь — если определить ее химически — это термоядерная реакция, которая обязательно кончается взрывом. Взрыв в счастье. Или в несчастье. Или в никуда.

Корольков не верил в себя. Что он мог ей дать? Свои почти пятьдесят лет? Вернее, те, что останутся после пятидесяти. Свою зарплату сто восемьдесят рублей, вернее, то, что останется от зарплаты. Свою неуправляемую дочь, вернее, свою тоску по дочери. Свою бессимптомную язву, которая была опасна именно бессимптомностью и грозила прободением? Что еще мог он предложить любимой женщине?

Но, Боже мой, как хотелось любви! Как давно он ее ждал. Как долго к ней шел. И встретил. И узнал. И струсил. Может быть, он слишком долго ждал и переутомился? Все в жизни должно приходить своевременно. И даже смерть.

Корольков перевел Полудневу в палату выздоравливающих и каждый день, проходя мимо палаты, давал себе короткий приказ: «Мимо!» И шел мимо.

Сегодня он тоже сказал: «Мимо!» И заглянул. Ее кровать была пуста.

— А где Полуднева? — спросил Корольков.

— Выписалась, — спокойно сказала соседка. Для нее тот факт, что больная выписалась, был делом обыденным и даже радостным.

— Когда?

— Вчера.

Корольков стоял и не уходил, как будто чего-то ждал. Женщина с удивлением на него посмотрела.

— А она ничего не просила мне передать? — спросил Корольков.

— Вам? Нет. Ничего.

Корольков пошел в ординаторскую, пытаясь как-то разложить по полкам весь хаос внутри себя. Было ощущение, что его предали. Все-таки он же вынес ее на руках из огня, пусть даже он сам в нее стрелял. А она ушла и даже не попрощалась.

В ординаторской стояла Раиса. Она еще не успела надеть шапочку, и ее сложная прическа походила на клумбу.

— Ты выписала Полудневу? — спросил Корольков.

— Да. Она попросилась, — сказала Раиса.

Корольков взял историю болезни. Полистал.

— Попросилась... У нее же гемоглобин сорок пять. — Он с брезгливостью посмотрел на Раису.

— Поднимет естественными витаминами.

У Раисы были широкие брови и бегающие, высматривающие выгоду глаза — как у хищника. У куницы, например. Или хоря. Хотя Корольков никогда не видел ни куницу, ни хоря.

«Такая под машину не попадет, — подумал он. — И с машиной не перевернется».

Вошел Анастасьев. Посмотрел на Королькова и спросил:

— Иван, ты что, волосы красишь?

— В какой цвет? — спросил Корольков.

— Не пойму. Только они у тебя потемнели.

— Это я побледнел. Лицо поменяло цвет, а не волосы.

— Хочешь, я вырежу тебе твою язву. По знакомству?

— Спасибо. Не хочу, — глухо ответил Корольков.

Маргарита Полуднева стояла как кость в горле. Ни проглотить, ни выплюнуть. Он вдруг понял, что задохнется, если не увидит ее.

Прочитал адрес на титульном листе истории болезни. Спросил:

— Кто такой Вавилов?

— Какой Вавилов? — не понял Анастасьев, думая, что речь идет о больном.

— Улица Вавилова, — объяснил Корольков.

— Революционер, наверное, — подсказала Раиса.

— А может, ученый, — предположил Анастасьев. — А что?

— Ничего, — ответил Корольков. И Анастасьев удивился несовпадению его лица со смыслом беседы.

***

Маргарита Полуднева лежала у себя дома на своем диване, а перед ней сидела подружка Нинка Бочарова — загорелая, здоровая, с лицом, поблескивающим в полумраке. Она только что вернулась из командировки в Иркутск и пребывала в состоянии полного раздрызга. Тот факт, что погиб Гоча, которого Нинка знала, и Марго чуть не погибла, произвел на Нинку впечатление сильное, но кратковременное. Страдания Марго, равно как и Гочи, остались позади, а ее, Нинкины, страдания были в настоящем и состояли в том, что ее талантливый муж снова запил после трехлетнего перерыва. К тому же чужие страдания были с чужими людьми, а ее — с ней. И Нинке хотелось говорить, чтобы выговориться и облегчить душу, чтобы душа стала полегче и ее не так тяжело было в себе носить.

— Он обещает, клянется. Я каждый раз верю. А потом все сначала.

На Нинкином лице стоял ужас. Ее пугала бессовестность, разлитая в мире и направленная на нее.

— Я просто не знаю, как мне жить. Я не уверена в завтрашнем дне. И даже в сегодняшнем вечере. Я живу, как партизан, — перебежками.

Марго не поняла, и это непонимание отразилось на ее лице.

— Ну, партизан на открытой местности. Пробежит, упадет. Вот это и есть моя жизнь.

— Почему партизан? Солдат под обстрелом.

— Ну не важно! Все равно война. Это какой-то ужас. Я не выдержу.

— А ты его лечи.

— Я уже лечила. Даже в Бурятию ездила, к буряту. За травами. Все бесполезно. Можно только бросить.

— Ну брось!

— Не могу. Я его люблю. Все остальные — амбалы рядом с ним.

— Амбал — это что?

— Не знаю. Сарай. Или плита бетонная... Что мне делать?

— Ничего не делать, — сказала Марго. — Никогда хорошо не жили, и нечего начинать. Как там Иркутск?

— В Доме декабристов была. И на кладбище.

— Я скучаю по этому времени, — поделилась Марго. — Я скучаю по декабристам.

— Да уж, — согласилась Нинка. — Тогда слово, данное другому, что-то значило. Тогда были другие мужчины.

— И другие женщины.

— Женщины не меняются, — возразила Нинка. — Они всегда женщины. Ну ладно... Я тебе завтра позвоню.

Она ушла, забыв сигареты и свое отчаянье. Отчаянье осталось в комнате. Марго вдыхала его. Болела грудь. Корольков стоял перед глазами: неровный срез переднего зуба, два голубых окна в тревожный мир... Захотелось встать, одеться и поплестись к нему куда бы то ни было: в больницу, домой... Но она никуда не пойдет. Она себя знает.

Раздался звонок в дверь. «Это Нинка, за сигаретами», — подумала Марго. Трудно поднялась. Открыла дверь.

В дверях стоял Корольков. Он что-то проговорил, но она не расслышала, различила только глуховатый голос, бубнящую интонацию. Качнулась к нему, и в грудь под ребра вошел нож. Она и раньше слышала: пронзила любовь, но думала, что это просто красивые слова. Оказывается, правда.

Марго смотрела, всматривалась в его лицо. В своей жизни она не видела ничего более красивого, чем это склоненное к ней лицо. Произведение Божьего искусства. Подлинник.

— Тебе больно?

Было больно от ножа, который стоял в солнечном сплетении. На глазах выступили слезы.

Он целовал ее в глаза. Потом в губы. И она слышала вкус собственных слез.

— Ты когда меня полюбила?

— Я? Сразу. А ты?

— И я сразу.

— А чего воображал?

— Побаивался.

— Чего?

— Я старый, нищий и больной.

— Ну и пусть!

— Это сейчас «ну и пусть». А дальше?

— Не надо заглядывать вперед. Не надо ничего планировать. Один уже планировал...

— Кто?

— Не важно кто... В истории много примеров. Гитлер. Наполеон.

— Ты любила до меня?

— Сейчас кажется, что нет.

— Я прошу тебя... Пока мы вместе, пусть у тебя больше никого не будет...

— Мы всегда будем вместе. Не бойся ничего. Настоящий мужчина не должен бежать от любви. Не должен бояться быть слабым, больным и нищим.

— Я не настоящий. Ты принимаешь меня за кого-то другого. Ты меня не знаешь.

— Это ты себя не знаешь. Ты сильный и талантливый. Ты самый лучший изо всех людей. Просто ты очень устал, потому что жил не в своей жизни. Ты был несчастлив.

— Почему ты так решила?

— А посмотри на себя в зеркало. Такого лица не бывает у счастливого человека.

— Да?

— Такое впечатление, что ты прожил всю свою прошлую жизнь и живешь по инерции. По привычке жить.

— Ты еще молодая. У тебя нет привычек. Они тебя не тянут.

— У меня есть привычка к одиночеству.

— Ты его любишь?

— Что?

— Одиночество.

— Разве одиночество можно любить?

— Я любил до тех пор, пока не встретил тебя. А сейчас понимаю, что был по-настоящему нищим.

— А я знаю, какой ты был маленький.

— Какой?

— Такой же, как сейчас. Ты и сейчас маленький, поседевший от ужаса ребенок. И говоришь, бубнишь, как дьячок на клиросе. Тебя, наверное, в школе ругали.

Стучали ходики. Иван закрыл глаза и вспомнил себя маленьким. Как давно началась его жизнь. И сколько еще протянется...

Марго обтекала его, как река, заполняя все изгибы, не давая проникнуть ни боли, ни сквозняку.

***

— Ты о чем?

— Я счастлив. Так спокойно на душе. В самой глубине так тихо. Вот все, что человеку надо. Тишина на душе и преданная женщина с легкими руками.

— И морщинами, — добавила Марго.

— И морщинами, которые ты сам навел ей на лицо. Морщинами от слез и смеха. Ты делал ее счастливой — она смеялась. Делал несчастной — плакала. Так и должно быть: мужчина берет молодое лицо в начале жизни и рас- писывает по собственному усмотрению.

— А если уже до тебя расписали?

— Все сотру, что до меня.

— Ты меня не бросишь?

— Нет. А ты меня?

— Я — твоя собака. Я буду идти за твоим сапогом до тех пор, пока ты захочешь. А если не захочешь, я пойду на расстоянии.

— Не говори так...

Они переплелись руками, телами, дыханием. И уже невозможно было их распутать, потому что непонят- но — кто где.

— Ты куда?

— Взять сигареты.

— Я с тобой.

— Подожди меня.

— Не могу ждать. Я без тебя не могу.

— Ну подожди!

— Не могу. Честное слово.

— Ну посчитай до десяти. Я вернусь.

Он встал и вышел.

Марго начала считать:

— Раз... два... три... четыре... пять...

Когда он вернулся, Марго стояла посреди комнаты и смотрела на дверь. От ее наготы исходил легкий свет, потому что она была самым светлым предметом в комнате. Он подошел и сказал:

— Ты светишься. Как святая.

— Не уходи больше никогда и никуда, — серьезно попросила она.

Он смотрел в ее лицо. Она казалась ему замерзшей перепуганной дочерью.

Марго проснулась оттого, что он целовал ее лицо. Она открыла глаза и сказала с сильным страхом:

— Нет!

— Что «нет»?

— Я знаю, что ты хотел сказать.

— Что?

— Что тебе надо идти на работу.

— Действительно. А как ты догадалась? Ты что, телепат?

— По отношению к тебе — да. Я пойду с тобой.

— Куда? В операционную?

— Я сяду внизу на лавочке и буду смотреть на окна, за которыми ты стоишь.

— Я кого-нибудь зарежу. Я должен принадлежать только больному. А ты будешь оттягивать. Понимаешь?

Марго тихо заплакала, наклонив голову.

— Я не могу уйти, когда ты плачешь.

— Я плачу по тебе.

— По мне? — удивился Корольков.

— Мне так жаль оставлять тебя без себя. Я боюсь, с тобой что-то случится...

— Интересно... Кто здесь врач, а кто больной? Марго поднесла ладони к ушам.

— В ушах звенит...

— Это малокровие.

— Нет. Это колокола. По мне и по тебе.

— Что за чушь?

— Ты больше не придешь...

— Приду. Я приду к тебе навсегда.

— Когда?

— Завтра.

— А сегодня?

— Сегодня у Оксаны день рождения. Шестнадцать лет. Росла, росла и выросла.

— Большая...

— Да. Большая. Но и маленькая.

— Мне страшно...

— Ну почему? Ну хочешь, пойдем со мной...

— Нет. Ты кого-нибудь зарежешь. Я буду виновата. Я тебя здесь подожду. Посчитаю до миллиона.

— Не считай. Займись чем-нибудь. Найди себе дело.

— А у меня есть дело.

— Какое?

— Я люблю.

По дому плавали запахи и крики. Надежда накрывала стол и ругалась с Оксаной, которая находилась в ванной и отвечала через стену. Слов не было слышно, но Корольков улавливал смысл конфликта. Конфликт состоял в том, что Надежда хотела сидеть за столом вместе с молодежью, а Оксана именно этого не хотела и приводила в пример других матерей, которые не только не сидят за столом, но даже уходят из дома. Надежда кричала, что она потратила неделю на приготовление праздничного стола и всю прошлую жизнь на воспитание Оксаны и не намерена сидеть на кухне, как прислуга.

Корольков лежал у себя в комнате на своем диване. Болело сердце, вернее, он его чувствовал, как будто в грудь положили тяжелый булыжник. Он лежал и думал о том, что вот уйдет, и они будут ругаться с утра до вечера, потому что Оксана не умеет разговаривать с матерью, а Надежда — с дочерью. Она воспитывает ее, унижая. И они зажигаются друг о друга, как спичка о коробок.

Корольков знал по себе: от него тоже можно чего-то добиться только лестью. Никаких правд. А тем более — унижений. Лесть как бы приподнимала его возможности, и он стремился поднять себя до этого нового и приятного ему предела.

Отворилась дверь, и вошла Оксана в новой кофте в стиле «ретро», или, как она называла, «ретруха». Хорошо исповедовать «ретруху» в шестнадцать лет.

— Пап, ну скажи ей, — громко пожаловалась Оксана. — Чего она мне нервы мотает на кулак?

— Как ты разговариваешь с матерью? — одернул Корольков.

— Ну пап. Ну чего она сядет с нами? Я все время буду в напряженке. Она вечно что-нибудь ляпнет, что всем неудобно...

— Что значит «ляпнет»?

— Ну не ляпнет. Поднимет тост за мир во всем мире. Или начнет обращать на меня внимание... Или начнет всем накладывать на тарелки, как будто голод...

— Ты не голодала, а мы голодали.

— Так это когда было. Сорок лет назад голодала, до сих пор наесться не может. Хлеб заплесневеет, а она его не выбрасывает.

— Довольно-таки противно тебя слушать, — объявил Корольков. — Ты говоришь, как законченная эгоистка.

— Ну извини... Но ведь мой день рождения. Мне же шестнадцать лет. Почему в этот день нельзя сделать так, как я хочу?

Корольков посмотрел на ее чистенькое новенькое личико с новенькими ярко-белыми зубами и подумал, что ее перелюбили в детстве и теперь придется жать то, что посеяли. Он понимал, что нужен был дочери не тогда, когда носил ее на руках и посещал в пионерском лагере. Носить и посещать мог любой добрый дядя. А именно теперь, в шестнадцать лет, когда закладывается фундамент всей дальнейшей жизни, — именно теперь нужен родной отец. И не амбулаторно, как говорят врачи, — пришел, ушел. А стационарно. Каждый день. Под неусыпным наблюдением. Чтобы не пропустить возможных осложнений. А осложнения, как он понимал, грядут.

Позвонили в дверь. Оксану сдуло как ветром вместе с ее неудовольствием, и через секунду послышался ее голос — тугой и звонкий, как струя, пущенная под напором. С ней было все в порядке. Впереди праздник, и жизнь — как праздник.

Корольков представил себе Марго, как она там сейчас сидит и считает. Не живет, а отмеряет время. И понял, что сначала искалечил ее тело, а теперь душу. Сшиб ее на дороге. Хотя и не нарочно. Еще не хватало, чтобы нарочно.

Сердце рвануло и заломило. Боль пролилась в плечо и под лопатку.

Корольков поднялся и пошел на кухню.

Из комнаты Оксаны доносился галдеж.

— Мам! — крикнула Оксана. — Сделай нам вареньевую воду.

Надежда достала из холодильника банку засахаренного сливового варенья. Еще было клубничное варенье, но Надежда не расходовала его на гостей, а хранила для внутреннего пользования.

Корольков знал от Раисы, что Надежда звонила ночью в больницу и выяснила, что его там нет. Если его нет в больнице и нет дома, значит, он где-то в третьем месте. И Надежде, как жене, было бы естественно поинтересоваться, что это за третье место. Но она молчала — так, будто ничего не произошло.

— А ты хитрая, — сказал Корольков.

— Дай мне сахар, — велела Надежда и посмотрела на него. И он увидел ее глаза — серые, дождистые, без ресниц. Какие-то ресницы все же были — редкие и короткие, как выношенная зубная щетка. Корольков давно, вот уже лет десять, не глядел на свою жену. А сейчас он ее увидел. И содрогнулся от ненависти. И именно по этой ненависти понял, что никуда не уйдет. Если бы он решил уйти, то пожалел бы Надежду и увидел ее иначе.

— А ты хитрая, — повторил он, держась за сердце.

— Я старая, — ответила Надежда.

— Ты не всегда была старая.

— С тобой я с тридцати пяти лет старуха.

— Но ты всегда знала, что делала. Ты заворачивала меня, как мясо в мясорубку, и получала тот продукт, который хотела.

— Тише, — попросила Надежда. — У нас люди. Что они о нас подумают?

— За что ты меня так? Что я тебе сделал?

— Не вали с больной головы на здоровую. Я всегда все делала так, как ты хотел. И продолжаю делать, как ты хочешь.

— Я так не хочу.

— Конечно. Ты хочешь все сразу. Все себе разрешить и ни за что не отвечать. Кентавр!

— Кто? — удивился Корольков.

— Кентавр — полуконь-получеловек. А ты — полу-старик-полудитя.

— Очень хорошо! — обрадовался Корольков. — Я ухожу.

— Иди! — спокойно ответила Надежда, и он пора-зился — насколько просто разрешаются, казалось бы, не-разрешимые проблемы.

Корольков вышел в прихожую. Оделся и пошел из дома.

На третьем этаже он вспомнил, что забыл бритву и фонендоскоп. И поднялся обратно.

— Я забыл фонендоскоп, — объяснил он.

— Бери, — сказала Надежда.

Корольков взял свой старый, видавший виды портфель, который он приобрел в Чехословакии во время туристской поездки. Бросил туда бритву в чехле и фонендоскоп.

— До свиданья, — сказал он.

Надежда не ответила.

Корольков вызвал лифт. Спустился вниз и вспомнил, что ничего не объяснил Оксане. Он вернулся.

— Я ничего не сказал Оксане, — объяснил он, стоя в дверях кухни.

— Скажи, — разрешила Надежда.

Корольков заглянул в комнату.

Девочки и мальчики сидели вокруг стола. Некоторых он знал — Федотову и Макса.

— Ты со своими тостами как грузин, — сказала Федотова.

— Я не «как грузин». Я грузин, — поправил Макс.

— Грузины берегут традиции потому, что они маленькая нация, — объявила Оксана.

— Грузины берегут традиции потому, что они берегут прошлое, — ответил Макс. — Без прошлого не бывает настоящего. Даже кометы не бывают без хвоста.

— А головастики обходятся без хвоста, — напомнила Федотова.

— Вот мы и живем, как головастики, — ответил Макс. — Как будто все с нас началось и после нас кончилось.

— Говори, говори, — попросила Оксана и подложила кулачок под высокую скулу.

— Что говорить? — не понял Макс.

— Все что угодно. Ты очень хорошо говоришь.

Оксана заметила отца в пальто и шапке, стоящего в дверях.

— Ты куда? — удивилась она.

— Никуда, — ответил Корольков и вышел на кухню.

— Сядь, — спокойно сказала Надежда, стоя к нему спиной. — Перестань бегать туда и обратно.

— Мне плохо! — проговорил Корольков, и его лицо стало отрешенным.

— Тебе надо успокоиться. Выпей!

Надежда достала из холодильника бутылку коньяку. Эти бутылки время от времени совали больные. Брать было неудобно. И не брать — тоже неудобно. Это была форма посильной благодарности за спасенную жизнь.

Корольков налил стакан и выпил, будто жаждал. Налил второй и выпил второй.

Он вливал в себя не коньяк, а наркоз, чтобы ничего не чувствовать, размыть все чувства до единого. Иначе — катастрофа, как если больной вдруг просыпается во время операции и начинает осмысленно моргать глазами.

У Оксаны грянула музыка. Корольков некоторое время видел сквозь приоткрытую дверь, как они танцуют, а вернее, замедленно качаются, как водоросли в воде. Успел подумать почему-то, что необходимое условие для современного танца — молодость. Потом все исчезло.

...Он бежал по шоссе — серому, ровному, бесконечному. Трудно было дышать, сердце стучало в горле, в висках, в кончиках пальцев. Казалось — не добежит.

Но вот знакомая будка. В будке знакомый милиционер — «куль с мукой». Верхняя пуговица на его кителе была оторвана. Так и не пришлось пришить с тех пор. Он сидел и пил чай с большим и даже на вид мягким бубликом. Корольков стал стучать в дверь так, будто за ним гнались. Куль медленно поднялся, подошел, отодвинул задвижку.

— Отведи меня в КПЗ, — попросил Корольков, задыхаясь.

— Зачем? — удивился Куль.

— Я совершил преступление.

— Какое? — Куль отер губы, освобождая лицо от крошек.

— Я предал любовь.

— Это не преступление, — успокоил Куль. — За это сейчас ничего не бывает.

— А раньше?

— Смотря когда раньше. Товарищеский суд, например. Или выговор с занесением в личное дело.

— А еще раньше?

— Еще раньше? — Куль задумался. — Дуэль.

— А с кем мне стреляться? Я один виноват.

— С собой и стреляйся.

— Дай мне пистолет.

— Не имею права. Меня привлекут.

Корольков дернул кобуру и оторвал ее от ремня, ожидая, что Куль свистнет в свой свисток и его отведут в КПЗ.

Но Куль не свистнул.

— Только не на дороге! — предупредил он. — А то транспорт пойдет...

Корольков пошел назад вдоль шоссе, вглядываясь в придорожный лес. Подумал: а куда стрелять? В висок или в сердце?

Он приставил пистолет против сердца. Нажал курок. Курок был тяжелый, как ржавый, и шел очень тяжело. Корольков надавил сильнее, притиснул дуло к груди, чтобы грохоту было меньше. Но грохота вовсе не вышло. Его только сильно толкнуло в грудь, и загорелась болевая точка. Потом огонь от точки пошел к горлу, к животу, и через мгновение вся грудь наполнилась непереносимым жжением. Хотелось разбить грудь, чтобы остудить сердце воздухом.

«Как больно умирать, — подумал Корольков. — Бедные люди...»

Прошло три года.

Корольков выздоровел после инфаркта и по-прежнему ходил пешком на работу и с работы.

Пока лежал в больнице, выяснилось, что у него никогда не было никакой язвы. Это боль от сердца давала иррадиацию в желудок.

Корольков получил место заведующего отделением. У него прибавилось административных дел, которые отвлекали его от операций. Но зато он стал получать на двадцать пять рублей больше.

Жизнь потекла по-прежнему. Вернулась необходимая и излюбленная инерционность. О Марго он сознательно не думал. Боялся: если начнет думать, сердце треснет по прежнему шву.

Корольков знал по своим больным, а сейчас уже и по себе: счастья хочется, когда цело сердце. А когда оно похоже на мину замедленного действия с часовым механизмом и каждую секунду может взорваться, когда жизни угрожает опасность, хочется жить и больше ничего. Просто жить и делать операции — плановые и экстренные.

Белки по-прежнему летали по деревьям, и их по-прежнему преследовали коты. Но Королькову казалось: все переменилось за три года. Белки облезли и постарели, как будто их погрызло время. Коты стали меланхоличнее; и такое впечатление, что у котов и белок тоже был инфаркт.

Оксана вышла замуж и развелась и снова собиралась замуж. Когда Корольков спрашивал: «Это серьезно?» — отвечала: «Пока навсегда».

В жизни Марго не произошло никаких перемен.

Корольков сказал: жди. И она ждала. Сначала каждую минуту. Потом — каждый час. Теперь — каждый день.

Когда на работе звонил телефон, она поворачивала голову и серьезно, внимательно глядела на аппарат. Подруги смеялись над ней, и она смеялась над собой вместе с ними. Но в самой глубине души — ждала. Ведь не может же человек уйти — вот так. И навсегда. Если в это поверить — жить невозможно.

Чтобы ожидание не было таким монотонным, Марго забрала Сашечку из интерната, устроила его на плавание и фигурное катание. До предела загрузила его детство, потому что детство — очень важное время в жизни и его нельзя проскочить, как скорый поезд мимо полустанка.

Зимой темнеет рано. Марго возвращалась с работы с сумками и кошелками, когда уже было темно.

Они усаживались с Сашечкой на кухне, и Марго начинала его кормить и испытывала почти тщеславие от каждого его глотка, от того, что необходимые витамины попадают в драгоценный растущий организм.

А Сашечка не ведал о тщеславии, просто жевал, и уши у него двигались, и кадык приподнимался, когда он глотал. Иногда в нем проступал совершенно незнакомый человек, и Марго с счастливым недоумением разглядывала русого русского мальчика с фараонскими замашками. А иногда он как две капли воды походил на ее детские фотографии, и тогда Марго казалось, что она сидит за столом со своим собственным детством.

Как-то в метро на переходе встретила Вовку Корсакова, того самого, что сбросил на нее утюг.

— А... это ты? — обрадовалась Марго, и ее лицо осветилось радостью от встречи.

Вовка молчал и стоял с никаким выражением.

— Не узнал? — спросила Марго.

— Почему? Узнал, — спокойно ответил Вовка. — Ты и не изменилась вовсе.

Действительно, было в ней что-то, не поддающееся времени: доверие к миру и отдельным его представителям. И несмотря на то, что представители уходили по разным причинам, доверие оставалось. И делало ее похожей на себя прежнюю — ту, возле штабеля из дров, в бархатном двурогом капоре, как у шутов времен Шекспира.

— Ну да... — не поверила Марго. — Двадцать лет прошло. За двадцать лет даже климат меняется.

— Может, климат и меняется, — согласился Вовка. — А ты ничуть не изменилась. Постарела только...

Пять фигур на постаменте

У сотрудницы отдела писем Тамары Кругловой запил муж после десятилетнего перерыва. За десять лет все вокруг и он сам успели забыть о тех смутных временах, когда его практически не видели трезвым. Это было так давно, что казалось, не было вообще. И больше не повторится. Но алкоголизм имеет манеру возвращаться с той же самой рожей, как будто не было десяти лет. Та же декорация, те же персонажи, та же драматургия. Играется старый спектакль. И тот же запах, который парит надо всем и проникает. Тамара называла это «запахом разбитых надежд».

Раньше, десять лет назад, у него в больнице была своя койка, и он, входя в запой, сдавал себя государству. Нянечка в палате, баба Феня, выгребая мусор из тумбочки, говорила:

— Неаккуратные эти художники...

Муж был не художник, а скульптор. И довольно-таки выдающийся. Его скульптуры время от времени покупали в других странах и ставили у себя на площадях. Он считался талантливым.

В начале их любви это имело значение — фактор таланта, избранности. Потом, со временем, он вынес этот фактор в мастерскую. А для дома оставил болезни и дурное настроение.

В мастерской он витал, парил или как там это у них называется. Туда приходили люди, в том числе и молодые женщины, клубились застолья, разговоры об умном. Они ели, пили, закусывая солеными грибочками и огурчиками, которые солила на зиму и закручивала в банки Тамарина мама.

Ей было жалко ценного продукта, жаль маминых трудов, но она терпела. Конечно, хорошо, когда муж никакая не знаменитость и не общественный человек, принадлежащий обществу, а твой, и только твой. И можно взять его под ручку, руку калачиком, и пойти в гастроном, и вместе принести картошку в пакетах. Но где ж таких напасешься... Надо кому-то и с талантливыми жить.

Скульптуры то покупали, то не покупали. А есть надо было каждый день и каждый день растить сына. И Тамара крутилась колбасой, превратилась в «тетку с авоськами». Болела нога от тромбофлебита, и она привыкла ходить на полусогнутой ноге и видела себя со стороны: на полусогнутых, с тяжелыми авоськами в обеих руках, отклячив зад, выпятив грудь, взор в перспективу.

На мужа переложить ничего нельзя. Он талантлив. Сын кашляет. Мать руководит. Но Тамара утешала себя тем, что не она первая, не она последняя. Сегодня, в восьмидесятые годы двадцатого века, семья стоит на женщине. Поэтому женщины — как бурлаки на Волге. А у мужчин появилась возможность быть честными и неподкупными и не зарабатывать денег.

Итак, муж запил после десятилетнего перерыва. Перерыв случился по причине испуга. Его испугал знакомый врач: он сказал, что через полгода такой жизни произойдет разжижение мозгов. Муж представил свои уникальные мозги жидкими и бросил пить в одночасье. За десять лет испуг постепенно рассосался, и все началось по новой.

Тамара сказала, что, если он сейчас же, сию минуту не сдаст себя государству, она повесится. Он не то чтобы поверил, но насторожился и стал звонить знакомому наркологу, чтобы тот к нему зашел и заодно принес с собой. А Тамара ушла в редакцию, где она трудилась в отделе писем.

Когда-то, до своей осложненной любви, Тамара обожала свои письма. Ее звали Томка-золотоискатель, потому что она искала золотые крупицы судеб, тем, проблем. Потом уже своя судьба, тема и проблема выросли до необъятных размеров и застили весь свет.

Можно было бы развестись, но тогда, как ей казалось, он пропадет. Можно остаться, но тогда пропадешь сама. Жизнь с алкоголиком — как война. Передвижение по обстреливаемой местности. Пробежишь несколько метров — упадешь. Снова подхватишься, пробежишь — упадешь. И никогда не знаешь, что будет завтра. И даже сегодня вечером.

Знакомый врач-психиатр, тот самый, что напугал, защитил кандидатскую диссертацию на тему «Жены алкоголиков». Так что жены алкоголиков — это отдельная социальная прослойка, ее можно объединить в особую группу или вид.

Тамара пребывала в этих или похожих раздумьях, когда ее вызвал к себе начальник отдела, Владимир Алексеевич, сокращенно Влад.

— Вы не хотите поехать в командировку? — спросил Влад. — Очень интересное письмо. Солдат ударил тещу топором по голове.

— Не хочу, — ответила Тамара.

— А можно узнать почему?

— У меня семья. Поэтому.

В отдел писем пишут, как правило, те, кто чем-то недоволен и с чем-то не согласен. Тугой непрекращающейся волной плывут в редакцию вздохи, слезы, недоуменные вопросы. Люди ищут высшей справедливости. Редакция — высший суд. А редактор — так им представляется — высший судия. Когда-то в ранней молодости и потом десять лет после молодости Тамара стремилась к этой самой справедливости превыше всего и готова была пожертвовать руку, ногу, глаз — любой парный орган. А теперь ей больше всего хотелось бы шальвары с бубенчиками и — в гарем. Пусть у ее мужа в гареме будет еще хоть сорок жен. Главное, чтобы ее содержали и не приставали.

— А журналистское тщеславие у вас есть? — спросил Влад, начиная раздражаться. Его раздражение сгустилось над Тамариной макушкой, как облако.

Тамара промолчала. Время и жизнь съели ее тщеславие. Ей было совершенно безразлично, кто кого ударил и за что. Ее, между прочим, тоже бьет жизнь топором по голове. Однако она никуда не пишет и никому не жалуется. Внешне все выглядит даже очень цветисто: благополучная жена, и не какого-нибудь клерка, а талантливого человека,

пусть не с мировым, но с европейским именем. Мать своего
десятилетнего сына. Дочь своей любящей мамы. Это все
внешне. А внутренне: борьба за выживание днем и сирот-
ливая постель ночью. Тамара уже забыла, какого она рода.
Промежуточного. Ни мужчина, ни женщина. И мужчина
и женщина.

Подруги чирикали про свою личную жизнь. У нее на
личную жизнь не оставалось ни времени, ни сил. А если
даже и оставалось бы — нельзя ни с кем поделиться. Нельзя бросать тень на своего мужа, ибо он — общественное
достояние. И компрометировать его — значит покушаться
на государственную ценность. Вот и приходится тащить на
себе жизнь, жилы на ногах выпирают, того и гляди пуп
развяжется, и все это с жизнеутверждающей улыбкой, как
на первомайском параде.

Ее часто спрашивают: «А зачем ты работаешь?» Считается, что Тамара богата и знатна и редакционные полторы сотни не делают погоды в ее бюджете. Однако эти
полторы сотни плюс мамина пенсия — это та гарантиро-
ванная реальность, на которую можно рассчитывать. Его
разовые гонорары расходятся на погашение долгов. Долгов
накапливается столько, что совестно выговорить. Деньги,
которые приходят единомоментно, также единомоментно
уплывают, и настолько непонятно куда, что даже кажется,
будто ты их потерял.

Помимо заработка, редакция для Тамары — это клуб.
Сюда можно высвистеть из дома и отдохнуть от постоянной
предгрозовой атмосферы. Тамарина мать ненавидит зятя.
Считает, что он не помогает дочери, не ценит ее красоту и
вообще: сел им на шею и едет, свесив ноги.

Зять, в свою очередь, считал, что он вносит вклад в духовную культуру всего мира, значит, человечество ему обязано, а жена и теща — конкретные представители человечества и должны быть счастливы, что именно их шеи оказались под его задом.

У Тамариного мужа была мечта: прийти однажды домой, а тещи нет. Где она? Непонятно. Может, померла. Может, в богадельне. Или вышла замуж. Нет, и все. А Тамара, угадывающая мечтания мужа, готова была взорвать всю его мастерскую вместе со скульптурами за один только волос с маминой головы. Мама была единственным человеком, который ее любил и помогал. Но при всей своей дочерней любви Тамара уставала от материнского деспотизма и глупости. Мать и в молодые годы не отличалась большим умом, а с возрастом поглупела окончательно. Она изо дня в день талдычила одно и то же, и казалось, что идет обложной дождь. Редакция на этом фоне выглядела как Монте-Карло. Рулетка. Здесь она встречалась с собой, со своим общественным положением. Со своим начальником, в конце концов.

— Значит, не поедете? — еще раз спросил Влад.

— Нет. Не поеду.

— Ладно. Я Коваля пошлю, — решил Влад. — Коваль будет рад и счастлив. Но мне за вас обидно. Вы так интересно начинали.

Поезд на Днепропетровск уходил в десять вечера.

Тамара вошла в вагон. Пахло углем, гарью и еще чем-то, напоминающим запах пороха. Вагон был пустой и неосвещенный, как сама Тамара.

В сумке лежало письмо солдата, который ударил тещу топором по голове. Тоже мне, Раскольников. Письмо он прислал уже из тюрьмы.

«Дорогая редакция! Я хочу узнать, есть ли у судей весы и точны ли они? Я учился в школе, тянулся к знаниям, как подсолнух к солнцу, окончил восемь классов, трудился свинарем в колхозном хлеву. Служил в рядах Советской Армии. И вот когда я служил в тех рядах, в областной газете появилась заметка «Радость солдата», что я выиграл автомобиль «Москвич», который я не выигрывал. Заметку перепечатал центральный орган, и моя жена и теща прочитали за ту машину. А когда я вернулся в родной колхоз, теща спросила: «Зятю, а дэ ж твоя машина?» Жена попыталась меня отравить, но не я, а собака отравилась. И вот теперь я в тюрьме, отбываю одиннадцать лет усиленного режима, жена гуляет, с которым меня обманывала, когда я служил в рядах Советской Армии. Вот вам и радость солдата».

Про тещу и топор — ни слова. Тамара проверила подборку центральной прессы. Да. Такая заметка была, подписанная местным корреспондентом. Следовало действительно разобраться на месте. Может быть, 11 лет и справедливый срок, но вина здесь общая, и эти 11 лет следовало разложить на троих, а не валить на одного.

Тамара вошла в купе. В купе сидела особь мужского пола, по некоторым приметам — командировочная. Он выглядел, как выглядят зависимые люди. Зависимые от зарплаты, от начальства, от жены, от нашей легкой промышленности. И ему удобна эта зависимость, потому что по гороскопу и по сути он — козел. А козлы могут существовать, будучи привязаны к колышку. Самое большое, на что они способны, — натянуть веревку, но им в голову не придет порвать веревку и уйти на все четыре стороны. Что можно не поехать в командировку, если тебе не хочется. Что можно взять и запеть во все горло, если хорошее настроение...

Увидев Тамару, Козел вдохновился. В купе их было только двое, и это сулило заманчивые перспективы. Тамара когда-то была красива, недаром скульптор остановил на ней глаз, а потом и окончательный выбор. Сейчас она тоже была бы красива, если бы не затравленность в глазах и общее остервенение. В диссертации сказано, что жены алкоголиков в ста процентах из ста страдают неврозами. Все без исключения. Постоянно действующий раздражитель — пьяный муж — в ста процентах из ста расшатывает нервную систему. Сквозь невроз красота уже не видна. Видна одна морока. Но купе было плохо освещенным. Козел мороки не заметил. Узрел только статность, относительную молодость, непривычную одежду и непривычные духи.

Тамара села против него, стала смотреть в окно. Подумала: «Вот это и есть моя жизнь: в допотопном вагоне, с Козлом в купе, в незнакомый город по письму бывшего свинаря, ныне заключенного».

Козел тем временем заерзал на месте и достал бутылку вина.

— У вас нет штопора? — вкрадчиво спросил он.

— Нет! — вскрикнула Тамара так, что он вздрогнул всем телом, а пустые стаканы задребезжали на столе.

В этом «нет» был весь протест против ее жизни.

Командировочный оторопело посмотрел на Тамару, потом спросил:

— Вы что, с диагнозом?

В этот момент вошла проводница и сказала:

— Приготовьте билеты и деньги за постель.

— Я с ним не поеду! — объявила Тамара.

— Да я и сам не поеду с вами, — обиделся командировочный. — Нужны вы очень... кошка драная.

— Свободных мест нет, — заученным тоном сказала
проводница.

— Неправда. Весь вагон пустой, — уличила Тамара.

— Весь вагон продан.

Проводница взяла деньги за постель и ушла.

Тамара молча стащила с верхней полки матрас и подушку. Застелила постель сыроватым, измученным бельем.
Легла не раздеваясь. Повернулась к стене и застыла. Она
старалась скрыть свое отчаянье, но оно исходило от нее,
как радиация от урановой руды. Купе было узким, радиация мощная, и командировочный не мог ее не чувствовать.

— Хотите, я уйду? — тихо спросил он.

— Ничего, — отозвалась Тамара, — просто у меня
болит голова.

Он поднялся и тихо вышел, задвинув за собой дверь.

Поезд шел в ночи. Тамара мысленно видела мастерскую, пепел по всему полу, пустые бутылки, грязь, узкую
кушетку в углу, пять фигур на постаменте — незакончен-
ную работу. Пять скорбных женских фигур, оплакивающих
павшего воина. А сам скрючился на кушетке в наркотичес-
кой отключке. Потом просыпается, опускает руку вниз,
берет бутылку и тянет из горла. И снова спит. Ничего не
ест. Печень бунтует. И мозги отказываются работать на
такого дурака. Ничего потом не помнит об этом времени.
Как будто в черном мешке просидел две недели. Через две

недели начинает медленно выбираться. Седая щетина вылезает на сантиметр, как у каторжника, людей не может видеть. Его накрывает послеалкогольная депрессия. Организм — как побитая собака, как машина после аварии.

Далее начинается период ремиссии, идет работа. В этот период создается то, что создается. Работает запоем. Жалеет время на еду и сон. В голове «одной лишь думы власть, одна, но пламенная страсть». Как у Мцыри. Через какое-то время душа начинает метаться, маяться. Тихо подкрадывается предалкогольная маета. Значит, скоро запой. Он красиво формулирует это: «патология одаренности». Приходят такие же патологически одаренные друзья, а попросту интеллигентные ханыги. Они такие же ханыги, как муж дворничихи тети Дуси, только книжек больше прочитали. И все по новой. Снова на две недели в мешок.

Этого не было десять лет. Десять лет — в глубокой завязке. Но завязавший алкоголик и здоровый непьющий человек — это не одно и то же. Завязавший — это человек после утрат. В нем как будто погас свет. Так, наверное, чувствуют себя люди, покинувшие родину. Все есть, а ничто не мило. У завязавшего перекашивается психика, вылезает наружу то, что прежде пряталось: жадность, эгоизм, нелюдимость. Завязавший человек — скучен. Тамара даже думала иногда: запил бы, что ли. В запоях, особенно в самом начале, бывали сверкающие минуты. Бывали слова о любви. Высокие слова. Бывали жаркие клятвы, она каждый раз верила. А потом он ничего не помнил.

В общем, ситуация колеса. Тамара — белка. А где выход? Колесо заделано крепко...

Командировочный вернулся. Лег и затих. Может быть, и он плакал. Может быть, и у него свое колесо. И у проводницы. У всего состава. А поезд, как капсула времени, мчит их через жизнь. И несется в мироздании плачущий поезд.

На привокзальной площади стояли такси. Таксисты скучали в ожидании пассажиров.

Отправляя Тамару в командировку, бухгалтерша Розита сказала:

— Понадобится такси, бери такси. Понадобится самолет, бери самолет. Только чтобы справка была. Документ.

Такси и самолет входили в ее права. А квитанция — в обязанность.

Тамара обошла все машины. Назвала адрес: поселок Солнечный. В поселок ехать никто не согласился. Таксисты в последнее время сами выбирают себе маршруты и пассажиров.

Неподалеку от такси стояла машина неведомой миру марки. Тамара догадалась, что машина — самоделка. Догадаться было несложно. Машина кричала об этом приблизительностью форм и окраски.

За рулем сидел молодой мужчина, похожий на провинившегося ангела: грустный, беспорочный, с правильным лицом.

Тамара подошла к машине. Ангел смотрел на нее. Глаза были большие, темно-серые, похожие на дымные шарики или на кружки грозовой тучи. Все же с неба.

— Вы свободны? — спросила Тамара.

— А вам куда?

— Поселок Солнечный. Сорок километров.

— Я знаю. Садитесь.

«А как же квитанция?» — подумала Тамара.

Ангел включил зажигание. Машина чихнула, скакнула, потом очухалась и заперебирала колесами. Поехали.

— Как называется ваша марка? — спросила Тамара.

— «Джорик».

— Как?

— Джори — это осел. А джорик — ослик. Я его сам собрал. Он меня за это обожает. Одно дело быть грудой железного хлама, другое — живой машиной. Вы не смотрите, что он уродец. У него золотая душа.

— А как вас зовут? — спросила Тамара.

— Георгий.

— Это очень долго. Не имя, а песня. Вас как сокращают?

— Кому как нравится: Жора, Гера, Гоша, Юра, Егор.

— А вам как нравится?

— Я на все отзываюсь.

— Тогда Юра.

Юра... Ангел не был похож на Юру Харламова. Но у них была одинаковая манера говорить, курить. Тот Юра так же держал сигарету в прямых пальцах, щурился от дыма одним глазом. Так же говорил, внутренне смеясь, а внешне — бесстрастно.

Однажды они с Юрой брели по городу и встретили возле помойки собаку неожиданного вида. Приглядевшись, поняли: когда-то она жила с хозяином, потом потерялась, опустилась и из породистого пса превратилась в дворнягу. О прошлом благородстве напоминали узкая морда и длинный корпус колли.

Юра Харламов был тоже чем-то вроде этой собаки, только наоборот: внешность дворняги и тонкое нутро аристократа. У Юры была изысканная душа и серая оболочка. Но когда он смотрел на Тамару — серость уходила. Проступала душа. Он был прекрасен...

«Джорик» — низкая машина, поскольку произошла от гоночной. Тамара сидела удобно, но казалось, что ее кресло — почти на дороге. И когда рядом оказывался «МАЗ» или «КрАЗ» со своим колесом, то Тамара ощущала себя Гулливером в стране великанов.

Город скоро кончился. Кончились каменные дома. Начались сады и хаты Украины.

Тамарина мама была родом из украинского села. Когда-то, еще до войны, Тамарин папа — студент политехнического института — поехал на практику, в шахты, и увидел маму — юную и толстую. Папа был маленького роста, ему нравились высокие и толстые. Он просто с ума сошел и привез маму в Ленинград в свою большую музыкантскую чопорную семью. Увидев маму, они онемели, а когда пришел дар речи, спросили с ужасом:

— Лева, кого ты привез?

Лева тоже посмотрел на маму, понял, что погорячился, но дело было сделано. Маме не нравились ни Ленинград, ни папа. (Там, в шахтерском поселке, остался ее двухметровый Панько.) Они, случалось, дрались. Но даже в этом проявлении папа оставался интеллигентом. Просто защищал свое мужское достоинство. Кончилось все тем, что папа умер сразу после войны, оставив маму вдовой. Пользуясь вдовьим положением, мама засылала Тамару на все лето в украинское село, где по сей день жили ее две сестры.

Третью сестру во время войны немцы угнали в Германию. Там она вышла замуж и теперь слала посылки из Мюнхена.

Тамара помнит, как девчонкой заезжала в такое же село, селилась в хате и уже на другой день говорила без акцента, хотя до этого не знала языка. Видимо, срабатывали глубинные гены. Эти гены, в сочетании с хорошим музыкальным слухом, ловили мелодику речи, Тамара вольно плыла в языке. Так утенок, впервые подошедший к воде и ничего про себя не знающий, входит в воду и сразу плывет.

Тамара смотрела по сторонам и думала: может быть, есть смысл разыскать Юру Харламова, поселиться здесь и бросить Москву, где за каждым глотком воздуха надо ехать за город, а за каждую зеленую травинку платить на базаре. В той московской жизни известен наперед каждый день. Через пять лет муж сделает еще одну скульптурную композицию, сыну станет не десять лет, а пятнадцать. И ей не тридцать восемь, а сорок три. И больше ничего.

— Вы из Москвы? — спросил Юра.

— Да.

— А сюда зачем?

— В командировку. Солдат ударил тещу топором по голове.

— Вы следователь?

— Журналистка.

— А журналисты тоже этим занимаются?

— Конечно. У нас в отделе писем все стены в слезах и в крови.

— Я тоже мечтал когда-то на журналистику. Но поступил в автодорожный.

— И что? Выгнали?

— Почему выгнали? Я инженер.

— И вы работаете?

— Конечно.

— А что вы делали на вокзале?

— Вас ждал. Я до работы и после работы выхожу с «джориком» на промысел. Хочу новую машину собрать. Деньги нужны.

— Нетрудовые доходы.

— Если хотите, я с вас ничего не возьму.

— Не хочу, — отказалась Тамара.

— Почему?

— Вы эксплуатируете «джорика», тратите время и бензин. Почему я должна этим пользоваться?

— Значит, все-таки мои доходы трудовые? — Он повернул к Тамаре свои дымные глаза.

— Смотрите на дорогу, — посоветовала она.

Тамара вспомнила мужа, который годами ничего не зарабатывал. Искал себя. Он искал себя с помощью водки, а деньги на водку брал у нее. И приходилось одной содержать семью и его поиск. Сыну ведь не скажешь: подожди. Он должен есть каждый день и по три раза в день. Мужа это не касалось. Это было слишком приземленно для него. Потом он в конце концов находил себя. Работу принимали и говорили: «Ты, старик, гений». А Тамара была ни при чем. Скульптура ведь его, а не ее.

— У вас есть семья? — спросила Тамара, заранее завидуя его жене.

— Сейчас нет. Мы разошлись.

— Почему?

— Я все время машину собирал. Ей скучно стало. Она к соседу ушла. Он вторую половину дома занимает. Теперь машина есть, а жены нет.

— Жалеете?

— А так жена была бы, а машины не было.

— А что главное?

— Жену не обязательно всем показывать, а машину видят все.

Тамара видела, что он шутит, но «в каждой шутке есть доля шутки», как говорит подруга Нелка. Доля шутки, а остальное правда.

— А сосед чем занимается? — спросила Тамара.

— На соках работает. Химичит.

— Ворует?

— Рискует, — уточнил Юра.

— Что же она от вас, от такого умельца, к вору ушла? — обиделась Тамара.

— В нем было что-то такое... Особый магнетизм. К нему на участок все птицы слетались. И жена ушла.

— Он их, наверное, кормил, — предположила Тамара.

Ангел развернул к Тамаре лицо. Эта мысль никогда не приходила ему в голову. Действительно, птицы слетались к соседу потому, что он сыпал им крупу. А жене он сыпал наворованные у государства деньги. Все очень просто. Никакой мистики. Одна материя.

— Смотрите на дорогу, — попросила Тамара.

Ангел стал смотреть на дорогу с обалдевшим выражением.

Такое же выражение было у Юры Харламова, когда он увидел себя в списках принятых.

Они вместе поступали на факультет журналистики. Тамара — москвичка. Юра — приезжий. Она носила из дома завтраки, они их вместе съедали, разложив на подоконнике. Однажды она надкусила помидор, а он брызнул с неожиданной стороны и окропил ржавыми брызгами ее белый фирменный костюм. Больше ничего. Почему-то запомнилось. Еще запомнилось, как они поступили и он позвал ее в ресторан, кормил крабами под майонезом. Они взяли по четыре порции крабов. И больше ничего. Потом весь год он провожал ее домой на трамвае. Садились на конечной остановке. Весь вагон свободен. Садились рядышком. Тамара возле окошка. Вагон постепенно наполнялся, но они не замечали. Сидели, отгороженные ото всех Юркиной любовью. Юрка любил, а она грелась в его чувстве. Говорила:

— Станешь знаменитым, выйду за тебя замуж.

Ей во что бы то ни стало хотелось быть женой знаменитости. Хотелось повышенной духовности и благ, которые выдаются за эту повышенную духовность. Но более всего — престиж, чтобы все восхищались, немножко завидовали и хотели оказаться на ее месте. Так оно и было. На банкете все пили во их здравие. И скульптор пил. А потом все расходились по домам, а он засыпал лицом в тарелке, и надо было его нести на себе. А пьяный — тяжелый, как труп. Не поднять. Приходилось бежать за такси и таксистом, чтобы он внес тело в машину, как мешок с булыжниками. И так же выгрузил возле дома. Донес до лифта. Вот тебе и престиж.

— Я обязательно стану знаменитым, — обещал Юрка в трамвае.

Он хотел стать одновременно и писателем, и международным журналистом, кем угодно, лишь бы заполучить Тамару — высокую и золотоволосую, как прибалтка.

Однажды в середине июля поехали на дачу к любимому педагогу. Шли лесом, целовались. Тамара прислонялась спиной к соснам, испачкала смолой кофту. А потом они не выдержали напряжения чувств и желаний, легли в какую-то вмятину, устланную сосновыми иглами, похожую на осевшую могилу. Обнимались исступленно. Тамара не могла затормозить эмоции и готова была идти до конца, но Юрка так любил ее, что у него ничего не вышло. И это помнилось. А потом, в конце лета, она встретила своего Скульптора и вышла замуж очень быстро. Ее сокурсники в университете содрогнулись от предательства. Все видели, что у Юры настоящее чувство, какое выпадает человеку один раз в жизни. И оскорбились за него. И объявили бойкот. Юра ни в чем не участвовал. Он пребывал в прострации. Потом бросил ученье и уехал. Где он теперь? Он перестал тогда ее провожать. Однажды у нее поднялась температура, решила уйти домой. Подошла к нему, сказала:

— Мне плохо. Проводи меня.

Юра хотел пойти, но группа сомкнулась вокруг него молчаливым табунком. Кто-то даже взял его за рукав, дескать: не ходи, не унижайся. Он остался с группой. Неудобно было оскорбить их солидарность, которая была ему совершенно не нужна.

Тамара ждала и не понимала: почему он не движется с места. А он стоял с лицом, ослепшим от горя, и смотрел в никуда. Тамара пошла одна. Ей было действительно плохо. Земля плыла под ногами, лоб охватывало холодным обручем. И до сих пор она идет по жизни вот так, одна, шатаясь. А где-то стоит он с этим же лицом.

— Приехали, — сказал Ангел.

Тамара достала письмо, прочитала адрес. «Улица Хлебодарная, дом восемь».

На дорогу выскочили дети, с веселым гиком помчались рядом с «джориком». Видимо, машина в их поселке появлялась нечасто, а такая — никогда. Как неведомый зверь о пяти ногах. Мутант.

Впереди всех бежала беленькая голенастая девочка с развевающимися волосами и походила на Тамару в детстве.

Из дома восемь вышла мать солдата. Она была нестарая, лет сорока пяти, но какая-то вся жесткая и жилистая, как выезженная лошадь. Чувствовалось, что на ней много возили и возят до сих пор.

— Ленчик! Ленчик же! Глянь, до Петька приихалы! — закричала она и ринулась в хату.

Тамара оглянулась на Ангела.

— Заходите, — посоветовал он.

— А вы? — спросила Тамара.

Она боялась остаться без него.

— А я на работу, — виновато улыбнулся Ангел.

— Сколько я вам должна?

— Нисколько. — Он обласкал ее лицо своими дымными глазами. — Мой бензин. Ваша красота. Всего вам доброго!

Он повернулся и пошел, не оборачиваясь, с прямой спиной. Вспомнила, как уходил Юра Харламов, когда они прощались в последний раз на трамвайной остановке. Запер в себе все чувства, цыкнул на них, и они притаились. До поры до времени. Уходил с прямой, негнущейся спиной.

— Та заходить же, Боже ж мий! — Мать высунулась из избы.

Тамара, робея, ступила в дом.

Изба состояла из сеней и одной большой комнаты. Посреди комнаты стол. На столе арбузные корки, хлебные крошки. И мухи. Тамаре показалось, что в этом доме — конгресс мух. Они слетелись сюда со всего света. Никогда не видела столько мух одновременно.

Возле стены на широком диване поверх одеяла лежал Ленчик. Увидев вошедших, он поднялся, лицо его какое-то время было бессмысленным. Он не понимал, что происходит. То ли Ленчик не проспался с ночи, но тогда почему он был в брюках и лежал поверх одеяла? Может, он уже вставал, поел арбуз с хлебом и снова лег? Ленчик был здоровый, с гладким лицом, казался моложе своей жены. Видимо, она везла, а он погонял.

— До Петька приихалы! — подобострастно проговорила мать Петька. Ленчик поднялся, сделал начальственное лицо и подошел к столу.

— Значить, так... — значительно начал Ленчик. Тамара увидела, что у него разные глаза. Один — голубой. Другой — карий. Бывает у природы такая прихоть, а может, брак.

Ленчик стал рассказывать, путая русскую речь с украинской. Мать Петька засматривала ему в лицо и мелко кивала. Видимо, Ленчик считался мозговым центром семьи. И даже всего поселка. Позже выяснилось, что он сторож при складе.

А дело было так: Петько тянулся к учебе, как подсолнух к солнцу, окончил восемь классов, пошел работать в колхоз. Тамара это знала из письма. Далее, он женился на Лидке, девочке со своей улицы, с которой ходил вместе в школу. Петько перешел жить в Лидкин дом, пошел в «прыймаки». Но Ленчик приготовился активно участвовать в создании новой семьи, «думаю, сарайчик поставлю, колодец выбью». Ленчик постоянно подчеркивал свою заинтересованность в судьбе Петька. Это показалось Тамаре подозрительным.

— Вы ему отец или отчим? — спросила она.

— Неродный, — вмешалась мать. — Его отец умер, из-за коровы.

— Забодала? — поразилась Тамара.

— Та ни. Мы ее продалы, вина купылы. Два ящика. Ну, вин и вмэр.

— А-а, — поняла Тамара. — Значит, из-за вина, а не из-за коровы.

— Какая разница, — недовольно вмешался Ленчик. — Нету человека, та и всэ.

— Значит, вырыли колодец. А дальше что?

— А дальше ребенок родился. Девочка. А Лидка ему каже: «Иди домой, я тобою не нуждаюсь». Петько прыйшов до нас. А я кажу: раз есть дытына, надо жить. Вин пойшов до Лидки. А она каже: «Ты поганый, иди з глаз». Он прыйшов до нас. Так вин ходыв туда-сюда, пока не уйшов в ряды Советской Армии. А дальше вы всэ знаете.

Почему Петько оказался в тюрьме, Тамара не поняла. Она собралась задать этот вопрос, но открылась дверь и вошел Ангел. Взяв стул, сел возле Тамары как ни в чем не бывало.

— А работа? — спросила Тамара.

— Я подумал: а как вы будете возвращаться, — ответил Ангел.

— А работа? — снова спросила Тамара.

Юра пожал бровями, развел руками, дескать, что поделаешь. Его лицо выражало искреннее сожаление в адрес прогулянного дня.

— Товарищу повторить? — спросил Ленчик.

— Повторить, — сказал Юра.

Ленчик повторил теми же самыми словами, с теми же паузами. Тамара поняла: он уже говорил это много раз, и выучил на память, и каждый раз одинаково высветлял свой образ неустанной заботой о пасынке. Но снова было неясно, каким образом Петько оказался в тюрьме.

— А что вы знаете о машине? — спросила Тамара.

— Та яка машина? Дэ та машина? — забеспокоилась мать. — Вин ее и не бачив в глаза. А теща каже: ты ее прогуляв. Отдай гроши за полмашины. А дэ гроши? Ну, вин ее погоняв.

— Топором? — спросила Тамара.

— Та вы идить, побачьте. Вона здорова, як лошадяра...

— А где она живет?

В избу вошла девочка, та самая, что бежала за машиной. Прижалась к Ленчику.

— А я их бачила, — сказала она.

Тамара поняла, что девочка — дочка Ленчика.

— Проводи до Лидки, — попросила мать. — Вона вам покаже.

Девочка покраснела от радости и пошла из избы. Тамара и Юра вышли следом.

— Ничего не поняла, — созналась Тамара.

— А чего тут не понимать? — удивился Юра. — Он никому не был нужен.

— Вы Петька повэрнэтэ до дому? — спросила девочка.

— А он тебе кто?

— Вин мий брат.

— Ты по нему скучаешь?

— Вин зи мною балакал.

— Разговаривал, — перевел Юра и пошел к машине, ступая пружинисто, как баскетболист. В его походке была уверенность молодости и жизни, и показалось, что все как-то обойдется и в Тамариной жизни, и в жизни Петька.

Тамара была благодарна Юре за то, что он ее сопровождает. Как бы защищает. Отгораживает собой ото всего трамвая. Чувство, что тебя отгораживают, было забытым. Скульптор по сути являлся вторым сыном, притом — трудным и больным. И мать последнее время все забывала, впадала в детство. Так что получалось, она — одна с тремя детьми. А тут — кто-то идет впереди, открывает перед ней дверцу машины, переводит незнакомые слова. Тамара будто провалилась в свою молодость, когда не было невроза, а только бездна энергии, легкое тело и ожидание счастья каждую минуту.

Жену Петька звали Лидия. У нее были глазки маленькие и черные, как арбузные семечки. Фигура походила на цифру восемь: один кружок на другом. Нижний побольше.

Лидия стояла возле дома, подозрительно смотрела на приближающуюся машину.

Девочка первая выскочила из «джорика».

— Ага, Лидка, — закричала она. — Будэшь знаты, як ты мэнэ гнала?

— Колы це я тэбэ гнала? — искренне удивилась Лидка.

— Ага, я до тэбэ прыйшла з Тонечкою погулять, а ты мэнэ: иди к бису.

— Колы це я тэбэ гнала? — удивилась Лидка.

Девочка считала Лидку врагом, и ей казалось, что она привезла на ее голову справедливое возмездие. Петька отпустят, а Лидку посадят. И девочка торопилась свести личные счеты.

— Я из газеты. — Тамара достала удостоверение.

Она достала просто так, для проформы. Ей всегда верили на слово. Но Лидка протянула руку, взяла документ и внимательно изучила, сверяя лицо с фотографией. Как на таможне. Удостоверившись, что документ не фальшивый, сухо пригласила:

— Проходыть в хату.

В хате было чисто, в тюлевых занавесочках, вышитых подушках. Видимо, Лидка была неплохой хозяйкой.

За столом сидела девочка лет пяти, дочка Петька. Раскрашивала картинки цветными карандашами. На вошедших она посмотрела без интереса.

— Идить у двир! — велела Лидка девочкам.

Старшая сгребла маленькую на руки и понесла из избы. Маленькая закрутилась в ее руках, как таракашка.

— Ты мэнэ повинна слухаты, я тоби титка.

Тамара поняла, что девочки состоят в родстве: племянница и тетка. Притом тетка старше племянницы года на три.

Лидка дала Тамаре и Юре стулья, а сама осталась стоять, как бы намекая, что разговор должен быть коротким. Она не намерена рассусоливать. Лидка была необаятельная и не хотела нравиться. Может быть, ей неприятно было внедрение посторонних людей в дом и в душу.

— Простите, — виновато начала Тамара. — Вы не могли бы рассказать, как все получилось?

— Що всэ? — уточнила Лидка.

— Почему вашего мужа посадили в тюрьму?

— Нэ я ж його посадыла. Суд.

— Я понимаю. Но вот... в день преступления, как это все было?

— Ну, мы сталы вэчором тэлэвызор дывытися, «Чоты-ры танкиста и собака». Прыйшов Славик, прынис пляшку.

— Пляшка — это что? — Тамара обернулась на Юру.

— Це бутылка, — ответила Лидия. — Петько гово-рыть: «Дай закусыты». А я кажу: «У мэнэ нэ идальня». Ну, они выпили. Потом Славик каже: «Я у вас ночуваты останусь». Я ему: «У мэнэ не готель». Тоди вины пишлы з дому. Потим Петько вернувся и маты порубав.

— Топором? — спросил Юра.

— Ну да, секирою.

В это время во дворе завизжали дети, что-то не пола-дили. Залаяла собака. Послышался зычный окрик, пере-крывающий детские голоса и собачий лай. В хату реши-тельно вошла Лидкина мать — могучая старуха, широкая, как шкаф.

— С газеты, — сухо объяснила ей Лидка.

Мать тут же склонила голову к плечу, остановив на лице благостное выражение.

— Хрыстыною мэнэ зваты, — пропела она на одной ноте, как на клиросе.

— Простите, это вас зять ударил топором? — уди-вился Юра.

— А я ничого нэ помятаю, — речитативом проговорила Христина. — Вин мэнэ вдарыв, я ничого нэ помятаю.

Христина уставилась в никуда, всем своим видом изо-бражая жертву, у которой отшибло память. Но Тамара поймала ее птичий, остренький, все секущий глаз. При определенных условиях из нее бы получилась неплохая характерная актриса. Тамара хотела задать ей еще несколько вопросов, но поняла, что это бесполезно. Христина не собиралась выходить из образа.

Тамара обернулась к Лидии.

— Вот тут в письме сказано, что вы хотели отравить мужа, но он отдал пищу собаке и собака отравилась.

— А дэ та собака? — спросила Лидка и с неподдельным удивлением посмотрела на Тамару.

— Я не знаю, — сказала Тамара. — Я у вас спрашиваю.

— А дэ та собака? — снова спросила Лидка с той же интонацией.

Было ясно, что в этом доме больше ничего не добьешься. Тамара поднялась.

— А какую роль сыграла машина? — спросил Юра. Его как автомобилиста больше всего волновала машина. — Он ее выиграл?

— Ну а як же. У газети писалы. Газеты ж не брешуть. Це ж пресса.

— Продав та прогуляв, — отозвалась Христина. Видимо, не могла смолчать. Это была ее болевая точка.

— Вы хотите, чтобы его выпустили? — спросила Тамара.

Женщины промолчали. Они боялись: если Петька выпустят, он вернется и «дорубает» их обеих.

— Нэ знаю, — сказала Лидка. — Як суд порешит, хай так и будэ.

Председатель колхоза оказался на месте. Он удивился, что журналистка приехала из самой Москвы по такому пустому и ясному делу.

— Как вы считаете, его правильно осудили? — спросила Тамара.

— Абсолютно правильно. — Председатель говорил по-русски. — Его жена абсолютно довела до такого состояния, но страна у нас большая. Поезжай в любой конец и спокойно трудись. А если каждый начнет хвататься за топор, так это ж топоров не хватит.

— А что за история с машиной? — спросил Юра.

— Та он ее не выигрывал. В часть к ним пришел корреспондент, спросил: какие новости в боевой и политической подготовке? Петько возьми да и скажи, что он выиграл «Москвич». А сам ни Боже мой.

— Наврал? — удивился Юра.

— Ну да.

— Зачем?

— Дурак, — сказал председатель. — Теперь за дурость свою сидит.

— А корреспондент не перепроверил? — удивилась Тамара.

— Он не подумал, что Петько брешет. Хиба ж такое брешут? Вин поверив, та и всэ.

— А откуда вы знаете?

— Так суд же был выездной. Показательный. Весь поселок присутствовал, и корреспондент тот был. Как свидетель.

— Петько хороший был работник? — спросила Тамара.

— Сначала, как пришел из армии, то хорошо работал. А потом опустился, бриться перестал, спал в хлеву вместе со скотом. Я его спрашую: что с тобой? А он мне: не могу так больше жить. Помогите. Я вызвал их з Лидкою вместе, говорю: вы оба молодые, не поганые, чего вам не жить? А она: буду с ним жить, если отдаст деньги за полмашины, которые он прогулял. Я тоди ее выгнал, а ему говорю: ты мне за свою жену больше не разговаривай, а то обматерю. Та шо мы за них гутарим? Пойдемте, я покажу вам, яки у нас парники, яки у нас доярки. А який Вадим...

— Вадим — это кто? — спросила Тамара.

— Бык. Такого и в Испании немае. Его б в корриду, он бы всех тореадоров к такой матери пораскидал.

— В другой раз, — улыбнулась Тамара. — Нам еще надо в городской суд успеть. Дело просмотреть.

— Зачем? — удивился председатель. — Все ж ясно.

— Мы должны отреагировать на письмо, — объяснила Тамара.

— А кто писал?

— Петько.

— Надо ж, всю Москву взбулгачил. Сел за свою дурость и сиди. И не отрывай людей от дела.

Во дворе правления колхоза околачивался мужик — правдолюбец. Или просто сплетник. Или то и другое, потому что бывает трудно провести грань между правдой и сплетней. Несмотря на жару, он был одет в черные суконные штаны и пиджак.

Сплетник подошел к Тамаре и, тыча ей в бок прямыми жесткими пальцами, торопясь, будто боялся, что его не дослушают, сообщил, что Лидка курва и Петька она не любила. Это знает весь поселок. Она вышла за Петька замуж назло Ваську, с которым гуляла «з самых лет».

— А самые — это сколько? — спросила Тамара.

Мужик не ответил. Он торопился довести мысль до конца. Видимо, привык, что его не дослушивают, и приспособился не останавливаться.

Васько обещал жениться на Лидке, но передумал и уехал в город. В городе девушки с завивкой и маникюром. Что ему Лидка. Тогда Лидка вышла за Петька. Назло Ваську, который оказался не человек, а пройдысвит. Однако после свадьбы Васько снова возник. Старая любовь не ржавела. Петько ушел в армию и там ввел корреспондента в «оману».

— В заблуждение, — перевел Юра.

— Зачем? — спросила Тамара.

Сплетник торопливо объяснил, что Самусенки, то есть Лидка и теща, жадные до того, что за копейку зайца догонят. А тут целый «автомобиль». Петько рассчитывал купить Лидкину любовь. Петько с машиной — это уже совсем другое дело, чем один Петько. Когда же он вернулся без «автомобиля», теща спросила: «Зятю, а дэ ж твоя машина?» Они уже привыкли к своей мечте, а Петько их будто бы обокрал. Они его затравили, и Петько тещу порубал. Васько испугался и исчез. А сейчас, когда Петька посадили за решетку, он у Лидки живет. Стационарно.

— А сейчас он где? — удивилась Тамара.

— Та е, е... Петьку трэба було б его порубаты, а нэ тэщу. Що тэща? Вот и маешь... тэща жива-здорова, Лидка з Васьком, а Петько в тюрьми.

— Вам его жалко? — спросила Тамара.

— А як же. Одиннадцать самых кращих рокив собаци под хвист. З-за цией курвы, Господи прости.

К сплетнику подошла женщина в ситцевом сарафане, взяла его за шиворот и повела, как подростка. Он послушно заперебирал ногами. Видимо, эта коллизия была для него привычной.

Тамара догадалась, что, помимо восстановления истины, правдолюбец хотел немножко заработать. Но у него не получилось.

В Днепропетровск возвращались молча. Тамара устала. Хотелось есть. Юра задумчиво смотрел вперед. Они окунулись в чужую беду, и она, казалось, пристала к их коже, одежде. Невозможно было стряхнуть. В общем, картина выстраивалась: Васько, как поняла Тамара, был «пройдысвит», а по-русски — прохвост. Он пользовался оголтелой любовью соседской девочки, которая любила его с шестнадцати, а то и с пятнадцати лет. Но рассчитывал жениться на дочери Онассиса. В конце концов удалось же русскому парню жениться на молодой миллионерше, а он чем хуже. Но с миллионершами в Днепропетровске не густо, Васько вернулся в поселок. А возможно, старая любовь не ржавела, как сказал правдолюбец. Лидка попала в колесо. Она хотела выскочить из колеса, выбросив Петька. Но Петька не так легко оказалось выбросить. Он выложил на стол свои козыри: машина. Он ее сам выдумал. Но из неправды получается еще одна неправда. Петько тоже оказался в колесе и попытался выскочить из него, разрубив топором. И выскочил в тюрьму.

— И тут любовь, — сказала Тамара. — Ищите женщину.

— Ищите водку, — уточнил Юра.

— С чего вы взяли?

— Лидка ж не дала им закусить. Сказала: у меня не столовая. Они со Славиком выпили на голодный желудок.

Он окосел и схватился за топор. Да и наследственность неважная.

— С чего вы взяли?

— Папаша умер от водки. Корову продали, два ящика купили. Сын алкоголика, сам пьяница. Что от него можно ждать?

— Не в этом дело, — возразила Тамара.

— И в этом тоже. Девяносто пять процентов преступлений совершаются на пьяную голову.

Юра остановил «джорика» возле магазинчика. Вышел, скоро вернулся, держа в руках хлеб, брынзу и два пакета сливок.

Они стали есть молча. Тамара никогда в жизни не ела такого вкусного серого хлеба, такой свежей, пахнущей молоком брынзы. Вообще, брынза — ее любимая еда. Она крошила брынзу в супы, в овощи, в макароны. Было непостижимо, что Юра угадал. А с другой стороны — постижимо. Ему было не все равно. Он вникал в Тамару, все учитывал и предчувствовал. Если бы хоть кто-нибудь учитывал Петька, такого бы не случилось. Но он как таковой никому не был нужен. Сначала Лидка свела счеты с Васьком при помощи Петька. Потом равнодушный отчим, у которого своя семья. А может быть — сначала равнодушный отчим. Далее равнодушный корреспондент, которому плевать и на свою работу, и на газету. Он обязан был хотя бы посмотреть лотерейный билет. Но не посмотрел. Председатель колхоза, которому не хотелось копаться в жадности Самусенков, у него своих дел полно. Любила его только мать, но она не имела права голоса. И маленькая сестра. Петько попал в колесо равнодушия. Сколько их, невидимых со-

участников преступления, но их не судят. Не дают срок.
Они даже не догадываются, что они — соучастники.

— Дошел... — проговорил Юра. Видимо, Петько не
выходил у него из головы.

— Довели, — поправила Тамара. — Один бы он до
этого не дошел.

— Интеллигентские штучки.

— Что? — не поняла Тамара.

— Я их ненавижу, — тихо и определенно сказал
Юра. — Недавно шел по мосту, а навстречу компания из
Петьков и Славиков. Иду и не знаю: столкнут они меня
или нет. А плавать я не умею.

Тамара мысленно представила себе хрупкого провинившегося Ангела на узком мосту. Внизу, как в пропасти,
поблескивает вода. А навстречу — неуправляемые, рас-
христанные, безумные. Чтобы столкнуть, не надо особых
усилий. Просто пройти, не сворачивая. Чуть двинуть плечом, как зачеркнуть человека.

Подъехали к зданию городского суда.

— Я в машине вас подожду, — сказал Юра. — Я
устал. Надоел мне ваш солдат.

— Он скорее ваш, — возразила Тамара и вышла из
«джорика».

Судья смотрел в стол. Его настораживал и оскорблял
тот факт, что представитель печати перепроверяет его работу. Стало быть, не доверяет.

Тамара листала пухлое дело. В деле была заметка «Радость солдата». По поводу отравленной собаки — ни
слова. Видимо, этот факт имел значение только для Петька.
Да и где та собака? О Ваське тоже ни слова. Тамара
прочитала приговор. Солдат был осужден по статье «за

предумышленное убийство». Он действовал не в состоянии аффекта, а вполне обдуманно. Петько ушел от Лидки к себе домой. Там взял топор и вернулся обратно, неся его за пазухой. Дорога — через весь поселок. Петько мог и протрезветь и передумать. Но он туго замыслил убить Лидку. Однако, когда он вошел в дом, Лидка сидела в туалете, а на первый план вылезла теща, и удар пришелся по ее голове, а не по Лидкиной. Тещина голова оказалась крепкой, и она выжила. Вмешалась судьба. Не Петько, а судьба смилостивилась над тещей. Преступные действия производились в присутствии дочери, которая осознавала действия подсудимого. Она визжала от ужаса, Петько засунул ее в шкаф. Преступление в присутствии малолетнего, но сознательного человека отягощало преступление.

Тамара отодвинула приговор. Ей все было ясно. Петько изобразил себя в письме жертвой недоразумения: пресса, опубликовав ошибочную статью, довела его до тюрьмы. Пусть теперь пресса и вытягивает обратно. А он, бедный раб любви, ни за что ни про что сидит в заключении и чистит бочку картошки в ледяной воде

— Вы его помните? — спросила Тамара у судьи.

— Помню, — односложно ответил судья.

— Какое он произвел на вас впечатление?

— Неважное.

— А именно?

— Ограниченный человек.

— А он не производил на вас впечатление страдающей души?

— А они тут все страдающие души.

Судья, как и Лидка, не был расположен к беседе. Ему в этом деле все было ясно.

— А как вы считаете — одиннадцать лет не круто? Все же теща осталась жива.

— Круто, конечно. Там не сахар. Но такие люди — сорняки. Их надо выдирать.

— Что значит выдирать? — удивилась Тамара.

— А зачем они?

— Все люди — люди. Каждый человек — человек.

— Это — не человек. И они — не люди.

— Не хотела бы я к вам попасть, — созналась Тамара.

— А вы и не попадайте.

Он улыбнулся. У него были хорошие зубы и довольно хорошие манеры. Узким лицом, белесостью, промытостью он походил на немца. «Нацист», — подумала Тамара, и ей захотелось на улицу, к «джорику», с которым она сроднилась. И время, протянувшееся в кабинете, показалось бесконечным. Не имеющим точки.

Тамара попрощалась и вышла из кабинета. Она торопливо пошла, потом побежала. Она сбегала с лестницы, как абитуриентка, поступившая в институт, только что увидевшая свою фамилию в списках принятых. Ее несла молодость, беспричинная радость и надежда. Казалось, еще немного — и будет найден выход из колеса. Она бежала к своему выходу.

С Петьком все было ясно. Определенность тоже высвобождала. Петько остался позади, как и его поселок.

Юра стоял возле «джорика», разговаривал с девушкой. Девушка вся была засыпана светлыми кудряшками, как тонкорунная овечка.

Тамара остановилась. Беспричинная радость деликатно отошла в сторонку, уступила место усталости. Оказывается, Юра жил до сегодняшнего дня целую жизнь, и эта девушка из его вчерашнего дня. А Тамара решила почему-то, что до нее он вроде и не жил. Оказывается, жил. Был любим. И сейчас любим вот этой овечкой, и она ему очень идет: легкая, ясная, без отягчающего прошлого. А Тамара — на что она рассчитывала, жена алкоголика, белка в колесе.

Юра увидел Тамару. Попрощался с овечкой, и она зацокала копытцами через дорогу, платьице коротенькое, ножки ровные, как макароны.

Тамаре показалось, что из нее, как из резиновой игрушки, вытащили затычку. Ушел весь воздух. Захотелось сесть на асфальт.

— Ну, что? — озабоченно спросил Юра, подходя.

— Ничего. Все в порядке.

— Что в порядке?

— Отвезите меня в гостиницу, — попросила Тамара.

Сели в машину. Тамара была чужая, и больше чем чужая. Вернее, меньше. Она была враждебна.

— Что с вами? — Юра взял ее за руку.

— Ничего. Я устала.

— И это все?

— Все.

— Вы считаете, что усталость достаточная причина для...

— Для чего?

— Ну хорошо. Я отвезу вас в гостиницу.

Теперь обиделся он. Ехали отчужденные.

Днепропетровск праздновал юбилей ВЛКСМ, и все гостиницы оказались забиты комсомольцами двадцатых годов, тридцатых и так далее, вплоть до семидесятых. Мест не было. Ночевать было негде. Уехать тоже было нельзя, Тамара наметила на завтра встречу с корреспондентом, автором заметки «Радость солдата». Знакомых в Днепропетровске у нее не было. Оставалось идти на вокзал и сидеть до утра в зале ожидания.

— Я могу пригласить вас к себе, — сказал Юра несколько официально. — У меня есть раскладушка.

Тамара молчала.

— Что все-таки происходит? — тихо потребовал Юра, обегая ее лицо своими дымными глазами.

Что она ему скажет? Он для нее — и этот Юра, и тот. Первый. Она не могла себе представить, что тот Юра кем-то ее заменил. Прижизненная замена. Это все равно что увидеть себя в гробу. Как об этом скажешь?

Тамара промолчала.

Юра жил на краю города в деревянном доме. Дом был длинный, два сруба, придвинутых один к другому. Это была частная постройка, принадлежащая Юриным родителям. Видимо, когда-то, в плохие времена, половину дома продали, и сейчас в этой половине жил тот самый сосед, к которому слетались все птицы и ушла жена. Каждая половина имела свой вход, но, должно быть, Юра часто встречался с женой на приусадебном участке.

Вошли в дом. В доме было две комнаты и кухня. Юра тотчас отправился на кухню и поставил чайник. Тамара обошла комнаты. В одной стоял стол и стул, в другой — раскладушка.

— Просторно у вас, — заметила Тамара.

— Жена всю мебель забрала. И всю посуду, — просто объяснил Юра.

— А на чем вы едите? На газете?

— Почему? Одна тарелка у меня есть. И одна вилка.
Сейчас будем ужинать.

Юра достал из маленького висячего холодильника домашнюю колбасу, малосольные огурцы величиной с мизи-
нец, помидоры — крупные, громадные, как маленькие
дыни. И бутылку вина.

— Откуда это у вас? — поразилась Тамара.

— Мама вчера принесла.

— А где мама?

— Она в центре живет. Замуж вышла год назад, к
мужу переехала.

— А сколько ей лет?

— Пятьдесят. Она на семнадцать лет старше меня.
Так приятно видеть ее счастливой.

Значит, Юре — тридцать три, — посчитала Тамара.
На пять лет моложе.

— Они вместе учились в институте. Первая любовь.
Потом жизнь развела, а теперь соединила, — пояснил
Юра историю своей мамы.

Тамара подумала: у любви не так уж много вариантов.
Поэтому варианты часто повторяются, только с разными
людьми.

Чайник тем временем вскипел. Юра взял таз, налил
туда горячую воду, разбавил холодной.

Тамара сидела на табуретке, молча следила за ним.
Юра поднес таз к ее ногам, встал на колени, снял с Тамары
туфли и поместил ее ноги в таз. Вода была прохладной.

— Вы что, собираетесь ноги мыть и воду пить? —
спросила Тамара.

— Воду пить не буду. Но усталость как рукой снимет. Вот увидите. А завтра я оболью вас водой из колодца.

— Мне нельзя. У меня радикулит.

— Радикулит лечат холодом.

Он стал растирать ее ступни сильными осторожными руками. Тамара не смущалась, ей было совершенно спокойно в его доме. Овечка разъединила их, создала дистанцию, и эта дистанция была уместна и удобна.

— А теперь пройдитесь! — скомандовал Юра.

Она пошла босая по кухне, оставляя темные мокрые следы. Ноги казались легкими. Если прыгнуть — зависнешь. Так, наверное, чувствуют себя космонавты в состоянии невесомости.

Юра разлил вино по стаканам. Выпили. Легкость пошла от ног вверх. У Тамары слегка закружилась голова, именно от этой легкости. Колбаса была свежей, пахла чесноком. Помидоры не резали, а ломали, и на разломе они искрились белым, как арбузы.

Петько уплыл куда-то в ирреальность, будто ничего этого «николы не було». Как та собака, которую то ли отравили, то ли нет. Всегда была ясность, чистота, деревянная изба, арбузные помидоры, заботливый ангел с правильным лицом.

— А с кем вы разговаривали? — спросила Тамара.

— Где? — Он перестал жевать.

— Возле машины.

— Когда?

— Возле суда.

— А-а... — вспомнил Юра. — Это Римка. Жена Рудика.

— А Рудик кто?

— Мой институтский товарищ. Он сейчас барменом работает.

— Почему? — спросила Тамара, хотя ее совершенно не интересовала судьба Рудика.

— Надо жену кормить и трех детей.

— У этой девочки трое детей? — поразилась Тамара.

— Да. А что? Ей тридцать пять лет.

— Она вам нравится?

— Кто?

— Римка.

— Так она жена моего приятеля, — повторил Юра, и Тамара поняла, что жен приятелей он не рассматривает. И не видит. Это прикладное к приятелю и самостоятельного значения не имеет.

Тамара как бы поднялась из собственного гроба. Впереди — целая жизнь, по которой можно идти легкими чистыми ногами. Как будто темя ее не заросло в младенчестве. Надежда хлынула прямо в голову. Это было невыносимо. Тамара опустила лицо и заплакала.

Юра не мешал. Он как сидел на подоконнике, так и остался сидеть.

— Плачь, если хочешь, — разрешил он, переходя на «ты». — Но вообще учти — жизнь придумана не нами, и придумана здорово. Тот, кто ее придумал, — не фраер. А мы ее сами портим. Берем и портим. Вот этими руками. — Он протянул красивые умные руки, показал Тамаре.

— А исправить можно? — спросила Тамара.

— Вот этими же руками.

— А ты... А у тебя... все так, как ты хочешь?

— Пока нет. Но будет так.

— Значит, ты действенный, положительный герой...

Тамара полезла в сумочку, разыскивая носовой платок. Платка не оказалось. Она вытерла лицо ладонью.

Тамаре снилось, что она хочет пить. Проснулась от жажды. Луна смотрела в самое окно, и это было тревожно. Тамара где-то слышала, что на Луне живут отлетевшие души. Тогда отлетевшие души видят с Луны все, что делается на Земле. Не так уж это и далеко. Тамара встала с раскладушки, пошла на кухню. Юры не было ни в одной из комнат. Куда он делся? Может быть, пошел ночевать на вторую половину? К жене?

Дверь на улицу была приоткрыта. Луна освещала дверной проем, и в проеме вилась, тянулась кверху струйка дыма.

Тамара вышла на крыльцо. Юра сидел и курил. Спина обтянута черным свитером, острые лопатки, как недоразвитые крылья. Черный ангел.

Она села рядом.

— Ты почему не спишь?

— Не хочется.

— Негде, — догадалась она. — У тебя одна раскладушка.

Он промолчал.

— Я так не согласна. Иди, ты поспи, а я посижу.

— Мы же не на дежурстве.

— Тогда ляжем вместе. Положим матрас на пол и ляжем. Возьми второе одеяло.

Он снова промолчал. Струйка дыма рисовала в воздухе какой-то знак.

— У тебя нет второго одеяла, — снова догадалась Тамара. — Что же она у тебя все отобрала? Ну и жадная, как Самусенчиха.

— Не будем об этом. Посмотри, ежик вышел.

— Где?

— Вон...

Тамара вглядывалась в темноту. Она боялась, что ежик добежит до нее и откусит кусочек от ноги. Тамара придвинулась к Юре, услышала своим плечом его плечо. Юра не шелохнулся. Сидели тихо, как братец Лис и братец Кролик. Их объединял не поиск правды о Петьке, а то, что объединяло Робинзона и Пятницу, двоих на острове. Не объединишься — не выживешь. И нечто большее — плечо. Вот чего Тамаре не хватало — плеча, в прямом и переносном смысле.

— Хорошо у тебя, — призналась Тамара. — Так бы и сидела.

— Ну и сиди.

— Я и сижу.

— Я имею в виду не сейчас, а всегда.

— У меня сын, мать. Муж.

— Ты замужем?

— Немножко.

— Немножко — это не в счет. А сына с матерью привози.

— А что мы здесь будем делать?

— Огурцы разводить.

Тамара усмехнулась в темноте.

— Между прочим, это очень интересное занятие. Ты не знаешь. Вырастишь огурец, сорвешь его — маленького, в пупырышках, он — как родной.

— Значит, я на огороде. А ты?

— Днем работать, по вечерам машину собирать.

— В сарае?

— В сарае. А ты будешь мне еду приносить.

Ежик зашуршал в траве. Стало зябко, но не хотелось отодвигаться от его плеча. Все же поднялись. Вошли в избу.

Положили матрас на пол и легли под одно одеяло. Некоторое время лежали, глядя в потолок. В них росло, копилось напряжение. В физике есть термин: критическая масса. И достаточно любого толчка, даже громкого звука — происходит взрыв. За окном с дерева упало яблоко, повинуясь закону всемирного тяготения. Должно быть, ежик наколол яблоко на свои иголки и отнес ежатам. Тамара вздрогнула. Юра мощно притянул ее к себе, и все стало неуправляемым. Она обнимала его так же, как Юру Харламова — в том далеком дне, в осевшей могиле. Казалось, дыхания не хватит, сердце разорвется. Он, сегодняшний Юра, испугался — так бурно колотилось ее сердце. Гладил, успокаивал, припоминая все нежные слова, которые знал, и придумывал новые. Когда все слова кончились, стал повторять ее имя. Все повторял и повторял, как дождь по крыше.

Луна по-прежнему пялилась, но Тамара ее уже не боялась. Она укрылась под дождем его нежности. Он целовал ее тихо и плотно, клал поцелуи один к другому, ни одного сантиметра не пропадало. Что он строил? Счастье. Тамара впервые подумала, что СЧАСТЬЕ от слова ЧАСТЬ. Счастье — это значит — часть целого. Часть всеобщей гармонии: дерево и листья, небо и Земля, Земля и Галактика. А Тамара — часть всего этого. Без нее не обойтись.

Если бы тогда в лесу, с тем Юрой все было так же, она никуда бы от него не ушла. И его серая внешность показалась бы самой яркой и одухотворенной.

Скульптор был бездарен в любви. Он как будто лишен слуха жизни. Он умел только работать. А любить, принадлежать другому человеку, растворяться в другом он не умел. Он принадлежал только своему замыслу, был озабочен только своим духовным зародышем, который зрел в нем. А на остальное ему наплевать. Остальное — не важно.

Но остальное — это и есть Тамара, ее целая, неповторимая жизнь, Господний замысел. Тот, кто ее придумал, — не фраер. И если он запустил Тамару в жизнь, значит, она зачем-то нужна.

— Подыши на меня, — попросила Тамара.

Ей нравилось его дыхание. Так пахнут грудные дети — молочком, а значит, лугом, разнотравьем.

Она заснула в счастье.

А когда открыла глаза — светило солнце. Юра с кем-то разговаривал, потом вернулся. Он был обернут простыней, как древний римлянин в бане.

— Кто это приходил? — спросила Тамара.

— Жена. Я ее не пустил.

— А что она хочет?

— Не знаю. Она все время что-то хочет.

— Вот я уеду, ты к ней вернешься, — сказала Тамара.

Она понимала: от «Юр» не уходят.

— Я никогда к ней не вернусь. И ты никуда не уедешь. Мы будем жить хорошо. Так, как задумал тот, кто все задумал. У нас получится. Я знаю. Поверь мне. Просто поверь, и все.

Он опустился рядом. Обнял.

— Ты опять опоздал на работу, — напомнила Тамара.

— Я никуда не пойду. И ты никуда не ходи.

— И я никуда не пойду.

— Будем весь день вместе.

— А тебе не попадет?

— Не попадет, — успокоил Юра. — У меня есть отгулы. Я кровь сдавал.

— Зачем?

— Чтоб были отгулы.

— Но откуда ты знал, что встретишь меня?

— Я не знал, но я ждал... А когда честно ждешь, все получается.

— Ничего подобного. Моя подруга Нелка честно ждала и даже боролась. Наконец заполучила, а он взял и умер.

— Значит, не теми средствами боролась. Рождала духовных монстров. Они потом собрались и ей наподдали...

— Они ему наподдали, — уточнила Тамара.

— Вот и солдат твой не теми средствами боролся: врал, унижался и в конце концов преступил. Наплодил вокруг себя монстров и монстрят. Они его окружили и затолкали в тюрьму.

— Перестань сдавать кровь, — попросила Тамара. — Ты и так светишься.

Она обняла его, закрыла глаза, чтобы ничто не отвлекало. И они полетели, как на картине Шагала, когда двое летят над домами и крышами, над Петьками и судьями. Над делами и судьбами. Только он. Только она.

Тамара была — как Ева, вкусившая яблоко. Скоро должен кто-то явиться и выгнать ее из рая.

* * *

Поезд уходил, набирая скорость.

Тамара высунулась до середины, держась за поручень. Того гляди выпадет. Он бежал за поездом. Как в кино. Или в кино иногда бывает, как в жизни. Вот тебе и командировка по письму. Вот тебе и «радость солдата» — все в одну корзину: и горе-Петька, и ее «нечаянная радость в дальней дороге». И Москва впереди. За эти два дня она успела забыть, что у нее есть дом, муж, мотота. Сейчас все это надвигалось со скоростью сто километров в час. А она еще в раю. А впереди — ад. Как совместить эти два помещения и этих двух Тамар?

В купе сидел старик, комсомолец двадцатых годов. О нем нельзя было сказать: «старичок» или «дедуля». Он был именно Старик, во всей мощи этого понятия, как хемингуэевский старик, поймавший большую рыбу. Или рыба его.

Тамара разговаривать не хотела. Юра пообещал приехать через два-три дня, и тогда они все решат на московской территории. Тамара грезила наяву, отгородившись Юрой от Старика. А ему, наоборот, хотелось поделиться, он рассказывал о юбилее, кого он встретил из старых друзей. Почти все умерли. ТАМ больше, чем здесь. Но все же он встретил двоих. С одним из этих двоих он сидел.

— Где? — очнулась Тамара.

— Как где? В лагере.

— А за что? — Тамаре вдруг подумалось, что Старик тоже ударил тещу топором по голове.

— Вы что, не знаете истории нашей страны? Я — часть истории.

— Скажите, а тюрьма ломает? — наивно спросила Тамара. Она не могла отключиться от Петька.

— Как видите, остался цел.

— А что помогло вам выжить?

— Очень простые вещи: Вера, Надежда, Любовь.

— Любовь к женщине? — уточнила Тамара, поскольку могла быть еще любовь к Родине.

— К жене. Выжить только для себя одного неинтересно. А вот ради жены...

— А дети у вас были?

— Почему «были»? И есть. И внук уже женился. Хорошие ребята. В Анголу работать поехали. Я спрашиваю: зачем вам жить в таком климате? А они: денег заработать. Хотят машину, квартиру, мебель, все сразу. А нам в молодые годы ничего не надо было. Мы жили общими интересами, а сейчас каждый за себя и каждый себе.

— Время было другое, — предположила Тамара.

— Нам досталось время надежд. А вам — после надежд. А может, я просто устал и мне пора домой.

— Домой — это куда? — не поняла Тамара.

— Туда, где все.

— А любовь? — напомнила Тамара. — Пусть Вера и Надежда устарели. Но Любовь — вечная девушка, одинаковая во все времена.

— О! Где мои семьдесят пять лет... — посожалел старик.

— А сейчас вам сколько?

— Семьдесят шесть.

Тамара засмеялась. Купе было маленьким и моментально наполнилось радостью.

Вошла проводница, строго потребовала билеты и деньги за постель.

Проводница была та же самая. Она не узнала Тамару, хотя прошло всего два дня. А может, сделала вид, что не узнала. У нее были свои сложности, и какое ей дело до того, что кто-то выскочил из колеса в тюрьму, а кто-то в любовь.

Дома все было по-прежнему. Два дня — срок и большой и малый. В отдельной судьбе может все перевернуться за два дня, а мир и не заметит. И в этом спасение, иначе только успевай переворачивайся вместе с отдельными судьбами.

Муж пил в мастерской и не появлялся. Мать ходила молчаливо-сумрачная и агрессивная. Не огибала предметы, а шла напролом, и все за ней летело, грохотало, только что не горело огнем. Она не мирилась с тем, что зять пьет, и ничего не могла изменить. И у нее было такое чувство, будто она живет в выгребной яме и не может из нее выбраться.

Увидев Тамару, мать полыхнула глазом, метнула невидимую шаровую молнию. Но невидимая молния, как пластмассовый шарик, ударилась о Тамарину благостность. Она обняла мать, поцеловала в мягкую щеку. Вдруг подумала: «А ведь ее тоже, наверное, любили. И она любила».

Тамара вспомнила, как через какое-то время после отцовой смерти у матери один за другим появились два Яшки — худой и толстый. Домработница не одобряла Яшек, звала их «Яшка толстый» и «Яшка здохлый». У «здохлого» был сын. Этот сын остановил мать от решительного поступка. А Яшка толстый заведовал мебельным магазином, он достал мебель, но надул в деньгах.

Надул незначительно, однако мать была глубоко оскорблена бытовой приземленностью своего рыцаря: сватал-
ся, предлагал руку, а другой рукой наживался на любимой женщине.

Обоим Яшкам не суждено состояться в ее судьбе.

— Мама, ты помнишь Яшек? — спросила Тамара.

— Тю... — подивилась мать. — Нашла что вспомнить.

В ее речи время от времени проскакивали украинизмы:
тю, отож, не в року...

— Ну почему же? — возразила Тамара. — Зачем
обесценивать свое прошлое?

— Был бы у меня старичок, не путалась бы у вас под
ногами, — неожиданно грустно сказала мать. — Муж по-
настоящему нужен после пятидесяти. Чтобы не быть одной.

Тамара не ожидала, что в матери зреют эти мысли. Ей
казалось: она довольна старостью, если старостью вообще
можно быть довольной.

— Но мы же есть у тебя, — напомнила Тамара.

— Вы у меня есть. А вот меня у вас нет.

— Не говори ерунды, — смутилась Тамара и
пошла к сыну.

Она ушла от матери и от разговора, потому что в ее
замечании был высокий процент правды. Они пользова-
лись ее трудом, но игнорировали ее жизненный опыт. Мать
не интересовала их как личность. Когда она принималась
рассуждать и поучать, Тамара в глубине души мечтала,
чтобы мать была глухонемая: все делала и молчала.

Зять и внук не замечали даже ее трудов. Им казалось, что чистота в доме, борщи, пироги с яблоками,
чистые рубашки — появлялись сами по себе, без чьих-
либо усилий. Мать в отместку звала их «исплотаторы».

Тамара часто видела старух американок с голубыми букольками, путешествующих по свету в инвалидных колясках. И никому это не смешно. Наоборот. Уважение к жизни. А мать... ведь она не старая. Ей шестьдесят лет. Но живет без надежд, как сказал Старик, «после надежд». Нервы разрушены однообразием жизни. Тянутся дни — одинаковые, как под копирку, на общем неблагоприятном фоне. Может быть, кто-нибудь додумается и напишет диссертацию на тему: «Тещи алкоголиков». Но тещи в науке не учитываются. Тещи и Старики — это прошлое. Было и прошло.

— Мама, ты хотела бы поехать за границу? — громко спросила Тамара.

— Тю... — отреагировала мать.

Она не умела жить для себя. Не научилась.

Сын Алеша вторую неделю ходил в третий класс. Тяжело просыпался после лета. Он вообще тяжело просыпался, хоть водой поливай. Тамара водой не поливала, будила нежностью, общеловывала с ног до головы. Он был худой, теплый, как кролик. Нуждался в ласке, как в кислороде, и сам был ласковый, как девочка. Когда они бывали на людях, Алеша не отходил от матери, клал голову ей на плечо, будто закреплял за собой: это мое. Иногда такая скульптурная группа была неуместна, скажем, в театре или в кабинете у врача. Тамара, как бы извиняясь, говорила: «Это не отогнать». Она не представляла себе, что Алеша когда-нибудь женится и будет класть голову на плечо чужой женщины. Она уже сейчас, заранее готова была истребить эту другую. В ней зрела свекровь.

Алеша открыл глаза, сел на кровати. Он измучился за два дня разлуки.

— А что ты мне привезла? — живо поинтересовался он.

Тамара всегда что-то приносила ему с работы, и он привык к празднично-дающим маминым рукам. А сейчас из другого города явилась с пустыми руками. Все забыла. Слава Богу, еще себя привезла.

Алеша снова нырнул под одеяло. Он вообще не мог резко менять среду обитания, и выйти из теплой постели на воздух было для него то же самое, что войти в воду. Тамара боялась, что у него нарушена терморегуляция. И вообще она боялась плохой наследственности. Все же сын алкоголика. Правда, ее материнская наследственность была мощная, жизнеспособная, разбавленная свежей крестьянской кровью. Тамара очень на это рассчитывала.

Во втором классе, то есть в восемь лет от роду, Алеша выковырял из плотно прижатых книг на книжной полке том «Илиады» и стал читать Гомера с той же увлеченностью, что «Муху-Цокотуху». Тамара испугалась патологии одаренности. Но врач сказал:

— Никакой патологии нет, одна одаренность. Очень яркий мальчик. Но яркость, как правило, проходит. Будет нормальный молодой человек.

И все же неблагоприятная наследственность могла проявиться в любом возрасте и в любом виде. Тамара все время напряженно всматривалась в сына, как бы пытаясь вовремя подстеречь, схватить невидимого врага и уничтожить на подступах. Это постоянное напряжение обострило ее любовь. Алеша платил тем же. Казалось, что у них общее кровообращение, как тогда, когда он был в ней.

Подруга Нелка иногда спрашивала:

— А что с тобой будет, если он в сорок лет объявит, что хочет один прокатиться на лифте?

Но до сорока далеко. А сейчас за окном бабье лето, и мать накрыла на стол завтрак: тертая морковь со сметаной, творог, овсянка.

Мать с большим авторитетом относилась к овсу. Лошади питаются только овсом и при этом работают как лошади. Стало быть, овес обеспечивает и массу, и энергетический запас. И корень жизни — не какой-то китайский женьшень, а именно овес, он должен входить в рацион каждый день. И тогда можно быть гарантированным от наследственности, от язвы и от чего похуже.

Алеша в своей недолгой жизни ненавидел четыре фактора: принуждение, равнодушие, овсянку и черную икру. Он ненавидел, когда его слишком замечали, когда его не замечали совсем, а от овсянки и икры, отдающей рыбьим жиром, его просто рвало.

Садились за стол с разными задачами: у бабки — втолкнуть во внука корень жизни, у Алеши — не допустить насилия, у Тамары — нейтрализовать обе стороны, предотвратить вооруженное столкновение.

Бабка любила внука истово, во всю силу своей мятежной души. И овсянка — тоже выражение любви. А поскольку жизнью правит диалектика, то любовь принимает иногда самые неудобоваримые формы и формулировки. За стол сели молча, свято помня свои задачи.

— По-моему, он скоро умрет, — начала бабка, имея в виду Алешу. Ход номер один. Если Алеша не съест овсянку, он не выживет. Может быть, Тамара испугается, возьмет ее, бабкину, сторону и вдвоем они сломают Алешу. Алеша начнет по утрам есть овсянку, станет здоров, как жеребенок, недоступен никаким болезням.

Тамара все понимала, но слово «умрет», поставленное возле Алеши, это словосочетание перетряхнуло ее.

— Мама, что за манера бросаться словами? — холодея глазами, спросила Тамара. — Что за словесное невоздержание?

Алеша почувствовал, что набрал очко в свою пользу. Орлом взглянул на бабку.

— Он у тебя не ест, а закусывает, — не сдалась бабка. — Одни бутерброды. На сухомятке.

Было нетрудно догадаться: закусывает тот, кто выпивает. Мать намекала на наследственность, сыпала соль на разверстые раны.

— Алеша, съешь хотя бы две ложечки, — попросила Тамара. — Зажми нос и съешь. Как лекарство.

— Мамочка, она скользкая. Она такая противная.

Алеша смотрел прямо на мать, и в его чистых глазах была одна правда и страдание за правду.

Тамара моментально сдалась. Перед правдой и страданием у нее не было аргументов. К тому же время шло, пора было отправляться в школу. Тамара не могла допустить, чтобы ребенок уходил голодным.

— Сделать тебе бутербродики?

— Только без брынзы, — попросил Алеша.

Тамара торопливо сооружала бутерброды. Мать смотрела фанатично пылающим взором попранной веры в овес. С такими лицами шли на костер за веру, и с такими же лицами на костер отправляли.

Тамара подвинула тарелку с бутербродами, рядом положила малосольный огурчик. Алеша любил острое. Творог и морковь тоже не имели авторитета, как и сама бабка.

— Еще рюмку поставь, — подсказала мать.

— Зачем? — не понял Алеша.

— Бабушка шутит.

Тамара не сердилась на мать. Она была виновата перед ней. И перед Алешей. Она пожелала быть счастлива без них. И вне их. А они?

На работе тоже все шло по-прежнему. Что могло измениться за два дня...

Тамара села в своем кабинете и стала ждать звонка. Они договорились: Юра позвонит на работу. Телефон молчал, и это было странно. Просто непостижимо. Она уже час на работе, и никаких сигналов. Если бы она была на Юрином месте, то позвонила бы уже раз шесть. Может быть, в этом и состоит разница между мужчиной и женщиной.

Раздался звонок. Но звонил внутренний телефон. Тамара сняла трубку. Это был Влад.

— Вы не согласились бы ко мне зайти? — попросила Тамара. — Я не могу отлучиться от телефона.

Влад задумался: с одной стороны, имело место нарушение субординации. Начни ходить по подчиненным, потом загоняют. С другой стороны, он был хоть и советский, но все же мужчина. А Тамара хоть и подчиненная, но все же женщина.

Влад пришел к Тамаре, удобно уселся в кресло, обтянутое дерматином.

Влад был грузный, лысоватый, с сонными глазами и тяжелым носом. Спящий мул. Провинившийся ангел романтичнее, чем спящий мул. Тамара вдруг подумала: а ведь и его кто-то обнимает, целует сонные глаза. И тогда он вдруг просыпается, глаза раскрывает до конца и становится красив...

— Что ты смотришь? — спросил Влад.

Тамара испугалась, что он догадается о ее мыслях, и торопливо протянула копию приговора суда.

Влад внимательно прочитал, потом поднял глаза.

— А о чем здесь можно писать? Что здесь интересно для читателя?

— Человек никому не был нужен и озверел, — сформулировала Тамара.

— Значит, надо было сделаться нужным, — возразил Влад. — Не нужно то, что ничего не стоит. Ничтожество.

— А может быть, его загнали в такое состояние...

— Что может загнать человека в состояние ничтожества?

— Любовь.

Солдат любил девочку со своей улицы, обнимал ее восьмеркины округлости, родил с ней ребенка, не хотел ничего другого. Она была его частью, он силой втаскивал ее в свою жизнь. А она выдиралась. Он хотел ее убить. Не вышло. Ситуация Кармен, с той разницей, что у Хозе вышло. Почему Хозе можно, а солдату нельзя. Почему Хозе — цельная личность, а Петько Довгань — ничтожество?

— Проспер Мериме об этом писал, и читателям было интересно, — напомнила Тамара.

— Проспер Мериме не был завотделом газеты. Он был просто Мериме. А у меня есть ролевая функция.

— Что? — не поняла Тамара.

— То. Мы должны воспитывать читателя на положительном примере. На героических поступках. Чтобы человек прочитал и подумал: «И я так могу». Надо возвышать человека в его собственных глазах. А после этой истории хочется пойти и повеситься. Ради чего мы будем копаться в этом мусоре?

— Ради солдата. Может быть, удастся сократить срок. Даже один год и то имеет значение. Не одиннадцать, а десять.

— Он где работал? — спросил Влад.

— Какая разница...

— Ну все же.

— В хлеву.

Влад промолчал.

— Я знаю, о чем ты молчишь, — сказала Тамара. — Ты считаешь, что он поменял один хлев на другой и общество не заметит его отсутствия.

— Совершенно не заметит, — подтвердил Влад.

— Но ведь общество — это не абстрактное понятие. Общество — это я, ты, он. Да, и он тоже. Он не в колбе жил. И общество должно ему помочь. В этом его гуманность.

— А может быть, гуманность в том, чтобы не помогать.

— Это твоя ролевая функция? А сам ты как считаешь?

— Я считаю: жизнь груба. Надо помогать людям выжить. Зажигать лампочку надежды. А не окунать лишний раз в мусорный бак.

Зазвонил телефон торопливыми, перебивающими друг друга звонками.

Тамара сдернула трубку. Подняла на Влада умоляющие глаза.

— Ухожу, — понял Влад и пошел из кабинета.

Тамаре казалось, что он уходит очень медленно. Вечность. У него была походка человека, который забыл надеть штаны и смущается своего голого зада. Наверное, ролевая функция была ему необходима, как штаны. Чтобы уверенее себя чувствовать. Ролевые функции надо поручать людям без комплексов.

Наконец Влад вышел и плотно закрыл за собой дверь.

— Да!!! — закричала Тамара.

— Это я.

— Почему ты так долго не звонил?

— Я не знал, что сказать. А теперь знаю.

— Говори!

— Вагон одиннадцать. Место тринадцать. Завтра я в Москве. До завтра.

— Подожди!

— Все завтра.

— Подожди!

— Ну жду. Что?

Тамара молчала. Молчание было кричащим, ликующим. Люди изобретают перпетуум-мобиле, вечный двигатель. Самый вечный двигатель — это любовь. И горючее у него никогда не кончается. Он на самозарядке.

Вдруг Тамаре показалось, что молчание стало пустым. Линия отключилась, и она слушала ничто.

— Эй! — испуганно позвала Тамара.

— Я здесь, — тихо сказал он из пустоты. — Я здесь. Я никуда не денусь.

Поезд приходил утром. Казалось, что утро не наступит никогда. Но оно наступило. И поезд пришел без опозданий. Состав стоял громоздкий и пыльный, будто его не обметали с тринадцатого года. Тамара понимала, что происходит момент овеществления мечты. Мечта обретает детали, подробности и даже запахи.

Юра стоял возле своего вагона и не двигался. Люди обтекали его, как медленные струи. Тамара остановилась, как будто ее придержали за плечо. Она его видела. Он ее — нет. Он озирался, его лицо было напряженным. Провинившийся провинциальный ангел. Затылок стрижен короче, чем следует. Курточка из кожзаменителя стояла коробом. Но не в курточке дело, а в какой-то несвободе, неадаптированности. Он был здесь чужой.

Подруга Нелка говорила: «Всех курортных знакомых надо смотреть под московским небом». Юра под московским небом не смотрелся. Там, в поселке Солнечный, среди родственников несчастного Петька и в своем деревянном доме — он был значителен и даже блестящ. А здесь куда-то все ушло, и правильное лицо настолько ничего не выражало, кроме напряжения, что казалось: лица нет. И прежнего Юры нет. Вместо человека — знак, совершенно необязательный. И что с ним делать — не ясно. Тамара представила себе, как сейчас подойдет, он увидит ее растерянность. Придется изображать радость, которой нет. Играть роль. А дальше? Куда она его поведет? В Москве с гостиницами не проще, чем в Днепропетровске. Значит, следует пригласить его к себе. Мать все просечет, тут же спросит свистящим шепотом: «Откуда ты взяла этого подростка?» Мать не любила зятя, но зять был свой, часть жизни, как хроническая болезнь. А этот — инородное тело, а все инородное мать отторгала с присущей ей категоричностью, граничащей с хамством.

Можно было бы отвести к Нелке, Нелка — никому не скажет, швейцарский банк, но тогда что-то рухнет между ними. Тамара перестанет быть прежней Тамарой, а будет чем-то вроде Нелки. Их дружбе нужна была дистанция. Нелка посмотрела бы на Юру и поставила диагноз: «У вас с ним разный менталитет».

Нелка считала, а может, где-то вычитала, что вокруг физического тела существует еще одно: ментальное. Физическое тело — это данность. А ментальное — то, что ты наработал в течение жизни. Оно как бы окаймляет физическое и невидимо глазу. Некая духовная рамка.

Поезд стоял рядом с Юрой — пыльный и допотопный, и Юра был частью этого поезда, а не частью Москвы. Тамара была частью Москвы, самого большого города в стране. Может быть, женщины Возрождения шли исключительно на чистую любовь, без учета менталитета. Но Тамаре, как представительнице восьмидесятых годов двадцатого столетия, помимо любви, нужны были город, газета, телефонные звонки, Нелка, быть среди людей, среди писем, среди, среди, среди... А сидеть в деревянном доме и взращивать огурцы можно только летом, только один, ну два месяца в году. А остальные десять — крутиться в колесе, и не дай Бог, чтобы оно остановилось.

Их физические тела совпадали, а ментальные — нет. У них был разный менталитет.

Тамара попятилась от этой разности, медленно пошла вперед пятками. Идти таким образом было неудобно. Она обернулась и пошла нормально, лицом вперед. Тамара уходила с вокзала и боялась, что Юра увидит ее и догонит. И ей казалось, что все люди, идущие навстречу, знают, что она сбежала, и смотрят неодобрительно.

Посреди мастерской стоял неоконченный памятник павшему воину. Пять женских фигур скорбно склонились над павшим. Воин лежал отдельно, в углу мастерской. А на его месте, на постаменте, спал скульптор, подложив обе ладони под щеку. В мастерской стоял густой, настоянный дух разбитых надежд.

Тамара приблизилась к памятнику. Женские лица были не проработаны, только намечены. Но в центральной фигуре Тамара узнала себя. Она стояла рослая, статная, склонив голову. Волосы он сделал одним тяжелым куском. Лицо почти завешано волосами, но это она. Рядом — ее мать, скорбная старуха, с комплексом овсянки, одинокой старости. Остальные три — тоже на кого-то похожи. Тамара вгляделась и узнала Лидку — круглое личико, фигура — восьмерка, рядом — мать Петька, большая, костистая, покорная в своем горе. И последняя в ряду — теща Петька, плачет, подняв руку к лицу.

Скульптор никогда не видел этих женщин из поселка Солнечный. Он писал просто скорбящих женщин. Но, может быть, все плачущие люди похожи друг на друга. А может быть, он, художник, проинтуировал своими оголенными нервами сегодняшнюю боль. И каждый, кто посмотрит на памятник, увидит знакомых ему людей. Значит, все, что болит в людях, болит и в нем. На то и художник. А она — жена художника.

Как говорила та же Нелка: «За духовку надо платить». Она и платит. И знает за что.

Тамара стояла и смотрела. Плачущие женщины держали, тянули в себя. Хотелось заплакать вместе с ними.

Скульптор проснулся. Сел. Глаза — в красных прожилках. Смотрел осмысленно.

— Это ты? — проверил он себя.

— Я. Приехала.

— А ты уезжала? — удивился он.

— Я была в командировке, два дня.

— А сегодня какой день?

— Среда.

— Пьяница чертов, — горько осудил он себя.

— Но ведь ты возвращаешься? — деликатно спросила Тамара, имея в виду под возвращением его выход из запоя.

— Возвращаюсь. Только зачем?

— Работать.

— Ерунда. У меня ничего не получается.

Тамара знала за ним: он работал мучительно. Его раздирали сомнения. На творческие муки накладывалась послеалкогольная депрессия. Он тяжело и мучительно перекатывался в своем колесе.

— У меня уже мозги разжижились, скоро через нос потекут.

Он издевался над собой, но всякая ирония оборачивается жалостью к себе. Скульптор жалел себя и ненавидел.

— Глупости. У тебя все получается, — с убеждением сказала Тамара. — Это одна из лучших твоих работ.

— Ее уже сделали до меня. В пятнадцатом веке. Коровкин сказал, что я содрал с «Оплакивания Христа».

— Не содрал, а переосмыслил. И внес свое.

— Ты считаешь?

— Я просто это вижу.

— А зачем повторять то, что уже было?

— Люди страдали и в пятнадцатом веке, и в двадцатом. А павший солдат — тоже немножко Бог. Разве он не умер ради людей?

— Только в тебе моя поддержка. Ты одна меня понимаешь...

— Сиротка... Тебя все понимают.

— Правда?

— Правда, правда... А Коровкин дурак.

Он подошел к ней, прижался как ребенок в темноте. Спрятал лицо в ее волосы.

— От меня, наверное, несет, как из погреба? — виновато спросил он.

— Ерунда. Пойдем домой. Поешь горячего. Мать фасолевый супчик сварила.

Тамара повела мужа из мастерской. Он крепко держался за ее руку, как будто боялся потеряться.

— Тебя, — сказала мать и положила трубку возле аппарата. — Кто это?

Ей надо было все знать.

Тамара подошла к телефону. Она знала, что звонит Юра. Знала еще до того, как услышала его голос.

— Да, — отозвалась Тамара.

— Я сегодня уезжаю, — спокойно сказал Юра. — Я звоню попрощаться.

Тамара молчала. Ждала вопросов. Но их не было.

— Ты ничего не хочешь спросить?

— Нет. Я все понял.

— Что ты понял?

— Все. Ты должна знать, что меня нет в Москве. Ты должна быть спокойна. Поэтому я звоню.

— Когда ты едешь?

— Через час.

— Ты не хочешь меня видеть?

— Нет.

— Обиделся?

— Не в этом дело. Я разбил лицо и не хочу, чтобы ты видела меня.

— Как разбил лицо?

— Я взял у товарища мотоцикл и въехал в дерево.

— Тебе было больно?

— Когда лицом, всегда больно.

— Какой у тебя вагон? — спросила Тамара.

— Это не имеет значения.

— Какой у тебя вагон?

— Пятый, если ты настаиваешь. Но я не хочу, чтобы ты меня видела. И сам не хочу видеть тебя.

— Как знаешь...

— Клади трубку, — попросил он.

За спиной стояла мать. Тамара положила трубку.

— Кто это? — подозрительно спросила мать.

Тамара не ответила. Пошла к Алеше, учить с ним музыкальную грамоту.

Муж спал в своей комнате за плотно закрытой дверью. Он отсыпался, восстанавливался. Все возвращалось на круги своя.

Алеша тупо смотрел в нотную тетрадь.

— Фа — си, — начала Тамара.

— Кварта.

— Дальше.

— Два тона, полутон.

— Думай...

Алеша напряг лоб.

— Представь себе клавиатуру. Сколько черных клавиш между фа и си?

— Три.

— Ну?

— Три тона, — сообразил Алеша.

— До — ля-бемоль.

— Секста, — посчитал Алеша, загибая пальцы.

— Какая, большая или малая?

Алеша стал соображать, двигая бровями. Тамара резко поднялась, вышла из комнаты. Алеша решил, что мать вышла на несколько минут и сейчас вернется. Он ждал, забыв про сексту. Он забывал про сексты, квинты и кварты в ту же секунду, как только предоставлялась возможность о них не думать. Ему было нестерпимо скучно с тонами, полутонами, он не понимал — зачем нужно это знать. И зачем его учат музыке, когда можно поставить на проигрыватель пластинку и послушать любую музыку в самом лучшем исполнении. Раньше не было музыкальной техники, поэтому человек должен был уметь играть. Сам сыграл, сам себя послушал. А сейчас... Зачем тратить все детство, если потом все равно не подойдешь к инструменту. Все равно будешь слушать кассету с Высоцким и еще с одним... как там его... с Челентано. Зачем делать то, что потом никогда не пригодится? Лучше бы учили на гитаре. Он бы сочинял собственные песни. Сам играл. Сам пел. Выражал себя. Полное самовыражение. Алеша размышлял. Мать не возвращалась. Он взял фломастер, раскрыл учебник по сольфеджио и стал пририсовывать к четвертным ручки и ножки. Получались человечки. А к целым он пририсовывал уши. Получались Микки Маусы.

Тамара бежала по перрону. До отхода поезда оставалось восемь минут. Нужно было пробежать еще пять вагонов. Ворваться в купе. Непонятно, откуда берутся скорость, силы, когда очень нужно.

Юра сидел на нижней полке, читал газету. От правого глаза вниз разлился широкий фиолетовый подтек. Вдоль щеки пролегла полоса, как будто пробороздили теркой. В купе он находился уже на своей территории и снова был необычен и строг, как гордый ангел. Ангел, которого побили люди.

Увидев Тамару, он встал. Тамара шагнула к нему молча. На слова не оставалось времени. Коснулась легкими пальцами его синяков и царапин. Хотела спросить: «Больно?» Но и на это не было времени. Прижалась лицом к его лицу. Обняла, замкнула пространство. Снова стала частью целого и знала, что это целое сейчас разорвут, растащат на две бесполезные половинки.

Заглянула проводница, сказала:

— Просьба провожающих освободить вагоны...

— Иди... — Юра стал снимать с себя ее руки.

Тамара вцепилась в его плечи так, будто ее сбрасывали с двенадцатого этажа. Надо было удержаться.

Он нежно, но настойчиво стал отгибать ее пальцы один за другим. Тамара зарыдала в отчаянье.

Юра стал торопливо целовать ее глаза, губы, и она слышала вкус собственных слез. Они были горькие, как морская вода.

Потом Юра взял ее за руку и повел по коридору. Она покорно шла следом, плакала горькими слезами, не закрываясь. Ее лицо собралось в комки, было мученическим и старым. По коридору в обе стороны сновали люди. Тамаре не было стыдно. Ей было все равно.

Он вывел ее из поезда, сам вышел следом. Хотел что-то сказать, но поезд вздрогнул. Юра шагнул обратно.

— Что ты будешь делать? — крикнула Тамара плача.

Ей хотелось крикнуть: «Останься, стань невидимкой, ходи за мной как тень, спи со мной, ешь, дыши на меня. Я буду жить свою жизнь, а ты мою»... Но невидимок не бывает. Он уезжал и увозил с собой ту самую «чистую любовь», без которой не обойдешься. Можно обойтись, если не знать. А если знать...

— Машину собирать! — крикнул он. — Я назову ее «Тамара».

Она заплакала во все горло, как будто он сказал что-то обидное.

Поезд ушел. Перрон опустел.

Рельсы сходились, расходились, перекрещивались, текли параллельно. Тамара стояла и не двигалась, как будто отстала от состава в середине пути и теперь не знала: что делать, куда деваться.

По небу шло большое облако и вело за собой выводок облачат.

Через полгода Тамара летела на Север, в места не столь отдаленные, однако достаточно отдаленные, где отбывал свой срок бывший солдат, а ныне заключенный, кузнец своего несчастья Петр Довгань.

Тамара видела его фотокарточку в судебном деле — анфас и в профиль, но снимали уже в тюрьме. Он был брит, запуган, с вытаращенными от ужаса глазами. Хотелось увидеть его, услышать его голос, что-то понять. Может быть, он действительно сорняк и тогда пожнет ту судьбу, которую посеял. А вдруг нет? Вдруг еще что-то можно сделать и выиграть у жизни целого человека? Тогда в мире станет немножечко больше добра.

Закон зека: не верь, не бойся, не проси. Петько просит и, значит, верит. Значит, он еще не законченный зек. Тамара увидит его, а он — ее. Среди толпы незрячих он увидит глаза человека, который хочет помочь. И тогда колесо озверения будет разбито.

Юра говорил, что все в жизни можно поправить вот этими руками. Значит, выйдет на трассу машина «Тамара». На площади встанет памятник павшему воину. Бык Вадим воспроизведет полноценное потомство. Тамарина задача скромнее: повидать Петька, от которого обществу никакой пользы, одни неудобства. Но как говорил Гек Финн: «Каков бы человек ни был, хорош или плох или ни то ни се, все-таки он тварь Господня и на нем воля Божия». От Господней твари Петька открестились жена, колхоз, газета. Тамара знала: если не она, то никто.

Из дома, как всегда, уехать было трудно. У мужа болело сердце, барахлил мотор. Это и понятно. Даже машину раз в год ставят на профилактику. Железо. А тут — живое сердце. Алеша на спор за рубль съел таракана. Мать почему-то приняла сторону таракана, хотя должна была испугаться за внука, назвала Алешу эсэсовцем и перестала с ним разговаривать. Не замечала. Алеша этого не выносил и рыдал в туалете.

Юра не звонил, никак о себе не напоминал, как в воду канул. Или воспарил, как ангел. И непонятно: был ли он вообще? Или это взаимоотношения Тамары со своей мечтой. А мечту недаром сравнивают с птицей. Ей дано улетать.

Каждый зависит от каждого. И Тамара зависела от Юр и от скульптора. Но есть еще и своя, только своя жизнь. Как своя музыкальная тема во вселенском оркестре. Пусть она слабенькая, наивная, флейта-пикколо. Но она не должна зависеть ни от первых скрипок, ни от громких барабанов, и ее надо пропеть.

Уехать из дома было трудно, но надо. Как бы ни заворачивала жизнь в мясорубку, каким бы ни пропускала фаршем, других это не должно касаться. Другие не должны страдать. Как говорили в чеховские времена: надо исполнять свой долг.

Самолет летел над Москвой и Днепропетровском, над Юрами и скульпторами, над облаками и облачатами. Земля медленно и мощно крутилась вокруг своей оси.

У Земли тоже было свое колесо.

Римские каникулы

Однажды в моем доме раздался долгий телефонный звонок. «Междугородный», — подумала я и подняла трубку. Звонили действительно из другого города. Из Рима. Мужской голос поздоровался по-французски. Это было кстати, потому что французский я учила в школе: могла поздороваться, попрощаться, сказать «я тебя люблю» и сосчитать до пяти. Еще я знала спряжение двух глаголов: etre и avoir.

— Валерио Беттони, — представился голос. — Адвокато Федерико Феллини.

Здесь было понятно каждое слово: адвокато — это адвокат. А Федерико Феллини — это Федерико Феллини. Тут ни убавить, ни прибавить.

Я решила, что меня кто-то разыгрывает, но на всякий случай поздоровалась:

— Бонжур, месье.

Валерио затараторил по-французски. Из его монолога я узнала четыре слова: вуаяж, Рома, отель и авьон.

Рома — это Рим. (Сведения почерпнуты из песни «Аривидерчи, Рома».) Отель — это отель. Вуаяж — путешествие. Авьон — авиация, то есть самолет. Итак, получается: Федерико Феллини приглашает меня в Рим. Отель и самолет — за счет приглашающей стороны.

— Пер ке? — Этот вопрос я знала из итальянских фильмов неореализма.

Валерио Беттони охотно затараторил по-итальянски. Он решил, что я владею всеми европейскими языками.

Маленькое отступление. Однажды я выступала на Западе с известным российским поэтом. Из зала ему задали вопрос:

— Вы — представитель творческой интеллигенции. Как вы можете не знать языков? Хотя бы английского...

Он ответил замечательно. Он сказал:

— Поэт может так многого не знать...

Прозаик тоже может многого не знать. Знание — это информация. А в творчестве важна интуиция. Можно много знать и быть бездарным. Однако есть третий вариант: много знать и быть талантливым. Как Пушкин, например.

Сегодняшняя советская интеллигенция в массе своей серая, как утренний рассвет. Узкие специалисты. Знают, но узко.

— Аве ву факс? — спросил адвокат.

Он решил, что у меня дома есть факс. Человек такого уровня должен у себя дома иметь факс.

У меня нет нормального потолка над головой. Четыре года тому назад соседи сверху залили меня водой. Потолок вспучился и в некоторых местах отвалился. Это событие совпало с перестройкой, и отремонтировать потолок оказалось невозможно. То есть возможно, но на это придется положить жизнь. Жизни жаль. Она нужна мне для другого.

Я с достоинством ответила, что факса у меня «но». Зато факс имеется (avoir) в моей фирме. Я имела в виду Союз писателей.

— Моменто, — сказал адвокат. Значит, он сейчас возьмет ручку и запишет номер факса.

— Моменто, — отозвалась я и раскрыла записную книжку на букве И — иностранная комиссия.

Я умею считать по-французски до пяти. И если, скажем, встречается цифра «семь», то я говорю: пять плюс два.

Беттони сначала не понял моей технологии, потом сообразил. Видимо, хороший адвокат. Недаром Феллини его выбрал. Наверное, дорогой. Адвокаты на Западе стоят очень дорого.

Я продиктовала факс. Валерио победно закричал:

— Капито! Капито!

Я сказала: «Чао, синьор».

Он ответил: «Аривидерчи, Виктория».

Если бы я свободно говорила по-французски, наш разговор был бы краток, сух и деловит. А в нашем случае мы вместе преодолевали языковые препятствия и победили. У нас была общая маленькая победа. Мы почти подружились.

Я положила трубку и сказала семье:

— Меня Феллини приглашает в Рим.

— А зачем? — спросила семья.

— Не знаю.

Семья засмеялась, решила, что я шучу. И я тоже засмеялась.

Я ни одной секунды не верила в реальные последствия этого звонка. Моя судьба держит меня в ежовых рукавицах и больших подарков мне не делает. И вообще я не создана для эпохальных встреч. Как говорит моя подруга Лия Ахеджакова: «Мое место на кухне».

Через месяц

Я живу на даче и строю забор. Общаюсь с шабашниками. Они быстро сообразили, что я далека от жизни, не знаю цен, и все умножают на десять. За то, что стоит десять рублей — берут сто. За то, что стоит сто — тысячу. И так далее, до бесконечности. Они меня обманывают и за это же не уважают.

Маленькое отступление. Моя школьная подруга жила с мужем в Танзании. Муж работал в посольстве, занимал высокий пост. Им полагалась вилла и прислуга. Прислуживал негр. В его обязанности, среди прочего, входило открывать хозяину ворота. Прежний хозяин (американец) имел манеру не дожидаться, пока слуга отойдет от ворот, и нажимал на газ. Машина на полной скорости влетала в ворота — так, что негр едва успевал отскочить. Это было что-то вроде игры — бесовской рулетки у бездны на краю. Успеет отскочить — жив. Не успеет — сам виноват. Негр обожал своего хозяина.

Муж моей подруги следовал другой тактике: останавливал машину перед воротами, ждал, пока негр откроет, при этом спрашивал: как здоровье? как семья? как учатся дети?

Негр замкнуто молчал. Он презирал русского хозяина. С его точки зрения, если хозяин разговаривает с прислугой как с равным, значит, он тоже где-то в глубине прислуга.

Примерно так же размышляли мои шабашники Леша и Гоша. Я тоже спрашивала у них: как семья? как настроение?

У обоих на руке татуировка: девушка с волнистыми волосами. У Гоши — в полный рост, без купальника. А у Леши — только портрет, крупный план. Леша вообще более романтичен, все называет уменьшительно: «денежки», «водочка».

— Цементик в красочку попал, — сообщает он мне.

Это значит, что крашеная поверхность в цементных кляксах, как их отодрать — неизвестно. Работа брак. Надо переделать. Но Леша переделывать не собирается. Настаивать я не умею. И он знает, что я не умею, и смотрит просветленным взглядом, и прибавляет нуль.

Я буквально слышу, как у меня усыхает душа. Я чувствую, как во мне закипает благородная ярость, еще один рывок — и я начну разговаривать с ними на их языке. Но все кончается тем, что предлагаю чашечку кофе.

Меня утешает то обстоятельство, что ТАК было всегда. И во времена Чехова. В повести «Моя жизнь» — та же самая картина: халтурили и требовали водки. Просто тогда с водкой не было проблем. Выставляли ведро.

Помимо заборных впечатлений, я еще пытаюсь писать, работаю инженером человеческих душ (определение Сталина). Моя дочь подкинула мне своего сыночка со специфическим характером. Я рассказываю ему сказки, работаю Ариной Родионовной.

Федерико Феллини, вуаяж, отель, Рома — все отлетело, как мираж. То ли было. То ли не было.

Однако капиталисты слов на ветер не бросают. В Союз писателей пришел факс. Там сказано, что Федерико Феллини ждет меня в среду 17 июля. Через полтора месяца. И если синьора Токарева не передумала, пусть подтвердит свой приезд.

Консультант по Италии, молодой и образованный человек, позвонил мне на дачу и предложил подъехать в иностранную комиссию.

Стояла жара, ребенка девать некуда, значит, надо брать с собой в город, мучить.

— А зачем ехать? — спросила я.

— Надо послать факс с подтверждением.

— Ну и пошлите. Скажите: синьора согласна.

— Хорошо, — легко согласился консультант. — Сегодня же отошлю.

Билетами и оформлением писателей занимается иностранная комиссия.

— Когда выкупать билет? — задала я практический вопрос.

— Шестнадцатого. Во второй половине дня.

— Шестнадцатого июня? — не поняла я.

— Шестнадцатого июля, — поправил консультант.

— А лететь когда?

— Семнадцатого. Утренний рейс.

— Почему так вплотную? А раньше нельзя?

— У нас все так летают, — успокоил консультант.

Значит, не я первая, не я последняя. Это успокаивает.

Маленькое отступление. Моя знакомая сидела в очереди к онкологу. Надо было подтвердить болезнь или исключить. Она сидела и медленно плавилась на адском огне своего волнения. Рядом сидела женщина и читала. Книга была смешная. Она улыбалась.

— А вы не боитесь? — удивилась знакомая.

— А чего бояться? Вон нас сколько. Я что, лучше? Как все, так и я.

Главное, чтобы несправедливость не касалась тебя в одиночку. Главное, как все. В компании.

Значит, я до последнего дня не буду знать: лечу я или нет.

Шестнадцатое июля. Шестнадцать часов. Билета нет. И женщины, которая занимается билетами (ее зовут Римма), тоже нет.

— А что мне делать? — спросила я консультанта.

— Ничего. Ждать.

Я выхожу во двор и смотрю на ворота. Пошел дождь. Я раскрыла зонт и смотрю сквозь дождь.

Появляется Римма. Она медленно, задумчиво идет, как будто сочиняет стихи. А может быть, и сочиняет. Дождь сыплется ей на голову, стекает каплями с очков. Римма видит меня и, чтобы не тянуть неопределенность, издалека отрицательно качает головой. Билета нет.

Я обомлела. Раз в жизни судьба дает мне шанс. Я, правда, не знала — зачем пригласил меня великий Феллини, но приехала бы и узнала.

А сейчас получается, что я не поеду и ничего не узнаю.

Римма подошла ко мне. Я захотела заглянуть в ее глаза и возмутиться в эти глаза. Но глаз не видно. Стекла очков забрызганы, как окна. Римма целый день промоталась без обеда, устала, промокла и хотела есть. У меня шанс, а ей-то что с того?

Я спросила упавшим голосом:

— Что же делать?

Римма пожала плечами и бровями, при этом развела руки в стороны. Жест недоумения.

Забегу на сутки вперед: семнадцатого июля в десять утра в аэропорту города Рима меня встречали переводчица и шофер из гаража Беттони. Федерико Феллини ждал дома. На час дня был назначен обед.

Самолет приземлился. Все вышли. Меня нет. Запросили «Аэрофлот»: такой на борту не было.

В иностранную комиссию полетел тревожный факс: «Куда подевалась синьора Токарева?» Получили ответ: «Синьора прилетит в другой день и другим рейсом, поскольку ей не смогли достать билет. Чао».

Валерио Беттони прочитал факс и спросил у переводчицы:

— Скажите, а Токарева писательница?

— Да, да, — заверила переводчица. — Известная писательница.

— А почему ей не достали билет? Так бывает?

— Значит, бывает.

— А как это возможно? — снова спросил адвокат.

Клаудиа развела руками и пожала плечами.

Валерио Беттони снял трубку, позвонил Федерико и отменил обед. Русская задерживается. Ей не обеспечили билет.

— А синьора Виктория эксриторе? — усомнился Феллини.

— Да, говорят, что известный писатель.

— Вы поздно сообщили?

— Нет. Я послал факс за полтора месяца.

— Тогда в чем дело?

Беттони пожал плечами и бровями и отвел одну руку в сторону. Другой он держал трубку.

Жест недоумения замкнулся.

Все люди всех национальностей недоумевают примерно одинаково. Хотя почему примерно? Совершенно одинаково.

Беттони положил трубку и посмотрел на переводчицу.

— Умом Россию не понять, — вспомнила переводчица.

— А чем понять? — спросил адвокат.

В этом месте, я думаю, все человечество может подняться со своих мест, пожать плечами и развести руки в стороны.

А теперь вернемся в иностранную комиссию.

Это длинное одноэтажное строение, покрашенное в желтый цвет. До революции здесь размещалась конюшня. Потом из каждого стойла сделали кабинеты. Кабинеты получились крошечные, как раз на одну лошадь. Для начальников убрали перегородки. Получилось пошире — на две и даже на три лошади, в зависимости от занимаемой должности.

В шестидесятые годы здесь размещалась редакция журнала «Юность». Отсюда, из этой точки, начинали свое восхождение Аксенов, Володарский, Фридрих Горенштейн — все те, кто и по сегодняшний день несут на себе русскую литературу в разных концах земли. Володарский в Москве, Горенштейн в Берлине, Вася Аксенов в Вашингтоне, Гладилин в Париже.

Весело было в «Юности» в хрущевскую оттепель.

Сейчас «Юность» выехала в просторное помещение на площади Маяковского. Что-то появилось новое (жилплощадь). А что-то ушло. А может быть, это ушло во мне.

В бывшую конюшню переехала иностранная комиссия.

Мы с Риммой вошли в стойло-люкс, к заместителю начальника. (Начальник в отпуске.)

— Что же делать, — растерянно сказала я. — Меня будет встречать Федерико Феллини. Неудобно. Все-таки пожилой человек.

Как будто в этом дело. Пожилых много, а Феллини один.

— Да, конечно, — согласился заместитель и стал куда-то звонить, звать какую-то Люсеньку.

— Люсенька, — нежно сказал он. — Тут у нас писательница одна... На Рим... На завтра... А на послезавтра?

Заместитель поднял на меня глаза:

— В бизнес-классе полетите?

Я торопливо закивала головой.

— Полетит, куда денется. — Заместитель загадочно улыбался трубке, видимо, Люсенька сообщала что-то приятное, не имеющее ко мне никакого отношения.

Итак, я в Риме. В отеле «Бристоль». Я прибыла вечерним рейсом. Переводчица Клаудиа приглашает меня в ресторан: легкий ужин, рыба и фрукты.

— А какая рыба? — спросила я.

— Сомон.

— А что это?

— По-вашему, лосось.

— У нас его сколько угодно, — говорю я.

— У вас в консервах. А у нас сегодня утром из моря.

Можно, конечно, пойти поужинать, но у меня схватило сердце. Я глотаю таблетку (отечественную), ложусь на кровать, смотрю в потолок и жду, когда пройдет. Потолок безукоризненно белый.

Так лежать и ждать не обязательно в «Бристоле». Можно у себя дома. То же самое. Дома даже лучше.

Я отказываюсь от ужина. Бедная Клаудиа вздыхает. Она ничего не ела весь день. Я достаю из сумки аэрофлотскую булочку и отдаю ей.

Так кончается первый вечер в Риме.

Утро следующего дня

Мы, я и Клаудиа, отправляемся в офис Беттони. Офис — в центре Рима, занимает целый этаж большого старинного дома.

Чистота. Дисциплина. Все заняты и при этом спокойны (потому что заняты). Секретарши в шортах. Кондиционеры.

Считается (мы сами считаем), что русские разучились и не хотят работать. Это не так. Русские не хотят работать на чужого дядю. А на себя они будут работать. Если бы наши продавщицы и официантки получали западную зарплату, они улыбались бы и обслуживали, как на Западе.

К нам подошла секретарша по имени Марина и с улыбкой сообщила, что мы должны подождать десять минут, нас примет младший брат Валерио, Манфреди Беттони.

Мы с переводчицей мягко киваем: десять так десять, Манфреди так Манфреди. А где Валерио? Ведь был Валерио. Оказывается, узнав, что я опаздываю на 36 часов, он улетел в Бразилию к своему клиенту. У деловых людей Запада время — деньги. Он не может сидеть и ждать, пока Римма достанет мне билет.

Появляется Манфреди Беттони. Ему сорок лет. С челочкой. Тощенький. Улыбчивый. Очень симпатичный. Я дарю ему свою книгу на французском языке и говорю, что итальянская книга выйдет осенью. Манфреди с энтузиазмом ведет нас куда-то в конец этажа. Открывает дверь и вводит в квартиру. Это апартаменты его отца. За столом восседает жизнерадостный старикашка Беттони-старший, глава рода, основатель адвокатского клана.

У Жванецкого есть строчки: «Как страшно умирать, когда ты ничего не оставляешь своим детям».

Старшему Беттони не страшно. Он вспахал свое поле, и его дети начинают не с нуля.

Старикашка проявляет искренний интерес к моей книге и ко мне, стрекочет по-итальянски и улыбается искусственными зубами, похожими на клавиши пианино.

Я вообще заметила, что хорошо питающиеся люди доброжелательны. Видимо, они употребляют много витаминов, микроэлементов, в организме все сбалансировано и смазано, как в хорошей машине. Все крутится, ничего не цепляет и не скрипит. От этого хорошее настроение.

Мои соотечественники едят неграмотно, отравляют токсинами кровь, мозг, сосуды. Отсюда агрессия. А от человеческой агрессии, скопленной в одном месте, — стихийные бедствия. Недаром землетрясения случаются в зонах национальных конфликтов. Ненависть вспучивает землю. Земля реагирует вздрогом.

Но вернемся в Рим. Манфреди весь светится от удовольствия. Видимо, его ввели в заблуждение. Сказали, что я важная птица, и он рад находиться на одной территории с важной птицей. Я его не разубеждаю: пусть как хочет, так и думает. А потом — как знать? Может, я и в самом деле не лыком шита. Мы ведь так мало знаем о себе.

Однажды я была молодая, написала книгу и встретила писателя Сергея Антонова в ресторане ЦДЛ.

— Посмотрите, какая у меня кофточка, — похвасталась я.

Кофточка была выполнена из авторской ткани известного чешского художника Мухи.

— Что кофточка, — раздумчиво сказал Сергей Антонов. — Вот книгу ты хорошую написала.

— Что книга... — не согласилась я. — Вот кофточка...

— Не знаешь себе цены, — догадался Сергей Петрович. — Не знаешь...

Человек, которого унижали в детстве, никогда потом не знает себе цены. Он ее либо завышает, либо занижает.

Манфреди предложил пообедать вместе, поскольку час дня — время обеденное.

Мы отправляемся в близлежащий ресторанчик. Жара. Асфальт пружинит под ногами. А у меня на даче березки, елочки, тень. В тени растут сыроежки.

— Что вы будете пить? — спрашивает Манфреди.

— Ничего.

Для него это приятная неожиданность. Русские, как правило, пьют крепкие напитки утром, днем и вечером. А может быть, и ночью.

Я пью минеральную воду и слушаю Манфреди. Пытаюсь понять: в чем суть моего приезда. Что хотят от меня итальянцы.

Итак. Существует богатый человек. Бизнесмен. Часть капитала он решил вложить в Россию. Русский рынок привлекает деловых людей. Наиболее надежный отсек — русское кино. Составлен совместный проект с советским телевидением: пять серий о России. Миру надо дать представление о том, что такое Россия. На Западе ничего о ней не знают, кроме слова «Сибирь». Это слово пришло от пленных немцев. Многие думают, что в России очень холодно и по улицам ходят медведи.

Богатый человек пригласил ведущих режиссеров мира, в том числе и Феллини.

Федерико Феллини не журналист, а публицист (это его слова). России совершенно не знает и не может снимать кино о том, чего он не знает. Детство Федерико прошло в маленьком провинциальном городке Романья. И как Антей от Земли, он черпает свое творчество из детства. Вернее, не черпает, а прикасается телом. Они неразрывны.

— Я не буду делать фильм о России, — отказался Феллини.

— Подожди говорить «нет», — сказал Бизнесмен. — Подумай.

И прибавил нуль. Миллионеры — они тоже шабашники.

— Поезжай в Москву, наберись впечатлений, — посоветовал адвокат.

Но Федерико не путешествует. Он может спать только у себя дома на своей постели. На новых местах он не спит и поэтому полностью исключил путешествия из своей жизни.

— Я в Москву не поеду, — отказался Феллини.

— Хорошо. Мы из Москвы привезем в Рим любого русского, кого захочешь.

— Зачем из Москвы? — удивился Федерико. — Что, в Риме нет русских? Посол, например.

— Замечательная идея! — обрадовался Бизнесмен. — И дешевая.

Здесь в сюжет вплетается еще одно действующее лицо: немецкий издатель по имени Томас.

Маршак сказал: «Каждому талантливому писателю нужен талантливый читатель». Я бы добавила: «И талантливый издатель».

Западные издатели — те же бизнесмены. Они разговаривают между собой так: «Я торгую Пушкиным»: или

«Я торгую Кафкой». Именно что торгуют, а сами не читают. Для них литература — это бизнес.

Томас все читает сам. Никому не доверяет. Для него литература — это литература.

Томас — тот самый талантливый издатель. Он открывает новые имена, влюбляется, остывает, снова ищет — из этого состоит его жизнь. Каждый новый писатель — как новая любовь. Бывают непреходящие любови: Чехов, например, Феллини. Томас издает сценарии Федерико. Они дружат. Перезваниваются.

— Позови Викторию Токареву, — советует Томас.

— Это интересно?

— Мне интересно.

В эти дни Федерико попадает в руки журнал «Миллелибри» с моим рассказом «Японский зонтик». Это ранний рассказ с незатейливым сюжетом: молодой человек покупает японский зонтик, и он уносит его на крышу.

Феллини прочитал и сказал:

— Какое доброе воображение. Она воспринимает жизнь не как испытание, а как благо.

И на другой день в моем доме раздался тот самый звонок. Сплошные случайности: случайно меня напечатали в Италии, случайно мое имя упомянул Томас. Но случайности — это язык Бога. Я выслушала Манфреди и спросила:

— А для чего я нужна?

— Просто поговорить.

— О России?

— О чем хотите.

— Но я могу предложить только бытовой срез беседы, — честно созналась я. — У нас в России есть гораздо более интересные люди.

— Кто? — цепко спросил Манфреди. Я задумалась.

— Явлинский, например.

— А кто это?

— Настоящий экономист.

— А что здесь такого? — не понял Манфреди. — У нас все экономисты настоящие.

Клаудиа повернула ко мне возбужденное лицо:

— Вы что, с ума сошли? Кто же отдает свои куски?

Я удивилась: а какие куски? Поездка в Рим? Общение с Великим итальянцем? Я ведь не замуж за него выхожу. Пусть и другие поездят и побеседуют. А что?

На десерт подали землянику.

Если бы у меня была скатерть-самобранка, я бы круглый год ела землянику.

За десертом Манфреди сказал:

— Федерико ждал вас в среду утром. А сейчас он занят. В Риме жарко. Мы предлагаем вам неделю пожить в Сабаудиа.

— А что это? — Я посмотрела на Клаудию.

— Маленький курортный городок, девяносто километров от Рима. Там отдыхают богатые люди, — объяснил Манфреди. — В отеле «Дюна» заказано два номера. Федерико подъедет к вам, когда освободится.

— Вещи забирать? — спросила Клаудиа.

— Нет. Номера в «Бристоле» остаются за вами.

Значит, оплачиваются два номера в «Бристоле» и два номера в отеле «Дюна». И все за то, чтобы великий маэстро побеседовал с синьорой из Москвы.

Я вспомнила Сергея Параджанова, нашего отечественного гения. Параджанов и Феллини — люди одного уров-

ня. Но чем заплатил Параджанов за свою гениальность?
Тяжкой жизнью и ранней мучительной смертью.

Если бы Параджанов вдруг сказал в Госкино: «Хочу
побеседовать с Альберто Моравиа. Пригласите Альберто
в Киев за свой счет», — все бы решили, что Параджанов
сошел с ума, и посадили его в психушку.

На том бы все и кончилось.

На море

Отель «Дюна» стоит на самом берегу Средиземного
моря.

Работают два цвета: белый и коричневый. Белые стены
и потолки, коричневое дерево, крашенное каким-то особым
темным лаком. Штукатурка не гладкая, а шероховатая, как
застывшая лава. Видимо, в состав добавлено что-то рези-
нистое, как жвачка: не осыпается, не пачкается и не мокнет.
Если бы такой потолок протек, то пятно не выглядело бы
столь вызывающе, как мое.

Самое замечательное в отеле то, что он — низенький,
двухэтажный, стелется по земле, в отличие от наших курортных гостиниц, напоминающих человеческий улей. В
таком улье человек теряется, его душа замирает. А в отеле
«Дюна» — все во имя человека, все для блага человека.
Правда, богатого.

Этой весной я была на кинорынке, где продавала свою
продукцию «Фора-фильм». Они сняли под Ялтой два
особняка — дачу крупной партийной элиты. В сравнении
с ней отель «Дюна» — убогая спичечная коробка. Непра-
вильно и наивно думать, что у нас в социализме ничего нет.

У нас есть все: и миллионеры, и наркоманы, и гомосексуалисты.

Под потолком висит винт вентилятора величиной с самолетный пропеллер. Если его включить, он движется совершенно бесшумно, передвигая пласты воздуха.

Я лежу на широкой кровати, смотрю над собой и думаю: о чем говорить с Федерико Феллини? Я не знаю Италию так же, как Федерико не знает Россию. Что я знаю об итальянцах? Они ревнивые, шумные и хорошо поют. И это все.

В мою дверь постучали. Вошла горничная, внесла розы, обвитые нарядной красной лентой. Среди зелени и шипов — конвертик с запиской: «*Дорогая Виктория, горячо приветствую вас в Италии, с восторгом жду встречу. Федерико Феллини*».

Я позвонила Клаудии:

— А почему записка на русском?

— Я перевела, — простодушно ответила Клаудиа.

— По-моему, ты сама и сочинила.

— Нет, нет, что вы... Это Федерико диктовал. Он звонил сюда.

— И о чем вы говорили?

— Я спросила, когда он приедет. А он ответил: «Может быть, к Рождеству». Он вообще очень застенчивый, знаете? Он стесняется.

— А когда Рождество у итальянцев?

— Как и у вас. В декабре.

— Через полгода приедет? — Я подвытаращила глаза.

— Да нет, он шутит, конечно. — Голос Клаудии стал нежным. Эта нежность относилась к Феллини.

— Жаль, — сказала я. — Можно было бы полгода здесь пожить.

— Да, — вздохнула Клаудиа. — Хорошо бы...

Клаудиа — платиновая блондинка, маленькая, хрупкая, в поте лица зарабатывающая хлеб свой. Хорошо было бы нам обеим ото всего отключиться, купаться в тугих и чистых водах Средиземного моря, на завтрак есть сыр, сделанный из буйволиного молока, а на обед заказывать рыбу сомон, выловленную утром, а на десерт есть фруктовый салат «мачедони».

А вечером сидеть в прибрежном ресторанчике возле башни, которую когда-то построили сарацины, и смотреть, как шар солнца опускается в воду.

Хорошо бы Федерико оказался занят или рассеян и забыл нас на полгода.

Пляж

На пляже нам положен синий зонт и два шезлонга.

Вокруг такие же зонты и шезлонги. Много красивых женщин.

Песок мелкий и чистый, как мука. Раскален, как на сковороде. Стоять невозможно.

По пляжу ходят индусы и разносят яркие платки, нанизанные на палки. Они свободно погружают в песок свои смуглые прокопченные ноги. Но индусы, как известно, могут ходить и по углям.

Возле нас расположилась семья: богатый бизнесмен, его жена, их сын.

Богатый бизнесмен потому и богат, что все время работает.

Я заметила: на Западе количество труда и благосостояние находятся в прямой зависимости. В школе я проходила, что быть богатым стыдно. А быть бедным — почетно. Это осталось в советских мозгах до сих пор. Осело в генах: ни тебе, ни мне. Поровну. Нищета гарантирована.

Богатый бизнесмен не теряет ни минуты. На пляж он приходит с горой бумаг. Сидит в шезлонге и просматривает. Изучает. Что-то черкает, записывает. Во второй половине дня он тоже работает. Не потому, что надо. Хочется. Он ТАК живет.

Красив он или нет — сказать трудно, поскольку это не имеет никакого значения. Значителен.

Жена Сюзанна — художница, выглядит на двадцать четыре года. Но поскольку сыну двадцать, то, значит, и Сюзанне больше, чем двадцать четыре. В районе сорока. Но юность как-то все не может с нее сойти. Она будто позолочена юностью. Ей все нравится: и то, что я из России, и то, что по пляжу ходят индусы и здороваются:

— Салют, Сюзанна!

— Салют, Субир, — охотно откликается Сюзанна.

Она всех знает по именам.

На лицо бизнесмена наплывает туча: что за манера завязывать знакомство с низшим сословием. Но для Сюзанны нет высшего и низшего сословия: для нее все люди — люди. Каждый человек — человек.

Именно поэтому обслуга отеля не боится Сюзанну и забывает положить новый шампунь. Сюзанну это не огорчает.

А бизнесмена огорчает, и даже очень. Он выговаривает ей на своем языке, и я различаю слова: «романтиш» и «но реалистиш». Сюзанна лишена реальной жизни и витает в облаках с неземной улыбкой. Значит, ей — облака, а ему — все остальное: работа, расходы и так далее.

Сюзанна слушает мужа с никаким выражением, потом поднимается, закалывает свои длинные волосы и идет в воду. Входит медленно, откинув голову, волны ласкают ее грудь и руки. Я смотрю на нее и думаю: хорошо быть красивой и богатой. У нее нет заборных впечатлений. Она наслаждается жизнью. Она входит и плывет.

Я тоже войду сейчас в Средиземное море, но как войду, так и выйду. Это не мое. Я здесь случайно. На неделю.

— У вас есть дача? — спрашивает меня бизнесмен.

— Есть, — не сморгнув, отвечаю я.

Он ведь не спрашивает «какая?». Он просто устанавливает факт.

— У нас тоже есть. Но Сюзанна не любит. Мы ездим сюда уже двадцать лет.

— А зачем дача? — включается в разговор сын. — Вот наша дача. Давайте здесь собираться каждый год.

— Давайте, — соглашаюсь я.

Сына зовут Вольфганг Амадей, как Моцарта. Он похож на моего Петрушу: те же просторные глаза, высокий лоб, русые волосы. Он похож на него, как старший брат. Поэтому я смотрю, и смотрю, и смотрю, не могу глаз оторвать и думаю: когда Петруша вырастет, он будет так же легко двигаться, у него будут такие же золотистые волосы на руках и на ногах. Вот только выражение лица... Для того чтобы иметь такое выражение, надо жить в свободной стране. Нос и лоб — это важно. Но еще нужна свободная страна, освободившая лицо.

А какой будет моя страна через пятнадцать лет?

У Вольфганга кризис с его девушкой. Он приехал пережить этот кризис на море.

Мне нравится его немножко дразнить, и я говорю на русском языке:

— Вольфганг, ты звонил ночью твоей девушке? Ты говорил, что тоскуешь?

Вольфганг вопросительно смотрит на Клаудию, ожидая перевода. Но я не разрешила переводить. Клаудиа загадочно улыбается.

Вольфганг каким-то образом догадывается, о чем я говорю, и трясет пальцем. Потом добавляет:

— Ты хорошо знаешь жизнь.

Вечером, впрочем, не вечером, а часов в пять-шесть, когда солнце дает особое освещение, Сюзанна уходит с мольбертом рисовать. Это важные часы в ее дне. Может быть, самые важные.

Сюзанна талантлива, работает на подсознании, и когда творит, когда кисть прикасается к холсту — ее ЗДЕСЬ нет. И ТАМ тоже нет. Она пребывает где-то в третьем измерении, куда нет хода никому. Ни одному человеку.

После работы Сюзанна возвращается какая-то вся абстрактная, никому не принадлежит, как будто переспала с Богом. Муж это чувствует. Его это не устраивает.

На лбу туча. Так и ходит с тучей.

Прошла неделя

Я уже не замечаю белых стен. Привыкла. А когда ем салат «мачедони», то думаю: хорошо бы Петрушу сюда. Он жует с вожделением. Он вообще живет страстно: громко хохочет, отчаянно плачет, весь день активно отстаивает свои права. Но к вечеру с него спадает оголтелость и проступает душа. Он лежит в кровати и смотрит над собой. Я сажусь рядом и отвожу челку с его лица. Лицо становится немножко незнакомым. С одной стороны — это Мой мальчик. А с другой — просто мальчик. Человечек. Я спрашиваю:

— Ты хотел бы жить со мной всегда?

— С большим удовольствием, — серьезно отвечает Петруша. И тут же мотивирует: — Потому что ты мне все разрешаешь.

Он живет на окриках и на «нельзя». Это считается воспитанием. А я думаю иначе. Если, скажем, он хочет разложить подушки на полу, а потом нырять в них, как в волны, — почему нельзя? Наволочки ведь можно сменить. А ребенку — игра воображения. Разве воображение детей меньше наволочки?

По ночам я просыпаюсь оттого, что кто-то рядом. Я открываю глаза и в рассветном мраке вижу очертания маленького человечка, собранного из палочек. Палочки — ручки, палочки — ножки, палочка — шея.

Ему тоскливо одному. На рассвете так одиноко жить.

— Можно к тебе? — шепчет Петруша.

— Ну иди.

Он ныряет под одеяло, и тут же засыпает, и храпит, неожиданно шумно для столь тщедушного тела. Рядом со мной творится такая драгоценная и такая хрупкая жизнь.

А что я тут делаю в городе Сабаудиа при чужой жизни? Разве у меня нет своей?

Утром я звоню в номер Клаудии и спрашиваю:

— Как будет по-итальянски «спасибо за цветы»?

— Мольто грация пер ле флере, — говорит Клаудиа. — А что?

— Так, — говорю. — Ничего.

— Приехал, приехал... — Клаудиа заглядывает в номер, глаза подвытаращены от возбуждения.

Психика человека поразительно пластична. Она защищает от перегрузок. Приехал Федерико Феллини, за девяносто километров, чтобы встретиться со мной. Событие? Ошеломляющее. Но что теперь, в обморок падать? Нет. Приехал и приехал. Сейчас я к нему выйду.

За окном 30 градусов жары. Значит, надо быть одетой в светлое. Я надеваю белый костюм и смотрю на себя в зеркало. Жаль, что мы не встретились двадцать лет назад. Но как есть, так есть. Хорошо еще, что живы и встречаемся по эту сторону времени. Могли бы и по ту.

Я выхожу из номера. Клаудиа — впереди указующей стрелочкой. Прошли коридор. Вот холл. Еще шаг — и я его увижу. И вот этот шаг я не могу ступить. Остановилась.

— Вы что? — шепотом удивилась Клаудиа.

Я молчу, как парашютист перед открытым люком самолета. Надо сделать шаг. И я его делаю.

Маэстро сидел на диване, глубоко и удобно вдвинувшись в диванные подушки. Я поняла, что это он, потому что больше некому. Рядом тощенький Манфреди с женой и пятилетней дочерью. Жена, дочь и Манфреди исключаются. Значит, то, что остается, — Федерико Феллини.

Я подошла. Он поднялся. Я проговорила, глядя снизу вверх:

— Кара Федерико, мольто грация пер ле флере...

Он выслушал, склонив голову. Когда я закончила, воскликнул радостно с итальянской экспрессией:

— Послушайте! Она как две капли воды похожа на крестьянок из Романьолы.

Я поняла, что это хорошо. Это как если бы он сказал: она похожа на мою маму или на мою сестру. Что-то свое.

Для Феллини Романья — самое драгоценное место на земле. Я согласна быть похожей на собаку из Романьолы, не только что на крестьянку.

Федерико обнял меня, и через секунду мне казалось, что я знаю его всегда. Я успокоилась и села рядом. Потом поняла, что это неудобная позиция: я буду видеть его только сбоку — и пересела напротив.

Федерико тем временем стал объяснять смысл нашей встречи. Он говорил то, что я уже знала: проект фильма о России, он — не журналист и не публицист, России не знает, путешествовать не любит и так далее и тому подобное. Он хочет со мной поговорить и что-то для себя прояснить.

Я незаметно разглядывала маэстро с головы до ног: из ушей, как серый дым, выбивались седые волосы. Мощный лоб мыслителя переходил в обширную лысину, а после лысины седые волосы ниспадали на воротник, как у художника. Непроходимая чаща бровей, и под ними глаза — крупные, с огнями и невероятные. Пожалуй, одни глаза подтверждали космическую исключительность. А все остальное — вполне человеческое: под легкой рубашкой белая майка. Зачем в такую жару?

Здесь пора сказать о работе Клаудии. Она не просто доносила смысл сказанного, но перевоплощалась, как актриса: была то Федерико, то мной. И нам казалось, что мы разговариваем напрямую, без посредника. Клаудиа угадывала не только слова, но оттенки слов. А когда возникала пауза — она переводила паузу. Она молчала так же, как мы, и совершенно не помнила о себе. Это высший пилотаж — профессиональный и человеческий. В паре с Клаудией мы могли набрать любую высоту.

— Я благодарна вам за приглашение, — сказала я Федерико. — Но есть гораздо более интересные русские. Может, вам с ними поговорить?

— Тогда этому не будет конца! — энергично возразил Федерико.

И я поняла: он не хочет более интересных русских и не хочет делать фильм о России.

В одном из интервью Феллини сказал о себе: «Я поставил шестнадцать фильмов, а мне кажется, что я снимаю одно и то же кино»...

Это так и есть. И Фазиль Искандер пишет один и тот же рассказ «Чегем». И Маркес всю жизнь пишет свое «Макондо».

Большой художник открывает свой материк, как Колумб Америку. И населяет своими людьми. Зачем ему Россия? Чужой и ненужный материк?

— По-моему, это какая-то авантюра, — созналась я.

— Конечно, авантюра! — обрадовался Федерико. — Но авантюра ищет подготовленных. Ты подготовлена. Я тоже.

Но тогда и любовь ищет подготовленных. И поражение.

Я подготовлена ко всему. И к авантюре. И к поражению.

— Но о чем может быть это кино?

— О том, как русская писательница разговаривает с итальянским режиссером.

— А кто будет играть писательницу?

— Ты.

— А режиссера?

— Я.

— А сюжет?

— О том, как тебе не достали билет на самолет.

— В самом деле? — не поверила я.

— А почему нет?

— Это он серьезно? — спросила я у Клаудии.

Клаудиа пожала плечами.

— Не знаю...

Мимо нас прошел горбатый человек в ярко-желтом пиджаке и угольно-черной шляпе. На его горбу дыбилось какое-то приспособление типа шарманки. Должно быть, это был фотограф. Он хотел подойти, но не решился и прошел мимо, как проплыл.

Этот человек показался мне обаятельным монстром из фильмов Федерико Феллини. Вокруг Феллини начали оживать его персонажи, твориться его мир.

Из гостиницы мы поехали ужинать.

Манфреди сиял. Это был хороший знак. Обычно Феллини не задерживается. Если бы я не была ему интересна — посидел бы пятнадцать минут и уехал.

В ресторане мы расположились на открытой террасе. Море тяжело шуршало внизу. За моей спиной тлела какая-то спираль. От нее поднимался дымок. Клаудиа объяснила: это от комаров. Я вспомнила июнь на даче, комариные артналеты по ночам. Днем комары замирают, а к ночи собираются в боевые сотни и пикируют с изнуряющим душу звуком. И кажется, что от них нет избавления.

А оказывается, есть. В капитализме.

К нашему столу подошла молодая блондинка в водопаде шелковых волос. Поздоровалась с Федерико. Он радостно подхватился, и вылез к ней, и тут же обнял, нежно поцеловал, похлопал по спине.

Блондинка была втиснута, как в чулок, в маленькое черное платье. Ее лицо казалось знакомым. Где-то я определенно видела эти волосы, узковатые, немножко подозрительные глаза. Вспомнила! Она играла главную роль в фильме Тарковского «Ностальгия».

Федерико и актриса о чем-то нежно лопотали. Потом он еще раз поцеловал ее на прощание и полез обратно. Сел на свой стул. Дождался, пока девушка отошла, и спросил полушепотом:

— Кто это?

— Итальянская актриса, — также полушепотом ответила я.

— Ты уверена?

— Абсолютно уверена.

Федерико обернулся. Актриса подходила к своему столику, храня на лице и на спине прикосновения великого маэстро.

Она не подозревала, что Феллини поздоровался ВООБЩЕ, а с кем? Не все ли равно?

За столиком актрисы сидела девушка, обритая наголо.

— Это дочка Челентано, — сообщила Клаудиа.

Дочка была похожа на солдата-новобранца. Форма головы — почти идеальная, но обнаженный череп — непривычен. С обнаженным черепом человек жалок. Лучше обнажить любое другое место. Дочка Челентано засмеялась чему-то, и сходство с солдатом усилилось.

Подали сырокопченое мясо с дыней. Мясо было нарезано, как папиросная бумага.

Федерико взял нож и вилку и в этот момент увидел, что его приветствует пожилой синьор. Федерико тоже вскинул руку и помахал в воздухе. Синьор подскочил, протиснулся между стульями и склонился к Федерико. Они пообщались. Синьор отошел. Я подумала — сейчас спросит: «Кто это?»

— Кто это? — спросил Феллини. — Он говорит, что он адвокат.

— Значит, адвокат, — сказала я.

— Он говорит, что написал книгу.

— Значит, написал.

— И я похвалил эту книгу.

— Правильно сделали.

— Почему правильно? — заинтересовался Федерико.

— Человек нуждается в поощрении. А в вашем тем более. Поощрение — это стимул.

— Может быть, — согласился Феллини.

Поощрение нужно любителям. А гении обходятся и без поощрения.

К Федерико Феллини тянется все человечество, и он не может запомнить всех. Я подумала: если через год мы с ним встретимся, он шумно обрадуется, обнимет, скажет «кариссима». А потом спросит: «Кто это?»

— О чем вы хотите говорить? Что вас интересует в России?

Обычно все спрашивают о перестройке и кто мне больше нравится: Ельцин или Горбачев.

Ельцина я обожаю, как и все, впрочем. Но для меня конкретно Ельцин не сделал ничего. А Горбачев посадил меня за один стол с Федерико Феллини.

Раньше, до перестройки, если бы Феллини захотел побеседовать с русским писателем, ему послали бы секретаря большого Союза писателей.

Был такой случай. В семидесятых годах меня возлюбил болгарский журнал «Панорама». Главный редактор журнала Леда Милева назначила мне премию — месяц отдыха на Золотых песках. Приглашение пришло в двух экземплярах: мне домой и в иностранную комиссию на имя Председателя.

Я пришла к Председателю и спросила:

— Получили?

— Получили. Но вы не поедете.

— Почему?

— Это очень большой кусок. На болгарские курорты у нас ездят секретари Союза и классики, которые не умерли.

— Так это я.

— Нет, — отмахнулся Председатель. — Вы еще молодая.

— Но пригласили МЕНЯ. ЛИЧНО. Ждут меня, а явится кто-то другой. Это же неприлично.

Председатель подумал, потом сказал:

— Вас все равно не выпустят кое-какие службы. Зачем вам нарываться на отказ?

— А я и у них спрошу: почему? Почему я не гожусь вашим службам? У меня два образования, музыкальное и сценарное, я морально устойчива, ни разу не разводилась. Что во мне не так?

Председатель подумал, потом сказал:

— Ну ладно, поезжайте.

Я поняла, что те самые службы именно он и совмещает.

Одновременно со мной Леда Милева пригласила переводчицу с болгарского. Вся лучшая болгарская литература была переведена этой женщиной. Ей отказали под предлогом, что сразу двоих они послать не могут.

На другой день я пришла к заместителю Председателя и сказала:

— Если может поехать только один человек, пусть едет переводчица.

Заместитель посмотрел на меня подозрительно и спросил:

— Вы ей чем-то обязаны?

— Нет, — сказала я. — Мы незнакомы.

— А почему вы пропускаете ее вместо себя?

— Потому что для меня это отдых, а для нее работа.

И в самом деле: Золотые пески — не Варадеро. Я в крайнем случае на Пицунду могу поехать. А переводчице нужна языковая среда, контакты, встречи.

Заместитель смотрел на меня искоса, будто высматривал истинные мотивы. Он не верил моим словам. Если я отдаю свое место, значит, есть причины, например: я кого-то убила, а переводчица видела и теперь шантажирует.

— Вы можете ехать, можете не ехать. Как хотите. Но переводчицу мы все равно не пустим. Она не умеет себя вести.

— А что она сделала?

— Дала негативное интервью.

Переводчица имела манеру говорить правду за десять лет до гласности.

Я поехала на Золотые пески. Мне достался столик с болгарским коммунистом по имени Веселин. Веселину восемьдесят лет. Он нехорош собой, неумен, приставуч. Он говорил каждое утро и каждый вечер: «Заходи ко мне в номер, я дам тебе кофе с коньяком». Я вежливо отказывалась: «Я утром не пью спиртное» или: «Я вечером не пью кофе». В зависимости от времени дня, когда поступало приглашение. Наконец ему надоела моя нерешительность.

— Почему ты ко мне не приходишь? — прямо спросил Веселин.

— Потому что вы старый, — столь же прямо сказала я.

— Это ничего.

— Вам ничего. А мне на вас смотреть.

Веселин не обиделся. Видимо, привык к отказам.

— Знаешь, я всю молодость просидел в подполье, строил социализм. У меня не было времени на личную жизнь. А сейчас социализм построен, и у меня появилось время для себя.

— А у меня все наоборот. Я всю молодость развлекалась, а сейчас мне хотелось бы поработать.

Но с чего я вдруг вспомнила о Золотых песках, Председателе, Веселине? Это тоже монстры. Но у Федерико они обаятельные. А монстры социализма — зловещие.

Я ждала, что Федерико спросит о политической ситуации в России. Но он спросил:

— Ты хорошо готовишь?

— Не знаю, как сказать, — растерялась я.

— Как есть, так и говори.

— Очень, очень хорошо, — выручила меня Клаудиа.

Федерико хотел познать Россию через конкретного человека. Общее через деталь. Я — конкретный человек. Женщина. А что важно в женщине? Не то, как она пишет, а как варит.

Подкатила тележка с живой рыбой. Ее толкал официант. Среди полусонных рыбьих туш топорщил клешню громадный краб.

— Вот этот, — указал Федерико. — Если ему суждено умереть, пусть это будет быстрее.

Я пишу эти строчки через две недели после падения КПСС. Я вижу краба, который в агонии топорщит свои клешни. И хочется сказать словами Феллини: если партии суждено умереть, пусть это будет как можно быстрее.

Официант отъехал. Федерико посмотрел на Клаудию и сказал:

— У тебя очень красивое платье.

Платье действительно было очень красивое и модное, из лиловой рогожки с вышивкой.

— А у меня? — ревниво спросила я.

— Кариссима! — вскричал Федерико. — Если я скажу тебе, что я вижу и чувствую, это будет звучать неправдоподобно... Если я скажу тебе...

И Федерико начал перечислять качества, которые я в себе совмещаю. Это было поощрение моей жизни, как книге адвоката, которую он не читал. Но все равно я испытала мощный стимул к жизни. Захотелось рано вставать, обливаться холодной водой, честно работать и любить ближних и тех, кто вдалеке.

Солнце проваливалось в море. Только что была половина, уже осталась одна макушка. «Умирал красавец вечер». Откуда это? Не помню...

Дочка Манфреди что-то шепнула своей маме.

— Она сказала, что переела и у нее проблема с талией, — перевела Клаудиа.

Итальянские женщины с пяти лет следят за талией.

В десять часов темнеет. Федерико собирается уезжать.

Мы провожаем его до машины. Федерико идет, немножко шаркая. Он густо жил. И его семьдесят лет — это концентрат. Если пожиже развести — будет 210. Один к трем.

Он обнимает меня и Клаудию. Позже мы сверим впечатления: это не старческое лапанье. Есть сила, жест, электричество. Его чувства молоды, мозг постоянно тренируется в интеллектуальном труде. Идеи бегут, опережая друг друга. Идеи бегут, а ноги шаркают.

— Манфреди! Где ты, Манфреди? — Федерико потерял в сумерках своего адвоката.

Это не просто адвокат. Друг. У Феллини не может быть просто адвокат. Человек-функция. Все насыщено чувством. Это иногда путает дела. Приходится делать то, что не хочется.

Во мраке проплыл желтый горбун. Он караулил момент весь вечер, но так и не решился подойти. Авантюра ждет подготовленных. Значит, фотограф недостаточно подготовлен, и авантюра не выбрала его. Прошла мимо.

На другой день за нами приходит машина из гаража Беттони, и мы уезжаем из Сабаудиа.

Я смотрю на Италию, плывущую за окном машины, и думаю: хорошо, что Сабаудиа был. И хорошо, что кончился.

Так я думаю о своей отшумевшей любви. Хорошо, что она была. И хорошо, что кончилась.

Все, что не имеет перспектив, должно окончиться рано или поздно. Даже человек.

Федерико заехал за нами в отель «Бристоль» в десять часов, хотя была договоренность на семь. Но Клаудиа объяснила, что для итальянцев семь и десять — одно и то же. Там даже спектакли начинают позже оттого, что артисты запаздывают.

На Федерико элегантный костюм с синим платком в верхнем кармане. Он в прекрасном настроении, и это замечательно, потому что трудно общаться с человеком, если он чем-то недоволен.

Федерико явно доволен всем: мною, Клаудией, необязательностью нашей встречи и перспективой хорошего ужина.

Мы усаживаемся в длинную машину с шофером и едем в загородный ресторан.

Дорога не близкая, минут сорок. Можно поговорить о том о сем...

— Я не делал в моей жизни никаких усилий, — говорит Федерико. — Я просто ехал от станции к станции, а вокзалы стояли на местах уже готовые.

Он не прокладывал путей. Не строил вокзалы. Просто ехал, и все.

— Может быть, вы пришли с ПОРУЧЕНИЕМ? — догадываюсь я.

— Но каждый человек пришел с Поручением, — возражает Федерико.

Я вспоминаю мою знакомую, которая умерла от водки в молодые годы. Не может быть, чтобы ей было дано

ТАКОЕ поручение... А может быть, многие путаются и садятся не в свои поезда...

— А вы? — Федерико смотрит на меня.

— Мой поезд почему-то всегда заходит в тупик.

— Почему?

— Потому что машинист — идиот, — серьезно отвечаю я.

Мой машинист — это мой характер.

— Значит, вы можете работать только в тупиках, — делает вывод Федерико.

Я задумываюсь. Значит, мой характер сознательно подсовывает мне тупики. Я выхожу из них только в работе. Моя работа — не что иное, как дорога из тупика.

Однажды я спросила у своей любимой актрисы Лии Ахеджаковой:

— Что является твоим стимулом для творчества?

— Я жалуюсь, — ответила Лия.

Ее стимул — обида. Мой стимул — тупик.

А счастье? Разве не может счастье быть стимулом? Ведь существуют на свете счастливые люди, которые много и плодотворно работают. Да взять хотя бы Феллини... Но что я о нем знаю?

— В Москве по телевидению недавно показывали «Ночи Кабирии», — сказала я. — По сравнению с последующими вашими фильмами этот наиболее демократичен. Понятен всем.

— Вы хотите сказать, что в «Кабирии» я еще не был сумасшедшим. А по мере развития моей паранойи я становился все менее понятен людям...

— Да! Да! Да! — радостно-шутливо подтвердила я.

— Достаточно было одного «да». Три — это слишком, — упрекнул Федерико.

— А Джульетта Мазина похожа на своих героинь?

— Джульетта католичка. Из буржуазной семьи. Мы вместе пятьдесят лет.

Они познакомились на радио. Обоим было по двадцать.

— Я хочу, чтобы вы пришли к нам в гости.

— Нет, нет, я боюсь Джульетту, — пугаюсь я.

Я представляла ее наивной круглоглазой Кабирией, и мне трудно вообразить ее строгой католичкой с безукоризненными манерами.

Я жду, что Федерико начнет опровергать и уговаривать. Но на Западе никто никого не уговаривает. Не хочешь — значит, не хочешь.

— Она благодарна вам за свои роли?

— Это вопрос к ней. Думаю, нет.

— Почему?

— Джульетта считала себя чисто трагической актрисой. Я доставал из нее клоунессу. Она сопротивлялась. Я ее ломал.

Федерико вытащил клад, глубоко запрятанный, заваленный сверху средой и воспитанием.

— Я много размышлял над идеей брака, — задумчиво говорит Федерико. — Это все равно что двух маленьких детей посадить в один манеж и заставить вместе развиваться. Это не полезно. И даже опасно. Но люди почему-то держатся за брак. Вы держитесь?

— Держусь.

— Я тоже.

Земля круглая. Человек должен за что-то держаться, чтобы не соскользнуть.

— «Ночи Кабирии» — это последний фильм, в котором я пользовался литературной основой.

Мне не совсем ясно, как делать фильм без литературной основы. Наверное, как художник: увидел — мазок, еще раз посмотрел — еще мазок. Поэтому в авторском кино главное — не сюжет, а образы. Образы «Амаркорда», например. Ожившая живопись Параджанова.

Я вспоминаю свою работу в кино, и мне почему-то жаль своих лет, «растраченных напрасно».

Жаль, что на моем пути попадалось мало гениев. Да ведь их много и не бывает. Один-два на поколение. Природа больше не выдает.

Хозяин ресторана — живописный итальянец: на груди цепочки и бусы в шесть рядов. Волосы стянуты сзади в пучок и висят седым хвостиком. Худой. Значит, правильно питается.

Люди с лишним весом относятся к группе риска. Поэтому среди богатых толстых почти не бывает.

Хозяин выходит навстречу Федерико и его гостям. Приветствует лично в знак особого, отдельного уважения.

Выходят и жена, и дочь. Дочь я не запомнила. Жена состоит из густого облака дорогого парфюма, коротенького кошачьего личика и платьица выше колен. Сколько ей лет? Непонятно. Судя по взрослой дочери, лет пятьдесят. Но это не имеет значения. Все зависит от умения радоваться. Если умеет радоваться, то наденет коротенькое платьице, обольется духами — и вперед. Всем на радость и себе в том числе. Как говорила моя мама:

«Пятьдесят лет хороший возраст. Но это понимаешь только в шестьдесят».

— Ты думаешь, чей это ресторан? — лукаво спросил меня Феллини. — Ее или его?

«Конечно, ее», — подумала я.

— Ее, — подтвердил мои мысли Феллини. — А он — так...

Хозяин посмотрел на меня соколиным взором, кивнул головой, дескать: ага... так... погулять пришел.

Но я поняла: кошечка тоже держится за брак. Все идет до тех пор, пока этот бесполезный муж в цепочках ходит и посматривает. Зачем-то он нужен. Убери его, и все скатится по круглому боку Земли в тартарары.

Мы сели в саду. Хозяин принял заказ.

Я решила, что сейчас хорошее время для моей идеи. Сейчас я ее расскажу. Но что-то разомкнулось в нашей орбите. Я никак не могу начать.

Подали спагетти из самодельной лапши, с каким-то умопомрачительным соусом. Хозяин сел вместе с нами.

Я рассеянно накручивала лапшу на вилку, все примеривалась, когда бы приступить к изложению идеи. Мне мешал хозяин. Я холодно смотрела на его цепочки.

Он немножко посидел и ушел.

— Клаудиа, — окликнула я свою помощницу, как бы призывая на решительный бой.

Клаудиа сглотнула и отодвинула тарелку. Я начала. Клаудиа повторяла. Федерико смотрел перед собой с отсутствующим видом. Моя энергия уходила в никуда.

— Вы слушаете? — проверила я.

— Да, да... — рассеянно сказал Федерико. С ним что-то происходило.

А происходило следующее: он не спал ночь. Почувствовал, что давление лезет вверх, ломит затылок. Достал таблетку, понижающую давление (они у него всегда при себе), выпил. А потом — забыл и выпил еще одну. Давление стало падать. Начали мерзнуть руки и ноги. Федерико прислушивался к себе, и показалось, что его поезд подходит к последнему вокзалу. Он испугался. Ведь никто не знает, как ТАМ.

Я в это время что-то говорю, Клаудиа повторяет. Зачем эти дополнительные шумы? Федерико охотно бы попросил: «Замолчите, пожалуйста». Но он тактичный, нежный человек. Он не может обидеть людей, даже в такую смятенную минуту. И он сидит под нашими словами, как под дождем. И боится, как заблудившийся ребенок.

И в этот момент входит его лечащий врач. Федерико видит врача. Врач видит Федерико и направляется к нему. И уводит Федерико за собой куда-то в основное здание. Может быть, в кабинет хозяина. Там он смерил давление. Дал таблетку, повышающую давление. И организм маэстро заработал в привычном режиме...

Появление врача — что это? Совпадение?

Да. Обычное совпадение. Просто вечером к врачу пришли друзья, жена не захотела возиться у плиты, и они решили поужинать в загородном ресторане.

Федерико вернулся к нам через десять минут. Он не просто вернулся. Он любил нас в десять раз больше, чем до страха. Его поезд снова шел и весело стучал колесами, а впереди еще много вокзалов, один прекраснее другого. И он был очень этому рад.

— Ты что-то хотела мне рассказать, — вспомнил Федерико.

— Нет. Ничего.

Я поняла: раз идея не прозвучала, значит, она и не должна быть выслушана. Я фаталист.

— Все-таки здесь холодно, — замечает Федерико. — Давайте перейдем под крышу.

Мы уходим с террасы в здание ресторана. Садимся за столик.

Я замечаю, что посетители мало-помалу тоже тихо перемещаются в закрытый зал. Итальянцы любят своего великого современника и хотят находиться с ним на одном пространстве.

Напротив нас молодая женщина кормит ребенка из ложки. Ребенок протестует и зычно вопит.

Федерико это не мешает. Он ласково смотрит на ребенка, на мать, что-то у нее спрашивает. Молодая женщина приближается к нам с ребенком на руках. Мадонна. Лицо Федерико, обращенное к женщине, светлеет и молодеет. Он влюбляется прямо у нас на глазах.

Только что помирал на глазах, уже влюбился.

Мадонна отошла. Федерико тут же ее забыл по принципу: с глаз долой — из сердца вон. Поднялся и пошел звонить. Он бросил нас всех и пошел звонить своей Джульетте.

Подошли три кошки. Мы с Клаудией стали молча скармливать им остатки еды.

— А у Федерико была когда-нибудь роковая любовь? — спросила я.

— Все его любви роковые. Но контролируемые.

Кошки ждали еду, подняв мордочки. Одна из них была длинноносая.

Первый раз в жизни я видела длинноносую кошку.

На другой день вернулся Валерио Беттони и тут же захотел меня повидать. Ему было интересно узнать: как движутся дела с Федерико Феллини. Сумела я его уговорить?

Валерио ждал нас в своем кабинете. Над его столом в тяжелой старинной раме портрет прадеда Беттони: бравые усы стрелами, в светлых прямых глазах выражение запрятанной усмешки. Черный узкий сюртучок тех времен. Девятнадцатый век.

Прадеду лет сорок, но выглядит старше.

Двадцатый век сильно помолодел. Валерио тоже в районе сорока, но выглядит моложе. Красив. Как две капли воды похож на своего предка: те же самые прямые синие глаза с усмешкой, усы другие. Современные. Рубашка расстегнута до третьей пуговицы. Совершенно без комплексов, но не наглый. Полноценный, уверенный в себе человек.

— Как ваши дела? — спросил Валерио.

— А ваши?

Он слегка удивился вопросу.

— Но работа с Федерико — это ваши дела, а не мои.

— Он будет делать кино о России? — прямо спросил Валерио.

— Думаю, нет, — прямо ответила я.

— Почему?

— Снимать то, чего не знаешь... Зачем ему это нужно?

— Он говорит то же самое, этими же словами, — задумчиво подтвердил Валерио. — Но независимо от того, как сложатся дела с Феллини, мы хотим иметь с вами дело.

— Прошу больше гениев не предлагать. Найдите мне нормального халтурщика.

Валерио обозначил усмешку и еще больше стал похож на своего предка.

— Какой вы хотите получить гонорар? — Он посмотрел на меня своим синим взором.

— За что? — не поняла я.

— Вы приехали в Рим. Отвлеклись от своей работы, ваш день наверняка стоит дорого.

Я приехала в Рим, жила на море, двадцать часов беседовала с самым интересным человеком мира. И еще должна за это деньги получить?

Я растерянно посмотрела на Клаудию. Та сидела с непроницаемым видом.

Деловые люди ценят время других людей. Знал бы Валерио, от чего я отвлеклась. От забора, двух шабашников и трех дворняжек.

— Не стесняйтесь, — подбодрил Валерио. — Я вас слушаю.

— А я вас.

Вошел американец — высокий, в светлом. Какой-то неубедительный. Валерио представил нас друг другу.

— Только я вас очень прошу: ни моря, ни луны. И актеров не много: человек пять-шесть. Да?

Я ничего не поняла.

— Он финансирует фильмы Федерико, — шепотом объявила Клаудиа.

Американец решил сэкономить на декорациях, на актерах и приглашает меня в сообщники.

— Вы знаете фильм «Пароход идет»? — спросил американец.

— Конечно.

— Океан пришлось строить в декорациях.

— Как? — ахнула я.

— Так. Знаете, сколько денег ушло?

Я растерянно посмотрела на Валерио.

— Да, да... — покивал Валерио. — Да, строили. Да, ушло. Маэстро себе позволяет. И мы ему позволяем.

— Хорошо, — пообещала я американцу. — Я прослежу. За отдельные деньги.

— Конечно, конечно, — обрадовался американец.

Он уже посчитал, сколько он мне заплатит и сколько сэкономит. Он заплатит сотни, а сэкономит миллионы. Прекрасная сделка.

Я выждала паузу и сказала:

— Мы не работаем с Федерико. Вы рано ко мне обратились.

— Но есть другие идеи, — вставил Валерио.

— Меня интересует сейчас только то, что связано с Феллини.

Значит, сама по себе я американцу неинтересна. Только в комплекте с Феллини. Это понятно, но зачем говорить об этом вслух. А воспитание на что? Вульгарный тип.

— Вы еще будете встречаться с Феллини? — озабоченно спросил американец.

— Сегодня вечером, — ответила Клаудиа. — Прощальный ужин.

— Я хотел бы знать, что вам скажет Феллини вечером, — сказал американец.

«Много будешь знать, скоро состаришься», — подумала я, но в отличие от американца вслух ничего не сказала.

Американец общался со мной так, будто я пришла в этот мир вообще безо всякого поручения и должна выполнять его личные заказы: проследить, передать... Он делал меня СВОИМ человеком в стане Федерико. Идиот.

— Не хотите говорить, — задумчиво ответил Валерио.

— О чем? — не поняла я.

— О гонораре.

Сюзанна, Клаудиа, море, Федерико — мои «Римские каникулы». За это можно приплатить самой. Но за общение с американцем пусть платят.

— Мы оставим вам счет, — выручила Клаудиа. — И вы пришлете, сколько найдете нужным.

— О'кей! — согласился Валерио.

Они заговорили между собой по-английски. Американец сидел нога на ногу и кого-то мучительно напоминал. Кого? Вспомнила! Водопроводчика Кольку из нашего ЖЭКа. Он ходит в ватнике и всегда пьяный. Но лицо и фигура — эти же самые. Если Кольку отмыть, нарядить в белый костюм и научить по-английски — не отличишь.

Я заметила: природа, иногда устав варьировать, создает тождественные экземпляры.

Может быть, где-то в Африке сейчас ходит босиком по траве мой двойник — точно такая же, только черная, дымно-курчавая, с бусами и с десятью детьми всех возрастов. И ни одной книги. Хорошо.

До вечера есть время. Мы с Клаудией ходим по магазинам. В капитализме все есть, а того, что тебе надо, — нет.

Вернулись в гостиницу и выяснили, что нас ждет Феллини. Оказывается, он решил не поужинать с нами, а пообедать. Вчера — на два часа позже, сегодня — на пять часов раньше. У него внезапно переменились планы. Вечером он должен вести кого-то к своему врачу, врач дал вечернее время.

Федерико ждал нас в холле. На стенах висели старинные панно. В отдалении прохаживался какой-то тип и таинственно поглядывал в нашу сторону.

— Послушайте, он вполне может в меня выстрелить, — тревожно предположил Федерико.

Тип решительно направился прямо к нему. Нависло неприятное ожидание.

— Дотторе, — церемонно обратился тип, — потрудитесь объяснить: что вы имели в виду в вашем фильме... (он назвал фильм).

Федерико с облегчением вздохнул. Не выстрелит. Просто зритель, вроде наших дотошных пенсионеров.

Был такой случай. В Рим приехал наш замечательный режиссер. Итальянцы решили показать гостю собор Святого Петра. Сами итальянцы считают его архитектуру аляповатой и называют «торт с мороженым». Но не в этом дело. Машина бежала по улицам, и вдруг среди прохожих режиссер увидел великого Феллини.

Он потребовал немедленно остановить машину, выскочил, как ошпаренный, и с криком «Федерико!» устремился к предмету своего обожествления.

Федерико обернулся, увидел несущегося на него маленького усатого человека и кинулся бежать прочь. Режиссер наддал. Федерико тоже прибавил скорость. Кросс окончился в пользу Феллини. Он далеко оторвался вперед и растворился в толпе.

Федерико боится маньяков. Маньяк убил Леннона.

Маньяки — неприятное сопровождение большой известности.

Мы сидим в ресторане типа нашего «Седьмого неба». Зал круглый. Из окна открывается панорама Рима.

Это второй Рим в моей жизни. Первый — десять лет назад. Тогда шел дождь, и у меня все время завивались волосы от дождя, и член нашей туристической группы, драматург, очень интересно трактовал «Тайную вечерю». А на другой день сбежал, попросил политического убежища. Кэгэбешница средних лет, присматривающая за нами, растерялась. А рядовая туристка, старая большевичка, сказала: «Сволочь какая», — имея в виду драматурга, а не кэгэбэшницу. Тем не менее наша туристическая группа поехала смотреть собор Святого Петра.

В этот свой приезд я нигде не была. Город раскален, носа не высунешь. И какой музей, когда рядом живой Феллини, с его глазами и голосом.

— Ты хотела бы жить в Европе? — спросил Федерико. — Ты могла бы здесь остаться?

— Не могла бы.

— Почему?

— Я не могу жить без языка и без друзей.

— А как ты думаешь, Россия вывернется?

— Вывернется.

— Почему ты так думаешь?

— Всегда побеждает здравый смысл.

— Всегда?

— Бывает с опозданием, но всегда.

«С опозданием на жизнь», — подумала я.

— У Италии очень большой национальный долг, — с огорчением сообщил Феллини, будто долг Италии касался его лично. — Огромный долг, но итальянцы беспечны. И в своей беспечности восходят до мудрости.

«Как дети», — подумала я. Беспечность — это высшая мудрость.

— Для итальянца самое главное — обеспечить свою семью, — продолжал Федерико. — Идея семьи выше идеи государства.

«Логично, — подумала я. — Семья — это и есть государство. Сильное государство — это большое количество обеспеченных семей».

Подошел официант.

— Что вы можете нам предложить? — спросил Федерико.

— Сырное мороженое и осьминог в собственных чернилах.

— Сырное мороженое? — подивился Федерико. — А как это возможно?

— Вы художник в своем деле, а мы в своем.

Официант был сухой, респектабельный, в бабочке. Как конферансье.

— Браво, — отметила я.

Официант приосанился.

— Ты знаешь такого человека: Герасимофф?

— Да. Он умер.

— В шестидесятых годах я с ним встречался. На кинофестивале. Он повез меня в машине по Москве, с каким-то человеком.

«С кэгэбешником», — подумала я.

— Подъехали к большому зданию. Университет, кажется.

— Да. Университет, высотное здание, — подтвердила я.

— Он говорит: смотрите, какой большой дом построили наши люди, освобожденные от капитализма.

Мы вылезли из машины, чтобы видеть лучше. Шел снег. Он медленно падал на его лысину.

«Какой снег в июне месяце? — удивилась я. — Фестиваль был летом. Маэстро что-то перепутал. Или домыслил».

— Снег все шел. Он все говорил, и я в конце концов почувствовал, что делаю что-то плохое против народа, который освободился от капитализма и выстроил такой большой дом. Я спросил:

«Что я должен сделать?»

«Заберите ваш фильм из конкурса», — сказал Герасимов.

«Пожалуйста». — Я обрадовался, что такая маленькая просьба.

Потом мы поехали к нему ужинать. Он сам сделал русскую еду...

— Пельмени, — подсказала я: Герасимов прекрасно лепил сибирские пельмени.

— Да, да... — подтвердил Федерико.

— Но первый приз вам все-таки дали, — напомнила я.

Это известная история о том, как наши не хотели давать премию фильму «Восемь с половиной». Но жюри отстояло.

— Да, да... первый приз. И меня несли на руках ваши режиссеры: Кусиев (Хуциев), Наумофф... и кто-то еще. Я испытывал определенные неудобства, потому что они все были разного роста.

Феллини не мог закончить воспоминания патетически (несли на руках). Он включил самоиронию: неудобно было существовать на весу. Какие-то части тела заваливались и провисали.

— Вот вам и кино, — сказала я. — Напишите об этом.

— Думаешь?

— Уверена.

— Я напишу три страницы. Передам тебе через Клаудию. Ты дополнишь и пришлешь мне обратно.

Федерико хочет как-то подключить меня к работе. Вернее, он думает, что я этого хочу.

Правильно думает.

Свой первый фильм двадцать лет назад я делала с режиссером К. В режиссерском ряду он был на первом месте от конца, то есть хуже всех.

Второй фильм я делала с режиссером С. — этот занимал второе место от конца. Хуже него был только К.

После работы по моим сценариям эти режиссеры «пошли в производство», перебрались в середину ряда. Середняки. Впереди них много народу. Позади тоже.

Моя мечта поработать с мастером, который был бы на первом месте от начала. Впереди никого. Только Господь Бог.

А если не суждено по тем или иным причинам — я напишу этот рассказ.

Зачем? А ни за чем. Просто так.

Принесли сырное мороженое.

— Я должен позвонить. — Федерико посмотрел на часы.

— Куда? — ревниво спросила я.

— Кариссима! Бомбинона! Я забыл тебе сказать — у меня, помимо основной семьи, есть еще четыре: в Праге, в Женеве, в Лондоне и в Риме.

— Дорогой! Учитывая твое давление, я остановилась бы на трех семьях. Та, что в Праге, — не надо.

Федерико ушел. Я спросила:

— Что такое кариссима?

— Кара — дорогая, — объяснила Клаудиа. — А кариссима — очень дорогая, дорогушечка.

— А бомбинона что такое?

— Бомбино — ребенок. Бомбинона — большая девочка.

— В смысле толстушечка?

— Нет. В смысле выросший человек с детской начинкой. Можно так сказать? — уточнила Клаудиа.

Так можно сказать обо всех нас, шестидесятниках. Седеющие мальчики и девочки. Бомбиноны. После сталинских морозов обрадовались, обалдели от хрущевской оттепели и так и замерли на двадцать лет. А наши дети, те, кто следом, — они старше нас и практичнее. Им дано серьезное Поручение: весь мир насилья разрушить до основанья. А затем...

Рим оплывает, как сырное мороженое. Купола дрожат в знойном воздухе. Как мираж. Кажется, что, если хорошенько сморгнуть, все исчезнет.

***

В Москве было ветрено. Как там у Чехова: «А климат такой, что того и гляди снег пойдет».

Я беру сумку на колесах и иду в магазин. В магазине никого нет, потому что нет продуктов. Единственное, что продают, — масло в пачках, хлеб и минеральная вода. Все нужные вещи: можно намазать хлеб маслом и запить минеральной водой. Вот тебе и обед без затей. Необязательно есть осьминогов в собственных чернилах.

Я беру пять бутылок минеральной воды. Сумка раздувается и дребезжит на ходу.

При выходе из магазина я встречаю соседа, художника кино. Это живописный, одаренный человек. Алкоголик. Сейчас он в запое, чувства обнажены, и он шумно радуется, увидев меня.

— Я тебе помогу, — рыцарски забирает мою сумку, с готовностью толкает перед собой и, конечно, роняет.

Сумка валится с грохотом, как будто упал вертолет. Художник смущен, смотрит на меня сконфуженно.

— Иди отсюда. — Я делаю небрежный жест, будто отгоняю собаку. — Ты мне мешаешь...

Художнику обидно и надо как-то выйти из положения, не потеряв достоинства.

— Я гениален тем, что я вас покидаю! — объявляет он и идет прочь, четко ставя ноги, как самолюбивый слепой.

Я поднимаю сумку, заглядываю внутрь. Осколки бутылок, вода, во всем этом плавают хлеб и пачки масла.

Я достаю кусок стекла, опускаю рядом с сумкой.

Мимо меня идет пожилая женщина.

— Ну куда, куда? — возмущенно вопрошает она. — Всю Москву обосрали.

Я возвращаю стекло обратно в сумку.

Надо найти мусорный бак. Я озираюсь по сторонам.

Передо мной, через дорогу, гольф-клуб «Тумба». Какой-то господин Тумба закупил кусочек земли, огородил, посеял на нем травку и организовал гольф-клуб. На валюту. Играют преимущественно японцы.

Покой. Тишина. Здоровье.

Зеленое поле поднимается по пригорку вплоть до церковки. Красивая старинная церквушка, построенная двести, а то и триста лет назад.

Интересно, а церковку тоже закупили?

ПЕРВАЯ ПОПЫТКА

ПОВЕСТЬ

Первая попытка

Моя записная книжка перенаселена, как послевоенная коммуналка. Некоторые страницы вылетели. На букву «К» попала вода, размыла все буквы и цифры. Книжку пора переписать, а заодно провести ревизию прошлого: кого-то взять в дальнейшую жизнь, а кого-то захоронить в глубинах памяти и потом когда-нибудь найти в раскопках.

Я купила новую записную книжку и в один прекрасный день села переписывать. Записная книжка — это шифр жизни, закодированный в именах и телефонах. В буквах и цифрах.

Расставаться со старой книжкой жаль. Но надо. Потому что на этом настаивает ВРЕМЯ, которое вяжет свой сюжет.

Я открываю первую страницу. «А». Александрова Мара...

Полное ее имя было Марла. Люди за свои имена не отвечают. Они их получают. Ее беременная мамаша гуляла по зоопарку и вычитала «Марла» на клетке с тигрицей. Тигрица была молодая, гибкая, еще не замученная неволей.

Ей шла странная непостижимая кличка Марла. Романтичная мамаша решила назвать так будущего ребенка. Если родится мальчик, назовется Марлен. Но родилась девочка. Неудобное и неорганичное для русского слуха «Л» вылетело из имени в первые дни, и начиная с яслей она уже была Марой. Марлой Петровной осталась только в паспорте.

Папашу Петра убили на третьем году войны. Она с матерью жила тогда в эвакуации, в сибирской деревне. Из всей эвакуации запомнился большой бежевый зад лошади за окном. Это к матери на лошади приезжал милиционер, а она ему вышивала рубашку. Еще помнила рыжего врача, мать и ему тоже вышивала рубашку. Мара все время болела, не одним, так другим. Врач приходил и лечил. Мать склонялась над Марой и просила:

— Развяжи мне руки.

Мара не понимала, чего она хочет. Руки и так были развязаны и плавали по воздуху во все стороны.

Потом война кончилась. Мара и мама вернулись в Ленинград. Из того времени запомнились пленные немцы, они строили баню. Дети подходили к ним, молча смотрели. У немцев были человеческие лица. Люди как люди. Один, круглолицый в круглых очках, все время плакал. Мара принесла ему хлеба и банку крабов. Тогда, после войны, эти банки высились на прилавке, как пирамиды. Сейчас все исчезло. Куда? Может быть, крабы уползли к другим берегам? Но речь не про сейчас, а про тогда. Тогда Мара ходила в школу, пела в школьном хоре:

Сталин — наша слава боевая,
Сталин — нашей юности полет,
С песнями, борясь и побеждая,
Наш народ за Сталиным идет.

Мать была занята своей жизнью. Ей исполнилось тридцать лет. В этом возрасте женщине нужен муж, и не какой-нибудь, а любимый. Его нужно найти, а поиск — дело серьезное, забирающее человека целиком.

Мара была предоставлена сама себе. Однажды стояла в очереди за билетами в кино. Не хватило пяти копеек. Билет не дали. А кино уже начиналось. Мара бежала по улицам к дому и громко рыдала. Прохожие останавливались, потрясенные ее отчаянием.

Случались и радости. Так, однажды в пионерском лагере ее выбрали членом совета дружины. Она носила на рукаве нашивку: две полоски, а сверху звездочка. Большое начальство. У нее даже завелись свои подхалимы. Она впервые познала вкус власти. Слаще этого нет ничего.

Дома не переводились крысы. Мать отлавливала их в крысоловку, а потом топила в ведре с водой. Мара запомнила крысиные лапки с пятью промытыми розовыми пальчиками, на которых крыса карабкалась по клетке вверх, спасаясь от неумолимо подступавшей воды. У матери не хватало ума освобождать дочь от этого зрелища.

Училась Мара на крепкое «три», но дружила исключительно с отличниками. Приближение к избранным кидало отсвет избранности и на нее. Так удовлетворялся ее комплекс власти. Но надо сказать, что и отличницы охотно дружили с Марой и даже устраивали друг другу сцены ревности за право владеть ее душой.

Весной пятьдесят третьего года Сталин умер. По радио с утра до вечера играли замечательную траурную музыку. Время было хорошее, потому что в школе почти не учились. Приходили и валяли дурака. Учителя плакали по-настоящему. Мара собралась в едином порыве с Риткой Носиковой поехать в Москву на похороны вождя, но мать не дала денег. И вообще не пустила. Мара помнит, как в день похорон они с Риткой Носиковой вбежали в трамвай. Люди в вагоне сидели подавленные, самоуглубленные, как будто собрались вокруг невидимого гроба. А Ритка и Мара ели соленый помидор и прыскали в кулак. Когда нельзя смеяться, всегда бывает особенно смешно.

Люди смотрели с мрачным недоумением и не понимали, как можно в такой день есть и смеяться. А девочки, в свою очередь, не понимали, как можно в столь сверкающий манящий весенний день быть такими усерьезненными.

Время в этом возрасте тянется долго-долго, а проходит быстро. Мара росла, росла и выросла. И на вечере в Доме офицеров познакомилась с журналистом Женькой Смолиным. Он пригласил ее на вальс. Кружились по залу. Платье развевалось. Центробежная сила оттягивала их друг от друга, но они крепко держались молодыми руками и смотрели глаза в глаза, не отрываясь. С ума можно было сойти.

В восемнадцать лет она вышла за него замуж.

Это был стремительный брак, брак-экспресс. Они расписались в загсе и тут же разругались, а потом продолжали ругаться утром, днем, вечером и ночью... Ругались постоянно, а потом с той же страстью мирились. Их жизнь состояла из ссор и объятий. Шла непрерывная борьба за власть. Мара оказалась беременной, непонятно от чего: от ссор или объятий. К пяти месяцам живот вырос, а потом вдруг стал как будто уменьшаться. Оказывается, существует такое патологическое течение беременности, когда плод, дожив до определенного срока, получает обратное развитие, уменьшается и погибает. Охраняя мать от заражения, природа известкует плод. Он рождается через девять месяцев от начала беременности, как бы в срок, но крошечный и мертвый и в собственном саркофаге. Чего только не бывает на свете. И надо же было, чтобы это случилось с Марой. Врачи стали искать причину, но Мара знала: это их любовь приняла обратное развитие и, не дозрев до конца, стала деградировать, пока не умерла.

После больницы Мара поехала на юг, чтобы войти в соленое упругое море, вымыть из себя прошлую жизнь, а потом лечь на берегу и закрыть глаза. И чтобы не трогали. И не надо ничего.

В этом состоянии к ней подошел и стал безмолвно служить тихий бессловесный Дима Палатников, она называла его Димычкой. Димычка хронически молчал, но все понимал, как собака. И как от собаки, от него веяло преданностью и теплом. Молчать можно по двум причинам: от большого ума и от беспросветной глупости. Мара пыталась разобраться в Димычкином случае. Иногда он что-то произносил: готовую мысль или наблюдение. Это вовсе не было глупостью, хотя можно было бы обойтись. Когда Димычке что-то не нравилось, он закрывал глаза: не вижу, не слышу. Видимо, это осталось у него с детства. Потом он их открывал, но от этого в лице ничего не менялось. Что с глазами, что без глаз. Они были невыразительные, никак не отражали работу ума. Такой вот — безглазый и бессловесный, он единственный изо всех совпадал с ее издерганными нервами, поруганным телом, которое, как выяснилось, весь последний месяц служило могилой для ее собственного ребенка.

Мара и Димычка вместе вернулись в Ленинград. Димычка — человек традиционный. Раз погулял — надо жениться. Они поженились, вступили в кооператив и купили машину.

Димычка был врач: ухо, горло, нос, — что с него возьмешь. Основной материально несущей балкой явилась Мара. В ней открылся талант: она шила и брала за шитье большие деньги. Цена явно не соответствовала выпускаемой продукции и превосходила здравый смысл. Однако все строилось на добровольных началах: не хочешь, не плати. А если платишь — значит, дурак. Мара брала деньги за глупость.

Дураков во все времена хватает, деньги текли рекой, однако не престижно. Скажи кому-нибудь «портниха» — засмеют, да и донесут. Мара просила своих заказчиц не называть ее квартиры лифтерше, сидящей внизу, сверлящей всех входящих урочливым глазом. Заказчицы называли соседнюю, пятидесятую квартиру. А Мара сидела в сорок девятой, как подпольщица, строчила и вздрагивала от каждого звонка в дверь. В шестидесятые годы были модны космонавты. Их было мало, все на слуху, как кинозвезды. А портниха — что-то архаичное, несовременное, вроде чеховской белошвейки.

Сегодня, в конце восьмидесятых годов, многое изменилось. Космонавтов развелось — всех не упомнишь. А талантливый модельер гремит, как кинозвезда. На глазах меняется понятие престижа. Но это теперь, а тогда...

Устав вздрагивать и унижаться, а заодно скопив движимое и недвижимое, Мара забросила шитье и пошла работать на телевидение. Вот уж где человек обезличивается, как в метро. Однако на вопрос: «Чем вы занимаетесь?» — можно ответить: «Ассистент режиссера».

Это тебе не портниха. Одно слово «ассистент» чего стоит. Хотя ассистент на телевидении что-то вроде официанта: подай, принеси, поди вон.

В этот период жизни я познакомилась с Марой, именно тогда в моей записной книжке было воздвигнуто ее имя.

Познакомились мы под Ленинградом, в Комарово. Я и муж поехали отдыхать в Дом творчества по путевке ВТО. Был не сезон, что называется, — неактивный период. В доме пустовали места, и ВТО продавало их нетворческим профессиям, в том числе и нам.

Мы с мужем побрели гулять. На расстоянии полукилометра от корпуса ко мне подошла молодая женщина в дорогой шубе до пят, выяснила, отдыхаем ли мы здесь и если да, то нельзя ли посмотреть номер, как он выглядит и стоит ли сюда заезжать. Мне не хотелось возвращаться, но сказать «нет» было невозможно, потому что на ней была дорогая шуба, а на мне синтетическое барахло и еще потому, что она давила. Как-то само собой разумелось, что я должна подчиниться. Я покорно сказала «пожалуйста» и повела незнакомку в свой триста пятнадцатый номер. Там она все оглядела, включая шкафы, открывая их бесцеремонно. Одновременно с этим представилась: ее зовут Мара, а мужа Димычка.

Димычка безмолвно пережидал с никаким выражением, время от времени подавал голос:

— Мара, пошли...

Мы отправились гулять. Димычка ходил рядом, как бы ни при чем, но от него веяло покоем и порядком. Они гармонично смотрелись в паре, как в клоунском альянсе: комик и резонер. Димычка молчал, а Мара постоянно ра́ботала: парила, хохотала, блестя нарядными белыми зуба́ми, золотисто-рыжими волосами, самоутверждалась, ут́верждала себя, свою шубу, свою суть, просто вырабатывала в космос бесполезную энергию. Я догадывалась: она при́стала к нам на тропе из-за скуки. Ей было скучно с одним только Димычкой, был нужен зритель. Этим зрителем в данный момент оказалась я — жалкая геологиня, живущая на зарплату, обычная, серийная, тринадцать на дюжину.

Вечером, после ужина, они уехали. Мара обещала мне сшить юбку, а взамен потребовала дружбу. Я согласилась. Была в ней какая-то магнетическая власть: не хочешь, не делай. Как семечки: противно, а оторваться не можешь.

Когда они уехали, я сказала:

— В гости звали.

— Это без меня, — коротко отрезал муж.

Мужа она отталкивала, а меня притягивала. В ней была та мера «пре» — превосходства, преступления каких-то норм, в плену которых я существовала, опутанная «неудоб́но» и «нельзя». Я была элементарна и пресна, как еврей́ская маца, которую хорошо есть с чем-то острым. Этим острым была для меня Мара.

Влекомая юбкой, обещанной дружбой и потребностью «пре», я созвонилась с Марой и поехала к ней в Ленинград.

Она открыла мне дверь. Я вздрогнула, как будто в меня плеснули холодной водой. Мара была совершенно голая. Ее груди глядели безбожно, как купола без крестов. Я ждала, что она смутится, замечется в поисках халата, но Мара стояла спокойно и даже надменно, как в вечернем платье.

— Ты что это голая? — растерялась я.

— Ну и что, — удивилась Мара. — Тело. У тебя другое, что ли?

Я подумала, что в общих чертах то же самое. Смирилась. Шагнула в дом.

Мара пошла в глубь квартиры, унося в перспективу свой голый зад.

— Ты моешься? — догадалась я.

— Я принимаю воздушные ванны. Кожа должна дышать.

Мара принимала воздушные ванны, и то обстоятельство, что пришел посторонний человек, ничего не меняло.

Мара села за машинку и стала строчить мне юбку. Подбородок она подвязала жесткой тряпкой. Так подвязывают челюсть у покойников.

— А это зачем? — спросила я.

— Чтобы второй подбородок не набегал. Голова же вниз.

Мара за сорок минут справилась с работой, кинула мне юбку, назвала цену. Цена оказалась на десять рублей выше условленной. Так не делают. Мне стало стыдно за нее, я смутилась и мелко закивала головой — дескать, все в порядке. Расплатившись, я поняла, что на обратную дорогу хватит, а на белье в вагоне нет. Проводник, наверное, удивится.

— Молнию сама вошьешь, — сказала Мара. — У меня сейчас нет черной.

Значит, она взяла с меня лишнюю десятку за то, что не вшила молнию.

Сеанс воздушных ванн окончился. Мара сняла с лица тряпку, надела японский халат с драконами. Халат был из тончайшего шелка, серебристо-серый, перламутровый.

— Ты сама себе сшила? — поразилась я.

— Да ты что, это настоящее кимоно, — оскорбилась Мара. — Фирма.

Я поняла: шьет она другим, а на эти деньги покупает себе «фирму».

Освободив челюсть, Мара получила возможность есть и разговаривать. Она сварила кофе и стала рассказывать о своих соседях из пятидесятой квартиры — Саше и Соше. Саша — это Александр, а Соша — Софья. Соша — маленькая, бледненькая, обесцвеченная, как будто ее вытащили из перекиси водорода. Но что-то есть. Хочется задержаться глазами, всмотреться. А если начать всматриваться, то открываешь и открываешь... В неярких северных женщинах, как в северных цветах, гораздо больше прелести, чем в откровенно роскошных южных розах. Так ударит по глазам — стой и качайся. Долго не простоишь. Надоест. А в незабудку всматриваешься, втягиваешься... Однако дело не в северных цветах и не в Соше. Дело в том, что Мара влюбилась в Сашу и ей требовалось кому-то рассказать, иначе душа перегружена, нечем дышать.

Этим «кем-то» Мара назначила меня. Я человек не опасный, из другого города, случайна, как шофер такси. Можно исповедоваться, потом выйти и забыть.

Вместо того чтобы вовремя попрощаться и уйти, я, как бобик, просидела до двух часов ночи. А родной муж в это время стоял на станции Комарово во мраке и холоде, встречал поезда и не знал, что думать.

Ночь мы положили на выяснение отношений. День — на досыпание. Из отдыха вылетели сутки. И все из-за чего? Из-за Саши и Соши. А точнее, из-за Мары. Позднее я установила закономерность: где Мара — там для меня яма. Если она звонит, то в тот момент, когда я мою голову. Я бегу к телефону, объясняю, что не могу говорить, но почему-то разговариваю, шампунь течет в глаза, вода по спине, кончается тем, что я простужаюсь и заболеваю. А если звонок раздается в нормальных условиях и я, завершив разговор с Марой, благополучно кладу трубку, то, отходя от аппарата, почему-то спотыкаюсь о телефонный шнур, падаю, разбиваю колено, а заодно и аппарат. Оказываюсь охромевшей и отрезанной от всего мира. Как будто Господь трясет пальцем перед моим носом и говорит: не связывайся.

Период в Комарово закончился тем, что мы с мужем вернулись в Москву на пыльных матрасах без простыней, зато с юбкой без молнии, с осадком ссоры и испорченного отдыха.

Мара осталась в Ленинграде. Работала на телевидении, подрабатывала дома на машинке. Вернее, наоборот. На швейной машинке она работала, а на телевидении подрабатывала. Но и дома и на работе, днем и ночью, она бессменно думала о Саше. Димычка не старше Саши, но все равно старый. Он и в три года был пожилым человеком. В альбоме есть его фотокарточка: трехлетний, со свисающими щеками, важным выражением лица — как у зубного врача с солидной практикой. А Саша и в сорок лет — трехлетний, беспомощный, как гений, все в нем кричит: люби меня... Какая счастливая Соша...

Димычка ни с того ни с сего ударился в знахарство, отстаивал мочу в банках: новый метод лечения — помещать в организм его собственные отходы. Мару тошнило от аммиачных паров. А рядом за стенкой — такой чистый после бассейна, такой духовный после симфонии Калинникова, такой чужой, как инопланетянин... Все лучшее в жизни проходило мимо Мары. Ей оставались телевизионная мельтешня, капризные заказчицы и моча в трехлитровых банках.

Однажды Мара возвращалась домой. Ее подманила лифтерша, та самая, с урочливым глазом, и по большому секрету сообщила, что из пятидесятой квартиры жена ушла к другому. Этот другой приезжал днем на машине «Жигули» желтого цвета, и они вынесли белье и одежду в тюках, а из мебели — кресло-качалку. Новый мужчина, в смысле хахаль, из себя симпатичный, черненький и с усами. Очень модный. На летних ботинках написаны буквы, такие же буквы на куртке.

— Может быть, он сам их пишет, — предположила Мара, чтобы отвлечь лифтершу от своего изменившегося лица.

Вечером после концерта в черном костюме с бабочкой пришел Саша и спросил: когда надо мыть картошку — до того, как почистить, или после. Мара сказала, что можно два раза — и до и после. Саша стоял и не уходил. Мара пригласила его пройти. Она сама поджарила ему картошку, а Саша в это время сидел возле Димычки, и они оба молчали. Димычка вообще был неразговорчивым человеком, а Саше не хотелось ни с кем разговаривать и страшно было оставаться одному. Ему именно так и хотелось: с кем-то помолчать, и ни с кем попало, а с живым, наполненным смыслом человеком.

Мара поджарила картошку в кипящем масле, как в ресторане. Мяса не было, она поджарила сыр сулугуни, обмакнув его предварительно в яйцо и муку. Накормила мужчин. Саша впервые в жизни ел горячий сыр. Он ел и плакал, но слезы не вытекали из глаз, а копились в сердце. Мара любила Сашу, поэтому ее сердце становилось тяжелым от Сашиных слез. Она молчала.

Это было в одиннадцать вечера. А в четыре утра Мара выскользнула из широкой супружеской постели от спящего и сопящего Димычки, сунула ноги в тапки, надела халат с драконами, вышла на лестничную площадку и позвонила Саше.

Тотчас раздались шаги — Саша не спал. Тотчас растворилась дверь — Саша не запирался. Он ждал Сошу. Он был уверен: она передумает и вернется. Ей нужна была встряска, чтобы все встало на свои места. И теперь все на местах. Соша вернулась и звонит в дверь. Он ее простил. Он не скажет ни одного слова упрека, а просто встанет на колени. Черт с ним, с двадцатым веком. Черт с ним, с мужским самолюбием. Самолюбие — это любить себя. А он любит ее. Сошу.

Саша открыл дверь. На пороге стояла Мара. Соседка. Чужая женщина, при этом глубоко ему несимпатичная. Саша не переносил ее лица, как будто сделанного из мужского, ее категоричности. Не женщина, а фельдфебель. И ее смеха тоже не переносил. Она кудахтала, как курица, которая снесла яйцо и оповещала об этом всю окрестность.

Мара увидела, как по Сашиному лицу прошла стрелка всех его чувств: от бешеного счастья в сто градусов до недоумения, дальше вниз — до нуля и ниже нуля — до минуса. Маре стало все ясно.

— Ты извини, — виновато попросила она. — Но я испугалась. Мне показалось, что ты хочешь выкинуться из окна, чушь какая-то. Ты извини, конечно...

Человек думает о человеке. Не спит. Прибегает. Тревожится. Значит, не так уж он, Саша, одинок на этом свете. Пусть один человек. Пусть даже ни за чем не нужный. И то спасибо.

— Проходи, — пригласил Саша.

— Поздно уже, — слабо возразила Мара.

— Скорее рано, — уточнил Саша и пошел варить кофе. Что еще делать с гостьей, явившейся в четыре утра.

Мара села за стол. Смотрела в Сашину спину и чувствовала себя виноватой. В чем? В том, что она его любит, а он ее нет. Она только что прочитала это на Сашином лице. Чем она хуже Соши, этой бесцветной моли, предательницы. Вот этим и хуже. Мужчин надо мучить, а не дребезжать перед ними хвостом. Мара прислушивалась к себе и не узнавала. В принципе она была замыслена и выполнена природой как потребительница. Она готова была потребить все, что движется и не движется, затолкать в себя через все щели: глаза, уши, рот и так далее. А здесь, с этим человеком — наоборот, хотелось всем делиться: оторвать от себя последний кусок, снять последнюю рубашку. Так просто, задаром подарить душу и тело, только бы взял. Только бы пригодилось. Оказывается, в ней, в Маре, скопилось так много неизрасходованных слов, чувств, нежности, ума, энергии — намело целый плодородный слой. Упадет зерно в благодатную почву — и сразу, как в мультфильме, взрастет волшебный куст любви.

Первый муж Женька Смолин — тоже потребитель. Его главный вопрос был: «А почему я должен?» Он считал, что никому ничего не должен, все должны ему. А Мара считала, что все должны ей. Пошел эгоизм на эгоизм. Они ругались до крови, и в результате два гроба: души и плоти. На Димычке она отдыхала от прежней опустошительной войны. Но это была не любовь, а выживание. Самосохранение. А любовь — вот она. И вот она — вспаханная душа. Но сеятель Саша берег свои зерна для другого поля.

Маре стало зябко. Захотелось пожаловаться. Но кому? Жаловаться надо заинтересованному в тебе человеку. Например, матери. Но мать забыла, как страдала сама. Теперь у нее на все случаи жизни — насмешка. Димычка? Но что она ему скажет? Что любит соседа Сашу, а с ним живет из страха одиночества?

Мара поникла и перестала быть похожей на фельдфебеля. Саша разлил кофе по чашкам. Сел рядом. Положил ей голову на плечо и сказал:

— Мара, у тебя есть хороший врач? Покажи меня врачу.

— А что с тобой?

— Я... ну, в общем, я... не мужчина.

— В каком смысле? — не поняла Мара.

— В прямом. От меня из-за этого Сонька ушла.

— А может быть, дело не в тебе, а в Соньке.

Мара кожей чувствовала людей. Она была убеждена, что сексуальная энергия, как и всякая другая, имеет свою плотность и свой радиус. От некоторых вообще ничего не исходит. От других, хоть скафандр надевай, не то облучишься. Сашу она чувствовала даже сквозь бетонные стены в своей квартире.

— При чем тут Сонька? — Саша поднял голову с ее плеча. — Ты, наверное, не понимаешь, о чем речь.

— Прекрасно понимаю. Идем. — Мара поднялась из-за стола.

— Куда? — не понял Саша.

— Я тебе докажу.

Саша подчинился. Пошел вслед за Марой. Они легли на широкую арабскую постель. Мара спорила с Сошей. Доказывала. И доказала. Она доказала Саше не только его мужскую состоятельность, но более того — гениальность. Принадлежность к касте избранных. Только биологические феномены могут так тонко и так мощно слышать жизнь, ее спрессованную суть. Таких, как Саша, больше нет. Ну, может быть, есть еще один, где-нибудь в Индии или в Китае. А в Советском Союзе точно нет. Во всяком случае, она, Мара, не слышала.

Саша улыбался блаженно, наполненный легкостью. Мара смотрела на него, приподнявшись на локте. Он был таким ЕЕ, будто вызрел в ней, она его родила, у них до сих пор общее кровообращение.

— Хочешь, я тебе расскажу, как я тебя люблю? — спросила Мара.

Он едва заметно кивнул. Для глубокого кивка не было сил. Мара долго подыскивала слова, но слова пришли самые простые, даже бедноватые.

— Ты хороший, — сказала она. — Ты лучше всех. Ты единственный. — Он нашел ее руку и поцеловал. Это была благодарность. Саша хотел спать, но было жалко тратить время на сон.

Они проговорили до шести утра.

Мара, как заправский психоаналитик, заставила Сашу вернуться в точку аварии, вспомнить, как все началось.

И Саша вспомнил. Два года назад они отдыхали с Сошей на море. Он пошел купаться в шторм и не мог выйти на берег. В какую-то минуту понял, что сейчас утонет возле берега.

Когда вернулся в номер, его качало. Он лег, закрыл глаза и видел перед собой мутно-зеленые пласты воды. У Соши было совсем другое состояние души и тела. Она тянулась к мужу, но казалась ему волной. Хотелось из нее вынырнуть и выплюнуть. Соша обиделась и сказала неожиданно грубо:

— Импотент.

Саша попытался опровергнуть обвинение, но ничего не вышло. Вечером он вспомнил, что ничего не вышло, испугался, и уже страх, а не усталость помешал ему. Далее страх закрепился, как закрепляется страх у водителей, попавших в аварию. В мозгу что-то заклинило. Мозг посылал неверные сигналы, и случайно брошенное слово превратилось в диагноз.

Соша перестала верить в него. И он перестал верить в себя. Потом ему стало казаться, что это заметно. Все видят и хихикают в кулак.

Саша стал плохо играть свои партии в оркестре. Дирижер потерял к нему интерес. Надвигался конкурс. Саша понимал, что его переиграют. Соня ушла. Из оркестра — уйдут. Он — пустая, бессмысленная, бесполая оболочка. Весь свет хохочет ему в спину. Казалось, еще немного, и он, как чеховский сумасшедший из палаты номер шесть, кинется бежать по городу или выбросится в окно. Этой ночью он вышел на балкон, смотрел вниз и уже видел себя летящим враскорячку, с отдуваемыми руками и ногами. А потом лежащим внизу нелепым плевком на асфальте. Саша испытывал к себе не жалость, а брезгливость. Он не любил себя ни живого, ни мертвого. А уж если сам себя не любишь, что требовать от других. И в этот момент раздался звонок в дверь, вошла женщина, чужая жена, и сказала:

— Ты лучше всех. Ты единственный.

Он поцеловал ей руку. Как еще благодарить, когда тебе возвращают тебя. Иди живи. Ты лучше всех. Ты единственный.

Мара вернула Сашу в точку аварии. Устранила поломку в мозгу. И жизнь встала на все четыре колеса.

Утром Мара вернулась к спящему, ни о чем не подозревающему Димычке. А Саша спать не мог. Он начинал новую жизнь.

Вечером был концерт. Дирижер сказал, что Сашин си-бемоль сделал всю симфонию. Коллеги оркестранты заметили, что из Сашиных глаз летят звезды, как во время первомайского салюта. Он помолодел, похорошел и попрекраснел. А Саша, в свою очередь, увидел, какие замечательные таланты вокруг него, одушевляющие железки и деревяшки. Ведь что такое тромбон и скрипка? Это железка и деревяшка. А когда человек вдыхает в них свою душу, они живые. И наоборот. Если в человеке погасить душу, он становится деревяшкой или железкой. Вот ведь как бывает.

Саша после концерта не шел, не брел, как прежде, а прорезал пространство. Он устремлялся домой. Дома его ждала Мара. Она открыла Сашу, как материк, и собиралась учредить на этом материке свое государство.

А Саша не смотрел далеко вперед. Он просто ликовал, утверждал себя. Утверждал и подтверждал.

Так продолжалось месяц.

Соша этот месяц вила новое гнездо с новым мужем Ираклием. Одно дело встречаться, другое — жить одним домом. Ираклий набивал дом гостями, это входило в национальные традиции, а Соша должна была безмолвно подавать на стол и убирать со стола. Это тоже входило в традиции: женщина должна знать свое место.

Ираклий работал в строительной науке, писал диссертацию на тему: «Ликвидация последствий атомного взрыва». Соше казалось, что после атомного взрыва уже НЕКОМУ будет ликвидировать последствия. Она ничего в этом не понимала, да и не хотела понимать. Кому охота в расцвете сил и красоты думать об атомном взрыве, и так по телевизору с утра и до вечера талдычат, жить страшно. А вот в Сашиной симфонической музыке Соша понимала все. За семь лет совместной жизни она научилась читать дирижерскую сетку, отличала главную партию от побочной, знала всех оркестрантов, слышала, как они вплетают свои голоса. Могла узнать с закрытыми глазами: это Фима... это Додик... это Андрей... А теперь все вместе, Фима, Додик и Андрей.

Хорошее было время.

Соша ностальгировала о прежней жизни, хотя была вполне счастлива с Ираклием. Она готовила ему хинкали вместо пельменей и в этот момент думала о том, что Саша — голодный и заброшенный, тогда как Ираклий окружен гостями, хинкалями и Сошей. Она вздыхала и набирала Сашин номер. А когда слышала его голос, опускала трубку. Что она ему скажет?

Саша понимал происхождение звонков, и когда Мара тянула руку, он падал на телефон, как коршун с неба. Скрывал Мару. А однажды сказал озабоченно:

— Слушай, собери свои шпильки, брошки: сегодня Сонька придет.

— Зачем? — неприятно удивилась Мара.

— Хочет мне обед сготовить. Думает, что я голодный.

Мара собрала шпильки, брошки, отнесла их к Димычке. Она жила на два дома, благо до второго дома было, как до смерти, — четыре шага.

Димычка ни о чем не подозревал. Он был занят. К нему валил народ, поскольку в знахарей во все времена верили больше, чем во врачей. Ему было даже удобнее, когда Мара у соседей.

Сашу тоже устраивала такая жизнь: работа — как праздник, Мара — как праздник. Но самые большие праздники — Сошины появления. Она приходила в середине дня с виноватым лицом, тихо двигалась, перебирала ручками, варила, пылесосила. Хороший человек — Соша. Мара — сама страсть. Он ее желал. А любил Сошу. Оказывается, это не одно и то же. Кто-то умный сказал, что плоть — это конь. А дух — это всадник. И если слушать коня, он завезет в хлев. Слушать надо всадника.

Мара один раз унесла свои шпильки, другой. А в третий раз — оставила на самом видном месте. Соша не заметила. Тогда Мара прямо позвонила к ней на работу в НИИ и назначила свидание в Таврическом саду. Соша удивилась, но пришла. Она заранее догадывалась о теме предстоящего разговора. Мара прилетит ангелом-хранителем семейного очага. Будет уговаривать вернуться к Саше. Она ведь не знает причины. А со стороны все выглядит так славно, почти идеально, как всегда бывает со стороны. Мара опаздывала. Соша тоскливо смотрела на дворец, который Потемкин построил, чтобы принять в нем Екатерину Вторую. А у Екатерины уже был другой. Потемкина она уже исчерпала. Почему Екатерине было можно? А ей, Соше, нельзя?

Она, конечно, не царица, но ведь ей дворцов не надо. Однокомнатная квартира в новостройке.

Появилась Мара и сказала с ходу:

— Больше к Саше не ходи. Ушла — и с концами.

— А твое какое дело? — удивилась Соша.

— Самое прямое. Он — мой.

Соша подвытаращила глаза.

— Да, мой, — подтвердила Мара. — И душой и телом. И нечего тебе у него делать. Обойдемся без твоих жлобских супчиков.

Димычка вычитал, что, когда коров забивают, они испытывают смертный ужас, этот ужас передается в кровь, через кровь — в мышцы. И человечество поголовно отравляется чужим ужасом... Отсюда агрессия, преступность, болезни, раннее старение. Есть надо дары моря и лесов, а питаться разумными существами — все равно, что поедать себе подобных.

Сошу поразили не жлобские супчики, а Сашино двурушничество. Двуликий Янус. Ну что ж. Зато теперь все ясно. Можно не угрызаться и не разрываться. Можно спокойно развестись и нормально расписаться. А Сашу отдать Маре.

— Вот тебе! — Соша протянула Маре изысканную фигу, сложенную из бледных породистых пальцев.

— Он мой! — повторила Мара, игнорируя фигу.

— Посмотрим...

В тот же вечер Соша вернулась к Саше, и лифтерша видела, как в грузовой лифт втаскивали кресло-качалку. Кресло кочевало вместе с Сошей.

И в тот же вечер Мара позвонила к ним в квартиру. Открыла Соша. Она была в переднике. Видимо, восточный человек приучил к круглосуточному трудолюбию.

— Я забыла у Саши малахитовое кольцо, — сказала Мара.

— Где? — спросила Соша.

— В кухне. А может, в спальне. — Мара пометила места своего обитания.

Соша не пригласила войти. Отошла. Потом вернулась.

— Кольца нет, — сказала она. — Ты у кого-то другого забыла.

Она закрыла дверь.

Кольцо действительно было дома, лежало в шкатулке, и Мара это знала. Просто она хотела бросить какой-нибудь камень в их семейную гладь. Но большого камня у нее не было — так, маленький малахитик овальной формы. Саша виноватым себя не считал. Он ее не звал. Она сама пришла в ночи. Он ее не соблазнял. Она сама уложила его рядом с собой. Он ничего не обещал. Она сама надеялась. Правда, она его любила. Так ведь она, а не он.

И все же, и все же...

Через неделю Саша вошел в раскрытый лифт. Там стояла Мара. Если бы знал, что она внутри, пошел бы пешком на шестнадцатый этаж. Поднимались вместе и молча. Саша старался смотреть мимо, а Мара смотрела в упор. Искала его глазами. Потом спросила, тоже в упор:

— Так бывает?

— Значит, бывает, — ответил Саша.

Вот и все.

Через полгода Соша вернулась к Ираклию. Мара не стала доискиваться причин. Она к Саше не вернулась. Да он и не звал. Он надеялся встретить женщину, которая соединит воедино плоть и дух, когда конь и всадник будут думать одинаково и двигаться в одном направлении.

Для Мары прекратился челночный образ жизни. Она осела, притихла возле Димычки, говорила всем, что ей очень хорошо. Что семья — это лаборатория на прочность, а ее дом — ее крепость. Лабораторию придумала сама, а крепость — англичане. Но иногда на ровном месте с Марой в ее крепости случались истерики, она кидала посуду в окно, и Димычка был в ужасе, поскольку чашки и тарелки могли упасть на чью-то голову. Он бежал к телефону и вызывал милицию. Мара панически боялась представителей власти и тут же приводила себя в порядок. Когда приходил милиционер, ему давали двадцать пять рублей, и они расставались ко взаимному удовольствию.

На фоне личных событий граждан протекала общественная жизнь страны.

К власти пришел Никита Сергеевич Хрущев и первым делом отменил Сталина. «Сталин — наша слава боевая, Сталин — нашей юности полет» оказался тираном и убийцей. Каково это было осознавать...

Мару, равно как и Ритку Носикову, это не касалось. Они были маленькие. Зато оттепель коснулась всем своим весенним дыханием. Напечатали «Один день Ивана Денисовича». Все прочитали и поняли: настали другие времена. Появился новый термин «диссидент» и производные от него: задиссидил, диссида махровая и т. д.

Никита Сергеевич был живой, в отличие от прежнего каменного идола. Его можно было не бояться и даже дразнить «кукурузником». Кончилось все тем, что его сняли с работы. Это был первый и пока единственный глава государства, которого убрали при жизни, и он умер своей смертью. Скульптор Эрнст Неизвестный, которого он разругал принародно, сочинил ему памятник, составленный из черного и белого. Света и тени. Трагедии и фарса.

После Хрущева началось время, которое сегодня историки определяют как «полоса застоя». Застой, возможно, наблюдался в политике и в экономике, но в Мариной жизни семидесятые годы — это активный период бури и натиска.

Мара встретила Мырзика. У него было имя, фамилия и занятие — ассистент оператора. Но она называла его Мырзик. Так и осталось.

Мырзик на десять лет моложе Мары. Познакомились на телевидении. Вместе вышли однажды с работы. Мара пожаловалась, что телевидение сжирает все время, не остается на личную жизнь.

— А сколько вам лет? — удивился Мырзик.

— Тридцать семь, — ответила Мара.

— Ну так какая личная жизнь в тридцать семь лет? — искренне удивился Мырзик. — Все. Поезд ушел, и рельсы разобрали.

Мара с удивлением посмотрела на этого командированного идиота, приехавшего из Москвы. А он, в свою очередь, рассматривал Мару своими детдомовскими глазами.

Впоследствии они оба отметили, что этот взгляд решил все.

Была ли это любовь с первого, вернее, со второго взгляда? Все сложнее и проще.

Кончилась ее жизнь на этаже, где Саша, где Димычка. Там она умерла. Оттуда надо было уходить. Куда угодно. Мара даже подумывала: найти стоящего еврея и уехать с ним за синие моря, подальше от дома, от города. Но стоящего не подвернулось. Подвернулся Мырзик. Мара видела, что он молод для нее, жидковат, вообще — Мырзик. Но надо было кончать со старой жизнью.

Когда Мара объявила Димычке о своей любви, Димычка не понял, что она от него хочет.

— Я люблю, — растолковала Мара.

— Ну так и люби. Кто тебе запрещает?

— Я хочу уйти от тебя.

— А зачем?

— Чтобы любить.

— А я что, мешаю?

Мара опустила голову. Ей показалось в эту минуту, что Димычка больше Мырзика. Мырзик хочет ее всю для себя, чтобы больше никому. А Димычка, если он не смог стать для нее всем, согласен был отойти в сторону, оберегать издали. А она, Мара, сталкивала его со своей орбиты. И он боялся не за себя. За нее.

Мара заплакала.

Разговор происходил в кафе. Мырзик находился в этом же кафе, за крайним столиком, как посторонний посетитель. Он следил со своей позиции, чтобы Димычка не увел Мару, чтобы не было никаких накладок. Все окончилось его, Мырзиковой, победой.

Потом он сказал Маре:

— У тебя голова болталась, как у раненой птицы. Мне было тебя очень жалко.

Мара тогда подумала: где это он видел раненую птицу? Небось сам и подбил. Детдомовец.

Мара и Мырзик переехали в Москву. Перебравшись в столицу, Мара вспомнила обо мне, появилась в нашем доме и привела Мырзика. Она повсюду водила его за собой, как подтверждение своей женской власти. Ее награда. Живой знак почета. Мырзик обожал, обожествлял Мару. Все, что она говорила и делала, казалось ему гениальным, единственно возможным. Он как будто забыл на ней свои глаза, смотрел, не отрываясь. В свете его любви Мара казалась красивее, ярче, значительнее, чем была на самом деле. Мырзик поставил ее на пьедестал. Она возвысилась надо всеми. Я смотрела на нее снизу вверх и тоже хотела на пьедестал.

У нас с мужем только что родилась дочь, и нам казалось, что за нами стоит самая большая правота и правда жизни. Но во вспышке их счастья моя жизнь, увешанная пеленками, показалась мне обесцвеченной. Я почувствовала: из моей правоты вытащили затычку, как из резиновой игрушки. И правота со свистом стала выходить из меня.

Мы сидели на кухне, пили чай. Мара демонстрировала нам Мырзика.

— Смотрите, рука. — Она захватывала его кисть и протягивала для обозрения.

Рука была как рука, но Мара хохотала, блестя крупными яркими зубами.

— Смотрите, ухо... — Она принималась разгребать его есенинские кудри. Мырзик выдирался. Мара покатывалась со смеху. От них так и веяло счастьем, радостным, светящимся интересом друг к другу. Счастье Мырзика было солнечным, а у Мары — лунным, отраженным. Но все равно счастье.

Внезапно Мара сдернула Мырзика с места, и они засобирались домой. Наш ребенок спал. Мы пошли их проводить.

Мара увела меня вперед и стала уговаривать, чтобы я бросила мужа. Это так хорошо, когда бросаешь мужа. Такое обновление, как будто заново родишься и заново живешь.

Я слушала Мару и думала о своей любви: мы познакомились с мужем в геологической партии, оба были свободны, и все произошло, как само собой разумеющееся. Палатки были на четверых, мы пошли обниматься ночью в тайгу и долго искали место, чтобы не болото и не муравьи. Наконец нашли ровную твердь, постелили плащ, и нас тут же осветили фары грузовика. Оказывается, мы устроились на дороге. Я шастнула, как коза, в кусты и потеряла лифчик. Утром ребята-геологи нашли, но не отдали. И когда я проводила комсомольские собрания, взывая к их комсомольской чести и совести, они коварно с задних рядов показывали мне мой лифчик. Я теряла мысль, краснела, а они именно этого и добивались.

Хорошее было время, но оно ушло. За десять лет наша любовь устала, пообычнела, как бы надела рабочую робу. Но я знала, что не начну новую жизнь, и мое будущее представлялось мне долгим и одинаковым, как степь.

Мы с мужем возвращались молча, как чужие. Наверное, и он думал о том же самом. Наш ребенок проснулся и плакал. И мне показалось, что и он оплакивает мою жизнь.

Вот тебе и Мара. Как свеча: посветила, почадила, накапала воском. А зачем?

Она раскачала во мне тоску по роковым страстям, по горячему дыханию жизни... Но, впрочем, дело не во мне, а в ней.

Итак, Мара и Мырзик в Москве. В его однокомнатной квартире, в Бибирево. Бибирево — то ли Москва, то ли Калуга. Одинаковые дома наводили тоску, как дождливое лето.

Мара позвала плотника Гену. Гена обшил лоджию деревом, утеплил стены и потолок, провел паровое отопление. Образовалась еще одна комната, узкая и длинная, как кусок коридора, но все же комната. Мара поставила туда столик, на столик швейную машинку «зингер», вдоль стены гладильную доску. И вперед... Этот путь ей был знаком и мил. Шила только тем, кто ей нравился внешне и внутренне. Кидалась в дружбу, приближала вплотную, так что листка бумага не просунуть, а потом так же в одночасье отшивала, ссорилась. У нее была потребность в конфликте. Бесовское начало так и хлестало в ней. Все-таки она была прописана в аду.

Через год Мара обменяла Бибирево на Кутузовский проспект, купила подержанный «Москвич» и японскую фотоаппаратуру «сейка». Аппаратура предназначалась Мырзику. Мара решила сделать из него фотокорреспондента, останавливать мгновения — прекрасные и безобразные в зависимости от того, что надо стране. Горящий грузовик, передовик производства, первый раз в первый класс.

Мара разломала в новой квартире стены, выкроила темную комнату, это была фотолаборатория. Мара помогала Мырзику не только проявлять, но и выбирать сюжеты. Она оказалась талантлива в этой сфере, как и во всех прочих. Мырзика пригласили работать в Агентство печати «Новости», пропагандировать советский образ жизни. Мара добилась его выставки, потом добилась, что он со всеми разругался. Мырзика выгнали с работы.

Мара была как сильнодействующее лекарство с побочными действиями. С одной стороны — исцеление, с другой — слабость и рвота. Неизвестно, что лучше.

Сначала Мырзику казалось, что иначе быть не может, но однажды вдруг выяснилось: может и иначе. Он бросил Мару и ушел к другой, молодой и нежной и от него беременной, для которой он был не Мырзик, а Леонид Николаевич. С Марой он забыл, как его зовут.

Если вернуться назад в исходную точку их любви, то чувство к Маре было несравненно ярче и мощнее, чем эта новая любовь. Но с Марой у него не было перспектив. Ну, еще одна машина, дача, парники на даче. А кому? Мырзику скучно было жить для себя одного. Хотелось сына, подарить ему счастливое детство, оставить свое дело, просто сына. Мырзик был детдомовец, знал, что такое детство.

Мара попыталась остановить Мырзика, отобрав у него материальное благосостояние. Но Мырзик изловчился и не отдал. Как это ему удалось — уму непостижимо. Мара со своей магнитной бурей так заметет и закрутит, что не только «сейку» бросишь, отдашь любой парный орган: руку, ногу, глаз. Но не отдал. И «сейку» унес. И из дома выгнал, как лиса зайца. Вот тебе и Мырзик.

На работу он вернулся и завоевал весь мир. Не весь мир, а только тот, который сумел постичь своим умом. Мырзик не пропал без Мары, а даже возвысился, и это было обиднее всего.

В этот переломный момент своей жизни Мара снова появилась у меня в доме и поселилась на несколько дней. Ей было негде голову приклонить в буквальном смысле слова, негде ночевать.

Вся Москва полна знакомых, а никому не нужна. Нужна была та, победная и благополучная, а не эта — ограбленная и выгнанная. И ей, в свою очередь, не понадобились те, с обложек журналов. Захотелось прислониться к нам, обычным и простым. Мы геологи, земля нас держит, не плывет из-под ног.

Мой муж ушел ночевать к родителям, они жили ниже этажом, а Мара легла на его место. Но и в эти трагические минуты, когда человек становится выше, Мара сумела остаться собой. Она засунула в нос чеснок — у нее был насморк, а чеснок обладает антисептическим действием — и захрапела, поскольку нос был забит. Непривычные звуки и запахи выбили меня из сна. Я заснула где-то в районе трех. Но тут проснулась Мара. Она нуждалась в сочувствии, а сочувствовать может только бодрствующий человек, а не спящий.

Мара растолкала меня и поведала, чем она жертвовала ради Мырзика: Димычкой, домом, архитектурой Ленинграда... Призвала мою память: чем был Мырзик, когда она его встретила, — шестерка, подай-принеси, поди вон. А чем стал... И вот когда он чем-то стал, ему оказались не нужны свидетели прежней жизни. И какая она была дура, что поверила ему, ведь у него было все написано на лице. Он использовал ее, выжал, как лимон, и выбросил. Одну, в чужом городе.

— Вернись обратно, — посоветовала я. — Димычка будет счастлив.

Мара замолчала. Раздумывала.

Возвращаться обратно на одиннадцатый этаж, где ходит желтоглазый Саша — такой близкий, стоит только руку протянуть, и такой далекий. Как из другого времени.

Из двадцать первого века. Ах, Саша, Саша, звезды мерцанье, где поют твои соловьи? Что сделал с жизнью? Перестала дорожить. Раньше помыслить не могла: как бросить мужа, дом, нажитое? А после Саши все обесценилось, все по ветру, и ничего не жаль. Чем хуже, тем лучше. Мырзик так Мырзик. Она выживала Мырзиком. Но он тоже оказался сильнодействующим лекарством с побочными действиями. Вылечил, но покалечил. Вот и сиди теперь в чужом доме с чесноком в носу. И что за участь: из одного сделала мужика, из другого фотокорреспондента. А какова плата?

— Я их создала, а они предали...

— Ты же их для себя создавала, чтобы тебе хорошо было, — уточнила я.

— А какая разница? — не поняла Мара.

— Не бескорыстно. И замкнуто. Когда человек замкнут, он, как консервы в банке, теряет витамины и становится не полезен.

— А ты что делаешь бескорыстно? — поинтересовалась Мара. — Ребенка растишь для чужого дяди?

Воспоминание о дочери, независимо от контекста, умывало мое лицо нежностью.

— Она говорит «бва» вместо «два» и «побвинься» вместо «подвинься». Я научу ее говорить правильно, научу ходить на горшок. Подготовлю в детский садик. В коллектив. А потом обеспечу ей светлое будущее.

— А почему светлым должно быть будущее, а не настоящее? — спросила Мара.

Я смотрела на нее. Соображала.

— Когда общество ничего не может предложить сегодня, оно обещает светлое будущее, — пояснила Мара. — Вешает лапшу на уши. А ты и уши развесила.

Значит, мое поколение в лапше. А старшее, которое верило в Сталина, в чем оно? Значит, мы все в дерьме, а она в белом.

— А ты поезжай туда, — посоветовала я. — Там все такие, как ты.

— Зачем они мне? А я — им? В сорок лет. Антиквариат ценится только в комиссионках. Все. «Поезд ушел, и рельсы разобрали», как сказал светлой памяти Ленечка.

— А кто это — Ленечка? — не вспомнила я.

— Мырзик.

Мара включила настольную лампу. Я слышала, что она не спит, и тоже не спала. Мара снова что-то во мне раскачала.

Я вспомнила, что она к сорока годам уже два раза сделала себе светлое настоящее: с Димычкой в Ленинграде и с Мырзиком в Москве. Понадобится, сделает в третий раз. А мы с мужем пять лет не имели ребенка, не было жилья, жили у его родителей на голове. Теперь десять лет положим, чтобы из однокомнатной перебраться в двухкомнатную. Где-то к пятидесяти начинаешь жить по-человечески, а в пятьдесят пять тебя списывают на пенсию. Вот и считай...

Когда Мары нет, я живу хорошо. У меня, как пишут в телеграммах, здоровье, успехи в работе и счастье в личной жизни. Как только появляется Мара, я — раба. Я опутана, зависима и зашорена. И мое счастье в одном: я не знаю, КАК плохо я живу.

Потом Мара исчезает, и опять ничего. Можно жить.

На этот раз она исчезла в Крым. Море всегда выручало ее. Смыла морем слезы, подставила тело солнцу. Уходила далеко в бухты и загорала голая, лежа на камнях, как ящерица. Восстанавливала оторванный хвост. У нее была способность к регенерации, как у ящерицы.

Мырзик сказал, что поезд ушел и рельсы разобрали. Это не так. Мырзик ушел, но рельсы не разобрали. Значит, должен прийти новый состав. И не какой-то товарняк, а роскошный поезд, идущий в долгую счастливую жизнь. Можно сесть на полустанке и ждать, рассчитывая на случай. Но случай подкидывает Женек и Мырзиков. Случай слеп. Надо вмешаться в судьбу и самой подготовить случай.

Саша, Мырзик — это стебли, которые качаются на ветру. Им нужна подпорка. В сорок лет хочется самой опереться на сильного. А за кем нынче сила? Кто ведет роскошный поезд? Тот, у кого в руках руль. Власть. Какой-нибудь знаменитый Мойдодыр. «Умывальников начальник и мочалок командир».

А где его взять? К Мойдодыру так просто не попасть. Надо, чтобы пропуск был выписан. А потом этот пропуск милиционер с паспортом сличает и паспорт учит наизусть: номер, серия, прописка. Когда выдан? Где выдан? А кто тебя знает, еще войдешь и стрельнешь в Мойдодыра, хотя Москва не Италия, да и Мойдодыру семьдесят годиков, кому нужен? У него уже кровь свернулась в жилах, как простокваша.

Однако цель намечена. И Мара пошла к цели, как ракета дальнего действия. Набрав в себя солнца, полностью восстановив оторванный хвост, Мара вернулась в Москву, сдернула с Мырзиковой шеи «сейку», чуть не сорвав при этом голову. Взяла нужную бумагу — остались связи. И вошла в кабинет к Мойдодыру.

Он уже знал, что его придут фотографировать.

Мара села перед ним нога на ногу, стала изучать лицо. Мойдодыр был старенький, бесплотный, высушенный кузнечик. Очки увеличивали глаза. На спине что-то топырилось под пиджаком, может, горб, может, кислородная подушка, может, приделан летательный аппарат. Лицо абстрактное, без выражения.

— Вы не могли бы снять очки? — попросила Мара.

Он снял. Положил на стол. Мара щелкнула несколько раз, но понимала: не то.

— Сделайте живое лицо, — попросила Мара.

Но где взять то, чего нет. Мара не могла поменять лицо, решила поменять ракурс. Она сначала встала на стул, щелкнула. Потом легла на пол. Потом присела на корточки. Кофта разомкнула кнопки, и Мойдодыр увидел ее груди — ровно загорелые, бежевые, торчащие, как два поросенка.

Мойдодыр забыл, когда он это видел и видел ли вообще. Он был хоть и начальник, но все же обычный человек, и его реакция была обычной: удивление. Он так удивился, что даже застоявшаяся кровь толкнулась и пошла по сосудам. Мойдодыр вспомнил, какого он пола, а чуть раньше догадывался только по имени и отчеству.

Лицо сделалось живым. Фотография получилась на уровне, который прежде не достигался.

Шар судьбы пошел в лузу. Только бы ничего не помешало. Но Мара об этом позаботилась, чтобы не помешало. Она закупила души двух секретарш, тем самым взяла подступы к крепости. А потом уж и саму крепость.

Мара приучала Мойдодыра к себе, и через очень короткое время ему показалось: она была всегда. Такое чувство испытываешь к грудному ребенку. Странно, что совсем недавно его не было вообще. Нигде. Но вот он родился, и кажется, что он был всегда.

У Мойдодыра в этой жизни существовало большое неудобство: возраст. И как осложнение — безразличие. Ничего не можешь, но и не хочется. Мара своей магнитной бурей разметала безразличие, как разгоняют тучи ко дню Олимпиады. Очнувшись от безразличия, Мойдодыр энергично задействовал, и через четыре месяца Мара жила в отдельной двухкомнатной квартире в кирпичном доме, в тихом центре, куда Мойдодыр мог приходить, как к себе домой.

Мара не переносила грязь, поэтому встречала его возле лифта с домашними тапочками. Переобувала. Потом закладывала Мойдодыра в ванну, отмачивала и смывала с него весь день и всю прошлую жизнь. Мойдодыр лежал в нежной пене и чувствовал: счастье — вот оно! На семидесятом году жизни. Одно только плохо — мысли о смерти. С такой жизнью, неожиданно открывшейся на старости лет, тяжело расставаться. Но он старался не думать. Как говорила мать Наполеона, «пусть это продолжается как можно дольше», имея в виду императорство сына. И при этом вязала ему шерстяные носки на случай острова Святой Елены.

После ванной садились за стол. Стол карельской березы, тарелки — синие с белым — английский фарфор, и на фарфоре паровые фрикадельки из телятины, фарш взбивала миксером с добавлением сливок. В хрустальном стакане свекольный сок с лимоном. Свекла чистит кровь, выгоняет канцероген. А сама Мара — в халате с драконами, как японка. Гейша. Японцы понимают толк в жизни. Обед, чайная церемония. Потом еще одна церемония.

В конце жизни Мойдодыр обрел дом и женщину. Его жена — общественный деятель, для нее общественное было выше личного, делом занималась замкнутая домработница Валя, себе на уме. Сыну пятьдесят лет, сам внуков нянчит. Мойдодыр работал с утра до ночи, чтобы забыть одиночество и чтобы послужить отечеству на вверенном ему участке. И вдруг Мара. Она оказалась для него не менее важна, чем все отечество. На равных. А иногда и больше.

Мара, в свою очередь, была благодарна Мойдодыру. Благодарность — хорошая почва. На ней можно вырастить пусть не волшебные кусты любви, но вполне хорошее дерево со съедобными плодами.

Мара оказалась талантлива не только в шитье и фотографии, но и в государственной деятельности. Она была чем-то вроде маркизы Помпадур. Помпадурила.

Предыдущих — Сашу и Мырзика — Мара создавала, лепила, делала. Пусть для себя. Создавала и потребляла, но ведь и им перепало. Саша укрепился духом, плотью и надеждой. Мырзик — делом и деньгами.

Мойдодыр создавал ее самое. Как созидатель, Мара простаивала, как потребитель — торжествовала. Мойдодыра можно было потреблять горстями, не надо на охоту выходить.

Маре захотелось самостоятельной общественной деятельности. У нее было заочное педагогическое образование.

Мойдодыр устроил Мару в институт при Академии педагогических наук. Мара стала писать диссертацию, чтобы возглавить отдел, а там и весь институт. И как знать, может, и всю академию. А что? Поезд движется. Путь свободен. Министр — виртуоз.

В выходные дни Мойдодыр уезжал с семьей на дачу. У Мары появлялись паузы.

В ближайшую из таких пауз она позвала меня к себе в гости продемонстрировать новую мощь. Чтобы я походила по ее квартире, покачала лапшой на ушах.

Больше всего меня поразили просторные коридоры и светильники под потолком и на стенах. Казалось, что они из Таврического дворца. Потемкин повесил, а Мара вывезла, поскольку царицей на сегодняшний день была она.

Светильники тускло бронзовели, от них веяло временем, тайной и талантом неведомого мастера. Это был богатый дом дорогой содержанки.

Я вспомнила свою квартиру, где потолок отстает от пола на два с половиной метра, лежит почти на голове. Я называла свою квартиру блиндаж, туда бы патефон и пластинку: «На позицию девушка»... Я вспомнила квартиру родителей моего мужа. Комсомольцы двадцатых годов, они строили это общество — жертвенно и бескорыстно. И где они живут? В коммуналке. Одну большую комнату разделили перегородкой. Получилось две кишки. И не ропщут. Они знают: Москва задыхается от нехватки жилплощади. Люди еще не выселены из подвалов. Значит, они потерпят. Подождут. А Мара получила все сразу потому, что вовремя показала загар. Значит, для одних светлое будущее. А для других светлое настоящее.

Мара увидела, что я сникла, и решила, что я завидую. Я тоже хочу быть маркизой Помпадур при Людовике и Марой при Мойдодыре, что почти одно и то же. А я всего лишь Лариса при Вите.

— В тебе знаешь чего нет? — посочувствовала Мара.

— Чего?

Мара стала подбирать слово, но оно одно. Аналога нет.

— Ты очень порядочная, — сформулировала Мара, обойдя это слово.

— Мне так удобнее, — сказала я.

— Тебе так удобнее, потому что ты прячешь за порядочностью отсутствие жизненных инициатив.

— Зато я никому не делаю плохо.

— Ни плохо, ни хорошо. Тебя нет.

Я задохнулась, как будто в меня плеснули холодной водой. Мара приняла мою паузу за точку. Решила, что тема исчерпана. Перешла к следующей. Сообщила как бы между прочим:

— А у меня диссертация почти готова. Скоро защита.

Мой муж шесть лет продирался к диссертации, как через колючую проволоку. А Мара стояла передо мной с золотой рыбкой в ладонях. Могла загадать любое желание.

— Какая тема? — спросила я, пряча под заинтересованность истинные чувства.

— Сексуальное воспитание старшеклассников, — важно сказала Мара.

Я уважительно промолчала. Наверняка в этом вопросе Мара — специалист, и почему бы ей не поделиться с подрастающим поколением.

Мара рассказывала о своей диссертации, о главе «Культура общения» не в сексуальном смысле, а в общечеловеческом. В школе ничему такому не учат. Рассчитывают на семью. Но и семья не учит. Народ поголовно невоспитан.

Мара собрала и обобщила опыты других стран, религий. Она рассказывала очень интересно. Я отвлеклась от разъедающего чувства классового неравенства. От Мары наплывали на меня гипнотические волны. Я, как рыба, шла на ее крючок.

Безо всякого перехода Мара спросила:

— А может, и тебе поменять квартиру? На двухкомнатную. Вас же трое.

Я онемела. Это была моя мечта. Мое пространство. Мое светлое настоящее.

— А можно? — спросила я, робея от одной только надежды.

— Он сейчас в Перу, — сказала Мара о Мойдодыре. — Через неделю вернется, я с ним поговорю.

Итак, червяк был заглотан целиком. Я — на крючке. Мара могла дергать меня за губу в любом направлении. Так она и сделала.

В течение недели Мара несколько раз приезжала ко мне домой. Она хорошо почистила мою библиотеку. Библиотека — сильно сказано, любимые книги у нас с мужем были.

Помимо духовных ценностей, Мара вынесла из дома покой. Муж ненавидел ее, нервничал, замыкался. Мара как будто не замечала и всякий раз бросалась его целовать. Муж цепенел, переживал ее объятия с той же степенью брезгливости, как если бы на него навалился крокодил — скользкий, мерзкий и небезопасный. Он ни на секунду не верил в успех мероприятия, презирал меня за мой конформизм. Я боялась: Мара заметит, и все рухнет. Ей нужен был преданный собачий глаз, а не глаз волка, которого сколько ни корми, он все равно в лес смотрит. Я норовила увести Мару из дома, в лес. Мы жили на краю Москвы, рядом с прекрасным первозданным лесом. Когда-то здесь были дачные места.

На земле происходила весна. При входе в лес обособленно стояла тоненькая верба. Почки ее были нежно-желтые, пушистые, крупные, как цыплята. Верба была похожа на девушку, принарядившуюся перед танцами.

Мара не могла вынести, если красота существует сама по себе. Она решила взять часть этой красоты к себе домой, поставить в вазу. Пусть служит. Я полагала, что она сорвет одну ветку. Ну, две. Дереву, конечно, будет больно, но оно зальет раны соком. Забинтует корой. Восстановится.

То, что сделала Мара, до сих пор стоит у меня перед глазами. Она не обломала, а потянула вниз и к себе, содрав ремень кожи со ствола. Потом другую ветку, третью. Она пластала бедную вербу, сдирая с нее кожу догола. Мы отошли. Я обернулась на вербу. Она как будто вышла из гестапо, стояла растерзанная, обесчещенная, потерявшая свое растительное сознание. Вернется ли она к жизни?

Мне бы повернуться и уйти тогда, и черт с ней, с квартирой, с лишней комнатой. Но я знала, что если не я — то никто. Значит, надо терпеть. И я стерпела. Только спросила:

— За что ты ее так?

— Как со мной, так и я, — ответила Мара.

Подошел Женька Смолин, содрал ветку, но не аккуратно, а как получится. Потом вежливый, духовный Саша. Потом детдомовец Мырзик. Теперь старик Мойдодыр, годящийся в дедушки, со своей любовью, похожей на кровосмешение. И если можно ТАК с ней, то почему нельзя с другими — с людьми и деревьями, со всем, что попадется под руку.

Мы удалялись. Я спиной чувствовала, что верба смотрит мне вслед и думает: «Эх ты...» И я сама о себе тоже думала: «Эх ты!»

Прошла неделя. Мойдодыр вернулся. Мара молчала. Я ждала. Я не просто ждала, а существовала под высоким напряжением ожидания. Я уставала, звенел каждый нерв. Спасти меня могла только определенность. Я позвонила к ней и спросила, как будто прыгнула с парашютом в черную бездну:

— Приехал?

— Приехал, — спокойно и с достоинством сказала Мара.

— Говорила?

— Говорила.

Она замолчала, как бы не понимая темы моего звонка.

— И чего? — не выдержала я.

— Ничего, — спокойно и с тем самым достоинством проговорила Мара. — Он сказал: «Ты мне надоела со своими бесчисленными поручениями. То я должен класть в больницу твоего татарина Усманова, то устраивать твою идиотку Артамонову. Отстань от меня. Дай мне спокойно умереть». И в самом деле, он же не резиновый, — доверительно закончила Мара.

Кто такой татарин Усманов, я не знала, а идиотка Артамонова — это я. Я бросила трубку и на полдня сошла с ума. Мой муж ликовал. Я получила урок. Если не уважаешь человека — не проси. Попросила, снизила нравственный критерий, унизилась — получай, что стоишь. Это твое. Все правильно. Жизнь логична.

Я выучила данный мне урок, сделала далеко идущие выводы. А именно: не общайся с Марой. Никогда. Ни по какому вопросу. Она звонила, я тут же опускала трубку. Раздавался повторный звонок, я не подходила. В какой-то мере я трусила. Знала, что, если отзовусь, скажу «да», она вытащит меня за то «да» из норы, напустит гипнотические волны, засосет своим электромагнитом, и я снова, пища, как кролик, поползу в ее пасть.

Пусть она живет своей жизнью. А я своей. Поэт Вознесенский однажды написал: «Мы учились не выживать, а спидометры выжимать». Так вот, я ничего не выжимаю. Я — по принципу: тише едешь, дальше будешь. Вот только вопрос: дальше от чего? От начала пути или от цели, к которой идешь?

Да и какова она, моя цель?

Прошло пять лет.

В моей стране ничего не происходило. Тишайший Леонид Ильич Брежнев, напуганный Пражской весной, постарался сделать так, чтобы ничего не менялось. Все осталось как было. Никаких перемен, никаких свежих струй. Жизнь постепенно заболачивалась, покрывалась рясой.

В моей личной жизни, как и в стране, тоже ничего не происходило. Мы по-прежнему обитали в однокомнатной квартире, хотя в нашем кооперативном доме все время шло движение: кто-то умирал, кто-то разводился, квартиры освобождались, но не для нас. Надо было дать взятку председателю кооператива, но мы не знали: сколько и как это делается. Боялись обидеть.

С Марой я не общалась, но до меня доходили отзвуки ее жизни.

Мара работала в каком-то престижном учреждении при Академии наук. Это был полигон ее деятельности. Там шло непрестанное сражение, «мешались в кучу кони, люди».

Ее влияние и власть над Мойдодыром стали неограниченными. Мара делала все, что хотела: снимала с работы, назначала на должность, защищала или, наоборот, останавливала диссертации.

Мара вступила в свою вторую фазу — фазу побочного действия. От нее подкашивались ноги, к горлу подступала тошнота. Ее следовало убрать. Но сначала обезвредить. На этот подвиг пошла заведующая лабораторией Карцева. Карцева была уверена: Мойдодыр ничего не знает. Его именем нагло пользуются и тем самым ставят под удар.

Карцева позвонила Мойдодыру по вертушке, представилась, раскрыла ему глаза и повесила трубку с сознанием восстановленной справедливости.

Далее действие развивалось, как в сказке с плохим концом. Через неделю этой лаборатории не существовало. А раз нет лаборатории, значит, нет и должности, и зарплаты в триста шестьдесят рублей. И красная книжечка недействительна. И вахтер в проходной не пускает на территорию. Мара хохотала, сверкая нарядными белыми зубами.

Куда делась профессор, коммунист Карцева? Никто не знает. Боролась она или сдалась, осознав бесполезность борьбы. Мойдодыр — высшая инстанция. Все жалобы восходили к нему. Обиделась она на Мару или почувствовала уважение перед силой... Говорят, она оформилась дворником, чтобы доработать до пенсии оставшиеся пять лет и не иметь с государственной машиной никаких отношений. Зима — чистишь снег. Осень — подметаешь листья. Все.

Жертва самоустранилась. Сотрудники испугались и притихли, забились в свои кабинеты, как в норы. Взошли подхалимы, как васильки в поле. Мара почувствовала вкус большой и полной власти. Две полоски и звездочку сверху.

Димычка тем временем встретил другую женщину, погулял с ней немного и, как порядочный человек, решил жениться. Узнав об этом, Мара сделала пару телефонных звонков, и Димычку поместили в сумасшедший дом. Там его накололи какими-то лекарствами, отчего он располнел, отупел и не хотел уже ничего.

Знакомые подарили ему сиамскую кошку. Он назвал ее Мара. Она через какое-то время родила котенка Кузю. Это и была Димычкина семья: он, Мара и Кузя. Оставлять кошек было не с кем, и когда Димычка ездил в командировки или в отпуск, то складывал котов в корзину и путешествовал вместе с ними.

Мара не пожелала отдать его другой женщине. Хватит, наотдавалась. Димычка не бунтовал. Смирился, как Карцева.

Но в природе существует баланс. Если суровая зима — значит, жаркое лето. И наоборот. Возмездие пришло к Маре с неожиданной стороны, в виде младшего научного сотрудника, лимитчицы Ломеевой.

Несколько слов о Ломеевой: она приехала с Урала завоевать Москву. Лимитчики — это не солдаты наполеоновской армии: пришли, ушли. Это серьезная гвардия.

Способностей у Ломеевой маловато, приходится рассчитывать не на голову, а на зад. Зад — прочный, высидит хоть три диссертации. И еще на рот: за щеками — по шаровой молнии. Выплюнет — сожжет дотла. Лучше не лезть, на пути не попадаться. Чужого ей не надо, но и своего не отдаст. Анкетные данные: пятидесятого года рождения, дочь потомственного алкоголика. Прадед и дед умерли от водки, один — дома, другой — в канаве. Отец продолжает славную традицию. Муж военнослужащий. Ребенок пионер. Сама Ломеева — член партии, морально устойчива, целеустремленна.

Если в Маре — звезды и бездны, то в Ломеевой — серость и напор. Серость и напор удобно расселись в науке. Брежневское время было их время. Их звездный час.

Мара, оголтевшая от вседозволенности, не разглядела опасного соперника, допустила роковой просчет. Она бесцеремонно высмеяла ломеевскую диссертацию, размазала по стене так, что ложкой не отскребешь. Диссертацию не утвердили. Ломеева, в свою очередь, выпустила дюжину шаровых молний, дыхнула, как Змей Горыныч. Диссертация Мары тоже была остановлена в Высшей аттестационной комиссии.

Все в ужасе разбежались по углам, освобождая площадку для борьбы. Мара и Ломеева сошлись, как барс и Мцыри. И, «сплетясь как пара змей, обнявшись крепче двух друзей, упали разом, и во мгле бой продолжался на земле».

Умер Брежнев. Его хоронили на Красной площади. Крепкие парни, опуская гроб, разладили движение, и гроб неловко хлопнул на всю страну. Этот удар был началом нового времени.

Андропов разбудил в людях надежды, но это начало совпало с концом его жизни. Черненко на похоронах грел руки об уши. Или наоборот, согревал уши руками. Было немного непонятно — зачем его, больного и задыхающегося, похожего на кадровика в исполкоме, загнали на такой тяжелый и ответственный пост. Через год его хоронили у той же самой стены, и телевизионщики тактично отворачивали камеры от могилы. Как бы опять не грохнуло. Но колесо истории уже нельзя было повернуть вспять. Оно раскрутилось, и грянула перестройка.

Мойдодыра отправили на пенсию. Марины тылы оголились. Ломеева прижала ее к земле. Звезды на небе выстроились в неблагоприятный для Мары квадрат. Ее магнитная буря не могла, как прежде, размести все вокруг и, не находя выхода, переместилась внутрь самой Мары. В ней взмыл рак-факел. Злокачественная опухоль взорвалась в организме на стрессовой основе. А может, сыграл роль тот факт, что она загорала без лифчика. А это, говорят, не полезно.

Мара попала в больницу. Над ней работали два хирурга. Один стоял возле груди, другой — у ног, и они в четыре руки вырезали из Мары женщину.

После операции в ней убивали человека. Ее химили, лучили. Она ослабла. Выпали волосы. Но Мара выжила. Ненависть и жажда мести оказались сильнее, чем рак. Мара была похожа на «першинг», идущий к цели, которого задержали на ремонт.

Через месяц выписалась из больницы, полуживая, как верба. Надела парик и ринулась в борьбу.

Знакомые привезли из Франции протез груди. Во Франции культ женщины — не то что у нас. Там умеют думать о женщине в любой ситуации. Протез выглядел, как изящная вещица, сделанная из мягкого пластика, заполненного глицерином. Полная имитация живого тела.

Мара завязала эту скорбную поделку в батистовый носовой платочек, взяла на руки Сомса, который достался ей от мамы. Сомс был уже старый, но выглядел щенком, как всякая маленькая собачка. Последнее время Мара избегала людей и могла общаться только с любящим, благородным Сомсом. И вот так — с узелком в руке и с Сомсом на плече — Мара вошла в знакомый кабинет. Кабинет был прежний. Мойдодыр новый. Да и Мара не та. Грудь уже не покажешь. На месте груди — рубцы, один в другой, как будто рак сжал свои челюсти.

Мара развязала перед Мойдодыром узелок и сказала:

— Вот что сделали со мной мои сотрудники.

Мойдодыр, естественно, ничего не понял и спросил:

— Что это?

Мара кратко поведала свою историю: ломеевский конфликт, рак-факел на стрессовой основе и в результате — потеря здоровья, а возможно, и жизни. Мара отдала свою жизнь в борьбе за справедливость.

Новый Мойдодыр, как и прежний, тоже был человек. Он со скрытым ужасом смотрел на Мару, на ее дрожащую собачку, на глицериновую грудь, похожую на медузу, лежащую отдельно на платочке. Его пронзила мысль о бренности всего земного. А следующим после мысли было желание, чтобы Мара ушла и забрала свои части тела. И больше не появлялась.

Человек быстро уходит и не возвращается в том случае, когда, выражаясь казенным языком, решают его вопрос.

Вопрос Мары был решен. В течение месяца диссертация прошла все инстанции. Мара защитилась с блеском.

Она стояла на защите — стройная и элегантная, как манекен, с ярким искусственным румянцем, искусственными волосами и грудью. Искусственные бриллианты, как люстры, качались под ушами. Но настоящим был блеск в глазах и блеск ума. Никому и в голову не пришло видеть жертву в этой победной талантливой женщине.

После защиты Мара почему-то позвонила ко мне домой. Я шла к телефону, не подозревая, что это она. Видимо, ее электромагнитные свойства ослабли и перестали воздействовать на расстоянии.

— Я стала кандидатом! — торжественно объявила Мара.

Я уже знала о ее болезни. Знала, какую цену она заплатила за эту диссертацию. Да и зачем она ей? Сорок пять лет — возраст докторских, а не кандидатских.

Видимо, в Маре сидел комплекс: она не родила, не оставила после себя плоть, пусть останется мысль, заключенная в диссертации. Она хотела оставить часть СЕБЯ.

Я тяжело вздохнула. Сказала:

— Поздравляю...

Мара уловила вымученность в моем поздравлении и бросила трубку. Наверное, я ее раздражала.

Одержав победу, а точнее, ничью, Мара утратила цель и остановилась. Рак тут же поднял голову и пополз по костям, по позвоночнику. Было все невыносимее начинать день. Мара лежала в пустой квартире и представляла себе, как в дверь раздастся звонок. Она откроет. Войдет Саша. И скажет:

— Как я устал без тебя. Я хотел обмануть судьбу, но судьбу не обманешь.

А она ответит:

— Я теперь калека.

А он скажет:

— Ты это ты. Какая бы ты ни была. А со всеми остальными я сам калека.

Но в дверь никто не звонил.

Мара поднималась. Брала такси. Ехала на работу. У нее был теперь отдельный кабинет, а на нем табличка с надписью: «Кандидат педагогических наук Александрова М. П.». Рядом с ней, через дверь, располагался кабинет Ломеевой, и на нем была такая же табличка. Их борьба окончилась со счетом 1:1. Ломеева не уступила ни пяди своей земли. Да, она не хватает звезд с неба. Но разве все в науке гении? Скажем, взять женьшеневый крем, который продается в галантереях. Сколько там женьшеня? 0,0001 процента. А остальное — вазелин. Так и в науке. Гений один. А остальные — вазелин. Их, остальных, — армия. Почему Ломеева не может стать в строй? Чем она хуже?

Ломеева ходила мимо кабинета Мары — молодая, вся целая, с двумя грудями пятого размера, цокала каблуками. Она цокала нарочито громко, каждый удар отдавался в голове. Маре казалось, что в ее мозги заколачивают гвозди. Мара засовывала в рот платок, чтобы не стонать от боли.

В этот период я старалась навещать ее звонками. Но Мара не любила мои звонки. Она всю жизнь в чем-то со мной соревновалась, а болезнь как бы выбила ее из борьбы за первенство.

— Что ты звонишь? — спрашивала она. — Думаешь, я не знаю, что ты звонишь? Тебе интересно: умерла я или нет. Жива, представь себе. И работаю. И люблю. И прекрасно выгляжу. Я еще новую моду введу: с одной грудью. Как амазонки. Хотя ты серая. Про амазонок не слышала...

Я молчала. Я действительно мало что знаю про амазонок, кроме того, что они скакали на лошадях, стреляли из лука и для удобства снимали одну грудь.

— И еще знаешь, почему ты звонишь? — продолжала Мара. — Ты боишься рака. И тебе интересно знать, как это бывает. Как это у других. Что, нет? Ну что ты молчишь?

В данном конкретном случае мною двигало сострадание, а не любопытство, и я не люблю, когда обо мне думают хуже, чем я есть. У каждого человека есть свой идеал Я. И когда мой идеал Я занижают, я теряюсь. То ли надо кроить новый идеал, пониже и пониже. То ли перестать общаться с теми, кто его занижает. Последнее менее хлопотно. Но Маре сейчас хуже, чем мне, и если ей хочется походить по мне ногами, пусть ходит.

— Ну ладно, — сказала я. — Голос у тебя хороший.

Мара помолчала. Потом проговорила спокойно:

— Я умираю, Лариса.

Прошел год. Саша не приехал к Маре, а приехал Димычка. Он привез себя со своей загадочной душой, деньги, обезболивающие снадобья, которые сам сочинил в своих колбах. И двух котов в корзине — Мару и Кузю. Кузя вырос, и они с матерью смотрелись как ровесники. Димычка гордился Кузей. Это было единственное существо, которое он вырастил и поставил на ноги.

Мара нуждалась в заботе, но привыкла жить одна, и присутствие второго человека ее раздражало. Это был живой пример диалектики: единство и борьба противоположностей. Она не могла без него и не могла с ним. Срывала на нем свою безнадежность. А Димычка закрывал глаза: не вижу, не слышу.

Сомс ладил с котами, что наводило на мысль: а собака ли он вообще?

Когда наступали улучшения, начинало казаться: все обойдется. В самой глубине души Мара знала, что она не умрет. Взрываются звезды, уходят под воду материки. Но она, Мара, будет всегда.

В такие дни они ходили в театр. Однажды отправились в «Современник». Мара заснула от слабости в середине действия. В антракте люди задвигались, и пришлось проснуться. Вышли в фойе. Мара увидела себя в зеркало. Она увидела, как на нее цинично и землисто глянул рак. И именно в этот момент она поняла, что умрет. Умрет скоро. И навсегда. И это единственная правда, которую она должна себе сказать. А может, и не должна, но все равно — это единственная правда.

На второе действие не остались. Вернулись домой. В комнате посреди ковра темнел сырой кружок.

— Это твои коты! — закричала Мара и стала лупить котов полотенцем.

— Не трогай моих котов, это твоя собака, — заступился Димычка, загораживая своих зверей.

— Убирайся вместе с ними! Чтобы вами тут больше не пахло!

— Я уезжаю со «Стрелой», — обиделся Димычка.

Он сложил котов в корзину и ушел, хлопнув дверью.

Сомс подбежал к двери и сиротливо заскулил.

Мара пошла в спальню. Легла. Ни с того ни с сего в памяти всплыла та крыса из далекого детства, которая карабкалась по прутьям клетки от неумолимо подступающей воды. Всему живому свойственно карабкаться. Кто-то стоит над Марой с ведром. Вода у подбородка. Сопротивляться бессмысленно. Единственный выход — полюбить свою смерть.

Вдруг Мара увидела снотворное, которое Димычка оставил на туалетном столике. Без него он не засыпал. Мара схватила пузырек с лекарством и побежала из дома. По дороге вспомнила, что забыла надеть парик и туфли. Стояло жаркое лето. Ногам и голове было тепло. Мара бежала с голой головой, в японском халате с драконами. Прохожие оборачивались, думали, что это бежит японец.

Вокзал находился в десяти минутах от дома.

Состав был уже подан. Но еще пуст. Мара пробежала по всему составу, не пропустив ни одного вагона. Димычки нигде не было. Она медленно побрела по перрону и вдруг увидела Димычку. Он стоял против одиннадцатого вагона и смотрел в никуда. При Маре он не позволял себе ТАКОГО лица. При ней он держался. А сейчас, оставшись один, расслабился и погрузился на самое дно вселенского одиночества. Горе делало его тяжелым. Не всплыть. Да и зачем? Что его жизнь без Мары? Она была ему нужна любая: с предательством, подлостью, получеловек — но только она. Из корзины выглядывали круглоголовые коты.

Мара хотела позвать его, но горло забила жалость. Мара продралась сквозь жалость, получился взрыд.

— Димычка! — взрыдала Мара.

Димычка обернулся. Увидел Мару. Удивился. Брови его поднялись, и лицо стало глуповатым, как все удивленные лица.

— Ты забыл лекарство!

Мара бросила флакон в корзину с котами и тут же пошла прочь, шатаясь от рыданий, как в детстве, когда не хватило пяти копеек на билет в кино. Теперь ей не хватило жизни. Не досталось почти половины. Первые сорок пять лет — только разминка, первая попытка перед прыжком. А впереди прыжок — рекорд. Впереди главная жизнь, в которой у нее будет только ОДИН мужчина — желанный, как Саша, верный, как Димычка, и всемогущий, как Мойдодыр. С этим ОДНИМ она родит здорового красивого ребенка и воспитает его для светлого настоящего и будущего. Сейчас это уже можно. Время другое. И она другая. А надо уходить. Все кончилось, не успев начаться. А ТАМ — что? А если ничего? Значит, все... Навсегда. Навсегда...

Могилу после себя Мара не оставила. Она подозревала, что к ней никто не придет, и решила последнее слово оставить за собой. Это «я не хочу, чтобы вы приходили». Я ТАК решила, а не вы.

Мара завещала Димычке развеять ее прах в Ленинграде. Димычка не знал, как это делается. Мой муж объяснил: лучше всего с вертолета. Но где взять вертолет?

Димычка увез с собой урну, похожую на футбольный кубок. В один прекрасный день он ссыпал прах в полиэтиленовый пакет. Сел в речной трамвайчик и поплыл по Неве.

Осень стояла теплая, ласковая. Солнце работало без летнего молодого максимализма. Летний ветерок отдувал волосы со лба. И пепел, как казалось Димычке, летел легко и беззлобно.

Димычка рассеивал Мару, ее любовь, и талант, и электромагнитные бури. А люди на палубе стояли и думали, что он солит, вернее, перчит воду.

Но все это было позже.

А тогда она шла по перрону и плакала, провожая меня, вербу, Ломееву, Женьку Смолина, Мырзика, все свои беды, потому что даже это — жизнь.

Мара вышла в город. Перед вокзалом росла липа. Ее листья были тяжелые от пыли и казались серебряными. По площади ходили трамваи, на такси выстраивались часовые очереди. Липа стояла среди лязга, машинной гари, человеческого нетерпения.

А такая же, ну пусть чуть-чуть другая, но тоже липа растет в лесу. Под ней травка, зверьки, земляника. Над ней чистое небо. Рядом другие деревья, себе подобные, шумят ветерками на вольном ветру. Переговариваются.

Почему так бывает? Одна тут, другая там. Ну почему? Почему?

«А»...

Чистый лист. Я пишу: Александрова Марла Петровна. И обвожу рамкой. Памятника у нее нет. Пусть будет здесь. В моей записной книжке. Среди моих живых.

Иногда она мне снится, и тогда я думаю о ней каждый день, мысленно с ней разговариваю, и у меня странное чувство, будто мы не доспорили и продолжаем наш спор. И еще одно чувство — вины. Я перед ней виновата. В чем? Не знаю. А может, и знаю.

Я живу дальше, но все время оборачиваюсь назад, и мне кажется, что я иду с вывороченной шеей.

СОДЕРЖАНИЕ

Литературно-художественное издание

Токарева Виктория Самойловна

Перелом

Повесть и рассказы

Художественный редактор О.Н. Адаскина
Компьютерный дизайн: Н.В. Пашкова
Технический редактор Н.Н. Хотулева

Подписано в печать 08.02.2000.
Формат 84×108^1/$_{32}$. Усл. печ. л. 25,2.
Тираж 10000 экз. Заказ № 324.

Налоговая льгота — общероссийский классификатор продукции
ОК-00-93, том 2; 953000 — книги, брошюры

Гигиенический сертификат
№ 77.ЦС.01.952.П.01659.Т.98 от 01.09.98 г.

ООО «Фирма «Издательство АСТ»
ЛР № 066236 от 22.12.98.
366720, РФ, Республика Ингушетия,
г.Назрань, ул.Московская, 13а
Наши электронные адреса:
WWW.AST.RU
E-mail: astpub@aha.ru

Отпечатано с готовых диапозитивов в типографии издательства
"Самарский Дом печати"
443086, г. Самара, пр. К. Маркса, 201.

Качество печати соответствует предоставленным диапозитивам.